咱班金花

夏秋◎著

天津出版传媒集团
天津人民出版社

图书在版编目（CIP）数据

咱班金花 / 夏秋著 . -- 天津 : 天津人民出版社，2020.7

ISBN 978-7-201-16102-0

Ⅰ . ①咱… Ⅱ . ①夏… Ⅲ . ①长篇小说－中国－当代 Ⅳ . ① I247.5

中国版本图书馆 CIP 数据核字 (2020) 第 110116 号

咱班金花

ZANBAN JINHUA

出　　版　天津人民出版社
出 版 人　刘　庆
地　　址　天津市和平区西康路 35 号康岳大厦
邮政编码　300051
邮购电话　（022）23332469
网　　址　http://www.tjrmcbs.com
电子信箱　reader@tjrmcbs.com

责任编辑　霍小青
封面设计　人文在线

印　　刷　天津雅泽印刷有限公司
经　　销　新华书店
开　　本　710 毫米 ×1000 毫米　1/16
印　　张　18.75
字　　数　336 千字
版次印次　2020 年 7 月第 1 版　2020 年 7 月第 1 次印刷
定　　价　58.00 元

引　子

出版社来了好消息，说长篇小说《咱班金花》就要出版了，这么叫人高兴的喜事，李相生就是高兴不起来。他抚着小说的样书，皱着眉头，陷入沉思。

这小说中的人物原型，有的是他曾经的粉丝，有的是他熟悉的好友，这些人的命运牵挂着他的心。他们的欢乐，给他带来了喜悦；他们的悲伤，给他带来了忧虑。如今这些人，尤其班上的那五朵金花，有的成了富豪，成了名人，光彩照人，花开正茂；有的却晚节不保，贪污受贿被判了重刑，戴上了镣铐，囚进高墙大狱；有的跳楼自杀，流淌着罪孽的血液；有的被逼流落异国他乡，带着一腔思乡的哀怨偷偷抹泪。他们的伤，他们的痛，刺激着李相生的神经，他不知道该怎样抚平。

他想用这部小说告诉世人什么？告诉这些朋友什么？他自己也没理清。读者是聪明的，这小说是黄瓜，是茄子，并不重要，重要的是读者看了这部小说后，能够吸收什么营养，是维生素A、维生素B，还是蛋白质……只要读者说这小说有营养，能够从中读出点儿什么，他就感到无比欣慰。手机响了，他接通手机，一个熟悉的声音传过来。李相生回着话："喂，喂，谁呀，哦，是雪碧啊，你和孩子都好吧，有什么事啊？啊，建座希望小学让我参加剪彩，行，我去，我一定去。"

李相生放下手机，就急着整理行囊。他要到哪儿去呢？要去干什么呢？他对谁也没说，但他还没出门，同学们就已经来到了他家。文博第一个喊叫着："相生，听说你小子偷偷把咱班金花编成书，还要出版，有这事吗？"

"看看，这不是啊！"榴红从相生手中抢过《咱班金花》样书递给文博。文博接过书，翻看着。雪碧递过一个红包，说："相生辛苦你了，你花费了心血，但这费用，我来出。"冬喜等几位也抢着说："不，不能让你一个人出，我们也得出点儿力。"说着，你一张、他几张地扔了一桌子钱，相生觉得收也不是，不收也不是，他双手合起，向同学们致谢。大家你一言我一语，都在议论《咱班金花》。

目　录

CONTENTS

第 一 章　聚会闲议　金花公选……001
第 二 章　金花梦恨　相生遭殃……008
第 三 章　戏按铁锁　羞诉心声……016
第 四 章　青柳红缘　林中有眼……021
第 五 章　金花有序　各放异彩……032
第 六 章　热心冷信　金笔测温……042
第 七 章　喜事愁梦　金莲撮婚……047
第 八 章　同床异梦　异人同愁……054
第 九 章　美幻丑梦　戏中有戏……059
第 十 章　喜讯伤梦　冬喜绝情……064
第十一章　保胎固梦　孔湖殉情……071
第十二章　遗嘱圆梦　深爱别书……077
第十三章　病榻陈梦　玄月欢歌……084
第十四章　堂会递状　夜半笛声……090

第 十五 章　舍情取利　巧计脱逃…………………………………………………… 095
第 十六 章　醉鬼梦鬼　夜半捉贼…………………………………………………… 099
第 十七 章　苦品痴情　智逃魔掌…………………………………………………… 103
第 十八 章　绿野惊魂　雨夜阴谋…………………………………………………… 108
第 十九 章　战狗护妻　爱极生妒…………………………………………………… 114
第 二十 章　铁窗泪别　河边笑声…………………………………………………… 118
第二十一章　蜜月愁云　奉命查鬼…………………………………………………… 124
第二十二章　夜阑劫难　同桌对诗…………………………………………………… 130
第二十三章　监所忏悔　舞厅捉奸…………………………………………………… 136
第二十四章　玄月婚变　剩女诗恋…………………………………………………… 140
第二十五章　冷情热泪　母子悲声…………………………………………………… 148
第二十六章　长堤黑影　醉眼迷梦…………………………………………………… 154
第二十七章　小人挑气　梦婚生忧…………………………………………………… 161
第二十八章　再婚再喜　虎狼斗计…………………………………………………… 165
第二十九章　聚财出招　冲喜毙命…………………………………………………… 170
第 三十 章　旧情难却　苦甜酿梦…………………………………………………… 175
第三十一章　小民怨愤　贵人噩梦…………………………………………………… 181
第三十二章　拜庙祈福　小猫施法…………………………………………………… 188
第三十三章　遗言说水　以钱筑墙…………………………………………………… 193
第三十四章　酒间说套　坊间传言…………………………………………………… 197
第三十五章　旧情扬醋　空手套狼…………………………………………………… 202
第三十六章　以诗生事　借酒敲钟…………………………………………………… 207
第三十七章　偷偷摸底　悄悄探风…………………………………………………… 212
第三十八章　生日噩梦　羞说善捐…………………………………………………… 217
第三十九章　真标假投　探师惹烦…………………………………………………… 222
第 四十 章　醉酒惹事　短信起妒…………………………………………………… 227
第四十一章　心亏多疑　茶馆献策…………………………………………………… 233
第四十二章　能人支着　碎嘴点火…………………………………………………… 238

第四十三章　猫猪斗法　百姓得利…………………………………………… 241
第四十四章　良碧结缘　天胜闹宴…………………………………………… 248
第四十五章　港湾浪翻　维丽心冷…………………………………………… 253
第四十六章　冰雪缠斗　报恩祭灵…………………………………………… 259
第四十七章　光环错戴　自食黄连…………………………………………… 265
第四十八章　父子倾心　假善真善…………………………………………… 271
第四十九章　出国梦美　夫妻绝情…………………………………………… 276
第 五十 章　最后论辩　校园歌声…………………………………………… 283

主要人物

江维丽　金花之一　艺术团职工　天丽房产公司副总　财务总监
仝心月　金花之一　个体户　玄月文化娱乐有限公司副总
王雪碧　金花之一　小堤供销社职工　圆梦公司老总
赵玉莲　金花之一　医院护士
石榴红　金花之一　某公司职工

冷雪花　记者
何艳菲　团支部书记

江红卯　装饰城老板　江维丽侄子
巧　巧　红卯爱人
李相生　化肥厂厂长
刘向江　同学
张洪涛　同学　文教局职员
任天胜　房产公司老总
成文博　同学　水利局职工

第一章　聚会闲议　金花公选

同学聚会正在热闹地进行，你一言我一语唇枪舌剑，你一段我一段段段精彩。现场气氛一会儿阴云密布，一会儿晴空万里。一阵阵笑声，一阵阵吵闹声，此起彼伏，连外边的敲门声也没听见。

咚咚咚，咚咚咚，连敲带喊，同学聚会总理小个子李相生听到有人敲门，立起身来，去开门。

“啊，大老板到，热烈欢迎。”

“你这总理是咋当的，连门也把不好，想让老姐吃闭门羹。”

“哎，你迟到还有功？不按时到会，不罚你就够便宜的了，你倒来兴师问罪了，不行，过来先喝三杯再说。”

“行、行，这总理，摆起谱来了，给老姐较起真来了，好，好，我认错还不行啊？”

他俩还没吵完，石榴红赶忙过来解围，说：“听孩子说你不是出差了吗？”

“儿子给我打电话，说红姨告诉他说，二十号同学聚会，我这不连夜往回赶，紧赶慢赶还是误了事，这不，总理正要罚我呢？”

“总理主持正义，罚还是要罚的，不过得让人家坐下再说啊。”

“好、好、好，那就坐下再罚。”

女老板挨着一个半老女人坐下，打眼一看好眼熟，急忙拉住那女人的手说：“嗬，心月，好想你啊，听说你那玄月文化娱乐有限公司搞得挺好，还弄着好几摊子，怎么也有空赶来参加这同学聚会？”

心月站起来，忙同这女老板握手寒暄：“玄友他爱这一行，凑合着混吧。和你们比不了。”

这刚进来的老板，就是圆梦公司的老总王雪碧。她中等个儿，微黑的脸庞上镶着一双明亮的大眼睛。一头黑发烫成波浪形，散发出阵阵诱人的香气。

一阵寒暄之后，又言归正传。有人缠住总理要讲河老细。总理是个爱热闹的人，他满口答应，端起一杯酒，喝进肚子里，就滔滔不绝地说起来。

“这老细啊，可连着一朵朵金花。”

“金花？哪来的金花。总理你是否喝醉了？在这里说胡话。”有人插话。

“别急，别急，让我慢慢道来。”相生卖着关子说。

梦城是座历史文化名城。它曾作为封建王朝的陪都，节度使、府、州、道、市等在漫长的历史上留下不少辉煌。

这城，就像那滔滔的梦河水喧嚣在历史长河中，一会儿波涛汹涌，疯狂无羁，一会儿又水枯河干，鸦雀无声地躺在那里，在人的视线和记忆中荡然无存，消失得无影无踪。几十年，在历史上，只不过是短暂一瞬，而在这群当初的小伙子和小姑娘身上，却发生了如此大的变化。从20世纪60年代到21世纪，他们由活泼可爱的小青年，变成了两鬓斑白的半大老人，岁月留给他们最宝贵的财富，就是这青春美好的回忆。

梦啊，梦，都说人生如梦，而这城却偏偏叫梦城，为什么要叫梦城？是城北睡着个爱做梦的卢生，他的一梦富贵荣华，成了千世佳话。也许是这城里人爱做梦，看他们挖梦湖建梦馆，就连那企业生产的商品，也叫什么某某梦牌，就说那老细吧，在引河洗个澡，也叨叨出一朵朵金花，叫你说不清，道不明，像做梦似的。

“总理，让文博自己快讲讲这金花的秘密。”高个子张洪涛操着一口山东腔笑着说。

“这建议好，细老弟你讲不讲？你不讲我可要讲了。”总理不紧不慢地说。嗯，嗯，他清了清嗓子，开始讲这老细的秘密。

“狗嘴里吐不出象牙，你愿意编就编吧。”文博无奈地说。

这老细的故事发生在引河，要讲还得从引河讲起。这引河传说是唐代以前挖的人工河，它引梦河水到护城河，再入运粮河，是军民两用的河。它涝能排，旱能灌，战时能御敌，是一条全城百姓的救命河、母亲河。世世代代，这清清的河水，用它那滴滴琼浆玉液，哺育了一片片、一季季小麦、大豆、玉米和高粱，养活着梦城的几十万百姓。引河上有座桥，桥墩是圆形的，一段粗一段细，活像大葫芦摞起来的，由此，人们便叫它葫芦桥。

河水在桥南旋了个大漩涡，越旋越大，使这段河面比别处宽了许多，就是河里没水时，这里也是一个很深的大水坑，这水坑，便成了一个天然的游泳池。梦城中学的学生，正值青春年少，天干日燥的夏天，特别是中午，仨一群俩一伙地偷偷跑出学校，痛痛快快洗个澡，又偷偷地溜回学校。

那年夏天的一个中午，文博带着李相生、张洪涛、刘向江、任天胜等说笑着来到引河畔。骄阳似火，热风烤人，几个小伙子顾不上欣赏这引河河畔白生生的棉花、红彤彤的高粱，更无心观看那婀娜多姿的河边杨柳，他们急匆匆地脱下衣服，扑通扑通一个接一个跳进水里。他们有的仰泳，有的扎猛子，有的只会扑通扑通地学狗刨。河边绿油油的庄稼，像一道道天然屏障，喳喳叫的喜鹊，为他们助兴，在葫芦桥上往来的毛驴也时不时地叫几声，慢条斯理的老黄牛，也热得受不了，眼瞅着他们，羡慕地哞哞直叫。桥上东来西往大汗淋漓的男男女女，虽也有痛痛快快洗个澡的心，但事忙无暇，没有这个福，也只能远远地瞟他们几眼。是嫉妒，是眼气，没人知晓。只有这伙小青年，他们才能体会到大自然恩赐的乐趣，他们比水性，打水仗，逗笑话。游着，笑着，打闹着，不一会儿，有的就累得喘着粗气，恋恋不舍地游到岸上。

文博第一个立在河边，将他那充满青春的胴体和那水中细细的倒影展现在光灿灿的阳光下。他挥着手大声喊："弟兄们，上来歇会儿吧！"

听到喊声，大家都抬起头，几双眼睛都投向他那赤裸裸的身影。

"快看，快看，文博杨柳细腰，像不像貂蝉？"张洪涛抹了把脸说。

李相生端详了一会儿，慢条斯理地说："像，像，不仅身材像，你看那弯弯的柳叶眉，水灵灵的杏仁眼，只是可惜啊可惜，多了那么一点点……"

"多点儿啥？"向江问相生。

"你看那儿。"相生指着文博下身说。

"不行，不行，去了那个那不成太监了吗？"向江不赞成，忙抢着说。

几句话说得文博不好意思起来，忙蹲下身子，反客为主地说："相生出来，让大家端详端详，你像谁。"

"别打岔，别打岔，文博这么漂亮，我们今天才发现，太遗憾了，我建议，今天得举行个仪式，进行命名。"李相生一本正经地说。

"我赞成，我赞成。要命名，就要捡个好名字，要说好名字吗？我倒想起一个，就叫赛西施。"向江脱口而出。

"不好，不好，我说叫男嫦娥好。"张洪涛抢着说。

"不行不行，要说美，这样叫还说得过去，但嫦娥也好，西施也好，毕竟都是女流之辈，咱文博堂堂男子汉，又比她们多那么一点点儿，这名字吗，也要比她们长一点，大家不是都看过吕布戏貂蝉吗？我看就叫戏貂蝉好。"

李相生没说完，大家便七嘴八舌地议论起来。

"赞成。"

“同意。”

“我也同意，不过这名字长了一点，简化一下比较好。”向江边说边搔着头细心琢磨，“想好了，想好了，就叫老戏。”

“老细还不如老粗呢？”洪涛插了一句。

“不是粗细的细，是唱戏的戏。”李相生解释着。

“老戏老戏，这名字好是好，咱文博杨柳细腰，赛过西施，超过嫦娥，叫老戏让人一听就是陈年老戏，不好，不好，我说还是叫老细好。”向江说。

“那就叫老细，不同意的举手，没人举手一致通过。”

相生话音刚落，大伙就七手八脚地把文博抬起来，向空中抛，嘴里高声喊着：“老细万岁，老细万岁！”

人们常说乐不思蜀，人高兴了就忘记了忧愁，忘记了烦恼。这些小青年太高兴了，只顾玩耍，将学习上的困惑及生活中的不快都抛在脑后。玩得这么高兴，谁还愿意离开啊？时间过得好快啊，不一会儿时间就过了正午。

天上的麻雀叽叽喳喳绕着河面飞，是看热闹，还是讥笑他们赤身裸体，不知羞耻，谁也不晓得。时间一分分过去，他们享受着无尽的乐趣。“别闹了，别闹了，赶快晾晾回学校吧。”成文博说着挣脱大伙。

“好，好，都过来，躺下晾晾。”李相生说着仰身躺在河边沙滩上。几个人像一条条大鲤鱼赤条条、齐刷刷地躺在热乎乎的沙土上。微风徐徐吹来，满地的高粱玉米哗哗作响。讨好地向他们点着头，树上的知了鸣叫着在他们上空飞过。一只只蝴蝶，扇动着彩色斑斓的翅膀，挑衅似的在他们眼前飞来飞去，好像要和这伙美丽漂亮的如嫦娥般的小青年比个高低。

“老细啊，你啊，到底也只能当个假貂蝉，你猜猜咱班的真貂蝉该是谁？”向江问文博。

“大裤腰怎么样？”文博问。

“不行，不行。”向江摇着头答。

“那二裤腰呢？”

“模样还凑合，只是腰粗了点儿，同貂蝉比还有差距。先算一个吧。”向江摆出一副无可奈何的架势说。

“别凑合，选貂蝉可是个严肃的事，得高标准啊。”张洪涛插话。

“江维丽够格吧？高高的个儿，大大的眼儿，小眉毛弯弯的，就像月牙儿，那小嘴片儿薄薄的，说起话来像鸟叫一样，又温柔，又动听。”任天胜动情地说。

“真是‘天有灵犀’一点通啊，天胜还真的有眼力，这第一貂蝉就归你了。”

向江开玩笑说。

“这是我们班的班花，天胜，你想偷偷摘了独吞这可不行。弟兄们你们能答应吗？”文博煽风点火。

“坚决不答应。”几个人怪腔怪调地喊着。

“别着急，别着急，才选出一个貂蝉，你们就争起来了，咱再选几个，省得你们争不均。”向江一本正经地说。

说者无意，听者有心，任天胜听后，眯着眼睛陷入沉思。任天胜高高的个儿，微黑的方脸上透着几分灵气。他出身于知识分子家庭，父亲在县城创办了几座翻砂厂，生产铁锅和家具，他哥在学校当老师，经济上算是小康之家。良好的家庭教育和父亲的耳濡目染，比起那些农村孩子显得老练和成熟。他口齿伶俐，很会办事，在班上一直很活跃，也很善于交际。老师和同学都认为他是一个很好的班干部，中学几年他一直是班长和学生会主席。优越的家庭条件和比较早熟的他，也认为只有最漂亮的女孩子才能配得上他。虽然过去他对江维丽没有过多的了解，更没有任何非分之想，但今天，同学们的一席话，勾起了他对江维丽的好感。是啊，今后应当多和她接触接触了。

向江绞尽脑汁在想，班上这些女同学谁才配做第二貂蝉。他瞪大眼睛，望着天空自由飞翔的小鸟，望着那翩翩起舞的彩蝶，聆听着远处鸣叫着的喜鹊，瞅着那一只只围着他们飞来飞去的蜻蜓。他万万没想到，几只大蚂蚁大胆地爬上他那光溜溜的肚皮，狠狠地咬了他一口。他一激灵猛地坐起来，吓了大伙一跳。

“咋的了，向江你咋的了？”几个人也纷纷坐起来，急切地问。

“虫子，虫子，它爬到肚子上咬我呢。”向江说着忙捉虫子。

“活该，看你这个坏蛋还乱嚼舌头不？”任天胜也从痴梦中醒来，骂向江一句。

“我是坏蛋，你是好蛋，第一貂蝉正在那儿等着好蛋吃呢，你还不快去。”向江还了一句。

天胜也不示弱，弯腰抓起一把沙土，撒到向江身上。向江也抓起沙土向天胜身上撒。一场沙战开始了。洪涛顺手抓起一把烂泥糊到向江身上，相生也抓起泥巴甩到天胜胸口上。接着都闭上眼睛，抓着烂泥巴乱甩起来，一场不分你我的泥巴大混战打了起来。打累了，天胜首先提出休战。大伙睁开眼一看，都成了泥猴，都哈哈大笑起来。

“唉，这个澡算白洗了。”相生嘟囔着。

“这才好呢，再洗个痛快。”向江笑着说。话没说完就一个接着一个扑通扑通地又跳进水里。

“锄禾日当午，汗滴禾下土”，辛苦的农民正在棉花地里打药、拔草，他们远远地望着这群光屁股小青年，眼里露出一缕缕羡慕的目光。

“好了，好了，晾晾该回校了。”天胜以领导的口吻喊。不知是累了还是响应了领导的号召，大伙一个个从水中爬出来，立在沙滩上两手抹着头上和脸上的水珠。

向江又是抢先发言，说：“咱这貂蝉还没选完呢。”

“那咱就接着选。”相生接过话茬儿说。

“接着选，接着选。”洪涛也随声附和着。

“小寡妇你看怎么样？”

向江没说完几个就吵起来，说：“不行，不行，选貂蝉得选黄花大闺女，哪有选寡妇的？”洪涛喊得最响。

这小寡妇名叫肖香玲，个头不高，白白净净的圆脸上闪着一双稍稍发暗的眼睛。她娴静寡语，很少同人交际，常常坐在课桌前两眼盯着黑板发呆。她心里压着一块大石头，又无法给同学说，她家离县城三十多里，父母给她找了个对象，她死活不同意，又说服不了父母，心里很苦恼，不知啥时传到这群男孩子耳朵里，他们就背地里叫人家小寡妇。

“仝心月行不？”向江眼扫着大伙用商量的口吻说。

“模样还可以，只是嘴太厉害，说起话来像刀子似的，谁敢招惹她。”洪涛思索了一会儿说。

“这个你相中了。”相生嘲讽洪涛。

“咱这是选貂蝉，又不是选老婆，你相中了我让给你。”洪涛回敬了一句。

“别闹了，别闹了，咱不刚看过电影《五朵金花》吗？貂蝉虽是美女但不如叫金花好，我说咱也选他五朵金花咋样？”向江征求大伙意见。

“好好，就选五朵金花。”大家异口同声表示赞成。

“这第一朵是江维丽，第二朵呢？”向江问。

“赵玉莲。”洪涛脱口而出。

“有眼光，这第二朵非赵玉莲没人敢当。”李相生赞许地说。

向江接着说：“第二朵一致通过，那第三……第三选谁呀？第三就选仝心月吧。”别人未置可否。

“那第四呢？就选小弹簧。”又是洪涛抢先说。

“第五？第五？王雪碧？”向江犯愁地思索着。

“模样还可以，但她太寒酸，连个像样的衣服也不穿。”

那第五朵金花要选谁呢？这里又起了不小的纷争。

文博建议说：“这第五朵金花应该选何艳菲。”

“不行，不行，何艳菲可是团支部书记，样子那么吓人，要是选门神还可以考虑，选金花可不敢恭维。要选还是选人家王雪碧，行头破点儿，但模样可比团支部书记强多了。不过这事可得保密，要是叫她知道了，咱几个可要吃不了兜着走。”向江有点儿害怕，看着大家的脸说。

几个人你看看我，我看看你，沉默了好一会儿，李相生握着拳头严肃地说：“咱今天得发个誓，谁也不能当汉奸，今天选金花这事谁要说出去，我这拳头可不认人。”

“对，谁也不能说出去，谁要说了，咱都说是他弄的。”洪涛出了个主意。

“同意，同意。咱光说不行，还得发个誓，省得有人告密。”洪涛说完，大家异口同声地说同意。说完，几个光屁股站成一队，真的握着拳头发起誓来。相生一本正经地领誓，他带头喊：“老天做证，引河监誓，选金花是大伙公选，若有人告密，天打五雷轰。”大家发完誓，就匆匆地穿好衣服，又说又笑地离开小引河，打闹着返回学校。

第二章　金花梦恨　相生遭殃

夏天的太阳来得早，五点多就红着脸从一望无际的原野蹿出来。李相生挎着书包高高兴兴地走进教室。团支部书记何艳菲突然迎着他走过来。

何艳菲是个农村姑娘，中等个儿，黑红的脸上露出的满是叫你畏惧的严肃。她那不大的眼睛直直地望着李相生，相生预感要出事，没说话，但心脏还是控制不住嗵嗵地跳起来。

“相生，你跟我过来一下。”何艳菲轻轻唤了一声就走出教室。

相生放下书包，准备出去，这时四十多双眼睛一下投向他，相生更慌了，真像犯了事似的低着头悄悄随团支书走出教室。这时教室里的空气一下活跃起来。有的挤眼儿向同桌示意，有的干脆就站起来，向窗外张望。

“书记，你……你……你找我有事吗？”相生不知底儿，有点儿沉不住气，红着脸，说话突然有点儿结巴起来。

“没啥事，你不是交了入团申请书吗？”何艳菲颇有城府地问。

相生一听关于他入团的事，立刻把心放下来，平静地轻声答道：“是，我很想入团，组织批下来了？”

“还没有，还有点事儿要问问你。”

相生一听不是他入团的事，心里一下又紧张起来，胸口像揣着只兔子，活蹦乱跳，脸也一下子红起来。结结巴巴地说：“问、问啥……啥事？”

“五朵金花的事。”书记不慌不忙地扫了一眼相生说。

相生一听五朵金花更加慌张起来。意识到问题的严重性，知道有人已经当了叛徒，出卖了自己，但这事不能往自己身上揽。要是揽了，入团的事肯定会泡汤。弄不好还得背个处分。好，既来之，则安之，不能让自己太吃亏了啊。对，来个死不认账，看她能咋着我。想到这儿，相生就沉了沉心，故作镇静地反问：“《五朵金花》那电影我去看了，挺好的。”

“你们选的五朵金花。”团支书不露声色地追问了一句。声音虽不大，但在相生心里不亚于八级地震。他意识到事情是闹大了。书记这么重视，入团八成是没戏了，这下倒使他悬着的心落地了，他挺了挺腰杆，狠狠地鼓了鼓底气，大着胆子说：“选啥金花银花，我咋不知道？也没人叫我投票啊。”

“你想不想入团？要想就把这事说清楚，还有别的事……别给我打岔儿了，你回去想想吧，想好了再找我。”说完扭头走回教室。

李相生见团书记真的生了气，觉着这回要抓瞎。晚上回到家他翻来覆去睡不着觉。这五朵金花，我虽在引河那儿一块儿选过，可那是大家一起选的啊？还一起发了誓，并不是我一个人的事啊。这别的，还会有什么事呢？那大裤腰、二裤腰的事，也是向江给我说的啊，怎么都成了我一个人的事了呢？真是人心难测，墙倒众人推。

瘦死的骆驼比马大，这梦城虽然失去了往日的辉煌，但深厚的文化底蕴、繁华的市场引来了不少南来北往的客商。商业的繁荣，必然带来学校的兴盛，那中学也聚集了不少有志青年。一个冬天的下午，一伙伙同学都背着书包急匆匆地往学校走。其中两名女生特别引人注意，一个是王雪碧，另一个是娄红燕，也有人叫她燕燕。

雪碧中等个儿，瓜子脸，一双水灵灵的大眼睛像会说话似的。她总爱笑，就是不笑时脸上和眼睛中也总是带着一股叫人喜欢的魅力。她身上穿着带襟的花棉袄，下身穿着一件厚厚的花棉裤。那时的棉裤都是家里做的，棉裤上缝着裤腰，用手将裤腰折叠起来再用红腰带束在腰间。因棉裤厚，裤腰要折叠三四层，虽用腰带束着，仍然显得腰特粗。这天正好向江和李相生走在一起，向江指着前边走着的女同学说：“你看，你看，有了西洋景了。”

相生不解，说：“看啥呀，什么也没有啊。”

“往这儿看。”向江指着前边走着的王雪碧和娄红燕，又指了指自己的腰。

李相生领会了向江的意思，忙说：“啊，腰，大裤腰。”

“不愧高才生。这窗户纸一点就透。你敢不敢，咱就叫她大裤腰。”

“不敢，不敢，那个可是只小辣椒，嘴像刀子似的，骂起人来一串一串的，咱可惹不起人家。”相生恐惧地说。

“那这个呢？”向江指着王雪碧说。

王雪碧家住乡下，是个住校生，今天不知怎么她俩走在一起。雪碧上身穿着土染粗布蓝花小棉袄，下身穿着的是自家做的黑色厚棉裤。腰也是粗粗的。她稍黑的鹅蛋脸上长了一双大眼睛，浓浓的眉毛，小小的嘴，说起话来文文静静，不

紧不慢。她很少跟别人说话，特别是男生，看起来有点儿腼腆，更不会招谁惹谁。相生对这位女孩子有点儿同情，不愿意给她起外号，但向江是个活跃分子，开朗活泼，爱说爱笑，他对今天的发现特别感兴趣，一再逼着李相生表态。相生拗不过向江就小声说："要叫，那只能叫二裤腰了。"两人路上这段调皮话，相生谁也没敢说，可怎么就传到团支书耳朵里了。李相生想啊想，想得头疼了，再也想不出自己的过错，可就这点儿事让团支书抓住不放，他想不通。最让他想不通的是那些亲密的同学朋友，一个也靠不住，明明是大家一起做的事，事到临头各自飞，教训啊，教训。祸从口出，一点儿不假。凡事可得多长个心眼儿啊。他越想越睡不着，开始数数，一、二、三……一直数到一百二百，仍然没有睡意，越睡不着尿越多，一个尿盆，几泡就尿满了。夜深人静了，听不到一点儿声音，突然从外边传来嘎嘎嘎几声猫头鹰叫声，他害怕了，就急忙蒙住头，用两手捂着耳朵，蜷着腿，全身缩成一团，没想到这一吓，他竟然睡着了。

李相生入睡了，他在睡梦中经历了一场惊心动魄的事件。一个寒风凛冽的上午，风卷着雪粒，打得脸生疼。梦城中学的大操场上，上千名师生整整齐齐地站在主席台前。校长、副校长、教导主任都一脸怒容，尤其是那位学生背地里骂他大光头的达主任，在台上一边哼了一声，一边站起来，立在主席台中央，放开他那响亮的大嗓门儿，对着学生喊："今天我代表学校宣布一项重要决定……"

这时上千名学生屏住呼吸，整个会场鸦雀无声。台上的领导也是一脸严肃。会场上的空气，也和这天气一样冰冷而又灰暗。

老光头主任清了清嗓子，接着说："把李相生带到台上来。"

随着光头主任一声令下，李相生被连推带搡地带上主席台，他扭头望了望台下一个个熟悉的和不熟悉的面孔，望了望推他最卖力的原来是他最要好的同学刘向江。相生倒没感到多么可怕，但那台下的人倒被吓得像没了魂儿似的，一个个睁着痴呆呆的眼睛紧紧地盯着他。李相生被这么多人关注还是第一次，脑子嗡的一下大了起来。他觉得自己身体像棉花似的，变得轻飘飘的，被呼呼的寒风吹来吹去，一会儿立起来，一会儿又倒下。这时有的同学止不住想笑，但又不敢笑，用手捂着嘴偷笑，老光头主任发怒了，他大声喊着："谁在笑，谁笑把他也拉到台上，陪李相生站在一起。"

会场上又变得死一般寂静。

"经学校研究决定，李相生因给女同学选金花起外号，道德败坏，品质恶劣，决定开除学籍，立即赶出学校，以正校风。"老光头主任说完挥挥手示意让人把李相生带走。但没有一个人上台来带，相生由胆怯忽地变得胆大起来，他直起腰，昂起头，扭过身，面对光头主任，大声喊："金花不是我一个人选的，我冤枉，我冤枉！"

这时，没人理会他，光头主任拉来几个大个子，抬起相生用力一抛，把他扔到台下的雪地里，李相生只觉得这雪地冰凉冰凉的，手和脚都冻麻木了，一点儿感觉也没有了。相生想，这回完了，完了，学也上不成了，身体也冻坏了，反正也是没辙了，我这冤气不出，就再也没有机会了。想到这儿，他颤抖着想站起来，但站了半截又倒在雪地里，他就梗着脖子，对着主席台大声喊："老光头，你冤枉好人，你冤枉好人，你冤枉好人……"

"相生，相生，你这是咋的了？"李相生听到奶奶喊他，忙揉揉眼，睁眼一看，被了全蹬到地下去了，被了还把那满满一盆尿弄洒了，这时他才知道，自己做了个噩梦，都是金花这事惹的，他恨死了。

梦醒后，李相生苦苦思索，揣测团支书到底想让他说什么，不就是大裤腰、二裤腰那事吗？不，还有小弹簧……

小弹簧说的就是班上的石榴红，她是从外地转来的，高高的个子，白净脸，一口山东话说得让这些没见过世面的学生觉得挺好听。她无论站着还是坐着，右腿总要上下抖动，李相生同桌的刘向江最早发现，他悄悄告诉李相生，说："咱班有个小弹簧你知道不？"

相生不解，就顺嘴顶了他一句："哪有什么弹簧，你净胡咧咧。"

"你看看，你看看，我还能骗你。"向江指着石榴红正在抖着的右腿小声说。

李相生观察了一番，不由自主地咂咂嘴悄悄对向江说："不错，就是个弹簧，而且还单腿，应该叫单管弹簧。"

这话过后，相生早就放在脑后，忘得干干净净。团支书会不会知道这事，那可是我同向江两个人说的，没外传啊。奇怪，要是团支书知道这事，才叫奇怪呢？不是向江害我，就是支书蒙我。不会，支书找我时，五朵金花说得那么清，别人能告诉她金花这事，也一定会告诉她其他的事。看来瞒是瞒不住了。我不坦白，这一关看来不好过了，入团肯定没戏了，同学又会怎么看我呢？管他呢，睡觉睡觉，心里想睡觉，见鬼了，翻来覆去，怎样也睡不着。他想还有什么事要向团支书交代呢？还有一个事，这事万万不能说，这事要是一说，可关系到几个同学，他们还怎么在学校待呢？不，不能说，什么都不能说，大不了入不了团。万一团支书是蒙我呢，我说了会害多少同学啊！他们都得像我一样向组织交代，还不如我一人扛着，想到这里，相生心里坦然多了，就觉得有点儿迷糊。

原来李相生睡外间，奶奶睡里间，奶奶听到相生说梦话，被惊醒，就赶快喊

相生。李相生看看天还黑着呢，就赶忙拉起掉在地上的被子，一摸，被头被尿弄湿了，他不好意思惊动奶奶，就用不湿的那半截盖住身子，蜷缩着又躺下了。

梦醒了，天还早，相生却又没了睡意。

他父母都在外地，他一人同奶奶在家，奶奶年岁大了，需要身边有个人，父母就把他放在老人身边上学，慈祥的老人听见孙子说梦话，不放心，就起来摸摸孙子的眉头，没摸着头，倒摸着尿湿的被头，马上点着灯，从柜子里又取出一条被子，帮孙子盖好，摸了摸孙子的眉头不烧才放了心。奶奶从暖壶中倒出一碗热水，放了点儿红糖，嘱咐着说："快趁热喝了，别感冒了。"

相生接过热水，答应着。湿了被子，又说梦话，这事闹得李相生挺不好意思。他等到奶奶走后，暗暗地骂了一句："什么驴屁金花银花，都是你们惹的祸，我恨死你们了。"骂完什么事也不再想了，就一蒙头重新睡起来。

相生紧皱眉头走进教室，团支书向他走过来，相生想躲，但两边是课桌，中间就那二尺宽的小道，往哪儿躲呢？相生左躲，团支书也往左；相生右躲，团支书也往右。相生有点儿生气了，但一想好男不跟女斗，就躲在左边紧靠桌子，想让团支书先过去，自己再走。但团支书也站在那里不动了，眯着眼睛看他。相生有点儿不好意思了，觉得脸上热辣辣的，就用眼偷偷看了看书记，见她也是个眉清目秀的姑娘，水灵灵的眼睛透出一股诱人的光，相生不觉身子也有点儿软。接着书记笑眯眯地说："我给你说那事别放心上，是给你闹着玩呢，我也想当金花啊，当你们男生眼里的金花，多高兴啊。其实我挺喜欢你。"相生一时不知该说什么，就急切地问："我那入团的事？"

"已经批了，你看，你看。"

团支书说着拿出一张红纸，上面写的是什么，相生也看不清，他往前凑了凑，没站稳，一跤摔到团支书的怀里。团支书不恼也不怒，伸手一把抱住他，并喃喃道："相生，我喜欢你，我真的很喜欢你，我就是你心中的金花。"

"相生，相生，该上学走了。"奶奶走进来喊。

"哎呀，不好了，睡过了。"李相生赶忙穿衣服，一摸裤衩湿乎乎的，他也顾不得换了，背起书包就往外跑。

奶奶追到屋外说："吃点儿东西再走。"

相生说声不饿，就迎着初升的太阳一溜烟跑出家门。他只觉得脸上热辣辣的，是羞，是怒，是恨，谁也不知道。只有向江心细，也最关心相生，一进教室，向江就看到相生脸红红的，比那刚刚出被窝的朝阳还红。

星期六，天突然下起大雨，回不了家，又不用上自习了，天一黑江维丽几个

就早早钻进被窝。三个女人一台戏，躺到被窝睡不着，她们哪个肯寂寞？江维丽第一个开了腔，说：“唉唉，我听说个特大新闻……”

“新闻？什么新闻，快给姊妹们说说。”几个人立即安静下来，竖起耳朵听维丽讲。这维丽卖起关子，慢条斯理地说：“这，这可是秘密，不能乱说。”

“秘密，什么秘密，她是骗咱的。”仝心月挑拨说。

“好啊你个江维丽，敢骗我们姐妹，看咱不治治她。”

仝心月大声喊。“好，一起动手，让她打打夯。”仝心月、赵玉莲、石榴红、王雪碧四个人一起上，有的抓脚，有的抓手，把江维丽从被窝掏出来，只见她光着身子，上边只戴着个绣花红兜兜，下身穿着个粉色小裤衩，那白皙的皮肤在灯光下显得更加细嫩，活像一条大鲫鱼。大家不管三七二十一，像轧夯似的，将江维丽抛起来，再扔到床上，只听咚的一声，江维丽便“哎哟”一声叫起来，并急忙求饶说：“别闹了，别闹了，我说还不行啊。”

“敬酒不吃吃罚酒，要是再骗我们，看咋收拾你。”仝心月开玩笑说。虽是闹着玩，但那挨摔的滋味并不好受。江维丽自知斗不过大伙，后悔不该卖关子，就心生一计说：“不好了，外边有人。”听说外边有人，几个急忙松了手，江维丽就像条大鲶鱼一样刺溜钻进被窝，清了清嗓子，说：“你看你们像啥，一个一个不嫌害臊。”四个人你看我，我看你，一个个赤条条立在铺板上。红的、粉的、黄的、绿的兜兜盖着胸脯，三角裤衩贴着身。大伙止不住都笑了，她们急忙钻进被窝，但仍摆出一副战斗姿态。她们静下来，向窗外张望，没见有什么动静，就又嚷嚷起来。“你又骗我们，这回我们……”没等心月说完，维丽就抢过来说：“真的，我看见有个黑影晃动，是不是有人偷看咱。”

学生宿舍是平房，女生宿舍在学校东南角，男生宿舍在西北角，相距五百多米，中间是教职工宿办室，宿办室里边才是教室。男生绝不会跑这么远来看。那老师，特别是教导处的人，会不会来查宿舍？今天是周末，熄灯铃响后也不会有人查。不会是坏人吧？要是坏人，他们会等大家睡熟后才来，刚黑这一会儿他们绝不会来。也许是猫啊，狗啊的，要不那就是维丽吓唬我们。对，是维丽吓我们，她怕再抬她打夯她，就想出这招，不行，还得治她。想到这儿，心月就说：“维丽先说有秘密，又不给我讲，又拿黑影来吓我们，大家说我们该怎么办？”

“还得说抬她打夯她！”几个人一齐喊。

“饶了我吧，饶了我吧。我说还不行。”维丽求饶后就说，“我是听外班说的，你们知道了可不要往外传。传出去不好。”“别卖关子了，有这么重要吗？”赵玉莲回了一句。“重要不重要不好说，但都议论咱，咱脸上也架不住啊。”

“咱？这秘密还没讲就和咱连在一起了，江维丽啊，江维丽，你可真能扯。”心月说。

“真的，是说咱的。咱班那伙野小子背地里选金花，在咱班选了五朵金花。”

“金花？都选的谁？”

“有你，石榴红，王雪碧，赵玉莲。”

心月看看江维丽脱口而出说：“那第一朵肯定是你江维丽了，要个儿有个儿，要模样有模样，是咱班第一大美女，绝不会漏过你！”

江维丽笑了笑，没作声。心月不高兴地骂道：“背地里嚼舌头，这些男生真可恶。”

几个嘴里骂，但心里美滋滋的。她们都是十七八岁的女孩子，虚荣心最强，谁不愿意叫别人说好呢？特别是男孩子，他们眼里有自己，说明他们在乎自己，被男孩子看重，她们都感到像嘴里吃了蜜，心里甜乎乎的。江维丽比她们大两岁，心眼儿多，被选上金花心里高兴，一时话也多起来了，说：“当上金花了，看你们一个个美的，但别忘了，幸福还要靠自己争取。将来过得怎么样，还得自己奋斗啊。今天闹得也睡不着了，咱玩个游戏吧。每人说四句诗，表达一下自己的梦想。”

江维丽出这个题，几个也觉得有趣，就都陷入沉思，琢磨自己的梦想诗。

江维丽出的题，但她又后悔了。想到自己的家境，心里一酸。她家住农村，家境不好。父亲死得早，还有一个光棍哥哥，拉扯她和姐姐。哥哥靠卖油条烧饼赚点儿钱维持生活。那时候倒卖粮油是违法的，卖油条烧饼也属于投机倒把行为。白天不敢卖，每天夜里批发回来，摸黑走村串巷叫卖。公安训，工商罚，村干部骂，他哥都苦在心里，但见到谁也强装出一副笑脸，这苦，她从小看在眼里，记在心里。她暗暗下定决心，自己长大了，一定要做人上人，不能再受欺侮。诗言志吗，她竟第一个破口而出，诵出第一首诗。

做人要做人上人，
太阳一出万星隐。
一花绽放百花陪，
心里有春才见春。

仝心月拍着手连声说：“好，好，诗好，志气也高。”其他人也连声称赞。赵玉莲没有出声，她想到自己的身世，心里酸楚楚的。父母也有自己的辉煌，新中国成立前，父亲曾是国民党的军官，母亲是阔太太，有花园有别墅，后来，父亲带着个小老婆跑到台湾去了，母亲却背着个恶名，一有运动就得挨批挨斗，受尽屈辱。什么荣华富贵，那都是过眼烟云。只要夫妇两人好比什么都幸福。想到这儿，她也脱口而出吟道：

世上最美鸳鸯鸟，
比翼齐飞乐陶陶。
喜在心里甜肝肺，
山也笑来水亦笑。

玉莲觉得自己的诗最有味道，想听听姐妹们的称赞，但最活跃的心月竟紧闭双眼，一言不发。玉莲扭头看看她，她原来睡着了。她听着别人的诗，坠入自己的梦河。她梦见自己真的成了一朵金花，黄灿灿的花朵闪着金光，一朵朵红花绿花，都拜倒在她的脚下，夸耀着她。就在这时，一个男孩子跑过来，他一条腿跪在她的面前，用手抚着心口说："金花啊，金花，我喜欢你，你跟我走吧。"说完就上前一把把她抱住就跑，跑着跑着，他们突然变成两只蝴蝶，在百花园中飞啊飞，一排排绿树为他们叫好，一朵朵鲜花为他们唱着赞歌：幸福的一对，美满的一双，世界为你倾倒，百花为你歌唱。人间的情种，天上的女神，抒写着动人的乐章……再看看江维丽，她在愣神儿，像有心事，脸上没有一丝喜色。王雪碧也眯着眼睛打盹儿。玉莲看到没人夸自己，就懈了劲儿，眼一闭也睡着了。

第三章　戏按铁锁　羞诉心声

江维丽在被窝里想着心事，对赵玉莲的诗一句也没听进去。她不是不喜欢诗，而是有一桩大事让她一直牵肠挂肚。她知道自己比同学大，今年二十岁了，男大当婚，女大当嫁，有人提亲这是理所当然的事。可现在上着学呢。她还想上大学，因此，母亲唠叨，她一直没当回事。

一个二十岁的大姑娘又是高中生，人又漂亮，那说媒的一拨又一拨找上门来，娘自然要挑自己满意的给闺女说说。维丽一听就心烦，就说，我有对象了，除了天胜，我谁也不嫁。娘听了闺女这话还真上心，就打听一番，知道天胜是闺女同学，又是书香门第，老头儿活着时还同天胜父亲有来往，也算是朋友吧，而且家里还开着工厂，就托媒人去提亲。

夕阳无限好，只是近黄昏。人们多么喜欢夕阳的美景啊。梦城中学的黄昏美景更叫你流连忘返。高高的清砖校门和教学楼披着夕阳的余晖，倒映在波光粼粼的湖水中，随着碧波荡漾。那含苞待放的荷花，一朵挨着一朵，一池连着一池。香气和美色使梦城中学更加美丽迷人。

张洪涛最爱这荷花，最爱这荷塘美景。他是山东人，父母均在市里工作，由于梦城中学是全省的重点中学，就把他送到梦城上学。他父亲是市里的大官，常常坐着绿色小吉普看他，同学们都很眼红。洪涛虽是高干子弟，但他同这些来自农村的孩子挺合得来，文博是他最要好的朋友，常常在一起学习，一起吃饭，有时还故意钻进一个被窝。

这天晚上，夕阳西下，红灿灿的霞光洒满大地，照进池塘。学生刚读过朱自清的《荷塘月色》。这荷塘的景色虽不如那散文中的月塘，但荷花、红霞，以及少男少女靓丽的倒影，使洪涛和文博久久不愿离开。

太阳落山了，昏暗的大幕笼罩住大地。学校一盏盏灯亮了起来，文博拉了拉洪涛说："该上夜自习了，咱们快回去吧。"

"好，咱走。"洪涛说完就拉文博往学校走，刚走几步就对文博说："啊，我想起一件事，秦老师今天说回老家，不知走没走，咱去看看吧。"

"行，那就顺路去看看。"两人拉着手向班主任老师宿办室走去。

中学进门是一条南北大道，直通学校大礼堂。路东有两排教室，教室南边是男生宿舍。教室东边是一排东屋，北半拉是女生宿舍，南半拉是老师的宿办室。秦老师的宿舍正好在两排教室中间。洪涛和文博两人走到第一排教室后，正要往东拐，恰逢李相生从北边走过来，洪涛眼尖，首先发现相生，忙打招呼，说："相生，要上夜自习了，你这是上哪儿？"

"奶奶身体不舒服，找秦老师请个假。明天带奶奶去看病。"相生走到他俩跟前，随口应道。

"那好，咱仨一起去吧。我们也是去找秦老师。"洪涛左手拉起相生，右手拉着文博一起来到秦老师屋前。

秦老师屋门关着，昏暗的煤油灯透过糊着白纸的窗户，闪烁着一缕黄黄的亮光。洪涛刚要敲门，忽然听到里边有女人的说话声，举起的手停在半空。三人好奇地把耳朵贴在门缝偷听。听了一会儿，三人蹑手蹑脚地退出十几步，贴在教室后墙根儿，三个脑袋瓜子凑在一起，悄悄地小声说："屋里不是秦老师，说话的是一男一女，男的听着像天胜，那女的……"

"女的……听着像是江维丽。"

"不错，那女的听得像江维丽。"文博轻声说。

"不知你们俩听说没有？有人给天胜说媳妇呢。"洪涛说。

"那和这事有啥关系？"

"咋没关系，说的那媳妇就是江维丽。"洪涛肯定地说。

"她不是母亲生病住院退学照顾她妈去了吗？怎么今天来学校了？啊，这是相亲来了，好，好。那这事就好了。"文博卖着关子说。

"啥好办啊，难办啊，别卖关子了，有啥就痛痛快快地说。"相生着急地逼问。

"咱班这五朵金花，今天就要有开花结果的了。"

文博说完，李相生生气地说："还提这金花，不提还好，一提我就来气。在引河边是大家选的金花吧？到头来倒霉的却是我一人，让团支书找我一人算账，弄得我到现在连团也没入上。"

"都过去了，咱不提了，今后再遇到这事，谁也得保密，今天咱就办个正经大事。"说着用拇指敲着二拇指。

“你是说今天就叫这金花开花结果？”相生问。

“对，今天。”洪涛和文博不约而同地脱口而出。

“你俩看着人，我去。”文博说着轻手轻脚地走到门前，说时迟，那时快，他没顾上多想就套上锁，用手咔嗒一按，几步蹿到洪涛他们两人面前。三人屏住呼吸，想听听里边的动静，但是什么动静也没有。这时上夜自习的钟声响了，他们三人跑去上夜自习。

天胜坐在椅子上，维丽坐在床边，两人正在说话，听到门外咔嚓一声，他们以为是别人路过这里掉了东西，没当回事，可当他们听到下夜自习的铃声，维丽想回女生宿舍休息。对天胜说：“有啥事明天再说吧。”可走到门边一拉门，脑子嗡的一声，吓蒙了，着急地说：“不好了，不好了，有人把门锁上了。”

天胜走到维丽身边用手拉了拉门，门确实拉不开，就安慰维丽说：“别急，别急，准是咱班那几个捣蛋鬼开玩笑，搞恶作剧，一会儿他们就会来开门。”

江维丽心里怦怦乱跳，一时也没了主意，喊吧，又不敢喊，虽说有人介绍，今天两人这才第一次正式接触，八字还没一撇，喊或者用力拉门，肯定会惊动别人，弄不好还要惊动学校，那就暴露了秘密，要是能成也就算了，要是不成，我这脸往哪儿搁啊！今后我还怎么嫁人啊。

还是天胜能沉得住气，他明明猜测到有可能被锁上一夜，但他还是安慰维丽，退回来坐在椅子上，对维丽说：“再坐会儿，等等他们。”

那个年代没有手机，没有电话，又不能报警，又不能告诉别人，那滋味是不好受。维丽无奈地又坐在床边，低着头，两眼直直地看着地面。天胜看着维丽，灯光下她因羞涩而涨红的脸蛋更美了，两根大辫子耷拉在胸前，一身花衣服合身得体，她虽然弯着腰，身体坐了个S形，但那迷人的线条美仍叫天胜目不转睛。天胜痴呆呆地望着维丽，一分钟，二分钟……眼珠子一动不动。熄灯铃响了，教室里的灯一盏、二盏……陆陆续续熄灭了，学校顿时一片漆黑，同学们都要入睡了，去做自己的美梦。熙熙攘攘的偌大校园一下子静下来，静得叫人害怕。只有远处不时传来几声猫头鹰吓人的叫声。

夜深了，天渐渐凉下来，维丽冻得有点儿发抖，天胜也觉得有点儿冷，他站起来凑到维丽身边，拿起一条被单，轻声说：“天凉了，别冻着。”说着将被单搭在维丽身上。这被单虽薄，但维丽觉着异常暖和，不仅暖热了她的躯体，更暖热了她的心。她那充满青春和活力的心扉向天胜闪开了一条细细的缝。维丽拉了拉披在身上的被单，挺起腰，用那双充满柔情的眼睛望着天胜，温情脉脉地说：“天凉了，你也坐床上吧，别冻着。”

“我不冷。”天胜嘴里说不冷，但身体不争气，阿嚏阿嚏连着打起喷嚏。

是啊，他嘴上说不冷时，那心早就想去同维丽坐在一起了。这时维丽以责怪的声调说：“还说不冷，硬逞强，感冒了多难受啊。”江维丽这样说正合天胜的心意。他急忙坐在维丽身边。

黑夜漫漫，有人觉得很长很长，但有人觉得很短很短，两人的心情这时非常矛盾，又嫌这黑夜太长，又嫌这黑夜太短，恐怕天亮了，心中话儿说不完。他们在说什么呢？说学习？说家常？说爱情？两人越说挨得越紧，说着说着，突然停了，维丽实在熬不住了，一头靠在天胜身上，枕着天胜的肩膀睡着了。她睡得那样香，那样甜。

天胜也觉着困了，他第一次挨维丽那样近，瞅着她那美丽的脸，他觉得这时自己最幸福，自己是男子汉，是维丽的靠山，担当着保护维丽的重任，让她好好睡吧，不能叫醒她，让她在我的肩膀上做第一个美梦。这梦对她对我，多么重要啊。

粉红色的荷花溢着清香，一只喜鹊在树上喳喳地叫着，江维丽照着镜子在梳妆打扮。她望着镜子在甜蜜地笑。

“妮，快走吧，别误了，让人家等得烦。”维丽母亲催女儿。

“没事，还早呢。”维丽边回答边继续打扮。她从柜子中挑选出她最喜欢的几件衣服，在镜子前比试，直到她满意时才换上，还在脸上淡淡地涂上点儿粉和口红，然后才推出自行车飞也似的往县城方向骑去。

七月的天气，虽然热得叫人喘不过气，但维丽一口气骑了十几里，到县城车站时，天胜正从车上往下拿东西。维丽心想这回来得正好，不早不晚，就急忙上前帮天胜提包扛行李。但天胜一脸阴沉，连个招呼也不打。维丽想，他走了那么远的路，一定是累了，就掏出花手帕给他擦汗，天胜脸一扭，躲过维丽。江维丽心里很委屈，刚见面又不好说什么，二人默默无语地走出车站。

天胜说：“我饿了，咱先找个饭馆吃点儿东西吧。”

江维丽心里不快，但没说什么就跟着天胜走进饭馆。

服务员热情地上了几个菜，又拿了瓶浓香酒摆在桌子上。

“维丽，你也吃点儿吧。”

“你吃吧，我不饿。”维丽坐在天胜对面轻声说。

“你得有思想准备，我大学毕业要分配到很远的地方……”

“到哪儿也没关系，只要你心里有我就行。”

“长期分居可不好啊。”

“没事，家里你不用挂念，结婚后我一定伺候好父母……”

“这不是三天两天，是一辈子啊，你我就甘心当一辈子牛郎织女？”

江维丽听到这里心里有点儿发毛，热腾腾的心一下凉了半截儿。盼星星盼月亮，等了你四年，把你盼来了，你嫌我了，你的心变了，变得对我一点儿感情也没有了。我怎么这么傻，把心都掏给你了，你大学刚毕业，却要甩了我，不行不行，你要给我个说法，当年你山盟海誓，原来那全是骗我，你这个大骗子，你是陈世美，你是陈世美。

天胜迷迷糊糊地刚打了个盹儿，忽听到维丽嘟嘟囔囔说梦话，急忙推江维丽，边推边喊：“维丽你醒醒，你醒醒。”

江维丽从天胜的怀中坐起来，揉揉眼，抬起头看看天胜，又想起刚刚做的梦，脸一下红了起来。天胜用手摸摸江维丽的眉头，觉着有点儿热，忙问：“维丽你是不是病了？”

“没，没事，我在医院伺候母亲有点儿累，刚才做了个梦。”

“是噩梦吧？还说梦话呢。”

江维丽怕梦中的话让天胜听去，忙问：“我刚才说啥啦？”

天胜摇摇头，斜着眼睛望着她那红润润的脸蛋和她那双惺忪的眼睛，停了好一会儿，才对江维丽说：“没听清，只听你嘟囔，没听清说什么。”

江维丽知道天胜没听着她的梦话才放了心，但想到刚才那梦，心里不觉一颤，要是他考上大学，真的到毕业时不要我了，那我该咋办呢？我得敲敲他，她用双手抱住天胜的脖子，娇媚地说：“从今天晚上起，我这一辈子都交给你了，母亲这一病我上不成学了，只要你大学毕业后不……”

江维丽望着天胜的眼睛，等到他回答。天胜知道维丽让他说啥，他拍着胸脯发誓说：“维丽，你放心吧，我今生今世，非你江维丽不娶，只要你不嫌弃我，无论走到哪里，我决不会对不起你。”

江维丽听到这句话，才把心放到肚子里。她像吃了蜜，吃在嘴里，甜在心里。她笑了，不是大笑，而是微笑，在昏暗的煤油灯下，只有天胜一人看得清，这笑是发自心底，发自肝胆肺腑。她脸上在笑，鼻子嘴也在笑，特别是那传神的、水灵灵的大眼睛那充满青春活力的一笑。无穷的魅力，像磁石般吸得天胜热血沸腾，六神无主，他一下子扑过去抱住江维丽，江维丽也紧紧地抱住天胜，像是生怕他跑了似的，就这样抱着，天胜的双唇抖动着在江维丽的脸上吻来吻去，两张嘴终于吻在一起。就在这时，灯里油干了，灯头跳了几下就熄灭了……

第四章　青柳红缘　林中有眼

门哐当一声打开了，文博、向江和洪涛闯进来。江维丽羞得脸红红的，推开他们几个，跑出小屋，跑出校门，一溜烟跑回了医院。几个人吓傻了，不知道该如何处理，还是天胜脑子灵，他拉着三个人的手说：“兄弟们拜托了，今天的事，我也不怪你们，但你们也知道这事的厉害，要是叫学校知道，与我与你们都不好。弄不好我得受处分，你们也跑不了，这事就咱们几个知道，天知，地知，你知，我知，谁也不能泄露这个秘密。”几个人都认为天胜说得在理，便都表态绝对守好这个秘密，让它烂在肚子里。

过了暑假，很快就到了秋天，春种一粒粟，秋收万颗子，秋季是一个收获的季节，喜悦的季节。你看那果园中红通通的大苹果、香喷喷的大鸭梨，再看那一串串叫人垂涎欲滴的紫灵灵的甜葡萄，甜滋滋、脆生生的核桃纹大团枣，别说吃的人，就是在果园中走上一遭，心里也像抹了蜜。果园周围那一望无际的田野里，秋天的美景更是美不胜收。红的、黄的、白的、绿的……在画家眼里它是一幅多彩的画，在游人眼里它是一副美妙的景，在农民眼里它是一个梦。从春忙到夏，又从夏忙到秋，天天在做的这个梦只有到了秋季，梦才能变成现实，变成一垛垛棉花，一筐筐水果，一袋袋粮食……他们心里比谁都高兴。

中学的学生也非常高兴。县里决定叫这群学生下乡帮助农民搞三秋。他们像圈在笼子中的小鸟儿，放出笼子叫他们在蓝天白云中自由飞翔，一个个喜得合不拢嘴。他们打起背包唱着歌，在一条不宽的土路上说笑着向东走去。豆地里的蝈蝈吱吱地叫，忙着为他们吹起迎宾曲，小燕子啾啾地叫着在他们前后左右飞，有的俯冲，有的侧翔，有的钻天飞得老高，像是给他们侦察远方的敌情，又像是，抢占战略高点侦察监视他们的一举一动。不知道是小燕子对这伙小青年又说又唱扰乱了它们平静的生活不满，纷纷飞来向他们抗议，还是有意组成仪仗队欢迎他

们来到这偏僻的乡村。

这村叫程村，离城二十多里。西邻御河，东邻黄河故道。全村有五个生产队，一千多口人，这里全是沙土地，盛产花生、红薯。那里玉米水果也长得很好，是一个美丽富饶的村庄。下乡的这些学生，有的家就在农村，对农活很熟悉，不用教就干得很好。有十几个家在城里的，刨花生出红薯还是头一遭。学生和社员在一起干活，边干边学，没几天就混熟了。下工了，学生们背着十几斤重的大板掘来到牲口棚，放下工具洗把脸，社员抬来一大筐红薯，加一桶米汤，大家吃着笑着闹着，好不高兴。

天亮了，一道道霞光驱走了黎明前的黑暗，五彩缤纷的大地在霞光下显得更加美丽。劳累了一天的小伙子大姑娘，没有心思欣赏这美景，他们还躺在地铺上各自做着自己的好梦。村边一排排柳树上几只喜鹊高立枝头，叽叽喳喳地叫个不停。它们是给谁报喜呢?

班里生活委员张洪涛就在翠绿的柳林里，他正在谋划今天怎么安排同学们的劳动和生活。他迈着四方步，慢慢地在柳树下走来走去，不一会儿，一个身穿红夹袄的姑娘从村里走出来，洪涛远远瞅见她，故意咳嗽一声，她抬头看到他，左右扫了一眼，见没人就大着胆子向洪涛走来。

“心月，怎么起这么早，不多歇会儿？”洪涛主动打招呼。

“生地方睡不着，起来活动活动。”

“我想今天该怎么安排，躺到那里也睡不着，怎么样，累不？”

“不累，我们不像你们城里的孩子，没干过活，我在家一有空就帮父母干活。”

洪涛转了话题说：“你看这早晨的风景多好。”

“美，就是美。你看这柳树绿得可爱。洪涛你看那彩霞，那白云，还有那儿，那儿……”洪涛跟着她手指的方向来回望。

喜鹊站在柳树上叽叽喳喳地叫，一群鸽子带着尾哨扑棱棱地绕着柳林转。远处的果园，一股股香气随风飘来，远近几只懒公鸡，咯咯咯，来几声迟到的报晓。一缕缕炊烟夹着柴草的煳焦味从这家那家冒出来，破坏了这清晨的清新空气。但洪涛和心月，好像并未在意，仍在那青柳之下，面对面地坐在草地上，越谈越投机，越谈话越多。

“你知道今天是什么日子？”

洪涛摸着脑袋眯着眼想，没想起来，说：“什么好日子啊？又不是节，不是年的。”

“你再想想。”

“呵呵，想起来了，是我生日，看我这记性。”

“我送你个礼物，你先闭上眼。”洪涛真的闭上眼，心月把一个布包放在洪涛手上，就藏在另一棵柳树后面偷看。洪涛闭着眼不听心月言声了，就睁开眼，发现不见了她的踪影。他赶紧打开布包，一看，是一双绣花鞋垫儿。他捧在手上就欣赏了一会儿，赶紧装入口袋，露出一脸笑容。

这时，心月露出脑袋偷看，洪涛发现了她，就绕过柳树，装作要走的架势，突然从她后边冲过来，一把抓住她，心月半从半就，靠在洪涛怀里，闭着眼，享受着爱的甜蜜。

向江昨天晚上吃了一肚子红薯，又喝了一瓢凉水，没睡到天明，肚子就咕咕地叫，他急忙跑出去方便。看看天明了，也没回去睡觉，就顺着柳林散步，正在四处欣赏早晨的美景，想写一首小诗，向伙伴炫耀，忽然听到有人说话，他就藏在大柳树后边偷看，见生活委员和心月在那儿坐着，她送他个红包，包里是什么没看清楚，接着又看到洪涛抓住她，两人紧靠着说话，觉得他又发现了大新闻，就偷偷跑回住地。

时间过得真快，一天没觉着多大会儿，太阳就要落山了。一片片火烧云染红了半边天，红光照耀下的村庄、树林、庄稼，都是另一番景色。鸭子嘎嘎地叫着往家跑，小毛驴儿驮着串亲戚的小媳妇往娘家赶。一辆辆马车拉着垛得老高的豆子或玉米，随着几声啪啪的鞭响，骡马扬起蹄子荡起一股股灰尘。唯有这伙小青年，干了一天活不知累，背着红薯和工具仍然唱啊闹啊没有完。向江是个急性子，往常他总是打头阵，连跑带颠总是走在前面。但今天，他像变了个人，总磨磨蹭蹭往后缩。天胜看在眼里，以为他病了，就和他开玩笑说：“向江今天‘草鸡’了吧？”

“你才‘草鸡’了呢。”

“那咋累得走不动了？”

“不想走那么快呗。”向江阴阳怪气地说。

文博知道向江昨晚没睡好，就对天胜说：“你们先走吧，我和向江做伴，保证丢不了他。”大家哄地一笑，接着天胜对着文博和向江说：“你们可不能丢，丢了你们可就没戏唱了。”

别人走远了，向江附着文博的耳朵根说：“今天有重要情况要通报。”

“通报啥？不是昨晚拉稀拉到裤子里了？”

“去你的，今天早上咱班又有一朵金花开了。”

“你又胡扯哩。”

“真的，不信你回去问问，咱生活委员，那绿柳红缘是怎么回事。”

“说你脚小你就扶着墙根儿走，在老兄面前还卖关子。”

“我不骗你。”说着就把早上看到的一幕原原本本地说了一遍。两人禁不住哈哈大笑，异口同声地说：“我们班又有一朵金花要开放了。”

行行绿柳连着果园，那果园不仅景好，还有佳果美味诱人。有杏，有梨，有桃，还有葡萄和柿子，树上红的、黄的、绿的……不仅颜色鲜艳夺目，那缕缕香味令人垂涎欲滴。那果树下，种着各种名贵药材，各色的小花，也引人眼球。

耿金良和王雪碧两人相约早早起来，就直奔果园。

天亮了，但那天上的星星迟迟不肯隐退，眨着眼望着他们俩。

农村的早晨是清静的，没有汽车的吵闹，没有闹市的喧嚣。勤劳的人们打着轻轻的鼾声，说着不清不楚的呓语，做着那无头无尾的美梦。耿金良和王雪碧也有他们的梦。他们手拉着手，呼吸着带露水的新鲜空气，踏着湿漉漉的小草，边走边聊。王雪碧昂头看看天，寻找牵牛织女星，她找啊找，怎么也找不着，就对耿金良意味深长地说：“太可惜了，咱们白起这么早，那牛郎织女还躺在被窝睡懒觉呢。”

“不对，是我们太懒了，来晚了，他们值完班回去睡觉去了。”

“哎，太遗憾了，没想到同牛郎织女见一面就这么难。”

“不难，不难，牛郎织女睡觉了，我们替他们值班来了，我们就是值班的牛郎织女。”

王雪碧娇憨地用手拍打金良，说：“坏、坏、坏，谁是你的织女，谁是你的织女。”

耿金良一边躲闪，一边求饶说：“好，好了，别打了，我承认错误还不行吗？你不是我的织女，是我的老婆。”

雪碧打得更起劲儿了。耿金良架起左手，挡她，嘴上却不屈不挠，说：“我纠正还不行吗，我刚才说话有误，现纠正如下，王雪碧不是我的织女，也不是我的老婆，而是我的准夫人。这回行了吧。”

雪碧边打边嚷：“你啊，就是坏小子，鬼点子多，想着法儿耍弄人。”

他们怕碰见人，没敢走大路，两人沿着田埂慢步前行。他们走的是块红薯地，没有庄稼遮挡，视野开阔，蓝蓝的天，白白的云，树木、村庄都看得清清楚楚。走着走着，见前边有几丛野草，草丛前还有棵树，再近就隐隐约约见有几块墓碑，雪碧见走近坟茔，心里有点儿怕，就说：“金良，咱们还是绕绕吧，这多瘆得慌。”

耿金良看看两边都是玉米地，就说：“玉米地难走，露水大，又刺人。就在

这儿走吧，不怕，有我呢。”

有金良撑着胆，雪碧也就没再说什么。跟在金良后边亦步亦趋地走着。说话声和脚步声惊动了几只野鸭，扑棱棱鸣叫着飞起来。雪碧吓了一跳，急忙抓住金良的胳膊，金良心里也扑通扑通地有点儿怕，但男子汉大丈夫不能丢丑啊，他硬挺着，手拉雪碧走过这片坟茔。过了坟茔雪碧松了口气，两人的心情好起来，望着东方的霞光，金良想作一首诗，抒发他此时的心情，想了好一会儿，没想出好词。王雪碧见他一大会儿不说话，以为他吓着了，就说：“哎，刚才还假装大胆，怎么这会儿吓傻了，连话也不会说了？”

“别闹，我正在酝酿一首诗，好，好，有了，你听着：

“蓝天上涂绘着一抹红霞，

“红霞下铺陈着一幅幅彩画，

“彩画中镶嵌着一对对情人，

“情人中有多少蜜语佳话。

“佳话中……”

金良正集中精神吟读他的佳作，没想到惊动了红薯秧子下正在熟睡的野兔，那野兔以为有敌人进攻它，就一下跳起身逃命，一下从他两人中间窜过去，差点儿没碰着雪碧的腿，雪碧哎呀一声，吓得几乎摔倒，金良急忙扶住她。雪碧定定神说：“娘哎，吓死我了。”

耿金良倒没吓着，可这诗给吓回去了。

耿金良懊悔地说：“唉，太可惜了，一首好好的诗，叫这小东西给惊跑了。雪碧你看，前边就是果园，咱到那果园歇会儿，好好润色润色我这首诗。”王雪碧还没从惊恐中醒过来，没有吭声，跟着金良走。

离果园越来越近，天也明了，红红的太阳在地平线上跳动，远近的景物都看得清清楚楚，那果园很大，东边是梨园，西边是桃园，南边是杏园，北边是柿子园。这四园中间，是个苹果园。青梨黄柿红苹果，色泽鲜艳，香气扑鼻，那果树中还搭了一个高高的草庵，庵的周围还有几排鸡舍。那树下种的是花枝招展的药材、蔓藤盖地的红薯，金良感慨地说：“真是好地方啊。”

走近果园，耿金良运了运气，又静下心想完成他的诗作，但打断的构思再也续不上了。他不得不改变主意，写一首果园的诗。酝酿了好一会儿，就学着曹植，来个七步诗，显露一下自己的才华，来震震雪碧，但抬起脚，没想好词，那脚在空中悬着半分钟落不下来。这奇怪的造型，王雪碧觉得又可笑又好奇，就讽刺金良说：“大诗人怎么了？用我帮你拽拽腿不？”

“别捣乱，刚想好的好诗，让你吓跑了。”

“好了，好了，诗作不作不要紧，这腿先下来，别诗没作成，成了个瘸腿子，混进残联那可就惨了。”雪碧说得耿金良憋不住笑了起来，腿不由自主地放下来。金良诗兴没了，游兴来了，对雪碧说：“咱到这果园里看看，欣赏欣赏果园美景，也许能引出我的激情。”说着两个人就走进果园，两人得意忘形，指手画脚，正在感慨万端，一条大黄狗不知从哪里窜过来，嗷的一声，吓得他俩拔腿就跑，他们越跑狗越追，耿金良高声喊：“雪碧，咱俩别往一处跑，你往东，我往西，分散狗的注意力。”雪碧吓得魂快要掉了，哪还敢独行，她哀求着说：“金良，我怕，你拉住我，咱还是一块儿跑吧。”金良没办法，就拉起王雪碧拼命地跑，跑出果园，跑进红薯地，跑到那吓人的坟茔，跑到那兔子窝……鞋子跑掉了，头发跑乱了，一身大汗湿透了衣裳。最后实在跑不动了，王雪碧一屁股坐在地上，拉了金良一个趔趄。耿金良回头，想如何对付那狗，可那狗早叫主人叫回去了。他也腿一软，扑通坐在地上，陪着王雪碧呼哧呼哧地喘着粗气。

这班小青年，没一个省事的。他们从农村回来，又生出来不少故事。一个小小窝头也叫他们弄得神秘莫测。

中学这群小青年帮助农民三秋回来，人被圈在教室里，但心一时还收不回来。她们留恋那个小村庄，留恋那个画一般的田园，诗一般的原野。

刘向江是个静不下来的人，人回来了，但爱动的秉性受到了约束，上课不能乱说乱动，但课下他就想把课上积下的能量一下释放出来。他凑到张洪涛耳朵边偷偷地说：“这柳树长得真好。”洪涛没有多想就随口驳斥他说：“你是没睡醒啊，还是眼睛出了毛病。这明明是杨树，你却柳树长柳树短的……”

“这就是柳树嘛！你看那柳树下边还有两个人抱着呢。”洪涛听出他话里有话，常言道做贼心虚，他同心月的事知道瞒不住这个万事通，就低声对向江说：“你小子想咋着？”

“没想咋着啊，只是……”

“你既然知道了，我也不瞒你了，我同心月的事，你不要乱说，我不怕你，人家心月脸皮薄，架不住。再说这事传到学校领导耳朵里也不好。”

“说到这儿我也不多说了，这样吧，你请个客，我保证不向任何人说这事。”

“好、好，我请客，但你小子可得说话算数。”

两人偷偷做成这笔交易。

天到中午了，圈在教室里的小青年一个接一个地跑出来，来到学生食堂。洪涛用笼布从大伙房兜着一大兜儿窝头出来，说要摆窝头宴，宴请全班同学。说是

窝头，不如叫它黑球球，它是用黑豆和玉米面掺麸皮做成的，吃起来还垫牙。这样的窝头，一天两顿，一顿两个窝头一碗汤。二十来岁的孩子正是骨头肉一起长的年龄，他们一个月只有三十多斤粮食指标。男生都算着账吃，生怕吃不到月底。张洪涛父亲是个大官，家境比较好，饭票吃不完，决定请同学的客。听说他请客，大家自然高兴，一起围过来，洪涛慷慨地说："今天窝头管够，敞开肚皮随便吃。"

大伙听后，一边叫好，一边顺手拿起窝头啃起来。

杨方柱拿起窝头，鼻子一酸，眼泪差点儿掉出来。他强含眼泪，看了一眼洪涛，想，他有个当官的好爹，在这么困难的时候还能摆窝头宴，要是我爹还活着，多好啊。他爹抗日战争时期还是我爹的下属呢，我爹要是能活到现在那官咋着也得比他爹大，还能轮着他显摆。但……想啥也没用，我命苦啊。

那命苦何止他一人，站在他旁边的赵玉莲比他还苦，他爹也是官，是国民党的官，新中国成立前跑到台湾去了，她有爹还不如没爹，没爹，虽是孤儿，生活苦点儿，但在政治上不苦啊。她对生活的苦并不怕，怕就怕有运动，一有政治运动，她妈妈，这唯一的亲人就要挨批，作为女儿，对妈妈又同情，又不敢吭声，这是立场问题，是政治大问题啊。她心中的苦，谁能理解啊？

杨方柱能理解。他死了爹，是个孤儿，赵玉莲爹没死，但比死了还难受。也许是同病相怜吧，他俩平时走得比较近，时不时地在一起聊聊天。学习上有什么难题，就互相交流。窝头宴上，两人都有一腔难言的苦，碍于情面，他本不想赴这宴，但还是拿了一个，但怎么也吃不下去。他就含着泪偷偷溜到旁边，凑到玉莲身边。

向江是个爱说爱笑的小伙子，他拿起窝头就狼吞虎咽地大吃大嚼起来。吃了五个后，觉得差不多了，抬起头望望几个伙伴还在吃，就开了一句玩笑："弟兄们慢点儿吃，下边洪涛还给我们准备着更好吃的呢。"

大家停下来，洪涛也顺嘴开玩笑说："下回请客，就轮着向江了。"

大伙儿也起哄说："下回让向江请客。向江请客。"

向江知道是闹着玩，但他不敢答应大家请客。他请得起吗？他想到父母拉扯他们兄妹三人，弟弟妹妹吃红薯叶啃红萝卜，腿都浮肿了，瘦得皮包骨头。自己这当哥哥的有什么能耐来接济他们呢？不仅不能，还要给家里要上学的花费，想到这些，心里也觉得酸溜溜的。

文博鬼点子多，他看出这阵势，扫了大伙一眼，见溜的溜，有心事的有心事，就想怎么结束这宴会，他皱起眉头想主意。

蓝蓝的天上万里无云，成群的麻雀呼呼来回飞，撵也撵不走。可能是它们也

馋了，看着这丰盛的窝头宴不请自到，在这人还饿肚子的年代，也许它们也很难得到饱餐，饿得受不了，冒着生命危险来和这群小伙子大姑娘抢饭吃。

幸福的家庭是相似的，不幸的家庭各有各的不幸。唉，谁家没有一本难念的经啊。

赵玉莲是个文静本分的女孩子，中等个儿，白皙的脸蛋儿上镶着一对多情的眼睛。嘴不大不小，说起话来柔声细气，谁都觉得她和蔼可亲。她不参加窝头宴，拿了自己的窝头，舀了一碗汤，就躲藏得远远的，自己吃饭。但她对这个宴会，看得一清二楚。同学们的心思她看到眼里，但谁愿点破呢？她是一个可怜的女孩儿，母亲是个被人遗弃的女人，却替父亲背着反动派家属的黑锅，政治上有多大的压力啊！母亲只有这片宅子，还让别人占了一大半。父亲没给她留下多少财产，孤儿寡母就靠给别人做活度日。母亲咬着牙把一切希望都寄托在女儿身上。

赵玉莲是个懂事聪明的孩子，从不给母亲惹事。杨方柱坐在玉莲旁边，各想各的心事。想了一会儿，方柱站起身去洪涛那儿拿了四个窝头走回来，递给玉莲两个，自己留了两个，并说："玉莲，吃，不给他们省着，叫他们显摆。"气愤地说着就大嚼大吃起来。玉莲有点儿不好意思，轻声对方柱说："我吃不了那么多，给你一个。"玉莲递过的窝头方柱没接住，骨碌碌跑了老远。方柱过去捡回那掉到地上的窝头，吹吹土，就往嘴里放，玉莲一下从他手中夺过来，责备方柱说："也不嫌脏，都是土还往嘴里塞。"说着就把那掉地的窝头皮揭了揭，又递给杨方柱。

向江是个多事的人，让他看到眼里，他拉住文博小声说："你看，你看，又有一朵金花要开了。"

文博扭过头扫了一眼，咂咂嘴说："啊，是窝头传情。"

向江接过来说："嗯，是传情，传心爱之情，简称爱情。人家两个又有好梦做了，有意思，传窝头，圆好梦，想得真美啊！"

这回文博又借题发挥，来将向江的军说："咋着你眼气地慌了？眼气你也找一个啊。哪朵金花没开你摘哪朵。"

刘向江脸红了，拿起汤碗把汤往他身上浇。文博也不是省油的灯，拿起一个窝头照他脸上打来，大家赶紧把他两个拉开。

天胜抬起手抹掉沾在嘴上的窝头渣，深沉地说："今天，洪涛请咱们，这个情咱领了，但各人的情况不同，我们今后，是否不再轮着请客了。谁有这个意思，可以向大家打个招呼，要做到两个自愿，自愿邀请，自愿参加。不要为难……

洪涛因这窝头宴惹出了这么多事，心里不是个滋味，意味深长地自言自语说：

“还是人家方柱和玉莲聪明，把窝头都能派上好用场，不像你们就知道吃啊闹啊，真没意思。”

窝头能传情，没想到，小弹簧也能弹出一曲曲畅想。

昨晚一阵秋风过，千呼万唤唤不来。时光就像这刮去的风，流过的水，一去不复返。紧张的高三生活，人人都很忙。学校抓得也紧了，社会活动安排得也少了。这伙小青年都闷在教室里准备高考。

这个班教室前有一排高大的杨树，这杨树旁也有不少故事。

常言说，秋风扫落叶，一点儿不假，几场寒风就把这杨树吹得光秃秃的。就在这晃动的杨树下，有一对青年背着教室在谈话。东边是位男的，西边是位女的。这男的高高的个子，大大的眼，红通通的胖脸上有两道黑黑的眉毛。他是班上的团支部组织委员韩冬喜。那女的胖胖的长方脸上镶嵌着一双含情脉脉的杏仁眼，弯弯的柳叶眉，配上不大不小的樱桃嘴，挺招人喜欢。她看上去挺稳重，话不多，她就是班团支部宣传委员石榴红，两人都是班干部，还有谁不知好歹敢招惹人家。

向江可是个闲不住的人，他抬起头隔窗一看，两个委员又在树下谈话，忙着用胳膊肘儿捣捣身边的李相生，用手指指窗外，嘴对着他的耳朵小声说：“快看，快看，又演电影呢。”

相生顺着向江的手指方向一看，笑着轻声对着向江的耳朵说：“弹簧又开始弹了。”

几个人见向江和相生两个又咬耳朵又用手比画，便也扭过头向窗外看，看后有的捂着嘴笑。冬喜说着，支委右腿不住地抖动，皮底鞋敲得蓝砖地面有节奏地嗒嗒响。

冬喜他们在自习时间，在众目睽睽之下谈什么呢？是谈工作，是交流学习经验，还是谈情说爱……同学们都有自己的看法，但谁也不好意思公开发表自己的意见，更确切点儿，应该说是没有确实的证据，谁敢没事找事胡乱瞎说团干部呢？

小弹簧和冬喜的举动，在表面上无人公开议论，在小青年心中却激起了一层层波澜。坐在第一桌的高金素抬起头，望了一眼窗外，又扫了一眼几个同学的鬼诡样子，还见纸条飞来飞去，低头想继续看书，可心怎么也沉不下心来，她一边想，管他们那些屁事呢，我读我的书，可心就是收不回来，两个支委到底是咋啦？同学为啥这么关心他们俩，莫非他俩真的在搞那个吗？不会吧，都是那伙捣蛋鬼瞎起哄，没边儿的事他们也会说得有鼻子有眼儿。

金素是个老实姑娘，她虽然个子不高，黄黄的长方脸上长着一双机灵的小眼睛。她家就住在城里一条最繁华的大街上，父亲是位大企业的会计，母亲也在城

里工作，因父母都是文化人，从小就给她订刊物买课外书籍，接受科学文化的熏陶，再加上父母良好的基因遗传，她从小学习就很好，门门功课都名列前茅。虽然她学习没说的，她的出名，说起来也很蹊跷，还是那个激情年代，她在深翻土地中出的名，人们一定会感到奇怪，那时她是个十三四岁的小姑娘，那瘦小的身材，别说叫她翻地，就是叫她背一天铁锹，也会压趴她。不过确实是这样，她是在深翻土地中出的名，但不是翻地出的名，她靠的不是力气，是智慧，是聪明，她用手中的笔写了一首小诗便扬名全城。这首诗就是《磨锨歌》：

姑娘低头磨钢锨，

钢锨里面映笑脸。

一喜钢锨明又亮，

二喜容颜变了样。

这首诗在校报和文化馆小报上一登，全校师生都知道了，一时成了大伙议论的名人。

这名人就是有控制力，金素两手托着腮帮子，沉思了一会儿，收住心，又钻进书本里，在公式和定理中寻找乐趣。

坐在后边的文博隔着玻璃窗对外面的情况看得更清楚，扭头一看，又见向江和楚雨互传纸条，一猜便知是在议论冬喜和榴红。他虽才二十来岁，但儿女情长已经积累了丰富的经验。他十八岁父母便包办结了婚，如今快要成当爸爸的人了。他看到冬喜和榴红联想到自己，联想到一个个有文化又漂亮的女同学，他眼馋得有点儿发呆。文博不喜欢自己的媳妇，但又无能为力，看到别人搞恋爱或是一男一女说笑，他都会联想到自己。论才貌，文博也算个人物，白白净净的小白脸上两只大眼睛滴溜溜地转。小分头整天梳得亮亮的，衣服穿得整整齐齐，看上去又潇洒又利索，很有风度。他常常走神儿，同学在路上遇见他，有的向他打招呼，他好像正在聚精会神地思考什么，猛地一惊闹得都觉得挺不好意思。谁也不知道他在想什么，他心里肯定藏着好多秘密，但这高度机密的密码谁也没有破解开。

冬喜心里的秘密也是一道难解的秘题。他同石榴红的谈话，总是在每天下午的自习时间，总是站在教室前从东数第四棵和第五棵大杨树之间，背对教室，一谈就是二十分钟，占了大半个自习。

冬喜红红的圆盘脸上常常露出一副严肃的面孔，可能是班干部当长了摆出一副吓人的架势。他身子常爱扭动，就是坐着上身也要扭来扭去，看来他是个不甘寂寞的人，他同石榴红的谈话，如果是谈工作，课间饭后，有的是时间，为什么偏偏选在大家都能看到的地点和时间？是不是，这就是他们要向大家宣示的公开

秘密？

团支部书记何艳非两眼直勾勾地盯着冬喜后背，她在想什么呢？是羡慕，是嫉妒，还是对这位下属的做法不满意，希望他俩扭过脸来，看看她那不满的目光？她几次试着要站起来，但扭了扭身子又坐下了。

坐在窗边的楚雨离团支书最近，他望了一眼，觉着每天如此，习以为常了，仍低头看他的书，但向江一个纸团儿投在他的面前，正好落在他的课本上，他顺手打开一看抿着嘴止不住笑起来。

纸条上到底写的是啥呢？原来是几句玩笑话：

芝麻开花节节高，

金花银花任你挑。

如果现在不下手，糟糕，光棍儿日子不好熬。

看后，他顺手撕了张纸片，写了几句丢过去，这纸片原想投给向江，但没投准，一下落到任天胜桌上，楚雨一紧张心里扑通扑通的，像揣了十八只小兔子。

天胜打开纸条，见上面潦潦草草地写着几行小字：

金花好，银花好，

摘不到的是草包。

学学主席团支委，

快快下手别跑掉。

天胜看了纸条先是咧嘴一笑，楚雨见学生会主席笑了，紧张的脸上稍稍轻松了一点儿。他两眼紧盯着主席，察看着他的表情，见他笑了之后眉头忽地皱了起来，楚雨骤然又紧张起来。待了一会儿，楚雨静静心，想到这纸条上又没写名道姓，他要是找我，我就给他个死不认账，他能把我咋着？大不了班上不点名批评几句。想到这里，倒像没事人似的，仍旧打开课本，看他的书。天胜看到纸条先是一笑，觉着这捣蛋鬼确实可笑，对冬喜和石榴红谈话这样敏感，但纸条上的话勾起他的心事。他望了望冬喜和榴红，想到他和江维丽。江维丽和他被铁锁锁了一夜之前，因照顾母亲生病就退了学，她那晚上对我许了终身，她离开学校后现在怎么样呢？还真有点儿想她了。她要是不退学也像人家冬喜和榴红那样，一起说说话，聊聊天，多开心啊，可现在已经晚了，人算不如天算，还是冬喜的命好啊。

第五章　金花有序　各放异彩

阳春三月，下过几阵蒙蒙的细雨，唤醒了大地的生机，微风轻拂着碧绿的树枝，青的草、绿的叶、粉红的桃花、金色的迎春……都像赶集似的聚拢来，组成了光彩夺目的春色。这正是春游的好时光。榴红曾几次同冬喜约定来这里玩，可她今天守在母亲病床前再也不会来了。冬喜焦急地四边张望，总想在茫茫人海中，能有个意外发现。

梦城背靠罗敷山，面对石龙河，那石龙湖就在山脚下。来到石龙湖，冬喜漫步在那美丽的景色中。石龙湖岸上，含羞的柳树在风儿的带动下，甩动着那长长的发辫，向游客们问好；桃花、杏花都展开笑脸，向游客致意；小草听到儿童的歌声，都争先恐后地探出头来，为大地母亲披上了新衣。宋朝的王安石有诗云："春风又绿江南岸。"说得多好啊！但又何止是"绿"？

文博站在石龙湖的岩石上，望着清清的湖水，水中倒映着四周青山蓝天的影子，倒映着蓝天上浮游的云絮，倒映着游客们一个个欢快的身影。这天气最棒，连空气都是甜甜的，人呼吸着这样的空气，像嘴里含着果冻。河水晶莹透亮，太阳照在水面上，闪烁着点点金光，像是点缀着一颗颗闪亮的宝石，湖水就像是一块闪亮的镜子，把美景尽收怀中。

举目远眺，四面被群山环绕，山间时而传出动听的鸟叫声，时而传出牧牛娃稚嫩的歌声。文博往左边看，见是一座连绵起伏的山峦，山头墨绿墨绿的，那一排排树木整齐地排列着。他赞叹着大自然的神奇美妙，尽情地享受着山间景色。忽然一声稚嫩的童声喊："你们看，右面山上的石榴花。"文博抬头，远远望去，山上红红的一片，犹如红霞放出灿烂的光辉。石榴花还散发出一阵阵沁人肺腑的幽香，令人心旷神怡。走近花树时，看见冬喜在山上边也在观看石榴花，他还自言自语，吟道：

万绿丛中一点红，

只见红花人无影。

待到三月燕飞来，

愁云散尽笑春风。

“哈哈，冬喜你相思病犯了吧，又在想石榴红了。”

这红要是石榴红多好，我同她站在这万绿丛中，这景才算真的美。这石榴的红花的红，勾出他对榴红的想念。冬喜正看着石榴树发愣，文博这一喊，吓了他一跳。他打了个冷战，定定神转身问文博：“你怎么到这儿来了？”

“救你来了，怕你想不开跳湖。听说榴红娘病了，几天不见就想成这样。”

两人边调侃，边并排坐在石头上。

残阳的血色已经褪去，侧身西望，天地相接处，仅有一线淡红的暗光，宛若一条玉带佩在了天际。渐渐地，带变成了丝，丝又时而恍惚。等再次眨眼的时候，已经完全被暮云埋没了。这时，一层薄薄的细纱把西天笼罩起来，细纱又似乎在这凌风中微微颤抖。两人沐浴着凉凉的晚风，说着心里话。

“咱班这五朵金花你小子是否想摘一朵？”

“啥金花银花，都是你们几个捣蛋鬼恶作剧胡咧咧。”

“你别说，人家也不是没有根据瞎选啊。听说天胜他妈还为这事算了一卦。”

“那卦咋说？”

“说天胜性实，是木命，需有一个水命的人保着……”

“哎，什么水命，木命，都是瞎咧咧，跟金花有什么关系？”

“有啊，这五朵金花，可用五个字概括：酸甜苦辣涩。”

“啥根据？就说那仝心月吧，她连一米六都不到，严格说那是半残疾，还有人提名选成金花，这不是瞎了眼，就是乱点鸳鸯谱。要说金花，江维丽才是标准的金花，要个儿有个儿，要模样有模样，谁能比？”

“说模样倒也是，大眼睛，薄嘴唇，白皙脸蛋上常常带着微笑。但她城府太深，心眼儿太多，她对谁也嘴上带蜜，说得甜甜的，但她心里咋想的，谁也琢磨不透。就说她和天胜，好就好吧，她不自己表白，却要托媒人，总觉得她有点儿酸，要算金花，也是朵酸金花。她是水命。木命的天胜配水命的维丽，恰似枯树逢水必然旺盛，所以天胜妈才同意媒人介绍维丽。”

“啊，还有这么多故事，那其他金花是什么命啊？你配哪一朵啊？啊，我倒忘了，你小子早就摘花了，而且摘的是酸枣花，虽然有时会扎手，但也不错啊。文博啊，你可不能吃着碗里看着锅里，花了心啊。”

“冬喜你别拿我开涮，说真话，人家榴红确实不错，还是你有眼光。”文博这一夸，还夸到冬喜的心坎儿上。榴红真是像这石榴花，人美，心细，对人忠厚，她就像这石榴，甜甜的，这金花可是甜金花啊。文博看透冬喜的心思，凑趣地说："石榴红就是个甜金花，人甜，心甜，说话也甜，跟着你肯定甜一辈子。"听了文博这一说，冬喜真的觉得心里甜滋滋的。文博没有再顾忌冬喜，他觉得同冬喜谈得投机，有点儿得意，就不管冬喜爱听不爱听，就嘚嘚地说起来没完。

他说："王雪碧是个苦金花。她爹死得早，她娘一个人拉扯着三个孩子，不容易，你看雪碧就没穿过新衣裳，总是补丁摞补丁。她苦啊。那心月，心直口快，说话像刀子，一句话能呛死你，她就是个小辣椒，那辣金花一点儿不错。那玉莲吧，说什么呢，人长得没的说，但那性格难让人待见，说话常常欲言又止，总是像在害羞，让人同她交往，近也不是，远也不是，总觉得很尴尬。就像那青苹果，看着好看，但咬一口涩涩的，要说金花，她只能是朵涩金花……"

说了半天，冬喜只想榴红，一句也没听进去，他像刚从梦中醒了似的，问："文博你刚才说的啥？"

文博偷偷笑着说："你做你的好梦去吧，不同你说了。"

时间过得真快，高考结束了，大家都松了口气。因等学校发毕业证，正好这几天没安排，让学生休息。追梦文学社社长高金素提议，举行最后一次活动，就是开个梦园赛诗会。大家劳累了这么多天，自然而然乐意找地方玩玩，开开心。金素的提议立即得到响应。

吃过早餐，大家便陆续来到梦园。这梦园是梦城一座最大的公园，占地三千多亩，是梦河和元河汇合的地方，两河交汇形成一个湖，从湖的下边冲出一道新河，这河就叫元梦河，又名圆梦河。市政府就在这个湖周围建了个公园，叫圆梦公园，人们简称梦园。这梦园又分割为四个景色各异的花园。东南角是春园，东北角是夏园，西北角是秋园，西南角为冬园。湖中有个湖心岛，这岛名为晒梦台。

八点半，一伙人真的按时来到晒梦台。高金素说："十点前可自由结合，酝酿构思，十点准时到这晒梦台，以这梦园的梦为题，发表你的诗作，格式不限。这不，还请来学生会主席任天胜、团支书何艳菲作评委。今天要评出诗王一名，诗圣二名，凡参加者皆评为诗痴。"

张洪涛不满地说："诗痴不好，不好。那王啊，圣啊还可以，这痴，不就是傻吗？这傻诗人谁待见啊。"

"那你说叫啥？"高金素质问。

"叫，叫，叫诗狂也比诗傻强。"

"痴啊，狂啊，好像神经都不太正常，我说啊就叫诗神，当不上王的可以叫

圣，连圣也当不上的还可以当个神仙自在自在。”天胜出个主意。

“同意，同意。还是主席英明，如果咱们考入一个大学，我一定还选你当学生会主席。”洪涛激动地说。

高金素也随声说：“那按主席的意见办。好，各自去构思你的诗作吧，别忘了，十点准时在这里集合。”

大家答应着便散去了。

耿金良扫了一眼王雪碧，雪碧便默契地跟着金良来到春园，顾名思义这春园自然以春为主题，从花草树木、景点设计处处洋溢春的特色。那迎春花、玉兰花、月季花，分外招眼，那桃花啊，杏花啊，梨花啊虽然已经谢了，但残瓣余香依然还在。这情景，有人一定会联想到黛玉葬花，生出几分悲戚，那都是他们自作多情。王雪碧可不是黛玉，她模样儿虽然不算出众，但大小也是班上的一朵金花，她跟着金良跑到这儿，看花赏景兴致高着呢，没有一点儿伤感惜春的样子。那金良别看表面风风火火，但眉宇间却露出几分深沉。他对雪碧说：“咱别光顾瞎跑了，这诗咋办啊？”

“咱来的是春园，春是一年之始，万物复苏，我们独占鳌头，不就一首咏梦之作吗？有啥难的，弄首咏春的诗，暗喻我们的梦想，不就有了吗？”

“好，好，我们想想，先找几首古人咏春的诗启发启发。”

“你听这首怎么样？”雪碧吟道：

迟日江山丽，
春风花草香。
泥融飞燕子，
沙暖睡鸳鸯。

金良看了她一眼，说：“啊，这是杜甫的绝句，好是好，但诗还没作出，你这鸳鸯就要睡了。”

“谁要睡，这不给你找参考资料的嘛。不行我还记得一首。”她又兴致勃勃地吟道：

去年今日此门中，
人面桃花相映红。
人面不知何处去，
桃花依旧笑春风。

金良昂起头，想了一会儿，说：“崔护这首诗好，其意境正合适。我们不妨参照参照。”

“我们毕业了，马上要各奔东西，人面不知何处去，明年的桃花也只能笑这春风了。”

“别光顾发感慨了，我们得作诗啊，一会儿到晒梦台我们拿什么去参赛啊。”

“这还不容易，参照这首改改不成了。你听听这样改行不？”雪碧咏道：

今日同窗共晒梦，
人面桃花相映红，
人面不知何处去，
桃花依旧笑春风。

“不行，不行，这抄得太多，没显示出我们的水平。第一句挺好，第二句将人面改为学子，学子桃花相映红。那第三句也只得将前两个字改为学子了，叫学子不知何处去。第四句，第四句……”

“这一句不好改，就这样吧，反正我们又不想当王当圣的，当个诗神就蛮好的。自由自在。想干啥干啥。”

“你呀，是个爱享受、会享受的人。说好听点儿，叫知足常乐……”

“那不好听点儿呢？”

“不好听点儿，我说了你可不许恼。”

“就你的花花肠子多，说笑话还能当真。”

“说难听点儿就是不思进取，不求上进，懒蛋一个。”雪碧听了，追着他打，嘴上还说：“好，你小子敢骂人，看我不收拾你！”

金良为躲王雪碧绕着树转，雪碧追不上，累得呼哧呼哧喘粗气。一屁股坐下，撞着花树，树上的花瓣真像雪片似的哗哗地往下落，落了他们俩一身一脸。

张洪涛和仝心月来到夏园。她问洪涛：“你怎么不到春园，要到这夏园？”

“夏园好，我喜欢荷花，你呢？”

“我也是，荷花出淤泥而不染，象征清廉圣洁。”

“真是不谋而合啊。可我们作什么诗呢？可以找几首咏夏的诗作参考。”

“夏诗？我想起来了，范成大这首怎样？我吟给你听：

梅子金黄杏子肥，
麦花雪白菜花稀。
日长篱落无人过，
唯有蜻蜓蛱蝶飞。”

“诗倒是好诗，可我们今天在晒梦台赛诗，得找首合这个题的啊。”

心月右手摸着下巴在想，突然若有所得，急着说：“洪涛你听这首《青阳渡》

怎样？

青荷盖绿水，

芙蓉披红鲜。

下有并根藕，

上有并头莲。

“参考这首不行，他们会往歪处想，又该调侃我们了。”

心月说：“那这首呢？

菱叶萦波荷飐风，

荷花深处小船通。

逢郎欲语低头笑，

碧玉搔头落水中。

“白居易的《采莲曲》，这首行，不过我们得改改。怎么改呢？改成这样你看行不？

菱叶萦波扰诗梦，

荷花深处小船通。

逢郎欲吟扬头看，

晒梦台上赛诗隆。”

两人拍手称好，放下诗，就聊起其他的了。

秋园也有好戏。杨方柱与赵玉莲也在吟诗改诗。杨方柱是个烈士子弟，是姑姑将他收养。姑夫家是知识分子家庭，他姑夫是大学教授，她姑姑是中学老师。论文才，他是班上拔尖的。但他却把玉莲领到秋园。他对玉莲说：“我最喜欢秋，那秋是收获的季节，是丰收的季节，最实在，果实累累，不美吗？但有的人，却不喜欢。伤秋，悲秋，这类的诗词太多了。像：

孤村落日残霞，

轻烟老树寒鸦，

一点飞鸿影下。

青山绿水，

白草红叶黄花。

“你不能不说这诗词不好，但太凄凉了。又如，

菡萏香销翠叶残，

西风愁起绿波间。

还与韶光共憔悴，

不堪看。

“过去写诗的文人，大都上层人，他们不愁吃穿，没有老百姓对丰收渴望的感受……”

玉莲打断他说：“那咱就写一首歌颂秋天的诗不就行了。”

“我正在构思，别打断我。”

两人究竟要作首什么诗呢？一个眯着眼端坐在地，一个瞪着眼静听下文，花瓣一片片落在他们身上，那蜜蜂嗡的一声围过来，吓得他俩站起来就跑，边跑边喊：“坏了，坏了，我刚想好一句，让它们给吓跑了。”

冬喜领着榴红来到冬园，她有点儿不高兴。冬喜看出来了，就对她说：“榴红啊，你看我的名字，叫冬喜，我就喜欢冬。这冬啊……”

“不就是冷面无情，一脸严肃吗？你啊，你呀，冬喜，也就配在冬天里冻着。你看人家心月、玉莲、雪碧，都是五朵金花里的花朵，我算啥呀，今天就不该来。来了还得到这冰天雪地里冻着。”

“冬天怎么了？只有冬天才有诗，冬天的诗才有味，你听：

千山鸟飞绝，
万径人踪灭。
孤舟蓑笠翁，
独钓寒江雪。

“你看多有意境。”

来到冬园，石榴红不是嫌这冬天不好，而是嫌冬喜不开窍，想启发启发他，又不好明说，说人家成双成对，不是来作诗，而是来谈情说爱，这样显得自己下作，好像主动找上冬喜，想让冬喜先开口向她求爱。但冬喜愣不往这儿想。他一门心思想在这冬园作他们的梦诗。榴红有点儿生气，又不能说，耷拉着脑袋瓜子无精打采地跟着冬喜。正在这时，冬喜父母亲也来逛梦园。冬喜一眼瞅到，有点儿不好意思。因同石榴红心照不宣，虽然都有那么点儿意思，但谁也没有点破，都装出一本正经，想让对方提出，对父母没敢提这事。如果这时同两人一起见父母怕石榴红产生误会，就小声说：“榴红，我爸妈来了，你看……”榴红思想没做好准备，况且这事还没同冬喜点破，也没同家里说，觉得这时唐突地见冬喜父母不合适，就说：“你去见你父母吧，我先躲躲。”说着绕过假山走向园林深处。

十点了，没人来，十一点了，还没人来。金素有点儿着急了，怎么这点儿还不来呢？这咏梦诗，赛不赛无所谓，但把我这大社长晒在晒梦台，这不是给我闹难堪吗？团支书老练，她赶快打圆场说：“今天这事得怨天胜，他把头朵金花藏起来，不露面，别的金花合起来和你叫板呢。人家心月连金花也没最后确定，才不理你这茬儿呢？”

“是，是，都是我的罪过，我的罪过。”高金素心里明白，他俩怕自己生气，出来安慰自己，就气呼呼地说：“我这社长也当到头了，画不成句号，画个逗号也行。”三个人说着话返回学校。

梦城，人称成语之城，尤其是二度梅这个成语，在城内人人皆知。说的是，唐朝肃宗年间，在朝做官的陈冬初府中招进一名家奴，名叫王喜僮。当时，陈府中那株正吐艳喷香的老梅树，忽然被一阵狂风吹得花落枝折。触景生情，一时陈府上下，尤其是小姐陈杏元，大惑不解，暗暗忧伤。后来杏元得知，那个聪明俊俏的王喜僮，原来是被奸相卢杞陷害的大唐忠臣梅伯高之子，名唤梅良玉。梅陈两家是至交，两人从此以兄妹相称。后来陈冬初索性将杏元许配给良玉。这一消息后被奸相卢杞得知。此时，正值北邦沙陀国南侵，大唐难以抵挡，便决定送美人去和亲。卢杞为拆散陈梅的姻缘，他奏明唐皇，封杏元为御妹，外嫁沙陀王，以解边关之患。梦城当时是边陲要塞，城北有一条河，名为别河，河上建有一座桥，人称别河桥，简称别桥。凡去北邦的人，都要登临别桥，与亲人告别。尚未完婚的陈杏元与梅良玉，也含泪来到别桥之上，杏元要梅兄每年清明时，面北背南哭他一声，并交给良玉一支金钗说：“见钗如见杏元。”良玉表示：“今生不再娶。”陈杏元泪别梅良玉，凄凄惨惨地走出国境，路上经一处悬崖时，杏元闭眼纵身跳下，她神话般地被一老妇人救走并收作义女。无巧不成书，良玉自与杏元离别后，改名穆荣来到老妇人家做了账房先生。恋人相遇，分外喜悦。转眼，大比之年来临，良玉金榜题名。他奏明唐皇，为父伸了冤。万岁招良玉为驸马，并让他与御妹杏元喜结良缘。说来奇巧，就在他俩完婚之日，杏元家那株老梅树花开二度，且艳丽无比，满院飘香。

天胜考上大学，就要入学，登上别桥，要与“酸金花”江维丽话别。

天还早，太阳刚刚出来。万道霞光，织就一个灿烂的世界。天胜考上大学，心里总是五味杂陈的感觉。他想，维丽爱我，原来是真心的，但现在不一样了。我考上大学，一去几年，说不清要天南海北长期分居，她心眼儿那么多，受得了吗？她回到农村，我同她已经有了差距。在老师屋里锁了一夜，同学们都知道，我摘了一朵金花，刚摘到手里……天胜靠着桥栏杆自己劝自己，别瞎想了，看维丽怎么想吧，强扭的瓜不甜，等到维丽来了再说，见机行事，她要是变了心，也不要再勉强她了，那样两人都要痛苦，还不如来个一刀两断，虽然现在我痛得心里流血，但以后各走各的路，也好摆脱了。

天胜正在胡思乱想，脑子乱得像一锅粥。当啷啷，几声自行车铃响，把他从沉思中唤醒。他抬头一看，正是江维丽骑着自行车来了，天胜急忙走上前去，说："咋没有叫个人给你做伴啊？"

"做伴的人早到了。"

"在哪儿？"

"在桥上啊。"

天胜绷紧的心，一下松下来了，不禁哈哈大笑起来，说："你啊你，还真行，到这会儿了，还有心开玩笑。"

"知道你有话要给我说，咱又约好在别桥见面，就没让别人送。我二姨就在车站旁边住，东西放她那儿就行了。"

"也好，这一走最少也要一个学期见不上面，看你有啥嘱咐的，说说也好。"

天胜没直接插入正题，拣个轻松话说。

"嘱咐啥，只要你不乱想就行。我爱你，是爱你的人，几年了，我了解你，只顾别人，不知道心疼自己。"

维丽几句看似批评的话，倒叫他心里热乎乎的。这时维丽终于鼓起勇气说出自己的心里话："你成了大学生，我是农民，怕配不上你了。"

"我早就知道你要说这句话，如果你真心是这样想，就加把劲儿，明年考上，不就得了；就是你考不上，你也不要小看我，我既然爱上你，就没打算放手，除非你变了心。"

"我……我……"江维丽有点儿感动，话也结巴起来。

"是啊，天阴阴晴晴，是正常的，人的一生就是在风风雨雨中度过的。我这上学一去就四五年，不过你得有耐心啊。四五年你等得了吗？"

维丽原来想的都是如何应付天胜变心，出现这种情况，她有点儿思想准备不足。支支吾吾，一直没有说出个利索话。

天胜有点儿着急，就指着桥旁边那片梅树林说："维丽你看……"

她顺着天胜手指方向看那梅林，这季节没有梅花，没有美景，有什么好看的呢？他扫了一眼没吭声。

天胜接着说："你可知道这河，这桥，这梅？"

"知道，知道啊。不就是别河，别河桥，梅树林吗？"

"这桥上的典故呢？"

"二度梅，我想起来了，二度梅说的是陈杏元和梅良玉的故事。"

"古人陈杏元和梅良玉为了爱情，能够感动得梅开二度，我们……"

江维丽听说天胜考上大学，几天都没睡好，她这次找天胜就想探探底，听了天胜的话，知道天胜没变心，就心中有了数，便说：“天胜别说了，有你这句话，我就放心了，无论多长时间，我也要等着你。咱俩的事也叫他来个梅……”

这时天胜用手做了个暂停的手势，天胜扭头一看有人来，两人急忙躲进梅林。

第六章　热心冷信　金笔测温

别桥一别，虽然天胜山盟海誓，但维丽还是不放心。人家成了大学生，咱是农民，不信天胜遇到花枝招展的城市大姑娘不动心，这可怎么办呢。天胜远在千里，看不着摸不到，无能为力，但他父母在家，只要抓住他父母，老人为自己做主，他天胜就是有贼心，量他没那个贼胆。想到这里，她就隔三岔五到婆家走走，拿点儿老人爱吃的，说点儿暖心话，公婆非常高兴，常常对人夸她，维丽心里也美滋滋的，自认为抓住了天胜父母，就抓住了天胜。

一天，突然从雪城大学来了一封信，维丽以为是天胜来的，急忙拆开，一看是天胜同学来的，傻了眼，这可让她寝食难安。信上说：你和天胜的差距，越来越大，毕业了他也不能和你在一起，你要是真爱他，就应该放手给他自由，希望你一定好好考虑。中学时都是小孩子，一时的冲动是不能长久的……

维丽看了这信，再也坐不住了，她想这信是什么意思？是天胜让她写的，让她劝我抛弃天胜，不会吧，这才一年多，他就变心了？也可能是这个贱女人自作多情，看上天胜，想挑拨我们俩的关系。不对吧，天胜要是不给她说，她咋知道我的地址，知道我同天胜的关系？人常说苍蝇不叮无缝的鸡蛋。得防着点儿啊。怎么防呢？找天胜去，让他当面说清，不，不行，那样不是把天胜往这女人那边推吗，不能干这傻事。这信说得也有道理，说我同天胜有差距，我可以拉小啊，我考学，也成了城市人，拿工资，吃商品粮，这不就同天胜没差距了吗？想到这时，她就起早贪黑苦读备考，功夫不负有心人，维丽经过几个月的苦读，终于有了结果，考上了滏城工业学校。她接到通知书，拿在手里看了一遍又一遍。就想，很快就要入学了，该做些准备了。她将通知书放在桌上的一个纸袋里，顺手拿起通知书下面放着冷雪花写的那封信，抽出信纸边看边笑。

“维丽，维丽，有人找你。”江维丽听到外边有人喊，就急忙跑出去开门。

来人说，他公公病了，想让她去看看。江维丽送走那来人就收拾收拾，推上自行车去婆婆家。她想公公病了，带点儿什么好呢？人家不缺吃的，那饼干点心带不带吧，人家也不稀罕。要不去买点儿水果，那还得到镇上，太远了。她一扭头看见桌上那个袋子，心里一亮，这个通知书，比啥礼物都讨他老人家喜欢，别看他不说，不嫌我，但我同天胜的差距，搁谁也会嘀咕啊！我考上了中专，虽比不上天胜的学历，但也可以分配工作，成了市民，这就同天胜的距离缩小了，我中专毕业再努努力，考上个大学，那不就追上他了吗？他老人家看到这个通知书，比看到什么礼物都高兴，想到这儿，就拿起那个袋子，骑上自行车走了。

不出江维丽所料，老人拿着那个通知书，翻过来掉过去看了又看，那通知书下面是冷雪花的信，老人看了通知书又打开那封信细细地端详。这时，江维丽觉得挺不好意思，觉得好像自己有意来告天胜的状，要是天胜知道了，会不会起误会啊！老人看了信皱着眉头说："维丽啊，这个冷雪花，天胜给你说过吗？"

"没，没有，人家写信也是好意，让我上进，这不我看了这封信后，就努力学习才考上中专学校。"

"你啊，真是个实在孩子，好孩子。今天把你叫来想和你商量一件事，我这病能不能好也不好说……"

"不，伯伯，你这病一定能好。不是说好人一生平安吗？你一定会平安的。"

"我知道，这病家里人谁也不给我说实话，自己的病自己最清楚，说不说都一样。我想在我活着的时候把你和天胜的事办了，这样我也好闭眼……"

老伴难过的眼里含着泪，但还安慰老头儿说："孩子来看你，净说些啥呀，让孩子不得劲儿。医生不是说了，你吃点儿药就会好的。不要一天到晚说些没用的。"

"不，这是我真心话，你给天胜发个电报，让他马上回来一趟，我有话要给他说。"

老伴知道老头儿的脾气，就叫人去安排。

江维丽本来想用这通知书博得老人的欢心，没想到把那封小冷的信也让老公公看了，好像自己怕天胜变心，故意拿这封信说事，告天胜的状，冷了未来公婆的心。她心里觉着过不去，就把婆婆拉到另一屋，解释说："伯母啊，你好好给伯伯说说，我不是故意将那小冷的信让他看的，真的……"那婆婆嘴上不说，心里当时就想，这儿媳妇心眼儿可够使喽。来看病人还不忘记告状。她越解释，越说不清，真是越描越黑。

老人的心是善良的，她安慰江维丽说："我知道你不是故意的，你伯伯不是病着的吗？能不叫他知道的事，尽量不给他说，让他操那心干啥。"

婆婆话中有话，比责备她几句还难受。江维丽在回家的路上，还不住地掉眼泪。心里不痛快，就想找人诉诉苦，找谁呢，王雪碧，听说她不是在镇上供销社吗，就找她。

谁知道，家家都有难念的经。中学毕业的那年秋天，王雪碧刚到供销社工作，领了第一个月工资，二十八元，她多么高兴啊！

雪碧带上钱，穿上最好的衣服，拿出工资的一半买了一大堆东西来到男友耿金良家，她想去看看未来的婆婆，婆婆住在中学家属院。那是个独院，两间堂屋，一间厨房连着一个简单的街门。雪碧敲开街门，那位未来的婆婆带着围裙走过来，把雪碧让到屋内坐下。王雪碧高兴地说：“姨，正忙啊，用不用我帮帮？”

“不，不用，你坐，我给你倒杯水，拿点儿水果。看你，来就来吧，还带这么多东西干啥。”

“金良走了，叔叔也不在家，早想来看看阿姨，这不上班了，离城里远了，不方便，一直没来成。”

“到哪儿上班儿了？”

“小堤供销社，今天发了工资了，我来看看您。”

“啊，供销社，售货员，当上售货员了。好啊，能挣钱了，能孝敬你母亲了，你妈妈准高兴。金良上中学时，你和他常来家串门，他走了，你也不来了，可想死我这老婆子了。”

未来婆婆的几句话，让雪碧听了心里热乎乎的，她刚来时还心里打小鼓呢，怕自己没考上大学，配不上金良了，婆婆嫌弃自己，现在看来婆婆还是那样热情，心中的顾虑也就丢到一边了，就放开胆子说：“阿姨啊，叔叔不在家，金良上学又离家远，家里有什么事，说一声，我还可以帮帮忙。”

“一个人，学校照顾得也挺好，没什么事。有事一定找你。”

“金良不在，帮帮家里，是我应该的，要不……”

王雪碧这句话老婆子犯了思量，她打断雪碧，说：“你要也上大学多好，好般配的一对，可现在，他毕业得等好几年，就是毕业了，也说不清到哪里工作，两人不在一块儿，这日子难啊。你叔叔和我长期分居，这苦日子我吃够了，可不愿意让你们也受这苦啊。”

婆婆这句心里话，让雪碧犯了嘀咕，头一下蒙了，她静了静神，想，婆婆的意思说得明明白白，自己还有什么说的呢？连忙起身告别，说：“阿姨你忙，我还有事，那我走了。改日再来看您。”

“那好，有事我就不拦你了，有空儿常来说说话儿。”

雪碧花了大半月工资，买了一盆子冷水，憋了一肚子气，这气往哪儿出呢？找金良，他远在外地，摸不着，就是摸着又能怎么样呢？他不是说他父母都同意两人的事吗？现在变卦了，要把我晒在一边了，我的心都碎了，不行，我得问问金良看他是什么意思，如果他也是这个态度，那就彻底没戏了。可怎么问呢？她摸摸兜儿，里面还剩十多块钱，她狠狠心掏出来给金良买个英雄金笔，到邮局给他寄了过去，看他收到金笔是个啥态度，探清他的底儿再做进一步打算。

雪碧正生闷气，维丽走进来。两人都想找人诉苦，但话到嘴边，又都开不了口。说什么呢，说自己被甩了，那不叫人笑话。

还是维丽脑子快，她说："人家都说咱们是金花，可这金花有什么用呢？长得好，不如有个好工作，人人看得起。看人家玉莲，在学校蔫不啦唧的，没人看好她，可现在在医院当上护士，谁有个头痛脑热的都找她，可吃香呢。"

"可不，去的人谁能空手，那水果、饼干，都吃不完。"

"你听说柳红和心月情况没有？"

"听说心月和洪涛也闹崩了，两人吵了一架，心月回家再没见着。"

仝心月中学毕业，没考上学，只好回到农村老家。在城里上了几年学，再到农村，哪儿也看得不顺眼。心情烦躁，晚上失眠。一肚子话找不着知心的人说，一人憋屈在家里，偷偷抹泪。

女大不能留，留来留去留成仇。母亲揣摩女儿心思，是不是想成家啊。想到这里，就托媒人找个好人家。那媒人一个个真的来上门。心月见到媒人心里更加生气。她气呼呼对着媒人说；"你们给我滚，我不嫁，我谁也不嫁。"

母亲没想到女儿生这么大的气，后悔不该找媒人，应该先问问女儿是不是有了男朋友，于是在傍晚人静之后，就笑嘻嘻地凑到女儿身边，手里拿了一块花布说："月儿，你看这布你相中相不中？要是相中就拿去做个布衫。"

心月低着头，看也没看，就说："拿走吧，我不要。"母亲唉了一声，就坐在女儿身旁，哽咽着说："月儿啊，你想咋着就给娘说，只要你高兴娘都依你。"心月看着母亲真的生气了，心也软了，就哇的一声哭着扑在娘的怀里。心月母亲说："月儿啊，你是娘身上掉下来的肉，你不高兴娘心里比你还难受。说实话，你是不是相上人了，不好意思说，怕娘不同意？"

心月摇摇头。她给娘能说什么呢？同洪涛虽有那个意思，但两人还没挑明，给娘咋说呢？要是说了，刚同洪涛吵了架，说再也不理人家了，给娘说了，人家那边若是不同意，这脸往哪儿搁呢。可这事也不能老拖着呀。这个死洪涛，他就

是一块冰，一块石头，愣是不开窍。就不能先开口，说声我……想到这儿脸上一热，觉着有点儿害臊。但她转念一想，不能再犹豫不决了，晚了，他真的再看上人，等人家生米做成熟饭，那不都坏菜了。这脸丢也就丢了，去找他去，当面问问他，他是真爱我还是假爱我，要是真爱我，为什么不敢提出来。想到这儿就对母亲说：“娘，我觉着身上不舒服，想到城里看看病。”

母亲听女儿说身上不舒服，就没有多想，顺口答应说：“去吧，有病早点看，别落下病根儿。多带点儿钱，顺便在城里散散心，想买啥就买点儿啥。”

心月家住黄花屯，离县城三十多里，她骑上车。来到县城，下午找到老同学玉莲时天就黑了，玉莲热情接待心月，她想晚上同玉莲好好聊聊，打听打听洪涛的消息。玉莲是个聪明的姑娘，她一来，就知道她的来意，心月不说，她也不敢冒昧地说出来。吃过饭，玉莲说：“今天，我是夜班，下班我再陪你好好聊个痛快。”心月得知玉莲在医院上班，是护士，不好阻拦人家上班，晚上，就只好一人躺在玉莲的床上，等她下班再打听洪涛的情况。这一夜，她一闭眼，脑子里全是洪涛。

第七章　喜事愁梦　金莲撮婚

天胜接到电报，知道父亲病了，就赶快请假，急速赶回家。得知爹得的是绝症，他眼都偷偷地哭肿了，但在父亲面前还装出一副笑模样儿。他心里很难过，觉着自己还没毕业，没向父亲尽过孝，对不起他老人家。父亲也知道天胜是个好孩子，他望着天胜说："天胜啊，你学习正忙，爹身体不争气，病了给你们惹麻烦，影响学习，我心里也不得劲儿。但有个事，爹放不下，等不及了，才把你叫来。维丽是个好孩子，我和她家都同意你们的婚事，可他爹死得早，看不到了。我想在我活着的时候看着你们把婚事办了，也让父亲放下这颗心。"

"爹，你老人家为我操了不少心，我知道。但同维丽的婚事，现在不好办。学校不允许搞恋爱，更别说结婚了。"

"不允许搞恋爱？是吗？可那个冷雪花是怎么回事？"父亲有点儿急，天胜也蒙了。他奇怪了，他同小冷的事，爹怎么知道的？真是隔墙有耳啊，是不是哪个同学为同我争小冷故意拆我的台，偷偷写信告诉我父亲，这人也太卑鄙了。天胜不愿意说小冷的事，一个江维丽还扯不清，再扯个小冷，那不乱套了。他故作镇静地说："爹，你别听人们胡说，什么冷雪花，热雪花的，我和他们没关系。"

"别给我打岔儿，说实话，你和那个冷雪花到底是什么关系？你个不争气的东西还哄我，你看看这个。"说着将冷雪花给江维丽的信扔过去。

天胜捡起来，边看边冒汗。心里埋怨雪花，雪花啊雪花，你怎么不给我说一声啊，这回你给我捅了大娄子了。看完信，他对父亲说："啊，这是小冷好意，想叫维丽好好学习，再考大学。"

"什么好意？这信是你叫她写的吗？"

"我不知道啊。"

"要是你叫她写的，我就没你这个儿子。不知道那就好，明天把维丽哥哥叫来商量你们的婚事。走吧，我累了。"

家里人看到老爷子生了气，也不好说什么，就拉着天胜出来。

江维丽哥哥来了，两家商量这婚事怎么办。因天胜还没毕业，大办不行。偷偷办，江维丽哥哥又怕委屈了妹妹。最后商量了个两全齐美的办法，来了个明婚暗办。怎么个明婚暗办呢？对外说去旅游，用车拉着两家人，到百里外的牛城，在那里举办个婚礼，家里不贴对联不放炮，悄无声息地完了婚。江维丽虽觉得有点儿委屈，但考虑到天胜的情况，还有他爹的病，也只好这样。天胜呢，他想着小冷，但不敢说不结婚，父亲病到这个地步，经不起折腾，要是自己将父亲折腾出个好歹来，自己吃不消。一百个不乐意，也不敢吭声。他有点儿恨江维丽，咱俩的事，父亲病成这样，你还把小冷的信给他，这不是在他老人家跟前告状吗？你告胜了，但你把我爱你的心告没了。为了父亲，我可以跟你结婚，但我的心永远不会再属于你。

玉莲值夜班，急诊室将一个女病人转到病房，玉莲和医生一起处理完后，回到护办室。忙活一阵后，她有点儿热，就摘掉帽子洗把脸。这时一个病人家属跟过来。玉莲没在意，头也没抬随口问了一句："有什么事吗？"

"没，没事，就是来看看你，感谢感谢。"玉莲听得声音有点儿熟，就抬头一看，原来那人不是别人，是中学老同学冬喜，就急忙擦把脸，倒水让座。

他望着玉莲说："把我娘交给你我就放心了，给你添麻烦了。""老同学说这我可担不起啊，大娘有病我是护士，是应该应分的事，她是怎么了？不小心摔这么重。"

"忙着搬家，收拾东西不小心摔了一跤。"

"搬家？往哪儿搬？"

"爸妈退休了，想老家了，说叶落归根，非要回南方的老家。"

"什么时候走，我找几个同学给你送行。"

"原来打算今天就走，这不老太太摔了一跤，只得等她好了才能走。"

"还有什么事需要帮忙吗？"

"别的也没什么事，人就要走了，有些事我也不瞒你了，在学校我挺喜欢石榴红，但人家一直也没表个态，我也不好意思强求，这一走恐怕再也没有机会见面了，同学一场，她挺喜欢我吹笛子，我还给她伴奏过，就想把这笛子送给她留个纪念。"

"我抽空儿，把榴红叫来，你当面交给她不更好吗？"

"不，不了，她在她姐家，老远地把人家叫来那样不好，你要是……"

"行行行，我一定把这笛子送到还不行吗？你就把心放到肚子里吧。我保证

亲自交到她手里，那叫她怎么同你联系呢？”

“我对不起她，叫她忘了我吧，我不想再为难她。”说着眼圈儿红红的。玉莲看到冬喜动了感情，也不便再说什么，用手接过包装得好好的笛子放在抽屉里，想同冬喜再聊会儿。这时，有个病人有情况，她就对冬喜说：“你等我一会儿，我处理完咱再聊。”

“不，不了，你忙吧，我走了。”说后，站起来走了。一个星期后冬喜接他母亲出院，同玉莲告辞，从此，再也没有同她联系。

玉莲休班，就找到榴红，把前后过程说了一遍，并把笛子亲自交给她，榴红眼圈儿也红了，她轻声问玉莲：“他没留个地址？”

“没，没有。走了后，连个信也没写。”榴红知道，走到这个地步，她也有责任，想到这缘分已经尽了。断了线的风筝再也收不回来了，也只好这样了。收了收心，同玉莲聊起天，问：“我姐家住得远，消息闭塞，不知雪碧现在情况怎样？”因王雪碧同她关系最好，她先问雪碧。

“雪碧要结婚了。”

“结婚了？金良不是还在上学吗？没毕业就结婚了？”

“不是同金良，是同一个军人。”

“啊？好好的一对，怎么说吹就吹了。”说着带着几分惊讶。玉莲也激动地说了雪碧和金良的情况。

文博找到向江，说说他想研究为什么女人小脚叫金莲。向江感到突然，就问他：“这题目，我没研究过，你说呢？”

“妇女因缠裹而成的小脚为什么被称为金莲？金莲与小脚是怎样联系起来的？一种说法认为，金莲得名于南朝齐东昏侯的潘妃步步生莲花的故事。东昏侯用金箔剪成莲花的形状，铺在地上，让潘妃赤脚在上面走过，从而形成步步生莲花的美妙景象。但这里的金莲并不是指潘妃的脚。还有一种说法认为，金莲得名于一个王妃叫什么娘的在莲花台上跳舞的故事。但这里的金莲指的是舞台的形状，也不是娘的脚。有些自称权威的人认为，小脚之所以被称为金莲，应该从佛教文化中的莲花方面加以考察。莲花出淤泥而不染，在佛门中被视为清净高洁的象征。佛教传入中国后，莲花作为一种美好、高洁、珍贵、吉祥的象征也随之传入中国，并为中国百姓所接受。在中国人的吉祥话语和吉祥图案中，莲花占有相当的地位也说明了这一点。故而以莲花来称妇女小脚当属一种美称是无疑的。另外，在佛教艺术中，菩萨多是赤着脚站在莲花上的，这可能也是把莲花与女子小脚联系起来的一个重要原因。为什么要在莲前加一个金字呢，这又是出于中国人传统的语

言习惯。中国人喜欢以金修饰贵重或美好事物，如金口、金睛、金銮殿等。在以小脚为贵的缠足时代，在莲字旁加一金字而成为金莲，当也属一种表示珍贵的美称。因此，后来的小脚迷们，往往又根据大小再来细分贵贱美丑，以三寸之内者为金莲，以四寸之内者为银莲，以大于四寸者为铁莲。于是言及金莲势必三寸，即所谓三寸金莲。后来金莲也被用来泛指缠足鞋，金莲成了小脚的代名词。”

“哈哈，士别三日当刮目相看，没想到，你小子摸着嫂子的大脚，研究起小脚来了，那嫂子的大脚不也挺好看的吗？”

“你这人真没劲，人家给你研究学问，你净瞎扯。”

“我胡扯？说不定谁呢？不好好种地，研究庄稼，研究小脚……”

“研究小脚怎么啦？这也是学问。我现在水利局到图书馆找到不少小脚资料……”

“文博啊，文博，你真是个通今知古的博学大才啊，一眨眼，成金莲专家，佩服啊佩服。”

话不投机半句多，文博见向江对小脚没一点儿兴趣，就败兴地走了。

说到金莲，王雪碧的家乡，就有不少三寸金莲。她的东邻就有一位。这位金莲姓吴，因随夫姓名叫王吴氏。这王吴氏年逾六甲，虽年迈脚小，但人高马大，腿勤嘴快。别看脚小，但走起路来一阵风，说起话来鞭炮崩。树大招风，由于她过于张扬，那就要有人喜欢有人恨。背地里外号就起了一大堆。有人称她吴金莲、半道街、机关枪、半疯子……她因爱说爱笑，又勤快，同人交往多，说话多，自然知道的事情就多。再加上她是个热心肠，爱帮忙，张家长，李家短，她都了如指掌。这王雪碧被人踹了，这消息自然早就传到她的耳朵里。她看着雪碧长大，如今长得水灵灵的，像一朵花似的，怎么会有这下场？她不仅到处为雪碧鸣不平，还夸下海口一定给她找个最漂亮的小伙，气气那个不长眼的后生。

王雪碧平时对吴金莲虽没多少好感，但也没什么怨恨，当长辈与她见面时，老远打个招呼，喊声婶子问个好，两人相处也算不错。这王雪碧花了一月的工资，换了一盆凉水泼头，一肚子怨气填胸，送支金笔给金良，只指望金良能给她点儿安慰。盼星星盼月亮，盼到耿金良的来信，她急忙打开一看，傻了。只见信上说：金笔收到，感谢你的关怀。你说的事，父母反复叮嘱要慎重，不要像他们长期分居，给生活带来好多困难，还是母亲说得对。中学时，我们都小，好多事考虑不周全。现在看来，我们玩家家的恋爱，是经不起生活现实的考验的。把我们的友谊珍藏心里吧。我们虽然不适合做夫妻，但永远是朋友。王雪碧越看越气，双手将信一下撕得粉碎，一把扔上空中，让它随风飞得老高老高，消失得无影无踪。

信是撕了，但气还是出不来，坐在屋里一个人又气又恨，只恨自己瞎了眼，找了这白眼狼。整天伤心落泪，又无处倾诉，茶不思，饭不想，一个如花似玉的姑娘，不几天就折腾得面黄肌瘦，如林黛玉似的弱不禁风，一下躺倒病了。在单位，没人照管，只好回王寨老家休息。

王寨是个邻河靠堤的村庄，因在河套内，为防止被水淹，都把宅基地垫得高高的，村庄周围种了许多柳树，远远看去像个树林，走近看像个大碉堡。雪碧回到这个人造碉堡里，觉得没脸见人，大门不出二门不迈，整天在家唉声叹气。

娘也是个爱面子的人，也不好意思对人说雪碧的事。她在村里还当过小脚队长，同王吴氏也是好朋友。她的心事岂能瞒过王吴氏。王吴氏偷偷把她拉到柳林里，对她说："西头李家来了个军人。"雪碧娘正为姑娘犯愁，哪有心思听她闲扯，因而呆呆地发愣没言声。

"我给你说话呢？你是咋的啦，没精打采的。"

"都是姑娘闹的，我发愁啊。"

"我今天就是来给你解解这个愁疙瘩的。"

"啊？为我？"

"是啊，那西头李家来的那个军人，是李家的外甥，人长得那个俊啊，那可是百里挑一，我想给你雪碧说说咋样？"

雪碧妈正为雪碧的事发愁，听说那吴金莲要为雪碧说媒，自然高兴，连声说："好啊，好啊，就是不知那小妮子咋想的？愁啊。"

"不用发愁，雪碧的事就包我身上了，你回去给她透透风，看她有啥反应，我等你个信。"

雪碧娘急忙赶回家，对雪碧没说三句就被女儿顶了回来，雪碧说："我正烦着呢！我的事，你就别瞎操心了。"

雪碧娘挨了女儿的呲，悻悻地给吴金莲回信。吴金莲就连拉带拽地把她弄到西头李家，让她相相那军人。她一看就相中了，可当不了女儿的家啊，她不愿意，我能有什么办法呢？

那吴金莲脑子活，就对雪碧娘说："说媒拉牵得会糊弄捣蛋儿，她没见人家怎么就相不中了呢？我们想法将她俩弄到一块儿，让他们见见面，中不中那就看他俩的缘分了。"

雪碧娘又发愁了，雪碧这次回来，大门不出二门不迈，怎么才能将他俩弄到一起呢？就说："要不叫那个军人到我家来一趟？"

吴金莲说："不妥不妥，要是明说，你姑娘那脾气，让人家那军人下了不台，

伤了人家，不好交代。我倒有一计，不是明天在村办公室演电影《红楼梦》吗？你想法叫雪碧看电影，我想法让他俩坐在一起，两人见个面，要是同意成了，那是他们的缘分到了，要是不成我也没法了。”

雪碧娘听了，觉得这也是个办法，就答应分头行动。

夜幕降临了，劳作一天的农民摔着啪啪响的皮鞭，赶着牛车往家走，成群的麻雀叽叽喳喳地嚷嚷着，飞到这家那家的房檐。一只母鸡带着一群鸡崽儿钻进圈舍，用翅膀紧紧遮蔽小鸡生怕它们冻着。人们吃过晚饭伸伸劳累一天的懒腰，上眼皮碰着下眼皮，真的觉得有点儿困了，想立马躺到床上睡个痛快觉。就在这时，一声喇叭响，抖起人们的精神：“大家注意了，大家注意了，今天电影队来我村，演出电影《红楼梦》，请速来观看。”

雪碧娘听到喊声，就对雪碧说：“妮啊，你回家这几天了，娘也不能出去走走，今天演电影，娘想去看看，你能不能陪娘去？”

雪碧想，自己这几天一直让娘操心受累，要是说不去，娘肯定伤心，要说去，心里真没那心思，就勉强说：“那我陪你看一会儿吧，电影要是不好我就回来。”

听女儿说去，娘心里可高兴了，说：“你王婶给占好座了，咱也不用那么急，到演时再去也不晚。”

不大一会儿，喇叭里传来音乐声，电影就要开演了，雪碧和她娘挤过人群，来到吴金莲占的板凳前，那里坐满了人，只剩两个座位了。雪碧和她娘坐下，雪碧一看旁边坐着一位军人，她也没在意，就看她的电影。当演到黛玉葬花时，那首《枉凝眉》插曲让她落了泪：

一个是阆苑仙葩，一个是美玉无瑕，
若说没奇缘，今生偏又遇着他；
若说有奇缘，如何心事终虚化！……

她想到耿金良，我和他好了这么多年落了个黛玉的下场。空为他流泪，这是何苦呢？这泪流到啥时是个头啊。放下他吧，放下吧。想到这时，她心里踏实多了，身上也来了力气，她瞟了眼坐在身边这个军人，觉得有点儿眼熟。她止不住就扭头细看了一眼，这一看不要紧，她认出来了，这人原来是她前几天在路上撞倒的那位。

这事发生在雪碧看未来婆婆回来，她花钱赚了一肚子气，哪还有胃口吃东西？又饿又气的她，费力地蹬着自行车在土路上往供销社走，她边走边流泪，两眼模糊，走到十字路口，她一下将路过的人撞倒了，那人高高的个子，身穿一身新军服，尘土弄了军人一身一脸，活像个土猴。雪碧急忙下车，问那军人伤着没有，那军

人爬起来笑笑说："没事，没事。"连句怨恨的话都没说，拍拍身上的土就走了。

万万没有想到，这次邂逅，雪碧看着那军人说："啊，是你，我撞倒你连姓名都没问，真对不起。"

那军人也认出她了，说："又不是故意的，我都忘了，你还记着……"

两人你一言我一语，虽然声音不大，但还是惊动了四周的观众，他们都不满地瞅他们一眼，吴金莲一看他们认识，高兴极了，就顺风推舟说："雪碧啊，你们原来是熟人，人家是咱村的客人，要不你带人家到大队办公室喝口水。"

雪碧笑笑说："也好，我正想给人家道个歉呢，这说话不方便，那就请吧。"

吴金莲没想到她一口答应，赶忙将他两人领进办公室，倒了两杯水说："这电影我没看过，得赶快去，有事找我。"说着躲出去了。

电影正在高潮，贾宝玉和林黛玉正在谈情说爱，屋内王雪碧和那军人，也在说着他们的知心话。

第八章　同床异梦　异人同愁

娶新娘入洞房，这是人生的大喜事，但天胜怎么也高兴不起来。

维丽也高兴不起来，没有花轿，没有鞭炮，没有送亲的伴娘，没有迎亲的队伍，连闹洞房的人都没有，就这样，她同天胜静悄悄地入了洞房。嘴上不说，心里怎么也觉得不是滋味。

天胜高兴不起来，是他压根儿就不想入这个洞房。他想到，他在学校做的那个梦。梦见雪花和她爹欢迎自己的那一幕。他拿维丽与雪花比较，论人才，相貌都长得没说的，一对美人胎。论才华，那雪花大学生身份不说，谈吐交际，作诗弹琴，跳舞打球样样都会，维丽可差的不是一点儿半点儿。论德行，维丽聪明、温柔，体贴入微，雪花恃才高傲，爱占上风，得理不饶人。同维丽在一起，他感到温暖，享受温情，虽谈话不多，但从没闹过矛盾，都是维丽让着他；同雪花交流，有几分浪漫，常常在交锋中对决，在争吵中散场。但不吵了，他马上要想同她吵。觉得同她吵得有文化，有品位，有档次。能吵出智慧，吵出学问，吵出一个个故事来。要是两人都嫁给我，我既有温柔又有浪漫，那该多幸福啊！但这不可能啊，他只能从两人中选一个，选谁呢？愁啊！

我同江维丽入了洞房，就成了夫妻，雪花再好，她知道了这事，还会接受我吗？江维丽她会轻易放手吗？我这哪儿是入洞房，我这是入牢房。我要是抛弃维丽，这婚姻将把我捆绑在耻辱柱上折磨我。他们会骂我忘恩负义，喜新厌旧……亲属、同学，都会责骂我。我会身败名裂，臭名远扬。

他反过来又想，我怎么了，我可是受害者啊！父亲病入膏肓，我为了尽孝，不愿违背他老人家的意志，才同江维丽入的洞房，我受了多大委屈啊。再说，我同江维丽入洞房不假，但有结婚证吗？受法律保护吗？最多是个非法同居。我愿同她同居就同居，不愿意了，就可以放开她，让她自由，我可以给她补偿，哪怕我倾家荡产，也不能委屈她，维丽是通情达理的人，她不会抓住我不放，只要雪花愿意接受我，我还有很大的空间。他想了很多很多，他想到一个个愁，又想到

一个个解愁的办法。

江维丽虽有一肚子委屈，但入了洞房，生米已经做成了熟饭，还有什么好说的呢？江维丽想，自己盼天胜，想天胜，不就是盼着有这一天吗？这一天盼到了，还有什么委屈可言。我这一辈子注定要成天胜的人了。生是他的人，死是他的鬼，有再大的委屈，也不能叫天胜受委屈。等他大学毕业，走上工作岗位，他有才华，有学问，有能力，他有很大的发展空间，我不能拖他的后腿，成他的累赘，要成他的贤内助，好帮手。要和他夫唱妇随，举案齐眉，将来要为他生个胖胖的小宝宝，让他天天高兴，天天幸福。想到这儿，维丽翻过身，面对着天胜，轻声说："想什么呢？连句话也不说，你走了这么长时间，想死你了。"

"我也是，我也是。"天胜应付。

"现在我们成了夫妻了，我们的梦总算成真了，你高兴不？"

"高兴，高兴。"天胜还是应付。

"我有很多话想给你说，但又不知怎么说。"

"想说啥就说啥呗，都到了这地步，还有什么不好说的。"天胜还是应付。

"那个冷雪花是个好姑娘，要不是她，我还会活在娘的阴影里。"

"她？她来过。"

"没有，她人没来，但那来信，我看了后觉得她说的句句在理，我必须拼命学习考上大学才配得上你。为了配上你，娘死后，我关住门拼命学习才考上工校。"

"嗯，好，好。"天胜在维丽提到雪花时，他满脑子雪花，对维丽说的都没听进去，又是在应付。

维丽见他对自己说的话一点儿也不感兴趣，就扪心自问，今天是怎么啦？天胜应该高兴才对，怎么对我这么冷淡。这里一定有误会，对了，是那封信，我把那信交给他父亲，他父亲生气了，批评了他，他肯定以为我故意告了他的状，我必须解释清楚，去掉罩在他心中的乌云，这新婚之夜才能有转机。想到这儿，她就抱住天胜的脖子，奶声奶气地说："我猜，你准在生我的气。"

"没有，真的没有。"

"那新婚之夜怎么对我这么冷淡？"

"不，不是，是累，你看，折腾了一天，从家到牛城，又从牛城到家，喝酒吃饭来回坐车，你不累啊？"

维丽一听也有理，就把天胜抱得更紧了，那腿也故意搭到天胜的身上。两个软乎乎的小馒头也在天胜的胸口蹭来蹭去，蹭得天胜痒痒的，他的心脏开始剧烈跳动，本能地用手抱住维丽的腰，两人挨得更近了，肉贴着肉，嘴挨着嘴，两人

的呼吸都能听得清清楚楚。天胜再也经不住维丽那甜言蜜语和肉体的缠绵，他一下爬到维丽身上，吻着她，享受着人间的幸福。

两人一身大汗，天胜仰面躺在床上，望着那灯光照着的一根根木椽子，一根、二根、三根……这椽子，支撑着房顶，可它是靠一根根檩条支着它，那檩条，又靠那架木梁，如果那架梁拆了这整个屋顶就会塌下来。父亲要走了，哥哥又在外地，我和他就是这个家的两架梁。离了哪架梁也不行。我要支撑这个家，就得有事业，可这事业，维丽能帮我多少？她是中专，有了工作，也是个家庭妇女。那雪花，才是我最好的帮手。她能干，有魅力，她就是一块玉。而维丽呢？她就像一块红薯，又甜又绵，香喷喷，吃在嘴里甜滋滋，吃到肚里热乎乎的，又舒服又充饥。但我今天，是拣了一块红薯丢了一块玉，不划算啊，不划算。怎么才能既不丢红薯又不失玉呢？甘蔗没有两头甜，是要玉，还是要红薯？要选择，实在是难啊！

冬喜也在愁，他和粮站会计，坐在小饭馆里正在聊天，他们聊到啥时订婚时，冬喜也发愁。昨天榴红来了信，让他给回个信，说爸爸妈妈同意他们的婚事，要冬喜先过去完婚，等到他老两口没了，他们愿到哪儿到哪儿，那倒插门的门槛破了，榴红父母做了让步，冬喜就想让父母也让让步。但小会计紧追不舍，最挠头的是，这小会计，是站长的千斤，人家看上自己是对自己的抬举，要是不答应人家，那就要惹了人家，那后果可想而知。他愁啊。

冬喜偷偷埋怨榴红，榴红啊，榴红，你咋不早来信啊，害得我在火上烤。你是我心上的明珠，我不能没有你，可小会计呢，她是冬天的一个火炉，在我最寒心的时候，她温暖了我，我不能丢掉她啊。榴红啊，我同你情深意厚，你的情都在我的心里。可小会计呢？她是我耳边的一架收音机，她丰富了我的生活，陶冶了我的情操，我也离不了她啊！是丢收音机，还是扔明珠，不，哪个也不舍呀，丢了哪个也心疼。

王雪碧正美呢，她同那军人新婚之夜，无话不谈。她自豪地炫耀说自己是班上一朵金花，那军人摘到朵金花自然高兴，就金花故事同雪碧谈得正开心。

“我班这五朵金花，最开心的是维丽，最闹心的是心月，最烦心的是榴红，最醉心是玉莲……”

“那你呢？”军人追问一句。

“我是最随心，嫁你个军人，还是军官，我这不是最随心的吗？”两人说着都笑了，笑得比外边的月亮还圆。

别人都以为玉莲最醉心，是说她工作好，医院当护士稳定，熟人多，好办事。对象方柱又在上军校，自然是个白马王子。但最近对象的一封信让她犯了愁。信上说，我是军校学生，但也是现役军人，领导听说咱俩处对象，就进行了了解，因为你父亲的问题，咱俩不能再处下去了，我怕影响你，就早点儿告诉你，有个思想准备。你的工作不错，人也好，找个更好的吧，我为你祝福。看了信，玉莲一下心乱如麻，这可怎么办呢？

深夜了，钟声响了十二下，玉莲没有一点睡意，她打开箱子找出一个纸盒，打开纸盒倒出一沓书信，这信都是方柱写给她的。第一封是刚入学写的。

莲：

我真的很想你，尤其是晚上。白天出操上课很紧张，熄灯号后钻进被窝睡不着，就开始想你。想着我们一起的故事，想着你在我来前的嘱托，想着我们以后的美好生活……就这样想着想着睡着的。你到医院当了护士很好，这是白衣天使，是人们尊敬的职业。我为你祝贺。学校生活很好，勿念。有人来了，先写到这里。

柱

9 月 10 日

玉莲又打开一封：

莲：

你选上先进，我很高兴，分享到你的快乐，深知这快乐是来之不易的，不知你付出多少心血和汗水。我也在努力，争取年底当上五好战士，也戴戴大红花。我知道我的成绩，也有你的一半。让我们共同奋斗，要当一对模范夫妻，要建一个最幸福家庭。

柱

10 月 3 日

她又拿出今天刚来的信铺到桌上。

莲：

我今天偷偷哭了三次，我舍不得你，真的舍不得你，但领导同我谈话了，我不得不告诉你。因为你父亲的问题，咱们不能再继续了，必须分手。我知道你听到这个消息一定很难过，我也一样，但现实就是这样无情，我们只好认真面对。你是一位好姑娘，请忘掉我吧，你会找一个比我更值得爱的好男人。

柱

4 月 12 日

玉莲边看边哭，泪水一滴一滴落到信纸上，她两手捧着那厚厚的一沓信愣了一会儿，就打开屋门走进厨房，她想一把把它烧掉，让牵肠挂肚的信化为灰烬，随着大风飞上天空，飞到她永远看不到的地方。开门声惊动了母亲，她老人家听到动静不放心，就起来走到玉莲面前，看她拿着一沓书信发呆，心里就明白了几分。一手把书信夺过来，把玉莲拉到屋里。

“莲儿啊，这是怎么了，是不是同方柱闹别扭了？”

“没，没有。娘，你别管了，别管了。”

“是不是你使性子惹方柱生气了？方柱可是个好孩子，你可不能欺负人家。”

“不是，不是，我求求娘，你别管了。”

“那……”玉莲没等娘说完就一下扑到娘的怀里哭起来。这下娘明白了，准是她那个混账爹害了玉莲，害了玉莲和方柱的好事。她明白了，但不愿点破，那样孩子会更伤心，她也装一回糊涂，说：“娘不管了，不管了，快回去睡觉吧，明天还要上班。”说着把玉莲扶到床上，轻轻地关上门走了。

第九章　美幻丑梦　戏中有戏

天胜和冷雪花都来到王都电力修造厂实习，他们俩都高兴得屁颠儿屁颠儿的。

雪花高兴，她觉得这是一次好机会。平常虽然同天胜接触不少，或明或暗地向他表示过，但毕竟这恋爱关系没有确定，双方父母也不知道他们俩的事，更别说把关拍板了。她想在实习期间把这终身大事定下来，也好了却父母的心愿。她想得很多，实习结束就要毕业，要走上工作岗位，婚姻家庭就要提上议程。她看好天胜，不光是人的形象，还有他的学业，他的聪明才智，在班上那可是明星级人物。他的谈吐举止，社会活动能力，哪一样都叫雪花敬慕。抓住他，必须抓住他，在一起实习，不光在学业上互相帮助，在个人感情上也要加深培养，让这爱情之花，越开越旺。

天胜也非常高兴。他在家被父母逼着同维丽同了床，但他不看好她，他喜欢雪花。这实习，叫他俩一起到一个单位，真是天赐良机。他要同雪花多接触，在适当的时候，将他的不幸和苦衷向雪花说说，雪花一定能谅解自己，接纳自己。雪花的父亲是市里高官，要是能同雪花确定关系，分配工作时说不定能留到雪城。

艳阳高照，万里无云，这个星期天可是个出游的好日子。雪花吃过早饭就找到天胜说："听说王都最好玩的地方是王城公园，你要是没事咱一起玩去吧？"

天胜早就想和雪花拉近距离，实习忙，一直没找到机会，雪花一说他当然就一口答应，说："好啊，我正想找个地方散散心呢。"

"听说这公园，原来是王苑，是国王习兵练武的地方。那里十步一个景，百步一典故……"

"还没去呢，你就给它做起广告来了，你不愧是宣传委员。"

"哎，哎，嘴上留德，一张嘴就挖苦人，讨厌。"

"这世界上的事啊，怪得很，你说那辣椒，辣得人们龇牙咧嘴，但还是有不少人要嗜辣如命。你说那臭豆腐吧，臭得难闻，但人们仍抢着吃。这真是萝卜白

菜，各有所爱。”

雪花明白天胜的用意，又不好接茬儿往下说，就故意扭转话题，说：“别发感慨了，快走吧，还是去赏风景吧。”

两人说着就来到这王城公园。这公园占地两千一百亩，是市内最大的公园。大约在两千三百年以前，是座王苑，国王曾在这里带领将士苦练骑马射箭。苑内保留了刀箭岭、梳妆楼、铸箭炉、皇姑庵、晒颜池等遗址，地势起伏，文化底蕴丰厚，是一座融历史与生态、人工景观与自然风貌于一体的综合性公园。

他俩来到正门，见那正门坐南面北，整个建筑是群雀式建筑，雄伟壮观。走进大门，来到名胜遗址区，气喘吁吁地爬上刀箭岭，这是公园的制高点，极目远望，岭下翠柏挺立，百花争艳。再看那清清的湖面，波光粼粼，鸳鸯戏水，天鹅展翅，野鸭扑食……

天胜望了一眼美景，又扭头看了看雪花，顿时心血来潮，伸开双手仰面朝天，眼瞅蓝天白云，大声吟道：

刀箭岭上书生狂，
长叹无缘作君王。
有朝遂了凌云志，
谁肯陪驾眠玉床？

雪花瞄了他一眼，说：“你啊，当了国王也是个昏君。”

“你真是隔着门缝看人，把人看扁了，我要是个贤君呢？”

“不，不可能，你还没当上国王就想嫔妃，想女人，这还不是昏君料子？”

“这你就说错了，昏不昏，当然一是个人素质，再一点女人很重要。那唐太宗，是贤君吧，他那个皇后更贤，才成就了他的大业。关键不是想不想女人，男人身边要有一个好女人。不是都说，军功章上有你的一半也有我的一半吗？”

“你还真会无理狡三分。不扯这个了，你的女人标准是什么？”

“我的标准嘛，一是要有才，二是要貌美。就像你这样的。”

雪花听了心里美滋滋的，但外表仍装出生气的样子，用手拍打着天胜说：“你讨厌，你讨厌。拿我开涮。”

“好了，好了，我不选你当嫔妃还不行吗？我选你当皇后。”

雪花打得更欢了。常言说，打是亲，骂是爱，不打不骂无挂碍。天胜觉得打在身上，美在心里。他斜着眼睛望着她，她粉红的脸蛋儿更可爱了。

维丽走进工校，她心里也是一片阳光。她看到了前途，看到了希望，常常夜里一个人规划自己的人生蓝图。她想一年后天胜大学毕业，他先分配工作，他安顿好了，正好我也要毕业了，那时他分到哪儿，我也申请随他，想到这儿，常常一人偷笑。又转念一想，他是学工的，我也是学工的，专业一样，他进工厂当工程师，我到工厂能干什么呢？想到这儿又有几分悲观，不免又偷偷独自落泪。女人心高，她的心啊，高得很，谁能琢磨透啊？刘向江虽然知道维丽同天胜处对象，但不知道她同天胜同了床。说实话，向江也喜欢维丽，她是金花，是班上头朵金花，现在又是自己的中专同学，要是有机会，他为啥不能试一试呢？不知好歹，他想探一探维丽。

一个风和日丽的星期天，向江找到维丽说："今天休息，没处去，我想到赐儿宫风景区玩去，你去不？"

维丽到学校这么多天，也觉得有点儿闷得慌，老同学提出来了，没多想就说："好啊，有老同学带路那就去呗。"

赐儿宫依山就势，巧借天然，前边河水湍急，背靠凤凰山，人称之为"天造地设之境"。这里建筑宏伟独特，风景秀丽，是一处不可多得的自然和人文景观，从正面看赐儿宫，由四组建筑组成，每一组都各具神韵，自成一体，又和整体格局和谐统一。山脚三处建筑，自下而上，依次为朝元、停骖、广生三宫。朝元宫，因其为山前首庙，遂名朝元，停骖宫是一行宫，为圣驾及香客休憩处，广生宫（子孙殿）为一座神庙，乃神话传说中求子之场所。停骖、广生二宫，各有正殿、配殿，分别为悬山、硬山式建筑。由山脚向上绕行十八盘后，过广生宫便是赐儿宫了。向江带着维丽，一步一喘地攀登十八盘，这十八盘绕着山盘旋而上，台阶越上越陡，由三十度到最上边几乎到了九十度。一盘三十六个台阶，十八盘上去要爬七百多个台阶。就是像向江这样的小伙子，也要两个多小时，累得满身大汗。

向江和维丽因是头一次来，兴趣正浓，对这台阶并不惧怕，他们连走带跑，不一会儿就上了几个盘，但越往上坡度越大，他们开始喘气，向江说："维丽啊，这人生，就像这爬山坡，只有不畏困苦才能爬到终点，享受人生的美景。"

"你啥时开始研究哲学了，还总结出人生哲理。"

"不是研究，是实践。人得天天过，好多事不想它也糊里糊涂地过去了，认真一想啊，还真能悟出些道理。"

"听不懂，听不懂，咱们班你和相生点子最多，花花肠子也多，什么金花啊，裤腰啊，弹簧啊……不都是你们编出来的。"

"不不不，那是集体创作，我可不敢贪这个功劳。"

"向江啊，你啊你，聪明没用到正地方，你要是用到正地方说不定也早考上大学了。"

“是是，人家考上大学的，都成了白天鹅，我们这些落榜的，也只好当丑小鸭了。人家是老鹰，我们只配做个小鸡了。不过我想问你一句，最近你那白天鹅给你来信没有？”

“没……没有。”

“你有福啊，逮了一只大天鹅，但要看好他，可别叫他飞了。”

向江说者无意，但维丽听了觉着这话里有话。是啊，天胜上了大学，他成了天鹅，我只是个小鸡小鸭，他会嫌我吗？他不会，也不敢，我们这婚事，两家老人是老朋友，也算世交，他就是有这个心，也没这个胆，有他爹妈在，他别想甩了我。不过向江说得也对，是应该多个心眼儿，向江这孩子也不错，他一口一个我们的，他是否对我有想法呢？有也好，要同他搞好关系，天胜大学毕业了要真黑了心，找向江这人也行。仔细想想，也是啊，现在天胜他爹病着，要是哪一天没了他爹，那可咋办？还有那个雪花，究竟同天胜是什么关系？她那么热心，还给我写信，原来我只往好处想，现在看来没那么简单，天胜是否背着我同她好起来了。要是那样，我这只小鸡可真危险了。瞎想什么呢？我同他已经同了床，成了正式夫妻，他怎么会呢？不，不对，我虽然同他同了床，但有结婚证吗？没证就不受法律保护，同床还是非法同居，他说甩我那还不容易。对，等他毕业赶快催他领结婚证。要是天胜有一天真甩了我呢……

“哎哎，想什么呢，是想天鹅呢，还是想家呢？”

“我才不想他呢，他当他的天鹅，我当我的小鸡。天鹅有天鹅的快乐，小鸡有小鸡的乐趣。”

“这就对了，我承认学习上不如人家，但我们也不比他们矮，我们要有我们的活法。”

两人说着话，不觉累，不一会儿，十八盘走了一大半。这时维丽站住了，她弯着腰显出一副痛苦的样子，接着哇哇地吐了起来。脸也变得蜡黄蜡黄的。

向江问：“维丽，你怎么了？你病了。”

维丽摇摇头没说话。

向江有点儿怕了，这半山腰，上不着天，下不着地，可怎么办啊！维丽还在吐，吐得腿也软了，站不住，索性坐在台阶上。这可怎么办呢？得赶快想办法把她送回去看医生，不能耽误，要是耽误了，她有个好歹，我可担不起这责任。

“维丽行不？要不咱回去吧。”

维丽试着站起来，但腿软站不住。

向江真的怕了，不等维丽同意，他就背起她往山下走。上山一阶一喘，那下

山也不比上山好受。向江背着维丽也不知累，汗水湿透了衣裳，脸上挂满了黑泥道，他也顾不上擦，一口气把维丽背到山下卫生所才放了心。他把维丽交给医生，大口大口地喘着气。

第十章　喜讯伤梦　冬喜绝情

医生问了维丽几句，又号了号脉，把向江拉进里屋说："小伙子，你有喜了。"

向江想，坏了，这医生神经有毛病，我从半山腰把她背到山下都快累死了，你还说我有喜。

那医生见向江没听明白，就又接着说："你媳妇怀上了，这不是你的大喜啊？"

"啊？她……她不……"

"不什么，她是喜脉，一点儿不错，不信，你到医院化验化验，准没错。"

"不……不，她不是我媳妇。"

"不是，那你咋背她？啊，你是雷锋，做好事见义勇为。"

"我……我……我跟你说不清。"说着拉起维丽说："不是病，那咱走吧。"江维丽听到医生说的话，心里一点儿思想准备也没有，当时也不知该说什么好了，就跟着向江回学校。

江维丽同向江一块儿回到学校。医生说她怀孕了，她既高兴，又担心。高兴的是，同天胜的爱情终于结了果，怀孕生子这可是女人天大的幸事，也是两家的幸事。当公婆看到活蹦乱跳的小孙子时，他们能不高兴吗？天胜当看到他的儿子喊爸爸时，他能舍得抛弃宝宝他妈吗？想到这些，她高兴得合不拢嘴。但她高兴之后细细一想，这一怀孕，学是没法上了，不退学就得休学。拿不了文凭，就成不了国家干部，就得回家当农民，当家庭妇女。那同天胜的差距就拉得更大了，他还会喜欢我吗？最不放心的还是他学校那个冷雪花，人家有文凭，有才能，那大学生爱打扮，就是丑点儿一打扮也能迷倒那些花心的男子。她要是起了心同自己争，我肯定争不过人家。一阵苦恼又使她落了泪。人家结婚生子，都是高高兴兴，全家捧着，可我呢？高兴不起来，苦恼一大堆。真是倒霉啊，人要是倒了霉，喝凉水也塞牙，一点儿不假。维丽想想这，想想那，半夜睡不着觉。

维丽正独自一人落泪，靠在被子上就睡着了。一个白发苍苍的老太婆颤颤巍巍地走过来。维丽睁眼一看，这不是我娘吗？她就上前抱住喊：“娘啊，我想死你了，你怎么这么长时间不来看我啊？”

妈妈抚着她的头，缓缓地说：“我也想你啊，你们姊妹三个，我就惦记你啊。你心眼儿太好，对人总往好处想，害人之心不可有，是对的，但防人之心不可无啊。”

维丽想，娘今天怎么说这话，她不太明白。害谁啊？防谁啊？我一个穷学生，要钱没钱，要物没物的，谁会来害我呢？况且我还结了婚，怀了孕，有丈夫和公婆保护着，谁还敢欺负我呢？想到这儿，维丽就把她怀孕的事告诉了母亲，母亲高兴地抿着嘴笑，说：“好、好、好，我终于当上姥姥了，这不我早就给小外孙准备了张平安符，要让他戴上保他一生平安。你啊，成了母亲了，那平安，就得你自己去争取了。”

“这平安怎么争啊？”

“这个嘛，你自己去想。与夫和睦家庭和睦，家家和睦天下和睦。这和睦嘛，就要人无隔心话，心无半点猜。你怀孕这么大的喜事，给天胜说了吗？”

“没，还没顾上说呢。”

“快快将这喜讯告诉他，让他与你一起高兴。”

轰隆一声惊雷，随后哗哗一阵暴雨。雷声和雨声将维丽惊醒，她睁眼一看，同室室友睡得正香，不见了母亲的踪影。她很快想到，这是母亲给自己托梦啊，她死了两年多了，还在牵挂自己。母亲说得对，要把这怀孕的喜讯快快告诉天胜，让天胜和自己一同分享快乐。第二天是星期天，她起来第一件事就是给天胜写信。

天胜和雪花实习两个多月，正赶上五一节放假，冷雪花同天胜多次接触，觉得条件已经成熟，她想带着天胜见见自己的父母，早早把这关系确定下来，毕业后也好在适当的时候办了这婚事。

雪花高兴，天胜也高兴。他想，如果能同雪花的关系确定下来，那分配工作的事，肯定有戏。不进机关，就得进科研单位。最起码也能留校当个助教，慢慢熬个教授当当。自己的前途，就像那早晨七八点钟的太阳，大有希望啊。

雪花为了能让天胜被父母顺利接受，她决定同天胜进行最后一次沟通。见了父母如何说话，穿让父母喜欢的衣服，去时带什么礼物等，雪花都想得很周到。放假那天，他俩早早上了火车，紧靠车窗对面坐下。雪花喜形于色，笑眯眯地对天胜说：“天胜啊，你还没到过我家，这次回去，我想带你到我家看看。”

天胜听后自然高兴。他知道，到了她家就表明同雪花的关系进展得差不多了。雪花这一关就算过了，那老丈人丈母娘只要不反对，这好事就成了。他能不高兴吗？天胜心是这样想，但嘴上还是要谦虚谦虚，说：“我有点儿怕，心里扑通扑通的，要是……”

“我爸又不是老虎，他能吃了你呀。”

“人家是领导，我没见过这么大的官啊。”

“这回又不是以领导身份见你，是以家长的身份，是家长见子女，有什么好怕的。”其实，天胜什么也明白，他就是想套套雪花的话，探探雪花的底儿，就说：“你是他的宝贝女儿，我算……”

“你是他们的准女婿啊。”雪花说了，知道上了天胜的套，就装作生气的样子用拳头拍打天胜，嘴里还责怪着说：“你坏，你坏，对我还使心眼儿。”周围的乘客都投来好奇的目光。天胜给雪花使了使眼色，雪花才安静下来。雪花凑近天胜轻声说：“到了雪城，你先理个发，要理成平头，显得精神。那衣服嘛，最好穿西装……”

“不，不行，那西装，得配领带，我这土包子不会打领带，那不是赶鸭子上架吗？”

“这还不容易，回去我教你，包教包会，一切免费，这还不行吗？”

“还免费呢？我这个名牌大学的大学生，将这一百多斤的大活人都要白送给你了，这回你嫌老了，得了便宜卖乖，还说什么免费。”

“你啊你，我最讨厌你这贫嘴，但也最喜欢你这口才。死的能说成活的，哭的能叫你说笑。真对你没办法。”

“玩笑，玩笑，坐这么长时间的车，开开心。”

“对了，我还想问问你，你同那个维丽，你们的关系，到底发展到什么地步？”

“你还不知道中学生那套，都是过家家，年龄小，都是逗着玩，不过那孩子认真，还真把那时候的几句好话当事了，总想缠着我不放。不过这也可以理解，她没考大学，一人在家当农民，想攀我改变自己的命运，心情是可以理解的。”

“你们没啥事我就放心了。要是你们有什么事，我掺和进去不好，我父母也不会同意。”

“没事，没事，你就放心吧。我敢保证，虽然相处过一段，又没领结婚证，那能算什么数。她就再单相思，法律也不保护她呀。”雪花听得有理，她在中学时不也同几个同学要好过吗，事过境迁，那早成了笑料。天胜从来不问自己，自己何必那么小心眼儿呢？想到这里，她就将天胜会见父母需要注意的事，又一一嘱咐了一遍。

雪花一脸喜悦，满心高兴，回到雪城，下了火车，两人一起来到学校。学校传达室门口报窗里放了不少信，雪花一眼看到有天胜的信，就上去抽出来，她觉得，现在自己将要成为天胜的人了，对他的事自己有权利过问了，没经天胜同意就刺啦一声撕开，抽出信纸。天胜想去夺那信，又怕雪花恼了，心想无非就是个家信嘛，还能有多少秘密。

雪花看的那信，原来是江维丽写来的，信上说：天胜，你好吧，我想给你一个惊喜，我们结婚之后，没想到这么快，咱们的小宝就要来了，告诉你，寒假你回来时我怀孕了。这几天，我高兴极了，就想赶快将这喜讯说给你，让你一起分享。你看到这封信，一定也和我一样高兴……

雪花看不下去了，她一把将信甩给天胜，气愤地说："原来你们是这样过家家，那你就快快回去过你们的家家吧。"说着气呼呼地扔下天胜，一人独自走了。

天胜知道闯了大祸，也不敢去追，就弯腰捡起信，装进口袋里，跑回宿舍，打开一看，傻了眼，露馅了，全露馅了，维丽怀孕这么大的喜讯，他愣是高兴不起来。这喜讯，就是一团火，将他的雪花梦，全烤化了，不光伤了他在雪花面前的尊严，还伤了他的心。天胜像个泄了气的皮球，软趴趴的，再也提不起精神，他拉开被子，蒙住头偷偷淌眼泪。

这时落泪的还有人，她就是石榴红。她一连给冬喜写了几封信，都没回音。

梦湖赛诗那天，在冬园，冬喜同榴红，被冬喜父母撞见，躲不开，冬喜只好支走榴红，独自走到父母跟前，母亲便把他拉到一个长椅子边，三人坐下，这时，石榴红心里猜想，冬喜他母亲一定会问她同冬喜的事。心里有点儿不安，她人躲开了，但心走不开，总想听听他父母对冬喜说点儿啥。可又不敢靠近，怎么办呢？她就想，要是自己有隐身术多好，站到他们面前，他们也看不见，再不行，能像孙悟空变成苍蝇蚊子或者小鸟也行啊，听听他们说什么，心里也明白明白。想到这儿，她伸开两手，扒着一棵大树，就爬上去了，沿着树枝偷偷向他们三人靠近。就听到冬喜母亲问他："刚才那女的是谁呀？"

冬喜支吾一会儿，就低声说："那……那……那是我的同学，是同班同学，名叫石榴红。"

妈妈倒挺通情达理，说："儿大当婚，女大当嫁，你们要是搞对象，妈不反对，但怎么不给妈说一声啊。也好帮你把把关。"

冬喜有点儿不好意思，红着脸说："这不正要给你们说吗？人家家里同意不同意还不知道呢？"

妈妈听到这儿，开始认真起来，问："她是哪里人啊，家里情况怎样？"

"榴红是山东人，她姐姐是学校老师，对她父母……还不了解。"

榴红想，怎么这么巧？是不是冬喜事先安排的，把我同他的事告诉他们，让他们来看我，冬喜你怎么不给我商量商量再说啊。这事闹得我多不好意思。况且这事我也没同我姐和父母说啊，他们同意不同意呢？如果冬喜父母同意了，我姐和父母不同意该怎么办呢？要是他父母就不同意，那冬喜是什么态度呢？她想得很多，想摸摸冬喜的底，就继续坐在树上听他们说话。

这心里有事，时间就显得长了，一分钟，二分钟……十几分钟过去了，冬喜父母还没有走的意思，她有点儿按捺不住了，想听听他们到底在说些什么，就凑近他们三人坐的椅子更近的树枝上，一动，没想到惊动了几只小鸟，它们鸣叫着飞走了，这时榴红吓了一跳，生怕冬喜父母发现自己，就急忙用树叶遮盖身子。还好，冬喜父母抬头看了看，见是几只小鸟飞走了，没有多想，继续同冬喜谈话。

“冬喜啊，她家离咱这儿这么远，还是农村，这事不行。”冬喜父亲插了一句。这时榴红心里咯噔一下，吓了一跳。

“怎么不行？她爱我，我爱她就行，这和远近有啥关系？”从小娇生惯养的冬喜梗起脖子顶了父亲一句。

“什么是爱，你还小，你懂吗？”父亲有点儿生气，生硬地说。

母亲看看父子俩要抬起杠来了，就白了丈夫一眼，说：“有话不能好好给孩子说，就知道抬杠。”父亲知道老伴护着冬喜，便缓缓口气说：“冬喜啊，你看那花坛，那花漂亮不？又香又艳，没人不爱，没人不喜欢。但爱花，也得给花打基础，那得把它栽在花盆里，施肥浇水，这水和肥再加上阳光，就是花的基础，你爱榴红，我也不反对，但你高中刚要毕业，没有工作，你有肥有水吗？连你自己还无法养活自己，你拿什么来养护你这爱情？”

“我喜欢榴红，爱她这是我的梦想，为了这个梦，我什么也不管。”

“谁都有梦，但梦有的能实现，有的不可能实现，就拿你妈……”

“你和孩子争论又扯上我干吗？”

“不是怕孩子不明白嘛。怕他走弯路，受挫折，打个比方。”

“好好，你比吧。”

“说什么好呢，人啊，其实很难。要生活，要爱情，要朋友，要事业……要想事事都得到，确实难啊。这事业，就像一块大石头，那爱情呀，朋友呀，等等，只有立在这石头上，才有根基。没有根基的爱情，就像那拿在手中的花，时间不长就会枯萎，冬喜啊，父亲的话你不一定爱听，但你可以想一想，看我的话有没有道理。”

石榴红坐在树枝上听到冬喜父亲不同意她同冬喜的事，就有点儿急，怎么办呢？我得当面给他二老解释。说着一跃跳下大树，落在冬喜和他父母跟前。冬喜父母见一个姑娘从树上摔下来，急忙上前扶她，并热心地问榴红："姑娘摔着没有？用不用上医院？"榴红有点儿不好意思。冬喜急忙对父母说："她就是石榴红。"

冬喜父母一下吓得惊呆了，但榴红这时却站在他们面前，大大方方地说："伯父母你们好，我是石榴红，是冬喜同班同学，你们说得对，我和冬喜相爱，现在确实没有根基，没有基础，就像拿在手中的花，看着很艳，闻着很香，但时间长了，这没有根基的花就会干枯。我和冬喜会把这爱藏在心里，成为我们学习工作的动力，但事在人为，没有基础，可以打好基础，我们可弄石子、沙子，加上水泥，搅拌凝固了比石头还硬。我们有文化，能劳动，这就是我们的沙子、石子和水泥，不信我们打不好自己的基础。"

榴红的出现使冬喜父母吃一惊。听了她的话他俩都非常感动，冬喜妈妈抱住榴红激动地说："榴红，你是个好闺女，冬喜没有看错，我和老头儿都支持你们。"说着话四人一起走出梦园。榴红高兴极了，她急急忙忙回家，把这好消息告诉姐姐，这时正好父母听说榴红毕业了，来接她回老家，便也告诉了父母。父亲一脸严肃地说："这门亲事不行，我们是农村人，他是城市人，你进不了城，他下不了乡，这日子怎么过？要成也行，家就剩你这一个小闺女，他得当上门女婿，来咱村入赘。"父亲这一瓢冷水浇了榴红一个透心凉。母亲觉得父亲说得也有道理，石榴红争辩也没用，只好随父母回到老家，经过几天思考，决定把这一情况告诉冬喜，看他是个啥意见。她斟酌几天才把信寄出去。冬喜打开信一看，心里没了底，想，榴红是怎么回事啊，好不容易做通我父母的工作，他们二老都同意了我们的婚事，你又来了这一出。我家虽然有两个兄妹，但妹妹还小，就我这一个儿子，让我到她家入赘，当倒插门女婿，父母肯定不干，我该怎么办呢？冬喜愁眉不展，茶饭不思，苦思冥想，也没找出说服父母的理由。还是母亲心细，看到儿子有了心事，就偷偷找个安静地方，问冬喜，冬喜就把榴红信里的意思告诉了母亲。母亲赶快把父亲叫来商量这事。父亲一听就急了眼："不行，不行，我还指着你养老送终呢？城市人娶个农村人，你们说得来也就算了，还要你到农村入赘，做上门女婿，绝对不行。"这个路堵死了，冬喜一时也不知该怎么办，榴红这信也不知该怎么回。说父母不同意，榴红一定会很伤心，他和榴红的事难道就这样结束了。冬喜不甘心。父母看到冬喜愁眉苦脸的样子，也心痛。母亲想，两孩子这事看来难以割断，不行就走，走得远远的，他们两个见不着了，慢慢也就凉了。想到这儿，就同老伴商量，退休了，回老家。老头儿一听有道理，就收拾东西，老婆子毕竟上了年岁，手忙脚乱的，一不小心腿摔伤了，住进医院。

一天，冬喜父亲同粮站站长一起喝酒，站长问冬喜情况，他就把冬喜和榴红的情况说了，说为了断了冬喜对榴红的念想，就打算回老家。说者无心，听者有意，站长说：“你们大半辈子在梦城，回家一个熟人也没有，孩子大了，又没工作，回去咋办？我那儿正缺人手，不如叫冬喜到我粮站上班，你们也不要走了。”冬喜父亲一听当然高兴，那粮站站长又说了他独生女儿的情况，说让他们见见面，看他们有没有缘分。既有工作，又送千金，这样大的好事，冬喜父亲当然高兴，满口答应。回家给冬喜母亲一说，老太太说：“这上班嘛，倒是个好事，省得在家没事整天胡思乱想。同站长女儿的事，恐怕冬喜一时半会儿还放不下榴红。”

于是老太太就同意不再回老家，把冬喜上粮站上班的事给冬喜通通气。冬喜也觉得在家没意思，就答应父母，时间不长，站长拿着办好的手续领着冬喜来到粮站。他和粮站女儿一个办公室，对着脸办公。那粮站女儿是会计，让冬喜当她的下手，女会计热情地帮冬喜熟悉业务，手把手教他。二人没几天就有说有笑。冬喜想到父母不同意让他倒插门，那榴红家非入赘不行，这门亲事要黄了，就把给榴红回信的事丢下了。

榴红一直没接到冬喜回信，知道这是父母给冬喜出的一道难题，让冬喜为难了。想等冬喜回信说说情况再想对策。两人这一放，思念感情也渐渐淡了许多。那粮站女儿，趁势一阵猛攻，冬喜真的动摇了。心想两边父母都不支持同榴红的婚事，榴红这么多天也不来信了，可能是另有想法了。下了班，他把榴红和他交流的纸条也翻了出来，那是些别人看不懂的谜语，只有他俩明白。冬喜打开一张，上面画了个圈，圈边点了两点，上面画了个月牙儿。这是他们两人第一次约会，选在傍晚梦湖边。冬喜重新看了几遍，脸上露出一丝苦笑。人都走了，这纸条还有什么用呢？也好，这纸条随她去吧。说着打开打火机烧了。

第十一章 保胎固梦 孔湖殉情

星期天，风和日丽，晴空万里，和煦的春风轻拂着人们的脸庞。天好，人也高兴。江维丽找到刘向江，说："今天你有事吗？没事咱到公园散散心吧。"同学提出来，又是女同学，不愿拂她的面子，就跟她来到市里最大的公园——相和园。这相和园出自成语典故将相和。

刘向江和维丽走进公园大门，首先映入眼帘的是廉颇和蔺相如的巨型雕像，旁边有块古碑记载着这段传奇的故事。年轻的导游站在碑前，指指点点，讲解着将相和的故事。

他俩跟着导游边听边走，没有停留，突然有阵阵香味轻轻飘来，使人神清气爽，心旷神怡。这是百花园，四季花开不断，真是百花斗艳，万紫千红，叫人眼花缭乱，目不暇接。他俩走到栀子前，只见白白的栀子花像一颗颗银亮银亮的星星挂满了枝头。有的才展开两三片花瓣，躲在绿叶哥哥身后，像一个个羞羞答答的小姑娘；有的花瓣全展开了，像一位美丽的少女；有的还是花骨朵儿，像熟睡的婴儿。在湖边，那碧绿的湖水荡漾着水波，那片片荷叶像一张张碧绿的小伞，有的浮在水面上，微风吹过托起一颗颗晶莹的小水珠，有的亭亭玉立地挺立在水面上。盛开的荷花更是千姿百态，红的像火炬，白的像雪。有的已经完全盛开，花瓣粉嫩得像婴儿的笑脸，吐露着嫩黄的花蕊，有的含苞欲放，还有的是绿绿的小花苞。早开的荷花已经开始凋谢，花瓣零散地落下来，露出圆鼓鼓的小莲蓬，真可爱。他们俩欣赏了一会儿花，就来到公园中间的相和湖，看到黄色的迎春花和碧绿的杨柳枝，细细长长的柳丝儿低垂下来，梢头在湖面飘浮。他们忍不住感叹：多美的风景啊！来到湖边，两人就登上一只脚踏船，船在他们俩的踏动下启动了。眺望湖岸，小路两旁树木苍翠，不时传来阵阵鸟语，十分优雅恬静。游人走着，笑着……绿树下的老人年逾古稀，银发苍苍，他们手划太极，一脸风霜。长椅上的姑娘小伙，拉着手，脸对脸，说不完的悄悄话，道不尽的小秘密。那些可爱的小朋友，在父母的帮助下，拉着纸风筝，在湖边跑。手持长枪短炮的摄影爱好者，他们不放过任何好镜头，相机咔咔咔地响个不停。真是热闹极了！湖岸上的情景，他们俩看到以后，不觉满面羞惭。人家在相爱，接吻，拥抱，我们来干什么呢？

他们俩虽然同在一条船上，但心里各有各的心事。向江知道维丽怀孕了，人家天胜和她已经生米煮成熟饭，自己夹在中间还有什么意思呢？本来他就不想来，但碍于同学情面不好意思推托。维丽呢，她有她的打算。怀孕的事现在只有他们两人知道，她想听听向江的意见，看这孩子到底要还是不要。

船行到湖中间，维丽说："我的事你都知道了，现在我心里挺乱，我想听听你的意见，下一步我该怎么办？"

"打住，打住，你们结婚拜堂时，连个喜酒也没让喝，连块喜糖也舍不得给，现在有了孩子了，听我的意见，哈哈，这不是笑话吗？""别闹了，人家心烦着呢，你还有心开玩笑。"

"不是玩笑，是理，凡事总要讲个理，无规矩不成方圆嘛。"

"好好好，我们不懂规矩，欠你三杯喜酒，一包喜糖行不，回去我就给你补上。"

"开个玩笑，开个玩笑，你们低调结婚也好，省钱，省事，省麻烦……"

"没完了不？人家正事请教你，你倒没正经了，今后不理你了。"

"结婚生子这天大的喜事，你都贪上了，还请教我啥呀？"

"我拿不定主意，这孩子到底要还是不要？"

"哎呀呀，这不孝有三，无后无大，你好不容易怀上孩子，这可是婚姻的喜果，怎么还说要不要呢？"

"向江啊，你不知道，我怕要是天胜他黑了心，有一天不要我了，我带着孩子怎么办？"

"天胜他不要你？刚结婚，又怀了孩子，他舍得不要你？"

"我都给你说了吧，我们结婚时，天胜就不愿意，是他爹病重，硬逼着他结的婚，他在学校还有个同学关系不错，万一他们搞到一起了，甩了我怎么办？"

"告他啊，他这是重婚，是犯罪行为。"

"我怕的是我同天胜，没有领结婚证，不受法律保护啊。"

"啊，你和天胜是……"

"是非法同居，未婚先孕。"

"啊，这，这，就看天胜有没有良心了。他要坏了良心，这事还真是个麻烦。

那他爹呢？现在还在吗？”

“在，还在。”

“有他爹在，这事就好办多了，你这怀孕可是个大好机会，要抓紧把这怀孕的事告诉他爹妈，让他们做主，先把这结婚证办了，有了证，有了孩子，就把天胜拴死了，你只要保住胎，顺利生下孩子，不怕他小子坏良心。”

“要是那样，这学可就没法上了，上不了学，我就没了工作，那将来不成了天胜的累赘？”

“这学不要紧，你可以休学啊，生了孩子再接着上，不就晚毕业一年吗？”

“我没看错，还是你小子鬼点子多。”

“多有什么用，别说金花，连个铜花、铁花也没找上。”

“别泄气，你这婚事就包我身上，我给你找个比金花还美的女孩还不行吗？”船在湖中行，人在船上聊，两人越聊越投机，不一会儿，就到了收船时间了。

远在千里的雪城公园，天胜和雪花也在聊，天胜恳求雪花说：“我年轻不懂事，同维丽那是一时冲动，没顾忌后果，后悔啊。”

“你们真的没结婚？”

“真的，这么大的事我敢骗你吗？”

“要是没结婚还有余地，不过，你得补偿人家。再有就是你的父母，他们要是非要孙子，这事也就麻烦了。”

“我想先叫维丽把孩子拿掉，孩子拿掉了，父母也就好说了。”

“好吧，你的事，你处理吧，等你处理好了，咱们再见我父母。”

“行，我抓紧处理，处理好了给你个信。”

维丽打点行李，正计划休学回家保胎生子，突然接到天胜的来信，她找了个没人的地方，撕开信仔细看。

维丽：

你好吧，你的来信收到了，知道你怀孕的事，我心里很矛盾，要说这是天大的喜事，但我们不能不面对现实，我还没毕业，没工作，你也正上着学，我们拿什么养活孩子啊！我们的孩子，不能再靠老人来养，要靠我们自己，我们连自己都没能力养活，还能养孩子吗？听我一句，把孩子拿掉吧，我们还年轻，等有了工作，有了能力，再要孩子也不晚……

维丽看了这封信犯了难，天胜信上说的倒都是实话，这孩子来的确实不是时候，作为父母连养活自己的能力还没有，就想要孩子，是有点儿难。要不去做了，不，不能啊，孩子还没出世就叫狠心的父母把他害死，罪孽，罪孽啊。我不能同

意，再说还有那个雪花啊，他天胜万一黑了心，我算老几啊。保住胎，要把孩子生下来，有这孩子，才能保住我同天胜的婚姻；没了孩子，又没有结婚证，他说甩我就甩我，连婚都不用离，这太可怕了。生下孩子，就是他天胜不养，我也要把孩子养大，让他知道他有个爱他的母亲，还有个陈世美的爹，想到这儿，就请好假，收拾好东西，背起行装向车站走去。一路上想，硬保胎，天胜肯定有意见，弄不好他真的翻了脸，我可惨了。得找个托词，既保住孩子，又叫天胜没话说。谁能想出这好法呢？玉莲，她不是在医院嘛，让她想个法子，医院开个证明，说孩子不能做，他天胜还能咋着。想到这儿，下了车就去医院找玉莲去了。

玉莲被甩，心里想不开，茶饭不思，夜难入眠。几天就瘦了一大圈，黄巴巴的长脸上，托着两只带着黑圈的大眼睛。维丽来了，她正坐着发呆。维丽喊了好几声，她才扭过头，有气无力地说："啊，维丽来了，你坐。"说话时连屁股都没抬。维丽见她这么冷淡，就有点儿不高兴。说起流产的事，她说："我们这是外科，不管流产，我领你去妇产科。"说着把维丽送到妇产科就走了。维丽望着她的背影，心里狠狠地骂道："还是同学呢，怎么成了这样？人没有走不着的路，过不着的桥，你总有求我的那一天，待犯到我手里时，看我怎么收拾你。"

不好收拾的还有冬喜，他也正愁得挠头呢。这天冬喜和粮站女会计坐在小饭馆里聊天，他们聊到订婚时，遥远的榴红正在同父母磨。冬喜这时认为她已经忘了自己，说不定人家也在商讨人家的婚事呢。狠了狠心，就答应了女会计的婚事。让他想不到的是，就在冬喜订婚的第二天，榴红又来了信，让他给她回个信，说爸爸妈妈同意他们的婚事，要冬喜先过去订婚，完了婚，他们愿到哪儿到哪儿，那倒插门的门槛破了，榴红父母做了让步，冬喜也想让父母让让步。但小会计紧追不舍，最挠头的是，这小会计是站长的千金，人家看上自己是对自己的抬举，要是不答应人家，那就惹了人家，那后果可想而知。他愁啊。

孔湖，是七子湖中的一个湖。说起这七子湖，还有不少文章。

这七子指的就是建安七子。建安七子就是东汉末建安时期曹氏父子之外的七位著名诗人。他们是孔融、陈琳、王粲、徐干、阮瑀、应玚、刘桢。当地人自然会利用这名人效应。借口以文兴经，为振兴地方经济，也是为了活跃当地文化生活，修建了七个湖，分别以七子命名。再加上花草树木，牌坊殿阁，假山草坪，曲径通幽，确是一个既有文化底蕴，又有清新环境的好去处。

榴红高高兴兴地给冬喜报了喜，没等冬喜回信就急匆匆赶到梦城，她见到冬喜才知道节外生枝了。冬喜和她来到七子湖，这次来，他们可不像在梦园那么轻松，两人各怀心事。冬喜接到信后，就想同那个粮站站长的女儿分手，同榴红重续旧缘。没想到这请神容易送神难，小会计死活不同意，说要是分手，她就死在冬喜面前。冬喜父母也不同意冬喜同小会计分手，他们想要是同小会计分手，就是小会计同意了，那她爹岂肯善罢甘休。冬喜肯定得叫站长炒了鱿鱼，冬喜没了工作，就要去找榴红，唯一的儿子离自己而去，那痛苦的感受可想而知。但儿子的禀性脾气父母知道，硬来是不行的，要讲究策略，用软办法来挽留儿子或许能达到事半功倍的效果。二老商量了一夜，想出了一个办法，早起就把冬喜找来，说："冬喜啊，我们都这么大岁数了，只有你这一个儿子，你的事就是我们的事，你不高兴我们也高兴不起来。我们知道你为榴红的事正发愁，我们也愁啊，你同榴红我们没意见，但这站长女儿也不好惹啊。我们想了个办法，你看行不，只要榴红愿意来咱家成亲，我们才好帮你，我们出面给站长说，说你同榴红有婚约在先，人家一个女孩子又来成亲，那站长他还能说什么呢？就是他闺女不放手，那站长也会碍于情面，不愿意让女儿当小三顶了人家，落个坏名声。"冬喜正愁，觉得父母的主意倒是个好办法。就对榴红说了父母的意见。

冬喜父母原想榴红父母肯定不同意女儿到男家成亲，他们不同意，下边就好做冬喜的工作了，来个温水煮青蛙，慢慢叫冬喜死了对榴红的心。这样既保住儿子在身边，又保住了儿子的工作，还能娶上站长的女儿，岂不是三全其美。想不到，榴红当场做主，同意在梦城结婚了，冬喜高兴了，但他父母可发愁了。那站长和他女儿可发急了。一喜，一愁，一急，使好好的一桩喜事变得复杂起来。站长气呼呼地找到冬喜父母理论，说："你们不是说冬喜和石榴红吹了，到这会儿了，又要把我闺女晾一边同她结婚了，你们也太缺德了。"

站长父女连骂带吓唬把冬喜父母吓晕了，冬喜父母也不知道该怎么处理了。

冬喜虽气愤不已，但确实对人家说过同榴红吹了的话，自己有短抓在人家手里，也没了主意。小会计也是个说得出做得到的主，天天到冬喜家闹，榴红这婚事，面对一大堆难题，只好搁浅，慢慢理清再说。

一天、两天、三天……石榴红高兴而来，万万没想到摊上这局面，窝了一肚子气没处出。一天，她拉上冬喜来到七子湖，心事重重，一个湖一个湖地转，来到文渊阁，两人看着孔融的《临终诗》反复琢磨。

言多令事败，
器漏苦不密。
……
三人成市虎，
浸渍解胶漆。

生存多所虑，

长寝万事毕。

榴红想，长寝万事毕，长寝就是死呗，死了，死了，一死百了，在这纷争中争来争去，有什么意思？要是争胜了，同冬喜能够结缘也就算了，要是结不了，自己还有什么脸面去见父母，去见同学同事？

冬喜想，我同榴红的事，漏子出在哪里？要是榴红早点儿给我来信，我不捅站长女儿这个马蜂窝多好啊！可是现在说什么也晚了，我和榴红，都被这马蜂蜇得遍体鳞伤。人啊，难啊！

榴红想，我爱冬喜，可现在连爱的权利也要被人剥夺，人啊，生也难，爱也难，活着爱不了，我死准行吧，我死了，爱他一辈子，把爱装进我心里，装进棺材里，你们还能抢走吗？

冬喜想，天无绝人之路，好事多磨，我就不喜欢你站长女儿，来个破罐子破摔，看你能怎么样？两人想着心事，走到孟德桥，这桥架在孔融湖和陈琳湖中间，东边是孔湖，西边是陈湖。这桥是座拱桥，全是用石块砌成，两边栏杆镶嵌的石板上也都镌刻着曹孟德的诗句。当走到桥的最高处时，榴红扭头望着冬喜微笑着，冬喜觉得她的样子怪怪的，正要问她时，榴红喊声："冬喜来生再见。"扑通一声纵身跳进孔湖里。

冬喜吓傻了，呆呆地立在桥上。

游客们慌了，呼啦啦围过来，吵嚷着，有的惊叹，有的诧异。

冬喜醒过神来，见榴红在水中挣扎，就喊："榴红等等我。"说着就要往湖里跳，桥上的人吵嚷着，出着一个个主意，但都不会水，又没有救生工具，一片慌乱。一只只蜻蜓飞来飞去，为榴红祈祷，一群群燕子掠着湖水飞来飞往，为榴红送行。一对对鸳鸯鸣叫着飞起来，这叫声似哀鸣，似悲咽，又像给榴红和冬喜唱的诀别挽歌。湖边的柳树挥舞着那长长的枝条，像是给他们挥手告别。一棵棵开得正鲜艳的花朵，一阵风吹得它们花瓣飘落，在空中望着榴红、冬喜，纷纷落在湖中，落在离他们最近最近的地方，好像也要送给他们在人间的最后一吻。一片乌云突然飘过来，从高空零零散散地抛洒滴滴细雨，好似老天也给他们送来几滴同情的泪。整个公园都在感动，都在议论，都在唏嘘，都在哀叹……这里的空气好像一下凝固起来，叫人压抑，叫人痛心，叫人浑身难受。

第十二章　遗嘱圆梦　深爱别书

江维丽在医院妇产科，人家问："你爱人来了吗？让他亲自签字才能做。"维丽听了医生的话，倒觉得有几分收获。她不想做，又找不出不做的理由，这回有了理由，起码可以拖，天胜不来就拖，拖几个月孩子大了，想不生也不行了。拖下去，第一能保孩子，第二就是保婚姻。这婚姻是天胜他父亲做的主，解铃还须系铃人，找他父亲，看他怎么说。他要说不要这孩子，孩子怨不着我，是你爹和你爷爷不要你，我当娘的做不了主。要是天胜父亲说要孩子，那天胜就没法埋怨我了。只要要了孩子，这结婚证肯定得办。这婚姻和孩子都是正大光明的了。她雪花再冷，也冻不着我们娘儿俩了。想到这里，她就高高兴兴地来到天胜家。

维丽知道，这天是端午节，她买了些粽子等，带给婆婆和公公。

天胜父母见到儿媳来看他们非常高兴，但高兴之余也有点儿纳闷儿。她不是正上着学吗？怎么有空儿来看我们，一定是有事，想到这儿，天胜母亲就对维丽说："你上学那么紧，还抽空儿看我们，真是个孝敬的好孩子，你有这份心，我们就满足了，也不怕耽误学习，还得请假，叫我们挺不好意思的。"

"爹，娘，过节了，当小辈的，看看二老是应当的。不来看看，那就不懂事了。不过有个事，我拿不准，想听听您二老的意见。"

"有啥事啊，快给父母说说，父母为你做主。"

"也没什么大事，就是我想对您二老说，我怀孕了。"

"怀孕了，好啊，好啊，这大喜事还有什么不好意思说。我们早就盼着这一天了。"

"不过，不过……"

"不过啥，是否你怕耽误上学不想要？"

"不，不是，我很想要，我可以休学，生完孩子再接着上。是，是天胜说……"江维丽说着将天胜的来信递给公公。天胜父亲听了她说的，又看了看天胜的信，

皱起眉头。

要孩子，要孙子，哪个老人不天天盼这样的喜事？但天胜不想要，他让江维丽打掉孩子，借口说是养不起。从这封信，他又联想到那个冷雪花劝维丽丢舍天胜的上封信，他察觉到这里有大文章，一定是雪花和天胜串通好要的一个阴谋。儿子这是给父亲出了一个难题。是要孙子还是要儿子，是要维丽还是要雪花？要是要孙子，就得得罪儿子，要是要维丽就得得罪雪花。可要是要雪花，那就得舍弃孙子和维丽。他不想得罪儿子，自己老了，需要儿子关照自己了。可要不得罪儿子，就得得罪维丽，害了自己孙子。我不想得罪维丽，她是个好孩子，再说她父亲是自己的好友，我不能做对不起朋友的事儿啊。要是那样，我有一天到地下碰到他，我说什么呢？在中学时，天胜和维丽是同班同学，那时他们好得很，这婚事也是经他同意了的。可他上了大学，眼光高了，看不上维丽了，他花心了。天胜母亲看着老头儿不说话了，知道他又遇到难题了。维丽看着老人不言声了，也脚后跟长草——（荒）慌了，就想，还是人家爷俩近，是不是他也和天胜一个想法，让我去做了？我毕竟条件不如雪花，人家雪花也能生孙子啊，人家大学生生的孙子说不定更优秀呢。但这孙子毕竟是他们家的，他一下也下不了这个狠心。既然如此，还不如我主动，这样，也让他们心里好受些。想到这儿，维丽就说："这事啊，也不用您老人家作难，你要是同意天胜的意见，我明天就去做了。"

"不不，你想哪儿去了，我怎么能不要我的孙子呢？不是天胜有想法吗，我是想怎么让他理解父母的心。"维丽听了公公的话，悄悄放了心。公公对婆婆说："明天你给老大、老二打个电报，说我身体不好，让他们回来一趟，我有话要对他们说。"老婆子不知老头儿心里卖的什么药，也不敢多问，就去邮电局给两个儿子发电报。

远在千里之外的雪花找到天胜，问："有回信了没有？"

天胜摇摇头说："还没有？"

"一个女人下决心亲自拿掉自己的孩子，她也难啊。不急，毕业还有一段，不过十月怀胎，那可是按天算的，等生下来，这事就麻烦了。"

"这不我正愁呢？不行我再写封信催催她。"

"不要逼得太急了，逼得太急她会有想法，她要是跟你作对，那不更麻烦了。"

"也是，也是，看我这事办的，唉，没法啊。"

两人正说着话，一个同学跑过来，说："天胜，有你的电报。"

"电报！"两人说着同时伸手去接。

那同学调皮地说："这电报是天胜的，你雪花伸什么手。"弄得雪花满脸通红，顺手打了那送电报的同学一巴掌说：“我伸手是打你的。”

那同学急忙跑开。

这电报让雪花一时高兴不已，就贴着天胜的耳朵说：“这回就看你的了，面对面要好好说，战术要服从战略，只要能达到目的，战术上可以灵活，只要她高兴，你都要服从她，让她高兴，让她满意，高高兴兴把孩子拿掉。”并顺手塞给天胜一沓钱，说：“这个拿着，说不定会派上用场。”

天胜点点头，会意地给雪花一个吻。

天胜接到电报，心里也没底儿，这电报究竟是谁打的，让他回去究竟要干什么？是父亲病重了，还是有其他什么急事？但不管是什么事，这回可以和维丽见面了，面对面说服她，让她一定将孩了打掉。孩子打掉了，同雪花就可以进一步谈了，谈妥了再把维丽甩掉，那就容易多了。天胜一路想着就来到家中，见哥哥和舅舅也来了，维丽也在。父亲坐在床上，虽然脸黄黄的，但看来精神还行，母亲也一脸不高兴，他一时不知发生了什么事，弄得一头雾水，摸不着头脑。那雪花的嘱托也不得不暂抛一边，先应付眼前的局面。父亲看见他到了，就说：“人都到齐了，我今天叫你们来，就一个事，我要立一个遗嘱……”

大儿子说：“爸，你好好的立什么遗嘱？”

“你别管，你坐那儿，我说你给我写。”父亲一脸严肃，大儿子也不敢多嘴。

父亲说：“梦城的房产，归大儿子。滏城房产和老家这片宅子和浮财归维丽和她将来的子女。”

天胜一时不明白，哥哥分得梦城房产他没意见，可剩下的，怎么归维丽和未出生的孩子呢？看来父亲是糊涂了，那是应该归我啊。他还未开口说话，父亲就先说了话：“老大分剩的财产按说该归老二，但我当家给他成了亲，现在维丽有了身孕，但两人还没领结婚证，不能算合法夫妻，但孩子是我家的，他有财产继承权，我就把这份给了孙子，老二啊，你不会有意见吧？”

“给谁都行，我没意见。”

“没意见好，因为当年我同维丽父亲是好朋友，天胜你和维丽的婚事，虽然是我主办的，但也是你自愿的，结婚是急了点儿，那时我病重，我想看着你们成亲，委屈了你，也委屈了维丽。现在她有了身孕，我一时也死不了，还想看看我的孙子。但有人不想让我看，这回我挑明了，这孙子谁也别想打他的主意。谁敢动他一指头，别怪我给他翻脸。天胜呢，你要是还愿做我的儿子，你明天就与维丽去领结婚证，我分的这些财产也足够养大我孙子。你不用发愁养他的问题。如果不想做我儿子，你现在就可以走了，你不是不养你的儿子吗？我养。好了，我没的

可说了，累了，你们都走吧。让我歇会儿。”说完闭上眼睛躺在床上不吭声了。

天胜一下傻眼了，万万没有想到父亲来了这一手，还没顾上给维丽做工作，他先把路堵死了。我怎么向雪花交代啊。可我要是不与维丽领结婚证，我今天就没法向父母和家人交代。这事难啊。他看看维丽，想让她给自己解围，维丽明白了公公的用心和天胜的意思，公公是保护她和天胜的婚姻。这时她要是站出来帮天胜说话，倒是会让天胜高兴，但肯定惹公婆生气，公婆生气了，谁还会为自己说话呢？于是，她故意装看不见，低头玩弄辫子。天胜又看看母亲，希望母亲出来说话，哪怕拖一拖也行，但母亲也不言不语。他急得冒汗，但又想不出办法。他转念一想，打掉孩子有父亲保护看来是不可能的了。孩子打不掉，就是同维丽离了婚，雪花能接受我吗？就是雪花接受了我这个有孩子的男人，雪花父母能接受吗？人家是高干，家庭条件那么好，什么男人找不到，如果我现在同维丽离了，同父母闹崩了，雪花那边又不要我了，我不成了武大郎盘杠子两头够不着了。名也没了，利也没了，连父子关系也破裂了。我还是现实一点吧，先不惹父母生气再说，走一步看一步，走到哪儿算哪儿。想到这儿就对父母说：“你们二老还不了解你儿子吗？我从小就听你们的话，你说咋着就咋着，我哪能叫父母生气呢。”

“听话就好，听话就好，那就按我说的办吧。我要歇着了，走吧，都走吧。”

榴红孔湖殉情，想就此解脱。冬喜见榴红在水中挣扎，也想纵身一跃跳进水中，想同她为爱死在一起。人们为这两个年轻人的举动惊呆了，有的没反应过来，有的想拦住冬喜，但力不从心，正在危急时刻，一个女的跃身桥上，拉住冬喜，一把把他摔在桥板上，人们围过来拉住了冬喜。那女的却纵身一跳跳进湖中，她拖住水中的榴红，游到岸边，大家抬着她一起把她头朝下放在一块大石头上，让她把肚子中的水吐出来。救得及时，榴红只是喝了一肚子水，冬喜站在旁边，那女的用手绢擦着榴红脸上的水，看看她吐了水没大事了，穿着一身湿衣服，悄悄地离开了。榴红吐出水好些了，扭头想对那救她的人说句感谢的话，但人不见了。榴红坐起来，问冬喜：“那救我的人呢？我想谢谢人家。”

冬喜不好意思地说：“人家已经走了。”

“你认识她吗？”

“认识，认识。”

“她是谁啊？”

“她就是你最恨的人，粮站站长的女儿尹梅艳。”

“她？怎么会是她？”

“她水性好，是市业余游泳队的，还参加过游泳比赛呢。”

榴红脑子嗡的一下，赶快闭上眼，想，自己到底是怎么了？自己为爱殉情，反被情敌救活，她不恨我，却来救我，这到底是为了什么呢？我死了，爱却要留在冬喜的心中，冬喜一辈子也忘不了我。站长的女儿她就是得到了冬喜，却一生再别想得到冬喜的真爱。我这样对待她，她却不恨我，还来救我，她是否想在冬喜心中放一笔冬喜永远也还不清的债。好狠心的女人啊，这样，我就是得到了冬喜，我和冬喜一辈子也忘不了她的恩，她的情，我们的爱，是她给的，她永远活在冬喜的心中。不，不是这样，她不计恩怨，救了我就偷偷走开，她才是个好女人，是个善良的女人。我爱冬喜，她也爱冬喜，这是个人的爱，是小爱，她不仅有小爱，心里还有大爱，爱别人，爱她的仇人，爱她需要她帮助的人。我的心胸不如她。有位诗人不是说：

生命诚可贵，
爱情价更高。
若为自由故，
两者皆可抛。

人心里除了装着个人的爱，还应该装着大爱，装着别人，装着别人的感受。冬喜娶了她才能一生幸福。我要是抓住冬喜不放，她的阴影会罩着冬喜一辈子，冬喜他能有幸福吗？对这样好的人，没必要再说什么感谢的话，而应当有行动，用自己的行动让她看得起你，要将这个情敌视若姊妹，还要退出竞争，把对冬喜的爱藏在心底，将冬喜交给她，这才是最好的选择。想到这儿，她支走冬喜，独自一人来到她住的那个偏僻客店，换好衣服，认认真真地给冬喜写了封信，贴上邮票投进邮筒，收拾好自己的东西，毅然返回老家。她想忘掉过去，想重新创造新的生活。她同乡亲一起下地，白天干一天活，累得要死，躺倒呼呼就睡，同冬喜的事，像是真的忘记了一样，生活得倒也快活。但她毕竟到了谈婚论嫁的年龄，每当看到一对对情人牵手接吻，或是遇到亲友结婚，总要触景生情，情绪波动好几天，脑子里总是闪出冬喜的镜头，抹不去，撵不走，有时甚至急躁郁闷，动不动就想发脾气，稍有不顺就发火。父母看在眼里，疼在心里。他们知道，这都因为心中那个人引起的，要解决女儿的问题，还得从那个人入手。母亲将榴红叫到没人处问：“红啊，妈看出来你心中有他，你同这个人的事到底想怎样处理啊？”

“妈，我求求你了，不提这事行不？”

“这一辈子长着呢，你打算怎么办，要不……”

“人家烦着呢，我不是给你说了，我这一辈子谁也不嫁，就一个人清清静静过一辈子。”

母亲知道女儿说的是气话，就偷偷托人给她介绍对象，推不过，有时也去见面，但一见面就想起冬喜，同冬喜对照，觉得这也不行，那也不行，总之没一个中意的。母亲知道她这是还放不下心中那个人，但又不敢明说，怕惹女儿生气，只好自己背后唉声叹气。

榴红躺在床上有时也胡思乱想，要不去找冬喜，若是他没同站长女儿成亲就同他好了算了，免得天天折腾人，这日子过得人不人鬼不鬼的。又一想，不行，自己为报答救命恩人，是自己选择主动退出，为救命恩人腾出地方，现在自己又要窜出来，后悔了，不仅别人看不起自己，连冬喜也会对自己有看法，出尔反尔，那算什么人呢？要不等等他，只要冬喜来这里，死乞白赖地追我，我就顺其自然地答应他。这样都有面子。但这个傻东西他会来吗？算了算了，我为他死过一次了，这辈子也算对得起他了。我们的爱是爱在心里，那就把这爱藏在心里算了。这一辈子也不想再见他了。他也别想再找到我了。可他万一找来呢？要不我改了名，让石榴红在地球上消失，看他到哪儿再找。于是她决定要改名，改什么名字呢？她想了三个晚上，终于想出一个好名字，她高兴得差点儿蹦起来。那名字叫什么呢？就叫郝静静。郝，这是她妈的姓，静静是想让自己静一静。这时公交公司招人，她就报名上了班。

石榴红走了，留下一封信，冬喜打开看着，眼泪滴答滴答往下流。泪水滴到信纸上，将字迹变得模模糊糊。冬喜一字一句地读着：

冬喜：

我不辞而别你不会生气吧。梅艳是个好姑娘，她救了我的命，也解了你们全家的难。你忘了我吧，咱们的爱我会记在心里，从跳湖那时起，它已经长在我的血肉里。我爱你，但绝不能嫁给你，要是嫁给你，我们永远不会幸福，一辈子会活在梅艳的阴影里。你同梅艳结合，你家高兴，你也会幸福。我不能再自私了，将你们拆开，从梅艳这样的好心人手中把你抢过来。那样，你们两家痛苦，你和梅艳痛苦，我也会痛苦。我为你“死”过一回，为爱的人死，这是我这一辈子最大的幸福。从这一刻起，我同你的爱也就随着那“死”终结了。我不再是从前的石榴红了，我将变成一个新的人，像梅艳那样不计个人恩怨，会为别人着想的榴红。再见了，冬喜。

榴红

8月8日

尹梅艳也给冬喜写了封信，冬喜也把这封信摆在面前。他也一字一句地看着：

冬喜：

我要同你不辞而别了。我被选拔到省体育学院进修了。这些天，你一定会生我的气，我把你和榴红搅得心神不宁，这是给你赌气。怪你为什么不把和榴红好的事，事前给我说清楚。你和她才是最好的一对，拆散你们我不忍心，也不能那样做。那天，在孔湖，我一直跟着你们，看到她跳湖，我知道榴红爱你那是真心的，她为了爱，死都不怕，她是个好女人啊。你不要再犯傻了，我已经同我爹说好了，我自愿退出，请你赶快同她结婚吧。祝福你和榴红姐一生幸福。

梅艳

8月8日

冬喜面对着两封信发呆，泪水顺着两颊滚下来。他抽泣着自言自语道："你们怎能这样，怎能这样？我该怎么办？"

轰轰隆隆几声雷鸣，乌云翻滚着涌过来，哗啦啦一阵倾盆大雨铺天盖地倾下来。雨水顺着房檐往下流，落到地上溅起老高老高的水花。小花狗哀叫着从院里窜进屋，娇憨地靠着冬喜的腿，两眼望着他，希望能得到主人的保护。冬喜心里乱得很，他哪有心思逗这小东西。他飞起一脚将那只小花狗踢到院子里，那狗夹起尾巴，哀叫着跑到冬喜爹妈的堂屋里去告状。

第十三章　病榻陈梦　玄月欢歌

江维丽同天胜领了结婚证，又保住了孩子，大获全胜，心里非常高兴，走在大街上哼起小曲。她嗓子好，又在学校经过专门培训，唱起来自然比别人好听。她走着走着，抬头看见有张大红纸写着招聘广告，有不少人围着看，她也凑过去，瞄了一眼，是县里成立艺术团招人，她一时兴起，就想去试试。想不到，这一试真的被录用了。她想，进了团，就有了工资，生活有了着落，不怕他天胜再使坏。从艺术团出来正高兴，迎面碰上王雪碧，两人抱着寒暄几句，雪碧就邀请她参加弟弟的婚礼。她也正想散散心，便同雪碧去了。

天胜无奈，只得按照父亲的遗嘱去同维丽领了结婚证，眼看着维丽的肚子一天天大起来，他却一天天瘦下来。返回学校，他心情更加沉重，想见雪花，又不敢见雪花，没几天就头昏脑涨，心悸冒汗，真的病倒了。同学们以为他回家累的，并没有放在心上，但有个人却心急如焚，她就是团委宣传委员冷雪花。她买了一大堆点心糖果，来到天胜的宿舍。天胜看见她眼泪吧嗒吧嗒掉下来。雪花温柔地说："有了病千万别着急，一边吃药，一边慢慢养，会很快好起来。"天胜没有回答，只是淌眼泪。雪花原来打算问问他维丽打胎的事，看到他这样，知道有难处，想这病八成是叫这难题难的，便不想开口了。天胜知道，雪花最关心的就是维丽肚子中的孩子，但他怎么和雪花说呢？实话实说，那就得和雪花分手，他不舍得也不乐意啊。如果再骗她，那等到露了馅，会更惨，恐怕同她连个朋友也做不成了。思前想后，也没有什么好法，只是暗暗叫苦。

雪花想问也不好意思问，但想来想去，还是弄个明白好，这样心里才能踏实。于是，她就转弯抹角地说："天胜啊，你说这时间过得真快啊，咱们看冰雕时，玩得多高兴啊。你快点儿好吧，好了咱再找个好地方玩个痛快。"天胜能说什么呢，他心里明白，但嘴里没法说，就只是嗯嗯地应付她。雪花见天胜还不想说，就进一步激他："咱这也快毕业了，分配工作的事，我是雪城生源留雪城问题不

大，外地生源要想留雪城，得有点儿特殊情况，比如对象在雪城，或者同留雪城毕业的同学确定了恋爱关系，不知你是怎样打算的？”

天胜想到那雪城冰雕，巧夺天工，是够美的，但天一热，那美丽的冰雕不都变成了一摊水。我和雪花的这恋情，也就是那冰雕，看着很美，但见不得强烈的阳光啊。我要同雪花保持这美好的关系，那就不能见阳光，只有黑暗一辈子，我这心就得在黑暗中死去。还是说了吧，说了，我也阳光了，她也阳光了，冰雕化了，美梦没了，但还有友谊。不能成夫妻最少可以成朋友，这样我也轻松，她也轻松。这时，天胜想到皇帝的新衣那个故事，那个华丽的新衣，大家都看得非常清楚，只有皇帝一人不清楚。我和雪花的故事，是周围的人并不清楚，只有我清楚。想到这里，他倒觉得身上轻松了许多。天胜靠着枕头坐起来，雪花急忙扶着他，递给他一杯水，天胜接过喝了几口，便对雪花说：“雪花啊，你生在雪城，长在雪城，你爱冰，那冰雕那么美，你喜欢，我也喜欢。但我想了一个奇怪的问题，想讲给你听……”

“好啊，好啊，我最喜欢你讲话了。什么故事我都爱听。”

“那冰雕是美丽，那么多人喜欢它，赞美它，它一定很骄傲，很自豪，但你想到没有，那压在冰雕下的小草，何等痛苦！可冰雕惭愧了，它融化后浇灌小草算是对它的回报。”

“哎呀，你这境界高尚起来了，不就是想说，要知道报恩，一个人的幸福不能建立在别人痛苦之上的道理吗？这个我懂，我虽然家境好，但是父母受了大半生苦才熬到这个份上，我会珍惜的，也会孝敬他们的。”

“不，不是这个意思。我是说我，我喜欢你，这你也明白。我们结合，是件喜事，是我们一生的幸福，你高兴，我也高兴。就像那冰雕，多么诱人啊。但我们不能，因为我们幸福了，让维丽痛苦一生啊。她那肚子中可怜的孩子，没出生就要被弄死，你不觉得可怜吗？”

“别说了，别说了，我明白了，你是不舍得她，不舍得你那孩子，早知如此，何必当初，你欺骗我的感情，你不觉得过分吗？”雪花气愤地说。

“雪花，对不起，我正式向你道歉。我考虑了好久，这病也是愁的。我对你的感情确实是真的，我爱你，也想同你生活一辈子，那幸福是肯定的，我们也有能力补偿维丽，但那孩子呢？他可是无辜的呀，我们拿什么补偿他呢？他要有灵肯定会恨我们一辈子。我们也会不安一辈子。我们的幸福，难道不会因维丽和那孩子打折扣吗？我同维丽开始相亲相爱，那时还小，只不过是中学生过家家，并没有考虑很多。后来父母把我们撮合到一起，才感到我同维丽的爱很不成熟。同

你比较，我更喜欢你。那爱你也是真心的。没想到维丽她这么快就怀孕了，同维丽过家家的爱，把我推到不得不认真考虑的地步。同你的爱是成熟的，是认真的，但这爱来得太晚了，就像那临近春天的冰雕，为了小草不得不融化，虽然可惜，但也无奈。我只能说对不起，雪花，你惩罚我吧，怎么惩罚都行。”

“天胜，不要再说了。我现在的苦，和维丽的苦是一样的，她不苦，我就得苦，老天爷呀，你怎么这样捉弄我。不说了，不说了，你让我再想想，我走了，你安心养病，有时间我还会来看你。”说着掉着眼泪走了。

榴红从湖城回来之后，本想改姓埋名，忘掉冬喜，但这太难了，她折磨来折磨去把自己折腾病了，她躺在床上，眼泪汪汪的。母亲坐在她身边，也跟着掉泪。“妈呀，我怎么命这么苦啊？先是冬喜父母嫌我是乡下人，不同意，人家冬喜好不容易做通他父母工作，同意我们结婚，你们又提出叫冬喜到咱家入赘，做上门女婿，他们家就一个儿子，老人怎么会同意呢。我做通你们工作，好不容易等你二老不让冬喜入赘，大老远找他，同他重归于好的时候，他却同别人订婚了。他怎么不给我机会啊。”妈妈还能说什么呢？她只能竭尽全力安慰女儿，说：“这人啊，都是命里注定了的，是你的谁也拿不走，不是你的，你是得不到的啊。”榴红闭着眼，不说话。妈妈继续安慰她说：“不要想那么多了，现在你病着，要先养好身体，身体好了，有好多事，慢慢再去想个明白。”

“轰隆隆——”几阵雷声，黑云像一群奔腾咆哮的野马，一层层漫过头顶，越聚越厚，越压越低，好像站在楼顶就能扯一片下来。太阳吓得不知道躲哪儿去了，就好像谁一下把时钟拨到了晚上，天地间一片漆黑。

要下雨了！榴红母亲赶快关上窗户，打开电灯，望着闺女的脸说：“红儿啊，天有阴晴雨雪，人有旦夕祸福。心情好时，要往好处想，心情不好时要多想想困难。我和你爸，年轻时吃没吃，穿没穿，这不也熬过来了。”

这时，噼里啪啦！叮叮当当！雨点毫无节奏地打在玻璃窗和房瓦上。“轰隆！”又一个大炸雷！好像炸裂了天河，瓢泼大雨哗哗地下起来。一道道电光划过，树枝在风雨中发狂地摇摆。房顶腾起一团团白雾，房檐的水流像高山瀑布般泻下来。不一会儿，院子里成了一片汪洋，大风掀起一层层水浪。榴红听到外边下雨，连妈妈的话也听不清，就示意母亲坐在她的旁边。她两眼紧盯着妈妈那张久经沧桑的脸，一条条皱纹写满苦难的故事。她懂妈妈的心，也领会妈妈的意，但她就是想不通，为什么老天爷对她同冬喜这么不公平。

天渐渐亮了，雨渐渐小了，细雨像乳白色的雾，树林草地又露出叫人爽心的绿浪。

云散了，太阳出来了，大地万物像滤过的一样，清新的空气，带着花草的芳香……小鸟不知从哪里钻出来，叽叽喳喳地唱着歌。

妈妈看看天晴了，就拉开窗户，一股带着水汽的凉风吹过来，让风一吹，精神好了不少，妈妈就对榴红说："要不你同……"

没等妈妈说完榴红就打断她说："泼出去的水不能再收，打碎的镜子不能再圆。我想好了，我爱冬喜，爱到心里，融在骨髓，这辈子虽然无缘同他结合，但这爱要跟我一辈子。我走到哪里就带到哪里。等我好了，我要到全国各地走一走，把我对冬喜爱的种子撒种在祖国的山川河湖，要把我们的爱情故事，写成文章，谱成歌曲，走到哪儿，就唱到哪儿，这歌声，冬喜一定能听到，他听到后一定会同我一起，共同歌唱，共同享受这爱的快乐。

仝心月听玉莲说了雪碧的情况，心中就暗想，人生像是在做梦，昨天还好好的，睡过一晚上，就可能变，就像那天上的云彩变化多端，说阴就阴，说晴就晴。我同洪涛不也和雪碧与金良一样吗？说吹就吹了。还是人家雪碧行，拿得起，放得下，没有你耿金良，找个军人结婚不也过得有滋有味吗？人啊，不能吊死在一棵树上，不能死了你张屠夫就吃活毛猪，要学会安排自己的生活。想到这里她对洪涛的思念之情淡了许多，心也平静下来了。就向玉莲问另几朵金花的情况。玉莲说："石榴红听说回山东老家了，江维丽考上工业学校，她同天胜关系还不错。上班忙，也没顾上打听她们几个的情况。"

仝心月这次进城收获不小，没进医院就把病治好了。她这病病在心里，病在洪涛身上，洪涛走了，在玉莲的劝说下，在雪碧婚姻的启发下，她对洪涛的事也就看淡了。她愁眉苦脸地进了城，笑容满面地回了家。心情好了，人也精神了，那模样也显得漂亮了。她下地不仅卖力劳动，工余时间，她还亮开嗓子唱几段，乡亲们对心月也高看了，都愿意凑到她跟前说话。

弯弯曲曲的运粮河因当年担当着为皇上运皇粮的重任，人们又叫它御河。这河像一条巨龙，一会儿钻进群峰叠翠的山谷，一会儿窜出花香鸟语的丛林。它鸣叫着绕过陶山，就在一望无际的大平原上兴高采烈地唱着歌，慢慢悠悠地流淌着。就在这河边突然冒出一座高台，台上黄澄澄一片，微风吹拂带来一股淡淡的清香。运粮河里不少游客就是循着这花香来到这座高台。这台的来历，有不少说法，有的说，它盛产黄花，花艳味浓因此得名黄花台。还有一种就是教书先生的说法，他专门查了县志，说一位公主叫红福，皇上把她封到梦城，公主来到后，爬上城外的山顶，远望运粮河像一条长龙盘绕在大地，远近红红绿绿的果园和农田煞是好看，只有这个高台光秃秃的大煞风景。第二天她就带着仆人、丫鬟一起把整个高台全种上黄花，并取名黄花台。公主还叫匠人造了几只木船，专门在台旁的运粮河上辟了个渡口免费运送来往的行人。每每夕阳西照，翠绿的陶山和那黄澄澄的高台映入清清的河水中，船夫双手摇着桨，木船在河水中荡漾，这美景如诗似画，令人陶醉。陶山夕照，高台黄花，碧水映月和清流古渡便成了人们引以为傲的陶山四景。

黄花台旁有不少村庄，便以这黄花命名，有的叫黄花村，有的叫黄花庄，有的叫黄花沟……心月的村紧靠黄花台名就叫黄花屯，村里几百户人家世世代代靠卖黄花菜为生。又是一个丰收年，高台黄花分外香，黄花也像人一样高兴，一朵朵黄花不仅开得大，花也出奇地香。老百姓高兴，县领导更高兴，县长专程视察了黄花台。回县城后让文化馆编了个小戏名叫《春满黄花》，文化馆张导演风风火火地来到黄花屯，左挑右拣好容易才选出两名主要演员，这男一号就是刘玄友，他中学毕业，高高的个头儿，浓眉大眼，一张小白脸上透出稚嫩的书生气。那女一号就选中了仝心月，她是学校的校花，回到村里自然成了黄花屯的村花，她白皙的圆脸蛋上长着弯弯的两道柳叶眉，柳叶眉下那双水灵灵的大眼睛像会说话似的，再配上脸上那两个小酒窝，人们看上去她总是在笑。她和刘玄友虽不同班，但是同村，一个村东，一个村西，平时交往也不多。张导演领着他俩来到黄花台，拿着厚厚的剧本，边说边教。两个年轻人虽聪明伶俐，在学校也演过节目，但演戏毕竟要比演节目难得多，导演忙活一阵之后，已累得口干舌燥，看看太阳已经偏西，便抹了一把汗说："你们先背背词，领会领会剧情，我到别村去看看。"刘玄友和心月俩人送走导演，就在黄花台上继续排戏。

满天的火烧云从山头飘到黄花台，喜鹊喳喳地叫着飞过运粮河，拉着笨重胶轮车的老黄牛喘着粗气哞哞地叫着。远远不时听到，有人扯开嗓子来几声大梆子。

心月左手拿剧本摆开姿势轻声唱：

小媳妇我采黄花心里高兴，

不由得低头想满面春风，

玄友接唱：

黄花黄媳妇美心似糖蜜，

干起活不觉累浑身力气……

心月抬头一瞅，玄友眯着两只眼睛正盯着她，四目相对，心月脸唰的一下红了，低下头想稳稳神，可这神怎么也稳不下来，心怦怦怦地一个劲儿跳。玄友也不好意思地低下头。

过了一会儿，心月沉下心问玄友："这剧编得好吗？"

“我看不错，内容是歌颂党的政策的，当然好，形式也挺活泼。”

“那我演得怎么样？”

“挺好，挺好，比我强多啦，看我笨得光忘词。”

“你不是忘词是光走神。”心月一句话说得玄友满脸通红，他结结巴巴地说：“我……我……走啥神？你净爱说笑话。”

心月望着玄友的脸说：“玄友你说实话，你喜欢不喜欢这戏中的小媳妇？”

玄友吭哧半天才说：“这是戏，是假的……”

“假设是真的，你爱不爱她？”这道题可真的把刘玄友难住啦，他心里悟出几分，但想也不敢想，两手搔着乌黑的头发半晌没吭声。心月是个直率的姑娘，她眯着眼，瞅瞅刘玄友生气地说：“你这个人啊，真是扶不起来的阿斗，连对戏中的媳妇都不敢表态，要是你媳妇真来了还不吓死你。”这一激，可真把刘玄友激火了，他红着脸说：“你隔着门缝看人，把人都看扁了，别说戏里的媳妇，就是红福公主敢说爱我，我也敢娶她。可我……我……这家庭，别说这戏里的美媳妇，就是比她丑十分的闺女也不肯往这火坑里跳。谁肯嫁给‘黄世仁的后代’？”刘玄友的爷爷是村上最大的地主，他让乡亲最恼火的是 1943 年闹灾荒那会儿，人们没吃没穿，逃荒要饭，他却趁此机会发灾难财。一斗谷糠换一亩地，啥时要是想赎地，得拿十斗米。人都要饿死了谁还心疼地？刘玄友的爷爷用两囤谷糠霸占了整个黄花台，土改时人们都管他叫黄世仁。心月思忖了一会儿安慰玄友说；“你爷是你爷，你是你，你连你爷的福都没享过，干啥给他背这个黑锅？”刘玄友叹口气说：“话是这么说，可到事上人们可不这么想，贫下中农子女可以当兵，上大学，当工人，在村里也是基干民兵，还能入团入党当干部，这好事能轮上我吗？”心月同情地叹口气，深情地说：“也是啊，啥时地富都摘了帽，也不兴阶级成分了，人的脑子才能转过弯啊。”说后又怕刺伤玄友，便又接着说：“玄友也别老是悲观，这回排戏，张导演就没问成分，不是硬把你选上来了。”刘玄友低着头唉声叹气地说：“别的我不敢想，村里人啥时能把我跟别人同样看就行了。”心月岔开话说：“不说这些了，咱还排戏，排戏。”两人便接着边背词边排练。

第十四章　堂会递状　夜半笛声

耿金良和任天胜大学毕业都分配到梦城，金良到小堤公社，天胜到油棉厂。油棉厂除了棉包就是油桶，大学毕业生扛棉包推油桶，天胜想，这活就是目不识丁的文盲也能干，我这十七年的学不是白上了。天胜这情绪，维丽早看到了，但心里对天胜有气，想他上大学那会儿，喜新厌旧，抛妻害子那些臭事，谁能不嫉恶如仇，记恨终生。又转想，他毕竟是自己的丈夫，孩子的爹。他整天不高兴，我咋能看着不管呢?

维丽在艺术团这几年，人漂亮，又会说话，县城的头头脑脑，她混得挺熟。大事小情，她说出来，人们都给她面子。

晚饭后，天胜闷闷不乐地躺在沙发上，维丽说："天胜，咱到河边凉快凉快吧。"

"你们去吧，我不想动。"

"去吧，小兰、小翠，快拉你爸爸一块儿去。"两个女儿一说跟父母一起出去玩，当然高兴得不得了。她俩上去抱住爸爸的脖子，嚷："爸爸带我们玩。"天胜没办法，只得怏怏地一手拉着一个女儿跟在维丽后边。

这条河原来是条有名的大运河，虽然没有过去那样繁忙，但不时还有一条条货船来往。白帆在风中飘动，一声嗨哟嗨哟号子声吓飞了一只只惊恐的小鸟。远处的灯光渐渐亮起，河套里一群羊咩咩地叫着随着主人往家走，大桥上一辆辆满载的货车，嘀嘀，嘀嘀，鸣着喇叭飞奔而去。维丽似有所感地说："天胜，你说这运河，当年多繁华，现在修了公路，有了汽车，它也冷落了，真是三十年河东，三十年河西啊。"天胜以为她在挖苦自己，低着脑袋不吭声。维丽知道他误解了自己，就继续说："这公路，有坑有坎，这汽车要趴在坑坎里不跑了，永远也看不到远处的风景。你有知识，有文凭，是人中的尖子，是金子总有一天会发光。没听说那伯乐相马的故事，只要你遇见伯乐，你一定比我强。"

“可那伯乐在哪儿？”

“伯乐不找你，你找他啊。”天胜听了维丽的话，觉得有点儿道理，但他想，她看自己不高兴，只不过是逗自己开心，有什么用啊。

“天胜啊，有件事，我想同你商量，五月十八是县社高主任母亲生日，你同我一起去吧。”

“一不沾亲二不带故，我去干什么。”

“一回生，二回熟，去得多了，不就成了亲朋故友了。”

“低三下四丢人，我不去。”

“人在屋檐下，不能不低头，你没听说，这县城有三大拿，老古拿着官帽，老梁拿着手铐，老高拿着证票，一个组织部长，一个公安局长，一个县社主任，这高主任不仅掌管着布票、糖票、蛋票、自行车票……下边还管着几千名职工，用谁不用谁还不是他一句话，他母亲生日，我是团里的名角，带几个人给他办个堂会，他准高兴。”

“那我……”

“你口琴吹得好，就用口琴给我伴奏。”天胜嘴里没答应，但也没反对。

五月十八他跟着维丽硬着头皮去了。堂会办得好，主任高兴，他娘合不拢嘴，维丽趁机把天胜介绍一番，并把天胜的简历写个纸条递给高主任。这回这主任还真派人考察一番，时间不长就将天胜提成油棉厂副厂长。

老天也无法叫人人如意，维丽高兴了，榴红却高兴不起来。

常言说，心中无事瞌睡多，心中有事难入眠。榴红改了名，用改名避开冬喜。但这仍是徒劳，是自欺欺人。白天在公交车上工作忙，也是有说有笑；就怕晚上，只要她一闭眼，冬喜就出现在她眼前，闹得她半夜睡不好觉。榴红借着月亮从窗户透过的光，睁大眼睛望着屋梁，数着那房上的檩条和椽子，一根一根地数，三间房两架梁，九根檩条，三百二十四根椽子，她数了一遍又一遍还是睡不着。已经是后半夜了，连远近的鸡狗都懒得叫一声。整个世界就像死了一般寂静。没有风，没有雨，没有声音……静得叫你汗毛直立，浑身哆嗦。这时突然从远方传来几声响声，忽高忽低，忽强忽弱。这是悦耳的乐声，说准确点儿，是笛声。谁在这大半夜里吹笛子呢？神经病。她想蒙住头，不听这笛声，赶快入睡。但越是这样越睡不着，她索性打开窗子，听听那位半夜还有雅兴，为人们吹笛子。她一听，这笛吹得还真不错，曲子她也觉得很熟悉。对，是电影《柳堡的故事》中那个《九九艳阳天》插曲。她想到第一次和冬喜看那部电影时的情景，脑子里闪现着电影的情节。年轻的副班长与房东的女儿产生了朴实的爱情。帅气的副班长，甜美、温

情的二妹子，风趣、敏锐的指导员，老实、软弱的房东，机灵、调皮的小牛，单纯、憨厚的小马，木讷、淳朴的乡亲……

那次还是冬喜和榴红坐在一起看电影，不知他是被那美景感动，还是为房东女儿和副班长李进的爱情故事感动，冬喜激动地用胳膊肘时不时地蹭她肩膀，榴红用余光扫了扫他，冬喜装着没事人似的继续看他的电影。那时他也许想学李进，但没有勇气向我表白。后来班上准备开晚会时，他主动提出让我唱《九九艳阳天》，他用笛子伴奏。想到这儿，榴红就从枕头下拿出冬喜送给她的那只笛子，细细聆听外边的笛声，听着，听着，她忽地坐起来，轻声说："是他？可能是他。"

这支曲子她好熟啊，在学校时，冬喜经常吹，在学校演出时，她唱，冬喜吹着这只笛子给她伴奏。她想，难道真的是他，他真找我来了。她匆匆穿好衣服，立在窗前，仔细地听。听了一会儿，她不由自主冲出家门，循着笛声跑过去。在村里一个打麦场的麦秸垛旁，她找到了这吹笛人。冬喜看到榴红来了，就噌地站起身来，一下抱住她说："榴红啊，你让我找得好苦啊。"

说着眼泪哗哗地流下来。榴红也哭着说："你傻，半夜三更在这里吹，你真傻。"

天下傻的何止他一个，心月和玄友也在傻。

太阳落山了，下弦的月亮又迟迟不肯露脸，除零零星星的几缕灯光外，到处一片漆黑。白天叽叽喳喳闹哄着的鸟雀急急忙忙飞回巢穴，闭上吵闹的嘴，倒头抱着子女睡起懒觉。而人，却是那么不甘寂寞，他们劳累一天，吃过饭把肚皮撑得圆圆的，黑灯瞎火地睡觉呗，人们不这样，非要东家长西家短地议论一番，过足嘴瘾才肯上床。谁也没想到，村主任的千金仝心月，成了今天议论的焦点。

"你听说了吗？心月和'黄世仁'的孙子在黄花台抱着亲嘴呢。"

"还当村主任呢，在乡亲跟前人模狗样，吆五喝六的，他闺女都和人家那个啦，他也不嫌丢人！"

这偏僻的乡村，别看没有任何现代化传输工具，但这小广播比什么先进传媒都来得快。刘玄友的父亲也很快听到这个吓人的消息，赶快把儿子叫到跟前，生气地说："这戏你明天跟导演说，咱不排了。"

"我咋招惹村主任啦？我一不偷二不抢，三不犯法，碍着他村主任啥事了？"玄友不服气地反驳。

"你……你……"玄友的父亲气得脸涨得通红，一急，气得哮喘病发作，咳嗽得上气不接下气。玄友的母亲急忙扶着丈夫躺到床上嘟囔着："你就不能少说两句，都二十多的人了，让大人省点儿心。"

刘玄友垂下脑袋不言声了。屋里马上变得死一般寂静。

这消息很快传到村主任耳朵里，仝心月父亲仝大炮暴跳如雷，他顺手提起一把铁锹，大声吼叫着冲向玄友家。心月娘拉也拉不住，心月无奈，只是跺着脚哭。

仝大炮气呼呼地跑到刘玄友家门口，用脚踹门。门闩着，踹不开，他就放开嗓门骂起来：“‘黄世仁’的崽子们，你们出来，旧社会你们剥削我们穷人，现在又欺负我闺女，我跟你没完，你给我滚出来，滚出来。”

刘玄友听了，气得脸上一会儿青一会儿白，跑进厨房，顺手拿起擀面杖，跃身欲冲出门，她娘双手抱住玄友哭着求他：“友啊，娘求你了，不要出去，不要出去啊。”刘玄友无奈只得听从母亲的，他气得肚子一鼓一鼓的，跺着脚喊着：“这算啥事，这算啥事，不就是一个村主任吗？仗势欺人，没事找事，吃饱撑的。”

仝大炮用铁锹拍得门板咚咚响，既无人开门又没人应战。他心里知道刘玄友他们害怕了，又听到吱呀吱呀左邻右舍门响，大家一定都知道他同刘玄友家闹了，挣回了脸面。可她转念又一想，见好就收吧，闹过了头，村里那些平时同我有过节的人，也许会就此看我的笑话，说我光会放炮，没水平，没教养。于是，就想顺势找个下台阶，便故意地大声叫嚷：“‘黄世仁’狗崽子们听着，过去你们欺负我们，用一斗谷糠换我们十斗米，今天我也用你们的办法来教训教训你们，明天你就背十斗米来赔罪，这事就算完，明天不来，我再找你们算账。”说着拖着铁锹回家去了。

村主任走了，可玄友一家可再也睡不着了，母亲垂泪，父亲唉声叹气，刘玄友却气愤地说：“不就是值十斗米吗？给他。”母亲揪住刘玄友的耳朵数落他说：“你这孩子净说傻话，自留地这点儿粮食刚够接口，你上哪儿弄十斗米去啊？你个小兔崽子，这么大人了，还不叫大人省点儿心，净给我惹事。”数落完，见儿子也安静下来了，就去睡觉了。

弯弯的月牙儿懒洋洋地出窝了。有精无采的星星也眨着惺忪的眼睛，瞅着静静的大地。人睡了，鸟歇了，只有几只不安分的蟋蟀，躺在草丛中说着悄悄话。它们在说什么呢？是偷偷地在谈情说爱，还是像黄花屯的人一样，在议论别人的是是非非？就在它们说得热闹时，一个人偷偷地爬过来，在昏暗的月光下，他像一只大蟒蛇，从场边爬到场中，爬到一堆刚堆好的粮食堆。

玄友娘睡梦中听到门吱呀一声，冷不丁儿一下坐起来，轻声本能地喊了一声：“谁！”刘玄友看看母亲并没醒，就小声说：“娘，是我，去个茅房。”玄友母亲并没在意，叹口气又躺下睡着了。

夜深了，弯弯的月牙儿有气无力躺在云彩上睡懒觉，星星挤着眼睛也露出一副副倦态，远近偶尔有几只野狗在狂吠，猫头鹰不知疲倦地站在高高的树枝上，嘎嘎嘎地不时发出几声瘆人的冷笑。小道消息和各式新闻传完后，人们也疲倦了，头一沾枕头便打起鼾声。刘玄友光着膀子穿着小裤头，手里提着一条麻袋，趴在地上一步一步向队里打谷场爬去，到了粮堆边满满装了一麻袋，用手抓住口，刚要扛到肩上，说也巧，这时一泡尿憋醒了看场人，那人见有黑影晃动，没顾上撒尿，就大声喊："有贼了，快抓贼啊！"这一喊不仅惊醒了全村老幼，连狗都惊得汪汪乱叫，树上的乌鸦也扑棱棱地飞起来，嘎嘎嘎，鸣叫着在天空盘旋。几个人光着屁股一齐扑过去，压在玄友的身上，生生把他活捉了。刚刚装进麻袋的粮食，还没扎口，碰倒后，哗的一下把几个光屁股埋在下面，他们扒开粮食，站起来，睁眼一看是自己的邻居刘玄友，吃惊地问："你这是咋的？没吃的说一声啊，为啥要这样？"

"村主任他不要我活了，我是被逼的啊，你们绑住我去见村长吧，没你们的事，我一人做事一人当。"几个光屁股正在犹豫，村主任听到喊声，就穿上衣服，提了根木棍，急匆匆地跑到打谷场，他提起木棍指着刘玄友说："我早就看你这个地主羔子不是好东西，先把他押到大队部，明天召开群众大会后，再送派出所。"他叫看场的光屁股穿上衣服，让两个身强力壮的用绳子绑住刘玄友，押到村办公室，嘱咐他们要看好玄友，安排完，打着哈欠睡觉去了。

第十五章　舍情取利　巧计脱逃

天胜没辜负伯乐，确实是匹千里马，他上台半年，将厂子治理得井井有条，效益翻番，成了县里的先进单位。他也受到表彰，脸上终于有了笑模样。他想我这次翻身，全靠维丽，她不计前嫌，一心为我鞍前马后，她真是个好女人。今后我得对她好点儿，遇事多听听她的意见。人心都是肉长的，维丽见天胜对她好了，过去的事也懒得再提了。一天在大街上，她看见新开了家美容院，就想去美容护肤。这时，一眼看到文博急匆匆往车站跑，就一把抓住他，问："有啥急事啊，看你慌的？"

"局里把我调到水文站了，我得赶快去接班。"

"哪个水文站啊？"

"小堤那个。"

"啊，那是我的老家，想起来了，咱同学雪碧也在那儿，她在供销社上班，还有耿金良，有事你们也可互相照应。"两人说着话，文博一看表，哎哟一声，说："坏了，坏了，十点的车，误了，上午没车了。""你看都十点半了，走，咱到饭馆去说说话，吃点儿东西，下午再走好了。"文博看到维丽这么热情，也不好推却，两人便到好再来饭馆，挑个干净的地方坐下，两人边喝茶，边聊起来。

文博高中毕业到水利局上了班，他心里非常高兴。但那工作岗位他有点儿不满意，是到离城十几公里外的水文站。那水文站，虽说名字叫站，但只此一人，他既是站长又是工作人员。工作嘛，就是每天看看水文，报报汛情。

年轻人都喜欢热闹，这冷冷清清，他一个大小伙子还真受不了。但有一个人，让他高兴不已。原来在这里工作的还有一人，她就是供销社的售货员王雪碧。

文博中学时就在父母的包办下结了婚，那时小，不懂事，父母咋说就咋办。年岁大点儿了，看见中学的男女同学在一起又说又笑，有的还拉着手逛公园，他羡慕死了。特别是班上的那五朵金花，他觉得哪个也比自己的老婆漂亮。尤其是

雪碧，他更是喜欢得要死。他结婚了，班上都知道，女孩子们碍于同学关系，碰上他不得不打个招呼，但谁也不和他多来往。毕业后，他没考上学，回了家，开始务农，成了农民，和老婆同起同坐，便安分下来。自从他到水利局上了班，便觉得自己变成了国家干部，老婆再也配不上自己了。他听说耿金良甩了雪碧，文博就觉得这是个机会，如果她同意嫁给自己，那就马上同那个黄脸婆离婚，这只是他心里的想法，没敢同任何人说，时时在寻找同雪碧谈情说爱的机会。他到了水文站，又没多少事需要干，天时地利都占了，就差人和，这人和就是她雪碧点头，只要她点点头，他什么都答应。带着这个想法，他来到水文站。一番梳洗打扮之后，他对着小镜子看看自己的形象还行，就来到供销社。

上午人多，文博站到柜台前轻声喊："来包黄金叶。"

雪碧拿包烟扔给他，收了钱头也没抬。他有点儿失望，但不甘心，就说："再拿盒火柴。"

雪碧心想，这人是咋回事呀？买东西还来个大喘气，不一下说完，还一件一件地买。她不满地瞪他一眼，又扔了一盒火柴。

还是没有认出他。文博不服这个劲儿，站在柜台前仍未走。他等雪碧忙完，把顾客都打发走了，说："当了经理了，架子大了，连老同学也不认了。"

雪碧抬头一看，见是文博，连忙说："对不起了，刚才人多，光顾拿货了，没认出来，实在抱歉。快里边坐，哪阵风把你吹来了？"

"水利局领导让我到水文站看看，路过宝地，买盒烟。"

"哎呀呀，成了大干部了，了不起，了不起。"

"你也不错啊，供销社门市大经理。"

"别笑话我了，一个售货的，地地道道的服务员，和你比不了啊。"

"彼此彼此，都是人民的勤务员。"

说着两人便哈哈大笑。文博见雪碧很热情，便把到水文站工作的事告诉了雪碧。雪碧高兴地说："有你老同学做伴，不又多了个帮忙的。""那是，那是，你忙不过来时说一声，我肯定过来帮忙。"

第一次见面就这样结束了。

文博就那点儿活，干完就到供销社晃悠，帮着搬搬货，打扫打扫卫生，雪碧倒觉得轻松不少。为了感谢他，雪碧说："不走了，今天晚上就在我这儿吃饭。"文博也没客气，晚上雪碧包的水饺，两人吃得挺舒服。

第二天，文博拿来一块肉和半袋大米，往雪碧那里一放，说："反正我自己也吃不了，那就放你这儿吃吧。"

男女搭配，干活不累，有他帮忙，雪碧很是感激，就顺嘴说：“你一个大男人自己做饭多麻烦，要不就在我这儿做，我一个人也得生个火，两人还省呢。”文博巴不得，就接过话茬儿，说：“说得也是，你忙，那我就当厨师给你做饭，搞好后勤。”

“不、不，你个大男人哪能叫你干那个，有空柜台上帮帮忙就行，我的手艺比你强，准叫吃得有滋有味。”

一是老同学，二是两人挺说得来，便搭伙同灶了。

文博心中的梦又像干柴遇到烈火，真的燃烧起来。

远在几十里的黄花台，火也烧起来了，但这里烧的不是欲火，而是怒火。

心月面对母亲只是哭，什么也不说，等母亲走后她想，闹到这种地步，我该怎么办呢？要是真同玄友好了，闹就闹吧，也不在乎了，现在同玄友什么事也没有，就闹个人仰马翻，我冤，我冤啊！可这冤情对谁说啊？我说什么呢？说我同玄友没事，人家信吗？那不是此地无银三百两吗？说我根本不喜欢玄友，可你们又说又笑，孤男寡女名义上说是在排戏，可你们排的是哪一出啊？是排你们自己的戏吧……我就是长一百张嘴也说不清啊！烦，烦死人了。要是洪涛在多好啊，我趁机把烦恼的事都给他说说，让他给我拿个主意，可这个东西连声再见也没说就跑了，跑得无影无踪。我梦中还为他跳河寻死，也算对得起他了。算了，算了，再也不想这些烦心的事了，可不想我该怎么处理呢？挨家挨户给那些长舌头们说，你们都在胡说八道，我同玄友什么事也没有，他们信吗？说不准他们还会编出什么更离奇的故事来。不和他较劲儿了，死了算了，我死了，你们说什么我也听不见了，这不就干净了。想到这儿，她仰起头，望了望房顶，眼停在那房梁上，低头见床头正好放着一条绳子，就捡起绳子扔到梁上，绳头耷拉下来，她把两个绳头结起来，搬了把凳子放在绳套的下边。她翻开衣柜，换上她最喜欢的衣服，站到镜子面前照了照，用梳子梳了梳头，随后就站到凳子上，用绳套住脖子。她知道，只要自己用力将凳子一蹬，那凳子一倒，绳就会勒紧她的脖子，这一辈子就算完了，什么苦恼也没了。她闭上眼，两手抓着绳子，想想还有什么事需要交代。

就想到，我这死是为谁死呢？为自己，是向那些制造流言蜚语的人抗议，是你们害死了我。这抗议有用吗？没用的，他们又会编出一个个流言蜚语，说我做了见不得人的坏事被吓死了。不，不行。我一死他们不更高兴了吗？我是在为玄友而死吗？可玄友他领这个情吗？他还在办公室绑着呢。我上吊死了，我父母肯定要把这仇记到玄友身上，就我爹那脾气，不和他家拼了才怪呢。我的死使两家仇上加仇，甚至要使两家家破人亡，我死还要害得两家不得安生，这不是罪过吗？

我活不能安生，死也不得安生，真是活也难啊死亦难，老天爷，你怎么这样对待我？不，不能这样死，要死，得让玄友知道，我是为他死的，是想让他们更好地活。想到这儿，她就摘下绳子，从凳子上迈腿下来，将柜子里的值钱东西用布包包起来，又将母亲给她送来的白面饼一起带上，走出家门。她走近村办公室，见灯还亮着，门虚掩着，她隔着门偷偷看，见玄友被绑在一个椅子上，两手反绑着。怕他跑了，又将身子和腿都和椅子绑在一起，他站不能站，走不能走，因绑得牢，两个看他的人放心了，一歪脖子斜躺在地上睡着了。仝心月蹑手蹑脚走进屋，从布包中掏出一把剪刀，将绳子剪断，示意玄友让他跑，但绑的时间长了，他走不了，心月只得扶他起来，挽着他慢慢走，走出屋，钻进郁郁葱葱的玉米地。

第十六章　醉鬼梦鬼　夜半捉贼

雄鸡一唱天下白，仝大炮翻了个身，看看天就要亮了，脑子里正在过电影。今天上午开完批斗会后，再把秋收说一说……

仝心月她娘昨夜劝了女儿半宿，女儿只是低着头落泪，什么也不说。没有办法，只好一人回屋里，同她爹吵了一场，这时她爹思忖，觉得老伴说得有理，给人家刘玄友家闹，自己的脸上也不增光，况且，也叫女儿没面子。仝大炮闹腾得累了，又觉得输理，无意再同老伴争辩，躺到被窝，没有作声，不一会儿就鼾声大作，还时不时地咿咿呀呀地说梦话，实在太困了，心月她娘想躺下眯会儿，可是一打盹儿就睡熟了。

"咚咚咚"，一阵急促敲门声首先把她惊醒，她一翻身爬起来，说声来了，就去开门。两个年轻人惺忪的眼里长满眼屎，风风火火地嚷着："村主任起来没有？"心月娘见是两个冒冒失失的小伙子便没好气地说："去吧去吧，还在屋里挺尸呢。"两人推门进屋，见村长正穿衣服，嘴里叼着一支烟，没等村主任问，二人便哭丧着脸说："村主任，不……不……不好了，刘……刘……刘玄友那……那小子……"

"别急，别急，坐下慢慢说。"村主任一边穿衣服，一边故作镇静地说。

"他跑了。"

"谁跑了？"村主任明知故问。

"刘玄友。"

"没用的东西，要你们有什么用，连个人都看不住。"村主任怒骂着，两个人低着脑壳一句话也不敢说。

"还站这儿干啥，还不滚出去快找。"两人赶快退出屋转身要走，心月她娘到女儿屋里一看，也傻了。她也急匆匆地跑过来，她边跑边喊："她爹，不好了，不好了，咱闺女她……"

"月儿她咋啦？"

"都是你这个浑蛋东西闹的，这样闹，孩子还怎么在家里待。"

"快说月儿她怎么啦？"村主任听说女儿也出了事，急切地问。

"月儿她也跑了，女儿要是有个好歹，我和你没完！"心月她娘哭着嚷。村长也有点儿着急了，他拉着长脸对站在门外的两个民兵喊："你们还死在这儿干啥，还不快敲钟，集合全村人去找。停停，你们先把刘玄友他爹娘抓到大队部。"两个民兵走后，村主任咬着牙恶狠狠地骂着："刘玄友啊，刘玄友，你这个王八羔子，找着你我决不能轻饶你。"说着一手掐掉烟头儿，怒气冲冲地跑出大门。月儿她娘也边跑边喊："月儿她爹，等等我，我也跟你们去找。"

黄花台正热闹，这小堤的故事也一个接一个。

一天，文博从水文站正要往供销社门市走，远远看到一个人面熟，走上前去一看，见是耿金良，就急忙打招呼。那金良见是老同学，也忙搭讪。文博说："你咋一个人来这儿了？"

"我还想问你呢，你咋在这里？"

文博说："我在这儿工作啊，你呢？"

"我也在这儿工作，今天没事，就出来溜达，县志上说这里有八景，其中就有古桥映月，我弄不明白，就想到这个大石桥来看看，看它是怎样映月的。"

"啊，来考察，要写论文啊？"

"写啥论文，散散心呗。"

"好好好，今天我请客，弄瓶酒，咱哥俩来个一醉方休。"

老同学见面，金良也没多想就答应说："好，客随主便，我也不客气了。"

两人说着来到厨房，文博弄了几个菜，打开瓶白酒，你一杯我一杯地喝起来。到了中午，雪碧下班回来，看见金良和文博在屋里，心想，他俩怎么在这里？文博瞅见雪碧，连声喊："雪碧，雪碧，快来，这是我请来的客人，咱老同学难得一见，过来喝几杯。"

雪碧正犹豫，文博一喊，她不得不进来了。虽然同金良恋爱关系结束了，但还是老同学啊。有再多的委屈，也不能太没肚量啊，还得讲点儿风度。想到这儿，她就大方地走进来，说："你们喝，我给你们弄吃的。"

"不不，你也坐下来，咱一起喝点儿，这么多天没见面，说说话。"

雪碧没办法，只好坐下来同他们一起喝。碰杯，再碰杯。

酒后吐真言。文博说："我说你金良，你可不许恼，人家雪碧，是咱班五朵金花的这个。"说着竖起大拇指，夸雪碧，接着说："你啊你，太不知道珍惜，要是我，抓住绝对不能放。”

金良心虚，咕咕哝哝说不出话来。雪碧也想将她同军人结婚的事说出来，但插不上嘴。

雪碧知道文博好心，想为自己抱不平，出出气。但这样面对面地也不好啊，就说：“文博啊，同学见面，只谈友谊，不谈闲事了。”

“不谈了，不谈了。咱喝，喝。”

又喝了一阵之后，都有点儿醉了，文博嘟噜着唾沫星子说：“恋爱结婚，是人生的第一大梦，我这个梦没做好。弄了个黄脸婆，悲剧啊，悲剧，我不甘心啊。总有一天，我得从中解放出来。雪碧，你要是同意，我马上就蹬了那个黄脸婆，用八抬大轿娶你。”

雪碧虽然也喝多了，但她还听出好歹话，就说：“说梦尽管说梦，可别扯东拉西。”

金良也说：“日有所思，夜有所梦，这梦也是真实的反映。人心不足蛇吞象。在中学，你是咱班第一个结婚的，你小子第一个做了人生第一梦，还得了便宜卖乖……”

“你不懂，你不懂，这梦有好梦、噩梦、甜梦、苦梦……我做的是噩梦，是苦梦，我苦啊。”说着还掉了几滴眼泪。

雪碧也有了酒，她也眼圈儿红红的，说：“蹚过的水，才知深浅，爬过的山，才知道高低。这婚姻大事，没经过就不知道它的酸甜苦辣。我呀……”

“雪碧啊，你是这个，是这个，你会幸福，你会幸福的。”文博说着竖着大拇指在雪碧脸前晃。

金良接着说：“我不是说醉话，我知道对不起雪碧，但没法啊，现实就是现实，现实是残酷的。”

“你小子没良心，你不是人。要不是老同学我就一拳头敢把你打扁，你信不信？”

“我信，我信，我不是人，不是人。”

“我……我……我也不是人，是鬼，我们是三个醉鬼。”

“鬼？哪有鬼啊。”雪碧说。

“人说人话，鬼说鬼话。咱三个说的话不就是鬼话了吗？”哈哈哈，金良说着大笑起来。

“不，不对，我说的全是人话，你耿金良要是不要雪碧，我要，我把她当神供着，谁也别想欺负她。”

雪碧有点儿生气，她指着两人骂道：“你们两个都是坏蛋，我谁也不要，我要自己过一辈子，你们男人都不是人，是鬼，是害人的鬼，和鬼在一起能有幸福吗？”

“哈哈哈，哈哈哈”，文博大笑着说，“还说呢，你也是鬼，你也别做梦，现在做梦都是鬼梦。”

小麻雀喊叫着归窝来了，文博拉着耿金良趔趔趄趄走回水文站，夜深了，文博梦见他同雪碧热热闹闹拜花堂，嘴里含糊不清地嘟囔着：“雪碧，雪碧，我想死你了，想死你了。”

外边的河水哗啦哗啦地响，引得金良做了噩梦，梦见一群恶鬼用铁链子拴住他，往阎王殿里拖，他怕极了，大声喊：“快救救我，有鬼有鬼。”

文博的好梦被金良的叫声惊醒，似醒非醒地说：“哪里有鬼呀，外边是水。”说着继续做他的好梦。

冬喜和榴红抱着哭了一阵。榴红就问冬喜：“你不和梅艳好好过日子，怎么又跑到这里？”冬喜把梅艳的信让榴红看。榴红叹了一口气，说：“我错怪人家了，真是好姑娘啊。”

榴红和梅艳都走后，冬喜也想跟父母一起搬回老家，从此离开这伤心之地。父母老战友几次劝父母不要离开梦城。一是说老家没有亲人，没有熟人，孩子也上班了……说到上班，父亲叹口气说了梅艳的事，怕梅艳父亲给孩子小鞋穿，不好看。那父亲战友接着说：“我那儿正缺人，要不到我那儿去上班。”于是冬喜一家便留在了梦城。

第十七章　苦品痴情　智逃魔掌

大胜当了副厂长，一是高兴，二是维丽爱面子好显摆就叫来几个同学请客。李相生端起酒杯，动情地说："同学们一聚，机会难得啊，机会难得，这不连回家探亲的杨方柱也来参加。我建议：不管是男是女，不管能不能喝酒，今天，都要喝个够。如果天胜没酒了，我……我……拿。"说话舌头有点儿硬。

天胜站起来，说："相生你喝醉了……"

"没……没醉，我清楚着呢。说实话，我也是班中的高才生，可你天胜摘了朵金花，我却拾了朵棉花，老天对我不公平啊。"

"棉花怎么了，你找人家时，不是天天追着才弄到手吗？嫂子是棉纺厂工人，政治地位高啊，你小子，得陇望蜀，嫂子是多好的人啊，你不知道珍惜，得便宜卖乖……"

"天胜啊，你摘了金花别太美了，要论美，咱班这五朵金花中，最美的，我看还是人家玉莲。"

"玉莲？要说美那是没说的，但下场最坏的也是她啊。"向江随口也凑热闹。

"玉莲她怎么啦？"雪碧问了句。

"你还不知道啊，她太苦了。"向江说。

"别说了，别说了，玉莲是我害的她。"杨方柱心情沉重地说。

大家不少人不知底细，都把目光投向杨方柱。杨方柱阴沉着脸，陷入那些不幸往事的回忆中。

高中毕业杨方柱考上了军校，玉莲落榜了。她的喜怒哀乐，都倾注在一封封给杨方柱的书信中。这些信就锁在杨方柱的抽屉中，封存在杨方柱的心底。杨方柱想起那第一封信，他看时非常感动。信上说：

方柱：

我好想你啊。可惜远隔千里，难得相见，我有话只能通过写信告诉你。家庭原因，我没考上学，我早已料到，并不太难过。因为我有你，足矣。你还记得不？洪涛摆窝头宴，你递给我的那窝头，那不是窝头，那是你爱我的一颗心啊。你还记得不？在梅林，你第一次拉着我的手，你知道我的心跳得多快啊！我靠着你热乎乎的胸脯，望着艳丽的梅花，想象着我们将来走到一起，生活一定会像这梅花一样美丽。我想你，白天想你，晚上更想你……因为今天，是特别的日子，是牛郎织女相会的日子，我愿意做一位你喜欢的织女，在河这边等你。

莲

7.7 晚

那第二封信，也让杨方柱终生难忘。信上说：

柱：

我告诉你个好消息，我当上县医院的护士了，白衣天使，你喜欢吗？每当我看到那些病人痛苦的样子，就想起你，你一人在外，没人照顾，一定要保护好自己的健康。别的东西丢了还可以再找回来，但失去健康就再也找不回来。我学了不少保健知识，抄录下来，寄给你，没事时多看看，平时多注意，免得生病，又痛苦，又影响学习。今天是三八妇女节，放了半天假，几个女同学聚了聚，她们一个个都结婚了，谈起她们的新婚生活，我挺不好意思。有你装在我心里，我的生活天天都很愉快。

莲

3.8 晚

杨方柱看过另一封，他也感动得流泪。

柱：

我告诉你个好消息，我当上了先进工作者了。我为一个患者献了血，他得救了。你不知我心里多高兴。你是我的动力源泉，想到你我就浑身是劲儿，总也不觉得累。我知道，做护士不会有多大的发展，最多当个护士长，但当病人因为我的努力，他们减轻疼痛，脸上出现微笑时，你不知道我有多高兴。最高兴的，还是得知你考出好成绩，你的每点儿进步，都是我的喜悦。你知道我的最大痛苦是什么吗？就是一个月还没收到你的来信。你不知道，我一人躺到床上瞎想，自己也知道是瞎想，但是还要想，想到梦中，梦见你，大学毕业分配工作后还没去报到，就先来娶我。你骑着一匹枣红马，身上披着大红花，来到我们家，下了马牵着我的手，我醉了，浑身轻飘飘的，一下扑到你的怀里，掉着泪，嘴里只说着一句话，柱，我总算盼到这一天了。当醒来时，枕头上湿了一片……

莲

11.2 晨

每一封信都能看出，这信是用心写的，看到玉莲高兴时，他也跟着咧着嘴笑，看到玉莲困苦时，方柱也跟着落泪。

柱：

妈妈病了，她住进我们医院。不是什么大病，是为我的事瞎操心。她说她只有我这一个闺女，说我是她的命，说我二十大几了，一天不办婚事，她一天不能安生。我们的事，她比我们还急，这老人啊，都是这样，为儿女净操没用的心。我总盼你早点儿毕业，盼着黎明曙光的到来，让我们共同分享那即将来临的快乐。你知道吗？维丽她和天胜没毕业偷偷办了婚事，这是天胜父亲临死前唯一的要求，他们也不想这么办。你知道吗？天胜当上了爹，维丽生的是双胞胎，一对丫头。维丽天天望着丫头高兴。你不想快点儿看到我们爱情的果实吗？那可是人间最大的幸事，我想将来给你生个大胖小子，挑维丽最好的丫头做儿媳妇。我知道，我说这都是没边的事，但愿意给你说，心里有什么都想对你说，不说憋在心里难受。你是否觉得我啰唆，我也觉得自己有点儿，但心里有啥不给你说说，心里不踏实。你毕业了，实习后就走上岗位，我们的幸福也就要来了。吻你。

莲

9.1 晚

临毕业时那些信，方柱感到最沉重。

柱：

我真的为你高兴，你要留到部队，分到部队科研单位。我不管你到哪里，我都会随你到哪里。就是人不能去，但心也随你去。爱是没有距离的，只要心里装着爱，山南海北又何妨？

莲

10.1 晚

玉莲的最后几封信，是杨方柱感到最揪心的，因领导没同意他的请求，他觉得终生遗憾。

柱：

你说的是真的吗？你不要吓唬我。所里领导审查你的情况，说因我父亲在台湾，不同意我同你的婚事。这……这对我们两个太不公平了。我不敢给妈妈说，她要是知道非疯了不可。你说还没最后定，你再和领导好好说说，看有没有转圜的可能。我天天晚上偷偷地哭。眼红红的，别人问我，我说什么呢？我不敢说，也不敢相信这是真的。

莲

12.3 晚

那最后一封信，真的让方柱坐不住了。

柱：

我绝望了，真的，我受不了。妈妈也知道了，同事们也七嘴八舌议论我。我知道这不怨你，但他们都说你是负心汉，是你踢了我。我要崩溃了，天天晚上睡不着，头疼得厉害。我不知道我还能不能活下去。信，我今后，不再给你写了，这是最后一封，也是我对你最后的告别……

莲

1.5 晚

杨方柱回忆这件往事，心里十分沉重。玉莲这一封封信，是抽在他身上的一根根皮鞭，打得他浑身是伤。他无颜面对玉莲，成了他永远的痛。

同学们都说玉莲苦，但心月现在更苦。

人们常说，黎明前黑一阵大小有点儿事。讲的是给良心发现后小偷一个改正机会，趁天黑把偷的东西送还主人。但这个天象还真是这回事。玄友和心月在玉米地里没跑多远天就发亮了，一阵响亮的钟声当当当地响起来。不一会儿，玄友和心月他俩就听到人们的吵闹声及嘈杂的脚步声。

“刘玄友，你跑不了啦。”

“我已经看见你了，你就在这玉米地里。”说着还真有人向玉米地走来。哗哗哗，声音越来越大，心月有点儿害怕了，玄友急忙小声安慰她；“别怕，别怕，他们这是瞎咋呼。”果然这声音一会儿又远了，两人趴在地上一动不动。

“月儿出来吧，出来吧，娘不怪你，你不出来娘也不活了。”

心月听到娘的哭喊声，眼泪哗地流下来，抽泣着对玄友说：“咱出去吧，娘见不到我会气疯的。”玄友皱起眉头，咬住下嘴唇，浑身颤抖着对心月说：“心月，是你救了我，你对我的恩情我领了，我这辈子如果有机会一定好好报答你，如想走，你就走吧，你爹娘不会伤害你。我不行，我已经到这个地步，没有退路了，只有逃跑这条路才有希望……”心月哽咽着低下头，好大一会儿没吭声，仝心月想，回去父母不会怪我，但乡亲们呢？他们能饶过我们吗？一个个长舌头，又会议论我，那口水也会把我淹死，被口水淹死，被流言蜚语气死，这样地死还不如和玄友一起去找一条活路。我也不能回去了，这命和玄友已经绑到一起了。想到这里，心月沉默一会儿，接着昂起头，瞪着两只眼，盯着刘玄友的脸说：“玄友哥，啥也别说了，我也没有退路了，要是回去父母就是不责备我，村里的唾沫星子也得把我淹死，这辈子我是跟定你了，你死我也死，你活我也活，你不回去，我就跟你走。”刘玄友感动得热泪盈眶，也止不住流着眼泪说：“心月，都是我不好，这回是我坑死你了，也坑了你的父母，我……”心月用手捂住玄友的嘴，深情地说：“玄友不要说了，是坑也好，是河也好，我就跟你一起跳了。”心月说到河，玄友心里猛地一亮，他用手抚着心月手轻轻地说：“心月你就趴在这儿，无论发生什么事，我回来前，你也不要吭声，不要动。”

这天就是怪，明明要亮了，它突然又黑了下来。这时两人听到玄友母亲颤抖的哭喊：“友儿啊，快出来，出来吧，村主任说了，只要你出来他不再追究你。”玄友不相信这些鬼话，他趁黑爬出玉米地，不一会儿，只听扑通扑通两声，心月心里一惊，刚要喊出来，想到玄友的嘱咐马上用手捂上嘴。

“有人跳河，有人跳河。”有人高声喊。村主任接着高声叫着：“在哪儿？快去捞人。”一群人吵闹着涌向河边。玄友爬回来拉起心月急促地说：“快跑，快跑，再晚就来不及了。”俩人手拉手在玉米地拼命地跑，也不知跑了多长时间，心月一下瘫坐在地上，再也站不起来了，喘着粗气断断续续地说：“不……不行了，我跑……跑不动了。”玄友接着也随她坐在地上，喘着气说：“好好，那咱就歇会儿。”两人坐在一起背靠着背呼哧呼哧地喘气。

第十八章　绿野惊魂　雨夜阴谋

刘玄友和仝心月，背对背坐一会儿，气喘匀了，身上的汗也下去了，因黎明温度比较低，虽是夏天，一身热汗刚下去也感到有点儿冷。他扭过脸对心月说：“心月，你冷不？”

“是有点儿凉。”“你要是冷，不嫌难看，我脱下这褂子你披上。”

“那你光着膀子要是冻着咋办？”

“我扛冻，没事。”玄友真的脱下上衣，但他这身子还真不给他露脸，褂子一脱就阿嚏阿嚏地打起喷嚏。

心月连声说：“算了算了，别逞能了，你还没我耐冻。”

玄友看着心月，虽然天还黑，面目看不清楚，但大胆地面对面瞅着女孩子，他还是第一次。他心里美滋滋的，没想到拉肚子拉出个大元宝，这回捡了个大便宜。他爱心月，打他同她在黄花台排戏那时起，他就有了这想法，她漂亮、温柔，又有文化，以前，他想也不敢想，但今天，老天爷有眼，将这想也不敢想的大仙女，大金花送到自己身边，摊上谁也得高兴得合不拢嘴儿。玄友高兴了，话也多了，就问心月：“你怎么下的决心想到要和我出逃？”

“谁想跟你了，俺是想死，这事闹得俺人不人鬼不鬼的，还有活路吗？要死的话，只是不想死在这些传闲话嚼舌头的人跟前，想死得远远的，再也不想见到他们。不知咋的，光觉着对不住你，想死前再看看你，没想到那些看守你的人都睡死过去了，才鼓起勇气把绳子剪开。”

“多亏你了，又救了我一命，这是老天爷长了眼，不让咱死。好死不如赖活着，你可不能死，要是你死，我也得死，我就是不死，还上哪儿找你这好媳妇啊。”

“没正经，都混到这份上了还开玩笑。”

两人说着话，这老天啊，偏偏不给力，忽然一阵凉风吹来，冻得两人打哆嗦。心月紧紧靠着玄友，玄友宽大的身躯也紧紧护着心月。人常说，盖得厚不如肉挨

肉，这叫抱团取暖。两人靠得紧了真的感到有了暖意。玄友试探着用双手抱住心月，心月也没吭声。一会儿心月也用双手抱住了玄友，就这样，两人抱着不觉得冷了，慢慢地睡着了。

“也好，那咱另找个好地方歇着。”玄友拉着心月一瘸一拐地向前走去。

太阳懒洋洋地露出半边脸，成群的麻雀叽叽喳喳地飞来飞去，一群鸽子带着呜呜响的尾哨在高空盘旋。当当当响的钟声从这村那村传过来，人们就要上工了。刘玄友拉着心月走在一条田间小道上，对心月说：“人们快要上工了，我们赶快找块刚锄过的高粱地歇歇脚。”

心月不解地问：“为什么要找锄过的高粱地？”

玄友和气地说：“这是我从一本书上看到的，一个地下工作者就是这样躲避敌人搜查的。”

“锄过的地就能躲过？”

“你想想，刚锄过的地，割草的、锄地的肯定不再往这块地来了，人不来了这不就安全了。你看你我，一个个蓬头垢面的，人家见了咱，不说是疯子也得说我们是从监狱逃出来的，这里离咱村不过十几里，要是让人发现，不大一会儿就传到咱村，那样我们就完了。”心月听了觉得有理，就牵着玄友的手顺从地跟他来到一块锄过的高粱地，他们在地中间坐了下来。

立秋十八日，寸草都结籽。这高粱长了一人多高，顶穗冒出来了，宽大的叶子在微风的吹拂下，哗哗作响。一只田鼠瞪着圆圆的眼睛，望着这对不速之客。它不满地站在离他们不远的地方，立起前爪，用两只前爪拨拉着它那肥大的小脸，好像在说，这是我的领地，你们赶快离开，不要给脸不要脸。玄友和心月，好像没有明白田鼠的意思，他们叭叭叭用手揪了一大把高粱叶，铺在地上，两人肩并肩盘腿坐在高粱叶上，安下营来。田鼠抗议无效，只得灰溜溜地跑走了。

折腾了一夜，玄友肚子咕咕地叫个不停，心月早就猜着他已经饿了，忙打开肩膀上背着的布包，拿出一张白面饼递给玄友，玄友两眼含着泪花接过饼，从中一撕两半，将半张饼递给心月。心月也觉着肚子有点儿饿，伸手接过饼又撕下一小块递给玄友，两人便大吃大嚼起来。两人坐在高粱地里正吃得香，只听不远处，高粱叶哗哗地响，两人竖起耳朵，一听吓了一跳，是否有人来了？心月要站起来跑，玄友用手一把拉住她，轻声说：“趴下，别动。”玄友用一只手紧紧按住心月腰，两人趴在地上，用眼偷偷察看，用耳细细听动静。只听有人高声喊：“我看你往哪儿跑，我看你再往哪跑。”心月听了，以为是村里人追他们来了，心一下子跳到嗓子眼儿，浑身哆嗦起来。玄友还能沉住气，连着小声说：“不要动，

不要动，只要他们不靠近咱，就别动。也许他们还没发现咱，是在咋呼。”心月倒是听话，趴在地上一动也不敢动。心月默默祈祷，老天爷，请你保佑我和玄友吧，千万别叫村里人找到我们，找到我们，我们就完了，玄友倒霉，我也完蛋了。再也没脸见父母，没脸见乡亲，没脸活在这个世界上。响声越来越大，离他们越来越近，心月吓得快要叫出声来，玄友依然不动声色，他想，事到如今，只有两条路，一是给他们拼了，打死一个够本，打死两个赚一个。又一想不行，我倒是没啥，死就死，可心月呢？她怎么办？她既然投靠了我，我就要保护她，不能让她受到一丁点儿伤害。硬拼不行，要不就跑，我们年轻，又吃了饼，不信就跑不过他们。他望着有声音的地方，仔细查看周围的动静，摆出一副战斗的姿态，随时准备应对时刻到来的危机。

维丽也时刻准备战斗，玄友他们打的是防御战，可维丽打的是进攻战。

天胜当了副厂长，一心只想工作，倒也安稳。维丽不是这样想，维丽想，天胜当副厂长这几年，厂长提到县社当了副主任，天胜主持工作，但就是不给转正，这壳卡在哪里啊？她想来想去没想明白。和高主任关系这么好，他不会为难天胜。那是谁呢？是书记，是县长？不对啊，三干会上，书记、县长还表扬天胜呢。想起来，一定是组织部长，副科以上官帽全在他手里。我得和天胜找机会见见他，看他怎么说。

文博也在战斗，他刚刚从家里归来，站在河边，越想家庭给他带来的不愉快，心中越加郁闷。他想到王雪碧，心里豁然一亮。

回家前，同金良、雪碧三人喝个烂醉，虽说了不少鬼话，但也多出自内心。那夜里娶雪碧的梦，他真想梦想成真啊。第二天，他送走金良，就一人找到雪碧，想探探雪碧的反应。就和雪碧一起吃饭，边吃边聊，雪碧夸文博说：“文博啊，你要人样有人样，要才能有才能，也是个不可多得的人才啊。”是啊，他来这水文站不久，就在市报和电台上发了好几篇文章，连村里不少老百姓也知道来了个能写文章的大秀才。人们有的不知道他姓啥叫啥，见面了直呼他秀才，这不，雪碧也夸奖他是个人才，他当然高兴得很，有点儿飘飘然。文博就高兴地回答雪碧说：“啥人才不人才的，你才是个女强人，又漂亮又能干，才称得起女中豪杰。不过——”

“不过什么？”

“我是说好花还要绿叶扶，那戏上不都是佳人配才子吗？金良这小子没福啊，甩下你这佳人孤零零地受苦，我也感到不平啊。”

“不提他了，不提他了，还说我们的事吧……”

这时外面闯进一个人，告诉文博他爹让他回家一趟。他只好告别雪碧骑上自行车往家走。文博回家的路上边走边想，雪碧说的我们的事，是指的什么事啊？我酒后说的那些话她是否当真了，她是否同意嫁给我了，要是这样，我还得先给父母吹吹风，让他们站在我这边，同意我同那黄脸婆离婚，哎，没想到这人啊，要是走顺了，好事来得也蛮快的。他家离这里二十多里，村子名叫穆家庄，因这村名有个穆，好多人就和穆桂英联系起来。流传好多穆桂英的故事。说穆桂英在这村生过孩子，那证据就是村边那个大坑坑底长出的草都是红色的，是穆桂英产血染红的。还说，村北是穆桂英摆的迷魂阵，外地人走到这里就转向。还有的说，村里的穆姓人都是穆家后代，同穆桂英有血缘……

文博的老婆就姓穆，大名穆贵英，同穆桂英只有一字之别，但那性格、那秉性确有几分同穆桂英相似。十八岁那年，村里修水渠，是个冬天，滴水成冰，渠里也上了冻，人们看到又冷又硬的冰水，身上就冒冷气。谁也不愿意到这冰水里去干活。穆贵英这女孩子，带头挽挽裤腿，扑通一声第一个带头跳进带着冰碴儿的泥水里，那些老爷们儿也只好跟着她跳进去。任务很快完成了，穆贵英受到上级的表扬，称她是当代的穆桂英。于是她便成了村上的名人。她也美滋滋地觉得自己是村上最优秀的女英雄，渠修完了，她也到了谈婚论嫁的年龄了，不少媒人来提亲，说了十几个，她一个也不答应，她说穆桂英是自己选的女婿，她是比武，我可以不比武，但这女婿一定得自己选。穆贵英小学都没念完，大字识不了一筐，但她喜欢文化人，这村上上高中的只有文博，于是文博就成了她的选婿目标。她把自己的想法告诉父母，父母也觉得小伙子不错，一是长相好，眉清目秀，又上着高中，有文化；二是都是一个村的，知根知底的，哄不了骗不了；三是离得近，就这一个闺女，有啥事也好来往照看。父母同意了就托媒人到文博家提亲，文博父母也觉得闺女不错，就一口应允了。

文博看不上穆贵英，但不敢反对，就推说正上学，年龄还小，不想结婚。但胳膊拧不过大腿，父母硬是帮他操办了这桩婚事。生米做成了熟饭，文博有一万个不高兴，因是学生，生活靠着父母，也不敢对着干啊。

强扭的瓜不甜，文博对这婚姻、对这女人都不感兴趣。有父母在，他不高兴归不高兴，但从不敢提离婚二字。他同王雪碧相处一段，觉着她有情有义，长相没说的，人家也能干啊。一个女孩子泼泼辣辣的，敢同一个大男人一块起伙吃饭，朝夕相处，日久生情是自然的。她对自己百般照顾，明眼人谁看不出来，她肯定对自己有那么点儿意思。再看人家那模样，和自己媳妇一比，一个天上一个地下。

文博来到家，媳妇正好从地里干活回来，她蓬松的头发像是一堆乱茅草。她修水渠时逞能，冰水一炸，她落下妇女病，月经不调，生不出孩子。不孝有三，无后为大，不能生孩子，这可是女人的大事，精神上压力也很大，这一病一压，她那本不出众的容貌，早早如同那凋谢的鲜花，再也没有引人爱慕的娇容，脸黄巴巴的，像块黄锅饼。但穆贵英，毕竟是穆桂英的粉丝。强势的性格，造就了她曾经的好名声，又酿成她的悲剧。文博回来了，她一肚子怨气就向文博撒。说："这猪圈该起了，这房也该修补了，这自留地里的活我一人也干不过来……你可好，十天半月不回来一趟，点完卯就走了，你知道我的日子是怎么过的不？"

父亲的气管炎又犯了，他躺在床上咳嗽着，母亲紧锁双眉淌眼泪。文博回到家，一大堆烦心事，妻子连句暖心话都没有，还一个劲儿地抱怨、唠叨。文博想发火，又怕父母生气，就低着头一句话也不说。吃了午饭，他推说单位还有事，骑着车子就走了，妻子望着文博的背影，一行眼泪哗哗地流出来。父母看在眼里，心里也难受。但当初这婚事是他们操办的，知道文博不满意，觉得结了婚，生下一男半女，慢慢就有了感情。但这媳妇肚子不争气，硬是连个羔子也怀不上，这就怨她了。

文博家中的不愉快，让他对雪碧更向往了。他站在河边，看着自己的倒影，看着那哗哗东去的流水，想，岁月如水，流走就再也回不来了。我同雪碧相处时间也不短了，她从不提找对象的事，我醉酒时也向她表白过，但她也不恼不急，是不是她等我正式向她求婚啊。机不可失，时不再来。我得抓紧，只要她同意了，我就同家里女人离婚，省得她整天烦我。我同雪碧结了婚，就在这村里找个好点儿的房子，买些好的家具，把同学们都请来参加我们的婚礼，要办得热热闹闹的，让雪碧好好高兴一回，把金良给她留下的阴影全部清除干净，让我们幸幸福福地生活一辈子。

轰隆隆一声惊雷，吓了他一跳，满天的乌云从西北方向涌过来。小燕子在河边飞来飞去，一只只蜻蜓不知从哪里聚集在这里。文博看看天，天就要下雨了，他折返到水文站，拿了把雨伞，就想，那《白蛇传》中的白蛇，断桥借伞，成就一段姻缘，这把雨伞说不定也能派上用场。他边走边想，说不定今天下雨是好事，吃了饭，我没法回水文站，就可以同雪碧多聊会儿，我借机向她提出求婚，她答应了，这美事就成了，她若是不同意呢？也得快想招，要不我就想法灌醉她，然后，同她生米做成熟饭，她答应也得答应，不答应也由不得她了。天上不会掉馅饼，幸福要靠自己去争取。这美梦吗，也得自己去打造，谁会白送你呢？

文博急匆匆地来到厨房，做了几个菜，还开了一瓶酒。外面啪嗒啪嗒真的下起雨来。文博高兴地自言自语地说："这老天真有眼，不是说，好雨知时节嘛，在这节骨眼儿上，下这场子雨，天助我也。”

雨越下越大，天完全黑下来，雪碧还没来，文博想，要不我去接接他？又一想供销门市那儿人杂，传出闲话不好，那样雪碧说不定会恼了我。还是坐这儿等会儿吧。他把如何说话、如何吃饭、如何求婚、如何将生米做成熟饭……一个一个细节想了一遍，自己嘱咐自己，要自然，不能引起雪碧反感，事办了，就是雪碧不满意，也叫她无话可说，要做到万无一失。文博守着饭菜，正在谋划，雪碧推门进来了。文博喜出望外，他赶忙站起来迎接。雪碧笑嘻嘻地对文博说：“后边还有一个呢，快过来认识认识。”

文博不知是谁，正要问，那人进来了，是个男的，高高的个子，黑黑的脸，一身雨衣裹着身子，文博心一下凉了半截儿，这好梦还没做成，却弄来个对手，是否雪碧有意让我和这个男的竞争呢？

“啊，做了这么多菜，我代表我弟弟谢谢你了。”

文博一听说是雪碧的弟弟，心里好受了一点儿，觉得还有机会。吃完饭，雪碧对文博说：“忘了对你说了，我孩子病了，今天下起雨来了，我们俩也回不去了。今晚，让我弟弟同你到水文站做个伴吧，挤一晚上明天我们回去。”

“孩子，谁的孩子？”

“我的孩子，你还不知道，我同一个姓张的军人结婚，他现在都成营长了。”

“军人？”文博倒吸了口凉气，是雪碧这个弟弟救了我，要不是，我晚上干了傻事，那可是军婚，是要坐牢的啊。

第十九章　战狗护妻　爱极生妒

夜深了，人们都入睡了，喧嚣的世界暂时安静下来。但河边的水文站还无法安静。

哗哗流淌的河水，噼里啪啦的雨声，让文博无法入睡。雪碧弟弟，说着梦话打着呼噜睡得好香。文博翻来覆去想，后悔呀后悔，自己优柔寡断贻误了大好时机。如果早点儿下手，雪碧也不会嫁给那个当兵的，我大小也是个国家干部啊，哪点不比他强。可现在晚了，一切都完了。一个活生生的大美人，叫一个素不相识的当兵的在自己眼皮底下抢走了，心真有点儿不甘啊。你抢走我的人，我得不到她，也得想法给你弄一身骚。怎么弄呢？挑雪碧的毛病，在经济上、在生活上，收集她的材料，抓住她的小辫子，适当的时候让那当兵的尝尝我的厉害。在他享受美味时，在美味中给他放个苍蝇，恶心恶心他。

文博是个说到做到的人，他就偷偷留心王雪碧的经营账目、往来情况。常在河边走，哪能不湿鞋，他发现有些商品，王雪碧上报处理，实际是有的拿回家，有的廉价卖给家属和熟人。这些情况他都一一记在小本子上。

不怕贼偷，就怕贼惦着，雪碧把文博当朋友，并没有把他当外人，对他没有一点儿防备。自己去看孩子时，还把门市托付给他，让他照看着。文博趁机查看了她的账目，虽问题不大，但他仔细推理、测算，时间长了，日积月累，就成了大问题。

雪碧回来，送给文博一大把糖，他吃在嘴里，酸在心头，总觉着不是个味儿。

文博打着小算盘，维丽也在打算盘，她将自己的想法给天胜说了说，天胜不以为然，说："他要是伯乐，肯定能识好赖人，不是伯乐你找他也没用。"

"你这人啊，就是太老实。伯乐眼前多少人，他哪能看过来。现在这年代，不是伯乐寻千里马，是成群千里马找伯乐。人们不是说，你不理财，财不理你。千里马不理伯乐，他肯定无暇搭理千里马。战场上一出招就知道你是不是千里马，

可现时，伯乐说你是千里马，你就是。”天胜说不过她，也不想听她再唠叨，就说：“你啊，我佩服，理论一大堆，不当宣传部长太屈才了。依你还不行，咱去见那古部长，问他咱是不是千里马？”

“后天是冬至节，咱明天晚上去，你从你们厂菜棚摘包带刺带花的小黄瓜，别的你不用管。”

维丽领着天胜来到部长家，真不巧，部长出差了。部长夫人让他们坐下，倒茶拿水果很热情，说：“老古老说，他岁数大了，总觉累，说天胜和小堤的金良多好，年轻，有文化。”说了几句话，有人进来，他们只好告辞，部长夫人拉着维丽的手说：“老头儿有嘱咐，谁的礼也不能收，几只黄瓜也算不上什么礼，我就收下了，他在南方开会带回点儿竹笋，你拿去尝尝。”回家路上天胜不高兴地说：“这买卖不赔不赚，一包黄瓜换几根笋，连伯乐的面也没见着，这千里马瞎子点灯白费蜡了。”维丽顾不上听天胜发牢骚，只自言自语说着：“累，累，年轻好，年轻好……”

维丽想让伯乐重用天胜这匹千里马，刘玄友和仝心月却连人也不敢见，躲藏在高粱地，别说人连牛和马也怕。听见有人沙沙走进高粱地，吓得连忙趴在地上，那声音越来越大，他们正准备同来人搏斗，来个你死我活。只听来人大声高喊：“我叫你再跑，我叫你再跑！”两人一阵紧张。这时只得啪啪几声鞭响，牛哞的一声叫，他们才意识到这是一场虚惊。原来是赶牛的在惩罚偷吃高粱叶的牛。牛走了，天也明了，睡不敢睡，吃没的吃，连水也不敢出来找，两人说话也是把声音压得低低的，怕人来，像小偷一样担惊受怕。他们更怕刮风下雨，下了雨又不敢出去躲避，要是冻病了可怎么办？就这样，他们睁着四只大眼睛东瞅瞅西看看，观察动静，时刻准备有情况逃跑。那紧张的神经绷得快要断了，他们从天明躲藏到太阳落，饭没吃一口，水没喝一滴。盼啊盼，只盼天黑无人时继续逃跑。

等啊等，终于等到人们下工，一群群鸟雀高兴地鸣叫着飞回巢穴，太阳缓缓地落进西山，一片片晚霞慢慢退去，黑幕又严严实实地盖住大地。一盏盏灯光熄灭了，新的一夜又开始了。天，黑得吓人，夜，静得瘆人。但刘玄友和仝心月却高兴了，他们望望北斗星，定了定方向，商量往哪儿走。刘玄友对心月说：“西边不能走，西边是梦城，那里同学多，熟人多，看到我们这样子太不好意思。再说离家近，我们的下落家里很快就会知道，他们如再找我们的麻烦可怎么办？”

“是，你说得对，得找个没人认识咱们的地方，先想法站住脚，等站稳脚，就不怕他们了。”心月赞同地说。

“那咱就往东，东边是滏城市，没人认识咱，就是要饭也大胆。”“你个大男人干啥不能挣口饭吃了，我就不信，我们两个人自己不能养活自己。”

“是，是，我们要自己养活自己，而且还要过得好好的，不仅自己要过得好好的，还得让自己的孩子也过得好好的。”“还——”心月刚要往下接话，忽然，一只猫头鹰冷不丁地咯咯咯地叫几声，叫得人们毛骨悚然。心月一把紧紧抱住玄友，玄友赶忙安慰她说：“不怕，不怕，猫头鹰又不吃人，怕它干啥。”玄友这样说，但他也瘆得慌，要不是无奈，他才不在这鬼地方呢。

害怕是害怕，但夜里不用担心被人发现，就又有点儿高兴。刘玄友拉着心月走出高粱地，不敢走大路，在地里深一脚浅一脚地慢慢行走，黑暗中，他隐隐约约地能分辨出哪是玉米，哪是棉花，哪是谷子，哪是芝麻……玄友高兴地对心月说：“菜园，那是个小菜园。”心月一是走得累，二是饿，一天没吃东西，连口水也没喝，还要拼命赶路，没有力气回答玄友的话。走着走着玄友绊了一跤，拉了她一个趔趄，两人赶忙站稳，继续赶路。

月亮出来了，虽然是下弦月也给他们带来了光明。他们用月亮指引方向，朝着商量的目标走啊走。

心月稳住了神，又有了月亮，心情好多了。她拉着玄友的手，正走着，突然一声狗叫，吓得她打了个冷战。二人忙停下脚步，从朦朦胧胧的月色下，见一群野狗站在一个坟头前叫。这群狗用前腿扒开坟墓，露出一口木棺，一只只狗轮流跑着用头撞木棺，脑袋撞在木棺上疼得汪汪叫，但按次序轮到谁，还是要用力往上撞。不一会儿棺材的后挡板被撞开了，狗都抢着去吃尸体，一只粗壮的大狗不去抢吃的，而是上去咬那抢吃的狗，一个个都被咬得嚎叫着，乖乖地立在坟墓旁边，等这只狗吃饱后，才试探着凑到跟前。玄友拉着心月悄悄绕过这群野狗，又慢慢前行。心月叹了口气，感慨地说：“别说人，就这野狗也是能共患难，不能共荣华啊！”

玄友也顺口随着心月说：“是啊，患难时心齐，一股劲儿容易熬，有福时，各想各的，难同享啊！”

“要是有一天咱们也过上好日子，你能陪我一起享福吗？”心月认真地说。

玄友察觉心月动了心，便安慰她说：“咱俩是经历过棒打的鸳鸯，连这么大的苦难都能顶过去，还有谁能把咱分开！”

玄友见心月低头思忖着不知她心里是什么感觉，是幸福，是怨愤，还是恐惧。天，又要亮了，他们正忙着寻找刚锄过的高粱地，那是他俩栖身养神的好地方。心月深情地望着玄友说：“饼吃完了，咱走了一夜吃啥呀？”玄友不慌不忙地解开上衣开着玩笑说：“干粮到了，小姐请用餐。”说着从怀里掏出几个茄子和一

个大南瓜。

心月娇嗔地说：“都到啥份上了，你还有心开玩笑。你从哪儿弄的？”

玄友得意地说：“你没见我走在菜地时弯腰提鞋，就那时候来个顺手牵羊，搞到的。说着俩人拿起茄子啃起来，吃得那样香，那样有滋有味。正在他们吃得有滋有味的时候，那群还没吃饱的野狗跟过来，几只多事的家伙，对着他们嗷嗷狂叫，心月害怕了，她站起来就要跑，狗是欺软怕硬，你越跑它越逞强，非追上你咬你一口不可。正当一只大黄狗扑过来要咬心月时，玄友飞起一脚踢到那狗肚子上，疼得它嗷嗷号叫着躺在地上打滚儿。一只大黑狗看到同伙挨打受伤，嗷的一声扑向玄友，玄友手无寸铁，眼看要被黑狗咬着，灵机一动，脱下身上的白布衫，在黑狗眼前抡，那黑狗上去一口咬住白布衫，好好的一件衣服，也是玄友唯一遮身蔽体的衣服被可恶的黑狗撕破了，玄友又气又恨，趁着黑狗咬着布衫之时，玄友又飞起一脚狠狠地向黑狗的脖子踢去，那狗脖子被踢歪了，歪着脑袋惨叫。另外两只狗为同伙报仇，分别扑向玄友和心月，玄友既要保护心月，又要保护自己，一人同两只恶狗战斗，布衫烂了，又不是致命武器，脚和拳头同时打两只恶狗谈何容易。可那些恶狗是吃尸体吃红了眼，也把他们当成了尸体，恨不得扑过来就想把他们一口吃掉，心月吓得缩作一团，躺在地上打哆嗦。玄友一人虽然打倒两只恶狗，用尽了全身力气，因一天没吃多少东西，又连日奔波，白天担惊受怕，睡不好觉，身上直冒虚汗，体力有些不支。玄友望着两只凶恶的野狗想，我同心月从黄花屯一路艰辛，好不容易逃出来，指望逃到安全地方同她过上幸福生活，想不到在这半道里一群野狗要断送我们的美好前程。在荒郊野地里成了野狗的一顿美餐，他又气，又恨，又愧……两行热泪骨碌碌从眼角滚出来。心月哆嗦着用期盼的眼光望着玄友，用嘶哑的声音呼喊着：“玄友哥，快来救我，快来救我！”老天爷啊，老天爷，你为什么不出来主持公道？这一对年轻人，经历的苦难够多了，你为什么还要给他们出难题？也许老天也慈悲心怀，可能他也不忍心看着这一对苦难的年轻人受难，急忙用一片云彩遮挡住自己的眼睛，刚刚露出一缕月光又被黑云盖住，好好的光明世界又变得一片昏暗。

第二十章　铁窗泪别　河边笑声

维丽反复琢磨古部长爱人那句话中的两个字，累和好。看年龄，古部长该有五十多岁了，要说累也正常，他爱人说这话的意思，是不是要准备退了，她对着我夸天胜和金良，是不是透透风，想让他俩接班啊？一个部长让两人接班，这怎么接，让谁接？她在路上边走边胡思乱想。

文博在城里办事，远远看见她，想逗逗她，就骑车故意挡住她的路。维丽一抬头，吓了一跳："你这车子是怎么骑的？"

"这又想啥好事呢，连路也不看，多危险。"

"别贫嘴了，我有事想问你，咱到茶馆喝杯茶。"两人走进茶馆后，维丽说："最近雪碧和金良怎么样？"文博正对他们有气，就添油加醋说了雪碧和金良一大堆坏话。维丽想，我参加雪碧弟弟的婚礼，见他家又盖新房，又置家具，那铺的盖的都是新的，雪碧上学时，家里那么穷，连件像样的衣服都没有，她这一上班就发了，早猜着她有问题。但嘴上却说："这事可不能瞎传，要是叫领导知道，不就害了咱们同学。"

文博凑到维丽的耳朵边小声说："他俩前边是恋人，后来成仇人，再后成恩人，很可能是情人。那雪碧可是军人的家属，他金良敢动这军婚，那可是犯罪的事啊。"

维丽听了他一说，就想，要想叫人臭，就是让他有作风问题，别说军婚，就是同女人沾上边儿也叫他人人恨。两人聊了一会儿，就各自干自己的事去了。

维丽回到家，就想，古部长要是真退了，这班让谁接最合适呢？要是天胜能接了，那多好啊！可是金良他在公社，成了公社领导，他更有优势啊。天胜怎么才能超过金良，只有让金良让让位，可金良肯吗？他肯定不肯。得想个办法，人家不是说八分钱查半年，一毛六够你受吗？对，让人查他，查他半年有事没事也得威风扫地，谁还肯用他呢。于是她就把文博给她说的事和她想象他俩可能有的事，写了一封检举信，对天胜谎说有事到牛城，在那里神不知鬼不觉地把信邮寄给县领导。回来后，她也心怦怦怦跳，要是领导查不实说我诬告，追究我的责任怎么办？不会，我又没写名，就是找我，我死活不承认，他能咋着我。一周过去了，没有任何动静。都是要好同学，不查也好，真要查了，他俩知道是我告的状还不恨死我。

一个月过去了，县社突然把雪碧叫来，叫她交代问题。雪碧没有思想准备，人家叫检讨就检讨吧，就把这些年占便宜、擅自处理商品的事写了好几张，但人家不感兴趣，退回来让她重写，并提醒她多想想在生活作风方面的问题。

雪碧想，自己结婚前同金良关系比较好，无果而终，那时还是学生，拉拉手还脸红，连个嘴也没亲过，谈不到有什么作风问题。后来，文博到水文站，我们一起吃过饭，他也帮过我不少忙，那时我已经结婚，都有了孩子，看出他有想法，但连恋爱也没谈过，更别说作风问题了。我结婚后，金良大学毕业才到那个公社工作，一开始我恨他，后来，这恨是化解了，他帮助过我，我也照顾过他，但那停止在同学关系，没有其他来往啊。她想来想去，想不明白，不知道领导让她说什么。

一天，文博去看她，以老同学关系表关心，她就把这想法给他说了说，文博假惺惺地说："这事我也整不明白，你说这几个人，就金良官大，这官场的事啊，可不比咱们想的，不过你同金良前前后后这关系，不能不叫人家想啊。"

雪碧从文博的话中听出，人家是想整金良，她只不过是个牺牲品。王雪碧想，金良啊金良，你算叫我服了，到哪儿也要拉我垫背，我成你的啥人了？文博为报私仇，还以供销社名义给雪碧爱人部队写了封信，将雪碧贪污犯罪、乱搞男女关系的事，捅给了部队。

部队对这事非常认真，叫那军人回来处理。他听说雪碧又贪污又流氓，可气坏了，一气之下，提出要离婚，他来到监所，雪碧觉着有一肚子委屈想给丈夫诉诉，但一听说丈夫要离婚，她又生气又恼恨，但自己正在难中，不想离婚，就想用孩子来挽留丈夫，说："这样吧，你明天把孩子叫来叫我看看，你有什么要求我会答应你的。"

丈夫说："孩子没了，在你来这儿之后就走丢了。"

"丢了，孩子丢了？你，我可以不要，但孩子我必须要，你找孩子吧，啥时找到孩子，啥时再同我办离婚手续。"说完站起来回去了。

军人把孩子都找回来了，雪碧和孩子抱在一起哭。雪碧哭了一会儿，抬起头，问："孩子你是怎么找到的？"

“我九营十八寨挨村找，在鱼营找到闺女。天黑了，女儿又饿又怕，在大堤上哭起来。鱼营李老汉赶集回来见姊妹俩哭得可怜，就把她俩领回家。”“天一呢，你是从哪儿找到的？”“是在李寨那个看瓜李老汉家，天一边哭边喊着寻找妹妹。又急，又怕，又累，他体力不支，昏倒在大堤上。那老汉听见他哭喊，很担心，就偷偷跟着他。一会儿不听他喊了，就去找他，见他昏倒在地，就把他抱回瓜棚，他仍不醒，老汉赶快将他送到医院，我找到他时，他刚从医院回来。”

雪碧想到丈夫是军人，我不能连累他，这黑锅我一人背就够了，何必再牺牲他呢。就坚定地说：“孩子留下，我同意与你离婚，你走吧。”那军人看看孩子，又看看雪碧，心里酸酸的，几滴泪珠滚下来，他还能说什么呢？不离，自己就丧失了立场，丢掉了政治生命，就没有在部队的资格；要离婚，毕竟是多年的夫妻，还有那可怜的孩子，他只好扭过头偷偷擦干眼中的泪水，狠了狠心同雪碧离了婚。一对美美满满的夫妻就这样散了。

文博得知雪碧离婚了，他又滋生了想法，大难之中，我要是能救救雪碧，她一定会感激我，到那时要是我提出同她搞对象，她一定不会拒绝。但要沉住气，不能让雪碧有乘人之危的感觉，那样雪碧会反感。对，要把握好机会，先救出她，再提这事妥当。想到这儿，他就偷偷跑到雪碧那儿，对雪碧说：“你的事不大，就是占了些便宜，数额也不算大，但同金良的关系的事可不能乱说，他是领导干部，说了，他要完，你也成了腐蚀领导的坏人了，事就大了。”王雪碧对文博半信半疑，也不知他究竟是好人还是坏人。但现在孩子找到了，婚也离了，他愿意咋的就咋的吧。心里倒平静下来。任凭怎样审问，她都只是承认自己占了公家的便宜，有错误，愿意改正。别的什么也不说。

这时，受难的还有人，那就是玄友和心月。也许是狗将玄友逼急了，也许是急中生智，他目视着疯狂的野狗，双手一下拔断三棵高粱秆，猛地一抡，两只狗不知玄友使的是什么武器，急忙躲闪，扭头就逃跑，树倒猢狲散，几只狗谁也不顾谁，各自哀叫着逃命。刘玄友装着要追，跑了几步就止住了，看看狗跑远了，他一屁股坐在心月身边，脸上一滴滴汗珠滚落下来。脸色黄黄的，呼哧呼哧地喘着粗气。吓得散了架的仝心月坐起来，问玄友：“那狗怎么那么怕高粱秆啊？”

“人们不是说麻秆打狼两头怕吗？我也是无奈想吓吓它，没想到还真吓住了这帮畜生。我也后怕啊，要是它们不怕这高粱秆，那野狗就把咱咬惨了，说不定咱们成了它们的美餐。”刘玄友拉起心月，说咱还是换个地方吧，防备这群野狗来报复咱。心月顺从地跟着玄友，以崇拜的眼光看着玄友，说：“玄友哥啊，我跟你没有跟错，关键时刻，你能冲上去，有胆有识，要不是你，我的命早没了，

今后啊，我听你的。”玄友听了这话，心里酸酸的，他望着心月说：“老天爷把咱俩拴到一起了，也别说这话了，你的难也是我的难，我不保护你谁保护你呢？”两人说着话，玄友左手拉着心月，右手提着一包茄子和红薯，换了块高粱地。

躺过白天，晚上他们又伴着漫漫的长夜，行走在高低不平的庄稼地。风吹得高粱玉米哗哗响，几只田鼠大胆地窜到他们面前，吱吱地叫着，好像在嘲笑他俩，半夜三更不回去睡觉。受惊的野兔噌地从庄稼地里跳出来，从两人中间跑过去，吓得心月哎呀一声蹦起来，拉了玄友一个趔趄，怀里揣的茄子红薯撒了一地，玄友半开玩笑地说：“看看看，明天的给养叫你弄丢了，看咱吃啥？”

全心月不好意思地笑着说：“都怨你，要不咱黑灯瞎火地到这儿干啥。”

玄友装着生气的样子说：“哎哎，到这儿长征可是你自愿的，如果不愿意欣赏这美丽的夜景，你可以退席，本人决不拦你。”

心月抽出右手啪地照他后背打了一巴掌。玄友装腔作势地嚷着：“哎哟，疼死我了，你一点儿也不心疼。”

心月故作生气的样子说：“疼死你才好呢，省得你再装神弄鬼。都到这个份上了还有心思没正经。”

玄友马上来个立正姿势，故作严肃地说：“本人刘玄友向老婆报告……”

心月又扬手打了他一巴掌说：“谁是你老婆，谁是你老婆。”

玄友笑着说：“刘玄友知错就改，今后不再叫老婆，那叫什么呢，叫……叫……那就叫后备老婆，还是候补老婆？”

心月也止不笑起来，说：“连一个媳妇还娶不上，还找什么候补的，看美得你，不知道姓啥好啦。”

常言说，男女搭配，干活不累，这一男一女昼伏夜行，啃茄子吃南瓜，后有追兵，前有拦截，手无寸铁，身无分文，硬是支撑了两天三夜，看看天，又要亮了，喷薄欲出的朝霞，映红了半边天。早晨是人们最高兴的时刻，但这对男女却高兴不起来，心月叹了口气，无可奈何地说：“唉，又该装夜猫子了。”

玄友想劝慰几句，但就是想不出什么好词，便将嘴附在心月的耳朵边小声说：“面包会有的……”

心月想挖苦玄友几句，扬着头想词，不料走出青纱帐，前边一亮，心月惊喜地喊：“玄友你看，河，有条河。”

玄友顺着心月手指方向一看，也惊喜地嚷：“河，不光有河，你往前看，那还有大楼，那一座，那还有一座……”他一下抱起心月轮了一个圈儿，高兴地喊：“我们胜利了，我们胜利了，前面就是个城市。快，咱们到河边洗把脸，你打扮

打扮，咱们要进城了。”

心月嘟囔他一句：“看你那得意忘形的样儿，别高兴得太早喽，咱两手攥空拳，到城里是祸是福还难说哩。”

玄友自信地说：“事在人为，我这个“黄世仁”的地主羔子连做梦都没敢想，找村主任的女儿做老婆，这不也成了现实了吗？”

心月听了一阵心酸，泪珠子一下从双眼滚出来，玄友知道失了口，忙解释说：“我这个人说话没把门的，你可不要往心里去啊。”心月不好意思地扑哧一笑，说：“谁敢生你的气，说不定哪一天你一下变成大富豪，还不甩了我这个农村来的黄脸婆。”

玄友笑着说：“放心吧，我的娘子，别说我现在还生活无着，就是真有那么一天，天上掉下大元宝，我发了大财，王母娘娘送给我个仙女我也不要，咱这患难夫妻他谁也别想拆开。”

天刚蒙蒙亮，两人说着话来到河边，清清的河水照出他俩的污垢面孔，叫他们情不自禁地大笑起来。二人笑着双腿蹲下，用手捧着河水痛痛快快地喝了一气，接着又洗洗脸，用手理了理头发，拍了拍身上的泥土，俩人真的准备进城了。

这时，城市的人们，他们懒洋洋地从床上爬起来，睁开睡意蒙眬的双眼，看着远处窗台外飘动着的树叶，树叶上的露水亮亮的，晶莹剔透，聆听窗外传来的阵阵鸟叫声。眼看着太阳，懒懒地露出半张脸，微笑着射出第一缕光辉。那道金灿灿的光线暖暖地照亮大地，把整个田野映成金色。刚刚起身的太阳啊，不一会儿，精神抖擞，红光四溢，把整个世界照得通亮。

在田野中挣扎了几天的玄友和心月，也和城市的人一样喜爱阳光，这缕缕阳光直射原野，像一束亮闪闪的金线，不仅照亮了庄稼、树木，也照亮了玄友的心。他望了望远处的高楼大厦，扭头又看了看身边的美人仝心月，他幻想着，有一天在这城市里的高楼大厦中，也能有一处自己的空间，让阳光从东窗照进来，被镂空细花的纱窗帘筛成了斑驳的淡黄和灰黑的图案，落在自己和心月的身上，融进他们的梦。

早晨的太阳，像牛车的轱辘那么大，像熔化的铁水一样艳红，带着喷薄四射的光芒，坐在东方的岭脊上，用手撩开了轻纱似的薄雾。

河边树木的枝头上，小鸟儿在叽叽喳喳地叫个不停。

刚刚诞生的黎明如同一个嫩红的婴儿，在这浓浓的晨曦中颤抖。旭日披着烈烈的酒气上升，将一种无限的醉意朝辽阔的天空酣畅地播散开……

太阳出来了，驱散了黑暗，驱散了心月心头的恐惧，她心里也亮堂了许多，

心里也浮起朵朵彩霞。她幻想着有朝一日，在这城市扎下根，有一个自己的空间，也能像城市人那样过上幸福的生活。想到这儿，她望了望远方的高楼，又望了望玄友。这时，心月止不住哈哈大笑起来，玄友丈二和尚摸不着头脑，左看右看，也没悟出她在笑啥，以为她受这么多委屈，神经出了毛病，心里刚刚萌发的那些幻想，让这笑声浇了一盆冷水，还没进城，她就疯了，吃没吃，喝没喝，还要带着个疯子，我该咋办？想到这里，他瞪大眼睛望着她，着急地说："心月，你别吓我，你别吓我，你笑得我好怕！"

第二十一章　蜜月愁云　奉命查鬼

冬喜对榴红诉说着他艰难的寻亲路程。

农村的夏天可热闹了。喇叭花鼓着小嘴，起劲儿地吹着曲儿，爬山虎拼命地长着，一心想爬满老宅的墙壁。金银花藤缀满了白花、黄花，散发出浓浓的香味。村边坑塘里的水，碧蓝碧蓝的，像一块巨大的绿宝石。岸上的小草长高了，踩在脚下像软绵绵的地毯。山坡上树叶茂盛，郁郁葱葱。小草沾上了无数的珍珠，一阵风吹来，落到地面，它像慈母的乳汁哺育婴儿般地滋润着大地。树上的知了不厌其烦地叫着“知了、知了”，爱热闹的麻雀在房檐边，叽叽喳喳。炎热的夏季，树木繁茂，鸟叫虫鸣，人们走出庭院，来到街边巷尾，一边乘凉一边聊天。三三两两谈笑风生，构成一幅美丽的夏景图。就在这风景图旁边，发生了一件叫人惴惴不安的事情。有人发现有个黑影每天晚上在打麦场上飘荡，在村里一传十，十传百，吓得家家天一黑就大门紧闭，谁也不敢单独走出家门。欢快的村庄，一下子静寂下来，连村上的学生也不敢去上晚自习。有的说，可能是狐仙或者野鬼在这里游荡；有的说，哪有什么鬼怪啊，可能是人，是逃犯在这里躲藏；也有的说，可能是个神经病晃悠到这里……这消息虽然大多数人半信半疑，但宁肯信其有，不肯信其无，多一事不如少一事，个个小心谨慎，躲得远远的，不愿招惹这奇怪的神秘人物。

这村叫石塘村，是城郊接合部的一个小村。村子紧靠湖边，过了湖就到了市里。村子离城近，和城里联系紧密，每天到城里打工的、卖菜的、做小买卖的比较多，所以这消息由村里很快传到城里，说石塘村闹鬼了，有个黑影天天在打麦场飘荡。

教育局领导听说石塘村“闹鬼”，影响了学生正常学习，就派张洪涛到村上了解情况。洪涛听到这个消息有点儿不相信。晚上无事，就去村上探个究竟。看看鬼怪到底是什么样。教育局离这儿不远，没发生这事前他也常常晚饭后到那儿

散步。那里他非常熟悉。

乡间小路非常美丽，路旁开满了淡蓝色的野菊花，闻一下，还带着浓郁的芬芳，它没有公园里的花娇艳，却让人百看不厌，因为它身上散发着乡村的泥土气息。洪涛以散步为名再次来到石塘村，没想到，六月天，小孩脸，说变就变。轰隆隆几声雷响，雨点哗哗地就落下来。他到一个机井棚躲了会儿，雨就停了。那轰隆隆的雷声与闪电也随之消失了，天空又被大自然这位神奇的魔术师变了色，这次它变成了灰白色。

洪涛抬头往天空一看，一道美丽的、弯弯的、多彩的彩虹悬挂在天际，朦朦胧胧的，像一位带着面纱的少女，充满神秘感，就像蒙娜丽莎带给我们的感觉一样。它长长的，从天空的一端延伸到另一端，架起了一条五颜六色的桥，真是美得让人无法喘气。洪涛原想到村去了解情况，看看那“鬼怪”出没的地方，没想到观赏了一道瑰丽的夏天美景。他联想到辛弃疾的《西江月·夜行黄沙道中》，就模仿这首词也填了首《西江月·探鬼》：

翠湖小雨红霞，
草绿蝉鸣艳花，
乡里逗趣谈笑欢，
突现黑影恐吓。
惧怪学子误学，
家家门户紧闩。
独闯魔窟擒鬼顽，
为民除害月下。

他雨后到村，经过调查研究，就和村干部一行几人，一人拿了根木棍，悄悄地来到打麦场。

他们在离打麦场不远的一块大石旁蹲下等候。

天黑了，天上的星星泛着光，他依稀看到有一个黑影出现，那黑影东张西望，鬼鬼祟祟地来到麦秸垛边，他从垛中抽了些干麦秸就倒在上边躺下。洪涛觉得有点儿怪，他要是鬼怪，怎么不吵不闹，不吓人，来到就睡觉，他感到有点儿不像传说中的鬼怪，是人，一定是人。他就向那几位村干部示意，慢慢挨近麦垛，快走到跟前时，那人噌的一下站起来就跑，洪涛拿着木棍就追。只见那黑影穿过树林，跨进庄稼地。洪涛和几位村干部紧追不舍，那黑影对地形不熟，洪涛这几个人就从四面包围过来，那黑影发现了他们，站起来刚要跑时，就被几个人按在地上。那人一身麦秸，像个草人。

洪涛厉声问："你是什么人，为啥要在这里装神弄鬼，吓唬老百姓？"

那黑影颤抖着说："没，没有啊，我就是在这儿睡睡觉。"

"你为什么要在这里睡觉？想干什么坏事？"

"什么事也没干啊，我……我……"

洪涛听着这声音有点儿耳熟，但一时又想不起他是谁，就问："你是哪里人，叫什么要老实交代，不老实就送你到派出所。"

"我，我是梦城人，叫冬喜……"

"冬喜，是你？你怎么到这儿？"

村里人见是洪涛的熟人，便都散去了，洪涛认出冬喜就把他带回家。两位老同学邂逅，多年不见，洗漱之后，又炒了几个小菜，几杯小酒进肚，就聊了起来。洪涛问冬喜："想不到，老同学这样见面，有趣，有趣。"

"别提了，都是为了榴红。"

"榴红怎么了？"冬喜把前后经过说了一遍。

冬喜经过一番折腾，他陷入苦恼之中。老毛病又犯了，一天到晚不言不语，整天呆呆地坐在屋里唉声叹气。冬喜父母心疼，就对冬喜说："你的婚事，我们管不了了，你愿意找谁找谁，你找谁，我们都没有意见。"冬喜考虑再三决定来湖城找榴红，他没来过湖城，听说她家是石什么村，他就在车站的县地图上找着所有带石字的村庄，一个一个转遍了也没找到她。又听说她在公交公司上班，但弄不清她的家庭地址。他就换着公交车坐，想给榴红一个惊喜。但一个月过去了，他始终没见到她的影子。钱花完了，旅店也住不起了，但他还是不死心。他白天给小饭馆打零工，混口吃的，晚上就到这村麦垛里过夜。洪涛听了冬喜说的情况，非常感动，连着咋舌，说："兄弟啊，你行，越王卧薪尝胆，终于战胜吴国，你卧薪寻爱情，寻你同榴红的梦，也一定会成功。不过，这湖城虽然不大，但也有几百辆公交车，几十条线路，你这大海捞针，也难为了你，我公交公司有熟人，明天我带你到公司查查花名册，看她在哪个线，跟哪辆车，这样就好找多了。"

冬喜觉着有洪涛帮忙，就一定能找到，对洪涛感激涕零，就端起酒杯说："我借花献佛，这第一杯是对老同学的真诚感谢。"说着两人一饮而尽，冬喜又举起杯说："这第二杯……"

洪涛没等冬喜说完就接过话茬："这第二杯，应该为你这卧薪尝胆，不，是卧薪寻爱精神干杯。"

洪涛说完，二人哈哈大笑起来。

这大笑的还有仝心月，她看到玄友着急的样子，越发笑得更响了。玄友真的

以为她出了毛病，急得汗珠子往下掉。她笑得弯下腰，蹲在地上。这时，她仰脸见玄友满脸流汗，以为玄友病了，赶忙止住笑，问："玄友哥，你是怎么了？看你这一脸汗。"说着就拿出块手绢想去给玄友擦汗。

刘玄友见她不笑了，还关心他，知道她没事儿，就放下心来。用手抹了一把汗说："看你刚才笑的，我以为你出了毛病，吓死我了。没事就好，没事就好。"

心月装着生气的样子说："你才有毛病呢，我是笑你那身上的布衫，一条一缕的，还进城呢，那不叫人笑死。"玄友赶快脱下身上的布衫，一看，也止不住笑起来。原来和狗打斗时，这布衫被狗扯了好几个大洞。

心月说："快给我，我给缝缝。要不人家城里人就是不把你当成疯子，也得把你当成要饭的。"说着心月接过玄友手中的布衫，从包中掏出针线一针一针地缝补起来。

刘玄友接过缝补好的布衫穿在身上，一脸自豪，高兴地和心月顺着那条河向前走，不一会儿，看到一座桥，过了桥沿着一条宽阔的马路一蹦一跳地向城里走去。城市越走越近，一座座高楼看清楚了。心月高兴地问玄友："咱在梦城上学时，见过两层楼，这里这么高的楼，怎么上去呢？上咱村里房顶还那么费劲儿，这要啥时才爬上去啊。城市不好，天天在爬梯子，累死人了。"

"咱是农村人，到城里，不懂的不要乱说，不然人家会笑话咱。我刚上中学时，还没见过汽车，第一次看到汽车，我高兴地喊，看那车，没有牛拉就能跑。就这一句话，城里同学笑话我三年，一见汽车，就说玄友不用牛拉的车来了，快看啊。羞死我了，弄得我抬不起头来，那时候天不怕地不怕，就怕汽车响喇叭。咱刚进城，可要有个好开头，不能让城里人看不起咱们乡下人。"

心月也觉得玄友说得对，连连点头说："是，我听你的，不再乱说。"

这城市虽不大，但也叫他俩看得眼花缭乱，一座座高楼拔地而起，五光十色的彩灯忽明忽暗，一辆辆汽车来往穿梭，天都亮了，那满街的路灯还亮着。宽阔的大马路旁有黄的、红的、绿的……各种花草，他俩认也认不清，数也数不完。两人想，城里人就是懒，这时候还不起床，在村里早就敲钟上工了。他俩一路走，一路指指点点，评头论足。店铺都关着门，他们只好顺着马路串，不一会儿太阳出来了，一个个穿着校服背着书包的学生有的骑车，有的步行，匆匆忙忙地来来往往，卖早点的打着哈欠懒洋洋地开门，开始有人穿着拖鞋提着篮子出来买菜，买早点。心月闻到香喷喷的油条味，才觉着有点儿饿，玄友两只眼睛，早就盯着那早点铺发呆，自知身上一分钱也没有，也不敢开口说饿。心月看了他一眼，知道他肯定饿了，没钱不敢吭，就用手捅捅他，说："咱也进去吃点儿啥？"

玄友以为是心月将他的军，也不说话，只是嗯嗯地装着清嗓子，扮一副傻样像逗她。

心月知道他爱面子，就主动说："我请客，进去吧，不用你掏钱。"

玄友听到这句话才放了心，接过话来："那就听你的，咱也尝尝城里饭是啥滋味。"两人进了早点铺，买了二斤油条，两大碗豆浆狼吞虎咽地吃了个精光。

刘玄友同心月吃饱了，喝足了，到哪儿去呢？只听得轰隆隆响，然后一声长鸣，他俩远远望去，见是火车开过来，心月说："玄友你看，火车、火车，咱去看看火车吧。"

吃人家的嘴软，拿人家的手短。玄友自知身无分文，也不敢任性，更不敢做主，就处处依着她。两人跑到车站边，把火车看个够，还一路念叨着原来火车这么大啊，那一拉溜六十多个车斗子呢。

看完火车，就又来到一个商场前，他们走进商场，心月喊："玄友，你看那梯子还会走呢。"

玄友捅捅她，示意不让她乱说，心月也看见刚才周围的人都看她，知道又乱说了，叫人家笑话，就低下头，脸红红的，拉着玄友上到电梯上，上到二楼上三楼，上四楼，到了楼顶层又下来，再上电梯一楼一楼地上，直到觉着有点儿累了，才走下电梯。过了电梯瘾，又一层层地看商品。那当然是只看不买，过过眼瘾。就这样转了几家商店，享了享眼福，眼看天到正午，火辣辣的太阳晒得两人有点儿犯困，两个走出商店，靠着商店门前的墙根儿蹲下，抱着头打盹儿。一个保安走过来，客气地说："同志，要是累了请到商场里边凳子上休息，在大街上影响不好。

两人悻悻地离开商场，心月说："玄友哥，这城里也没有高粱地了，咱晚上住哪儿啊？"

刘玄友喃喃道："不知道，不知道。"

刘玄友和仝心月转了一天，晚上买了几个包子，蹲在大街上吃了。天就要黑了，身上也感到累了，晚上怎么办呢？心月先开了口说；"玄友哥，天就要黑了，咱再往哪儿转呢？再说咱光转也不是法，咱得找地方安脚啊。要不咱还是租个房吧？"

"租房？在哪儿租？"

"这楼咱租不起，找条背街问问，看有没有平房，小点儿也行。"

"我听你的，你说住哪儿就住哪儿。"两人走到一条胡同里，还真的找到一间六平方米的小煤房，说好一月租金二十元，二人满口答应，并讲好月底付钱，刘玄友这才把心放到肚里。两人的结合，就是这么简单，没有婚礼，没有亲朋好友，连大红喜字都没贴，更听不到噼里啪啦响的鞭炮和喜庆的欢快乐声。但两人的心里却充满了甜蜜和喜悦，就像那飞出笼子的小鸟，它们用自己的嘴叼回一根根柴棒、一滴滴泥浆，搭建巢穴，这巢穴再简单，也会感到无比的温暖和欣慰。刘玄友高兴是高兴，天上掉下个林妹妹，哪能不高兴？但他心里总觉得欠心月的，心里有一种叫人不安的负罪感。这种感觉刘玄友想向心月表达，一下又想不出恰当的词，想了半天，才凑近她耳边小声说："心月，我让你受这么大委屈，我太对不起你了，等咱好过了以后，我一定给你补办个风风光光的婚礼，照个三尺长结婚照放到床头，天天看着它。还要找个最好的饭馆把亲戚朋友都请来，好好庆贺庆贺。"

心月不知是高兴的还是感动的，哽咽着说："你能有这份心我就满足了，人结婚图个啥？不就是能盼着同心爱的人永远在一起。我爱你，真的，咱俩虽是一个村的，在学校不一个班，也没多说过，在黄花台排戏时我就有了想法，但你还没有……"

玄友打断她说："不是没有，是不敢。"

心月接着说："不敢也罢，没有也罢，现在说这也没什么用了，我们还是想想我们的日子咋过吧。"玄友低着头，一脸愁云，刘玄友想，这小屋虽不大，挤下两人没多大问题，但这房租呢？月底不给人家房租就会被人家赶出来。明天吃什么呢？心月带的钱吃完了咋办呢？以后的日子怎么过呢？他一下觉得自己的心胸太小，装不下这么多愁，这屋子也太小了，这么多愁事哪能装得下，会不会有一天，愁多得把这屋子撑崩，把我和心月崩得粉身碎骨。

第二十二章　夜阑劫难　同桌对诗

玉莲接到杨方柱那封冷冰冰的信，一生气想去跳河，要不是好心人拦着，她早就没命了。现在虽不想寻死了，但仍没转过弯，整天无精打采，像没魂儿似的。心死了，不死和死有什么区别？她虽然照常上班下班，但没事和谁也不说话，一肚子苦水给谁说呢？妈妈不能说，别人正看她笑话呢，说了又有何用？

玉莲苦，冬喜也在苦。冬喜同洪涛通过分析，榴红可能就住石塘村，于是冬喜每天晚上就到这村转，并拿他的笛子吹《九九艳阳天》，冬喜想，榴红要真是住这村，她听到这首曲子，一定会出来，果然用笛声唤来榴红。他高兴地将榴红带回家，并隆重地举办了婚礼。这日子好快，爱情果实就要出生，榴红就住进了医院，榴红见到玉莲，就推心置腹地同她聊天。将班上这几朵金花婚姻上的曲曲折折、喜怒哀乐边说边发表个人看法，想开导开导玉莲，玉莲明白她的苦心，也将心中的怨气一股脑儿地倒出来。这时她觉得浑身轻松了许多，想想也是，该放下的就放下吧，整天背着它，压得喘不过气了，何苦呢。经过榴红的劝说，玉莲心里好多了，上夜班不是很忙，她忙完后，就坐在桌子前乱写，写着写着写出一首《如梦令》词：

指间明灭可现，
回忆柔肠百转。
前尘已过往，
怎抵相思成山。
且叹，且叹，
痴情最惹笑谈。

值班医生武医生夜班事也不多，他瞅着玉莲写的词，就也动了诗兴，也随手写了一首《点绛唇》词：

漆夜如墨，
万里繁星射微芒。
银汉巨沧，
又约鹊桥上。

两情相向，
珠泪湿罗裳。
月凄凉，似叹过往，
徒惹鬓成霜。

玉莲又写：
南墙紫竹早吐芽，
庭前檐下植兰花。
风略别苑异香散，
伊人引入白丁家。

武医生复：
梦城十里桃园盛，
众蕊纷纷展娇容。
才子高官俱相赞，
谁怜脚下百草生。

玉莲写：
小小厨园美味鲜，
亲临芳泽待何年。
可惜囊中总羞涩，
不然夜夜醉草原。

武医生又复一首：
愁思
小潭细浪弄荷莲，
香风阵阵浓满园。

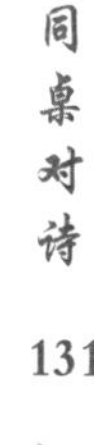

孤影重飘蹒跚路，

一树愁思一湖烦。

这时来了急诊，两人赶快去看病人，一直忙到下班。玉莲换了衣服便回家。她躺在床上，怎么也睡不着。她平常虽也隔三岔五同武医生一起上夜班，但各干各的，很少同他交流。这人医术不错，是医院头把刀，没想到，他也挺有文采。要是能找个像这样的对象，那就算烧高香了。想着想着她就睡着了。

玄友和心月可没这雅兴，他们正为生计犯愁。

心月问玄友今后日子怎么过时，玄友犯了难，他回答什么呢？脸上一片茫然。身无分文，又人生地不熟，困难可想而知。但玄友也算是经过风霜的人，他相信车到山前必有路，走到哪儿算哪儿。

玄友沉默了一会儿，动情地说："咱在街上转时，我就看好了，醇酒巷那是个好地方，我要在那儿杀出一条血路。"

心月用手轻轻地拧了玄友一把说："看你说得血淋淋的，打呀，杀呀的，多吓人。"

玄友接着说："咋着说都行，我是说醇酒巷是个旅游点儿，南边不远又是个市场，街道窄，人又多，咱年轻有力气，那儿钱准好挣，只可惜没有本钱。"

"要是有本儿你能干点儿啥？"

"那要看本大小了，本小就小打小闹，比如买辆三轮上边蒙个篷子拉人送货挣个脚钱，要是本大就租个门市，不说了，不说了，两手空空现在说这些也没用……"

"咋没用，说大本钱是白说，小本钱的事咱还可以商量商量。"

"哎呀，我的好妹妹，你把嫁妆钱偷出来了？"

"看你说的，难听死了，偷啥偷，这几年俺娘给的买衣服钱攒了百十块我拿来了，要用你就拿去用。"

刘玄友听到这里高兴坏了，他双手抱住心月激动地说："太好了，太好了，明天我就去看三轮，如果钱不够，就先租一辆，就凭我这身板儿哪天不挣他十块八块的。"

心月看到他高兴的样子，心里也有点儿高兴，但她还是给他泼了点儿冷水，叹了口气说："别高兴得太早了，要是钱那么好挣，老农民谁还傻待在家，天天面向黄土背朝天，一身臭汗一身泥地受罪。"

玄友不服气地说："人也不能光往坏处想，光愁也愁不出金，愁不出银，往好处想就是挣不了钱也最少挣个快活。”

两人说着说着睡着了，睡得那样香那样甜。

心月睡了，那间小屋子，在她面前慢慢地变了，变成了一座漂亮的小别墅。刘玄友也穿上一身西装，还打着领带。他开着一辆黑色小轿车，缓缓地来到别墅前，他手里拿着一束鲜花，走到她面前，双手将花交给她，并将一枚贵重的戒指戴到她手上，刘玄友就像看过的外国电影中那个外国人，上前吻她，并说：“心月，嫁给我吧，我爱你。我发财了，我有房，我有车，我有很多很多的钱，我今天要给你办个西洋婚礼。上车吧，我们是世界上最幸福的人。”

心月向外瞟了一眼，门前真的有好多小汽车，有辆车上还戴着大红花，村上的好多人也来了，爹妈也来了，还和玄友爹妈站在一起，他们高兴得都合不拢嘴。还有一群孩子打着洋鼓吹着洋号，鞭炮声此起彼伏。好几只大喇叭不断地放着豫剧《朝阳沟》拴宝的唱段。心月笑了，她笑得那样甜，那样脆，这笑声将睡得香甜的玄友惊醒了，他赶忙用手捅捅心月说：“心月，你醒醒。”心月一激灵睁开眼，见天黑漆漆的，单人破木床上两人挤在一起，玄友半身在床上，半个身子悬在半空，他一只脚踏着地，防备被心月挤下来。心月唉了一声，不知是为她的幸福梦被玄友破坏惋惜，还是感叹她这样的难堪窘境。这一惊两人都睡不着了。心月说：“玄友啊，你知道我最佩服你哪儿吗？”“不，不知道。”

“我最佩服你多难的事也难不垮你。前几天咱遇难时，我只想到没法活了，不如死了吧，可你和我不一样，不服输。”

“也是环境逼的，认输又怎么样，能改变我的处境吗，不，不能，反正就那样了，破罐子破摔，乐一天是一天。你比我心细，啥事都考虑得挺周到，要不是你，我今天想乐能乐起来吗？”

“别互相吹捧了，睡觉睡觉，明天还要亮亮你的本事哩。”

二人一觉睡到大天亮。玄友急忙出去，寻找生路，没想到到中午，玄友真的蹬着一辆破三轮回了家，三轮上还放着几根铁棍和一块花布。两人支好铁棍蒙上花布，吃了午饭玄友就蹬着三轮去了醇酒巷。

天黑了玄友还没回来，心月站在门口，等啊等，终于把玄友等来了，见玄友一脸春风，喜得咧着嘴笑，心月才放了心，没进门玄友就从车上拿出塑料袋递给她说：“包子，还热哩，快趁热吃吧。”

心月拍了拍玄友身上的尘土说：“快进屋洗把脸，你跑了一天，你先吃吧。”

玄友瞅了她一眼说：“这包子是给你买的，我已经吃了仨大馒头还有一包榨菜，辣辣的挺好吃。”

心月递给玄友个大包子说：“把这个再吃了，反正我也吃不完。”

玄友接过包子，心里酸溜溜的，泪珠在眼眶里打着转，咬了口包子，油从嘴角流出来，真是满口香。

醇酒巷就在这城市的老城区，青砖蓝瓦一色的古建筑。几条石板路最宽也不过五米，因是历史文物，被定为省文保单位。因这里过去都是酒作坊，因酒而得名。中国酒文化博大精深，这文化底蕴自然吸引人，游人和客商往来不断。因这是古城，街道比较狭窄，又不通公共汽车，三轮便成了重要的交通工具。刘玄友蹬三轮第一天就挣了十几块，那时候，五分钱一个馒头，那十元钱就是高得吓人的收入。

人为财死，鸟为食亡，况且，他是手无分文的穷汉，那还不红了眼。第二天，太阳刚出来他就出了车，不到上班时间，街上的人很稀，他蹬着三轮，哼着小曲，来到早点铺，坐在一条长凳上，拉着长腔喊：“掌柜的，来一斤油条，两碗豆浆。”

别人都用眼瞅他，他也明白，自己被别人瞅的原因，一是太张狂，二是这饭量确实也有点儿大。他没有计较这些，匆匆用过早点，就欣赏起这街的美景，也正好顺便熟悉一下地形。他看着街上的街名牌，用笔记在小本本上，并画了个圈儿。他从这条街串到那条街，幸亏城市不大，几十条街道一个大早就串完了。大的商场、大单位他都详细标注。看看天，觉着醇酒巷该上人了，他就顺着石板路来到醇酒巷。刘玄友盘算着，今天要比昨天挣得还要多。这一是路熟了，生意也熟了，态度再好点儿，要是今天能比昨天挣得多了，就得给心月买点儿好吃的，让她高兴高兴，让她相信我刘玄友是个靠得住的人，钱挣得多时还得给她扯身新衣服。她一人在家闷得慌还得给她买台收音机……他想了很多很多，总之他刘玄友要给心月一个幸福，给她圆了幸福梦。想到这里，他高兴极了，他要叫全村人知道，他刘玄友这个地主崽子，也不比他们任何人差。

来到醇酒巷，人渐渐多起来了。生意也开始红火起来。他忠厚老实，对人和气，坐他车的人也多，他有劲儿又勤快，半天，他躲到厕所里数了数就挣了十多元，他高兴得屁颠屁颠的，急忙跑到食品店买了两个面包，边吃边揽活。

常言说，同行是冤家，他生意好了，对他嫉妒是肯定的，再加上人家都在这里干了多年，仨一群俩一伙，人家都有小圈圈，可他呢，是孤雁一个，欺生凌弱那是必然。

太阳落山了，人也少了，大多都收了车，天完全黑了，但他刘玄友还想多挣几元，反正回去也没事，在这儿待着还凉快呢。他靠着三轮，眯起眼睛，想静静神，这时一个大个子走来，他客气地说：“你是新来的吧？”玄友不知这人是谁，

也不知他找自己有何事，就应声说：“呵呵，昨天刚来，昨天刚来。”

“你跟我来，我把这里的规矩给你说说。”

“规矩？什么规矩，谁干谁的活，还有啥规矩。”

那大个子一摆手，四五个人走过来，大个子说：“这小子不懂规矩，那今天就叫他懂懂规矩。”说着几个人围上来，一个人用袋子套住刘玄友的头，别人连拳带脚雨点般地打过来，他紧紧抱着头，弯着腰，打一顿还不算完，还噼里啪啦，将他的宝贝三轮车砸了个稀巴烂。最可恨的是，还有人下手将他口袋里钱也掏走了。

第二十三章　监所忏悔　舞厅捉奸

维丽听到好消息，组织部考察天胜了，她打心眼儿里高兴，但高兴之余，心里又很不安。那封信帮了天胜，可害了老同学金良和雪碧。尤其是雪碧还坐了牢，她觉得内疚和惭愧。她暗暗为自己开脱，想那不是故意的，只是想让金良给天胜让让路，并没想害雪碧，可结果害得人家坐了牢，离了婚，妻离子散。我这是何苦呢？要是让雪碧和老同学知道这事是我干的，谁还愿意理我。我不成了一泡屎拉到马路上，臭半道街。唉，都过去了，对金良和雪碧的损失，我想法弥补弥补，这事我今后再不能干了。于是她就跑到看守所看雪碧，没想到正好碰到文博。维丽想，你这个黄鼠狼又安的啥坏心，人家都成这样了，你还想咋着？

李相生当上化肥厂经销科长，出差成了家常便饭。一天他来到滏城，谈完业务，买好了下午的车票，上午没事，就一个人出来散散心。在大街上慢慢溜达，走到醇酒巷时，从粮油门市中走出一个人，他觉得面熟，一下又想不起是谁，于是就停下脚步，仔细看了几眼，那人是个女的，年龄三十岁左右，身穿一件红汗衫，分外扎眼。那女的也发现路上有个人站着看自己，觉得这个人有点儿怪，就用眼仔细扫了他一眼，那人个子不高，长方脸，大眉毛，这一看不要紧，认出他原来是自己的老同学李相生，就上前打招呼，喊："你是相生吧，怎么跑到这里来了？"

"仝心月，你这一说话我认出你来了。"

"快进来说话。"李相生跟着她走进门市，刚开张还没有顾客，心月给相生冲了一壶好茶，两人多年未见，就聊了起来，从家庭到事业，聊得挺热闹。心月如何从家里逃出来同玄友结合，这段她不好意思说，就把她同玄友如何想起开粮店的事说起来。

刘玄友在醇酒巷被打，就带着伤，一瘸一拐地拖着那辆烂三轮车，半夜才回到家。心月着急得直上火，站在家门口等啊等，心都提到嗓子眼儿了，这时候才

等到玄友，心月就帮他将车弄到家，忙着帮他擦血包扎。问玄友，他啥也不说，一下躺到床上闭着眼睛掉泪。心月想安慰他，可也不知道说啥好，只好坐在床边陪玄友一起掉泪。三轮被砸，玄友又被打，心月想，这城市混碗饭比农村还难啊。在村里虽然苦点儿累点儿，但不用操心啊，啥时种，啥时收，那都是队长的事，当个群众只要听敲钟上工就能挣工分，分口粮，在这城市虽然钱好挣，玄友一天就能挣十多元，村里一个工八分钱，一年不歇工三百六十天，一个能挣十分工的整劳力才挣三十多块钱，他这一天就能挣回在村里大半年挣的钱，可这操心冒险的，叫人整天提心吊胆的，也难受啊。看来这人啊，在哪儿混也不容易。就想，还是回家吧，不，不能，如果回去，怎样面对父母，面对那群笑她议论她的乡亲呢？他们又要指着自己的脊梁骨说这道那，自己吧，还可以捂住脸，塞住耳朵，闷在家里不出门，像个死人一样活着。但玄友呢？他又要被批斗被劳改，受屈辱，又要变成地主崽子，就是不劳改也一辈子抬不起头来。父母还会同意我们的亲事吗？要是拆散了，我们俩还活着有什么意思。但玄友这情绪怎么才能缓过来呢？我得哄他，哄到他高兴了就好办，活人不能叫尿憋死，我们要活出个样来，让城里人看看，让乡亲们看看，我们俩走的路是对的，想到这儿，她的心情好了许多，就捅捅玄友说：“别光着急了，咱俩说说话行不，要是你急出病来，我也不活了。”

“唉，心月啊，我又不是生你的气，是恨我自己没能耐。连老婆都养活不起，丢人啊。”

“在棒子地里你不是说，什么难事也难不住你吗？原来那是吹牛皮啊。”

“谁吹牛皮？我不是正想办法吗？”

“没有过不去的火焰山，没有迈不过去的门槛。玄友哥，看来蹬三轮这钱咱是不能再挣了。”

玄友说：“那咱干啥呀？”

“我想好了，城里人懒，早上谁也不做饭，我们卖早点，你看那早点铺哪个都是满满的，这买卖准行。”

“那就卖早点，早点卖啥呀？”

“油条、豆沫、胡辣汤啊，咱俩在一起，也不怕谁再欺负咱。”

“那咱就试试？”

“试，那就试试吧。”说着玄友就把手插进裤子里掏啊掏，竟掏出二十元钱来。

心月嗔着脸说：“刘玄友啊，你还有私房钱？”

“哪有私房钱啊，是昨天我上厕所时将整钱塞进这裤衩里，他们才没掏走。”说完两人哈哈大笑。

吃过早饭，两人修理好三轮，就上街买家伙，用三轮拉着蜂窝煤炉和家什，并自制个牌匾，刘玄友亲笔在上面书写“玄月风味小吃”几个大字。这玄月风味小吃摊就这样诞生了，而且越做越红火。

日子过得真快，一晃就是五年，他俩的爱情成果也会抱着他们的腿喊爹叫娘了。买卖虽然不大，但利润可观，五年下来，两人硬是攒了六万块。一天吃过晚饭，玄友对心月说：“咱们换行吧，你带着孩子，天天起早摸黑太受罪，我心疼你娘俩。”

心月眼望着他问：“咱能干啥？”

“开粮店，我见人家粮店挺赚钱。我想征求一下你的意见，我父母年岁也大了，想把他们接来帮你看店，我管进货送货联系客户。”

“你想得挺周到，明天看个门面咱就开粮店。”

两人一拍即合，不几天，在醇酒巷附近一个起名玄月粮油店的铺子在鞭炮声中开张了。财富就像摊大饼一样越摊越大，又是五年，夫妻俩便成了醇酒巷一带小有名气的大款了。

刘玄友和心月虽来滏城十来年，整天忙于出货进货结账盘点，玄友他们俩现在最感兴趣的是盘算着怎么才能挣更多的钱。一天他坐在自己刚买的一百多平方米的新居客厅的沙发上，抽着烟对心月说：“粮店现在开得太多了，钱不好挣了，听说现在人们生活好了，都想着怎么玩，歌舞厅来钱挺快，我想开个歌舞厅试试。”

心月说：“你那两下子行吗？都成半大老头儿了，谁来听你唱歌，看你跳舞啊？”

玄友说：“开歌舞厅是让客人唱，客人跳，哪是自己跳。现在人们富了，文化也高了，晚上男的女的都喜欢到歌舞厅玩。”

心月半开玩笑地说：“你别搂着个小妖精跳着跳着跳跑了，我看这厅还是不开的好。”

刘玄友碰了一鼻子灰，但他并没灰心，他低头想了想，然后心平气和地说：“真没想到我在你这心中还这么值钱，好吧，既然你对我不放心……”

心月原本是想开开玩笑，看着玄友认了真，便打断他，说：“看美得你，好像谁离了你就不能过似的，那舞厅你就开，那舞你愿意搂着谁跳就搂着谁跳，我才懒得管你呢。”

玄友看着心月同意了，便用笑脸哄她说：“又开粮店又开舞厅人手不够，我想叫大钢过来帮帮忙。”心月听说玄友同意叫她侄子来帮忙，心里宽慰很多。自从她同玄友出走后，同父母的关系一直闹得很僵，她怕玄友心里的疙瘩解不开，

家里的事她很少提，父母年纪大了，而且多次叫人捎信让心月代他们向玄友赔个不是，缓和紧张的关系，今天玄友主动提出让侄子来帮忙，父母一定高兴，亲侄子安到他身边，有点儿啥事也能给自己报个信，一举两得，想到这儿便笑着说：“都大半辈子了，风里雨里我们都走过来了，日子也宽裕了，你想干点儿啥就干点儿啥，不用给我商量，现在咱也不缺钱，赚不赚钱是小事，高兴就行，我跟你图你个啥，不就图个心里舒坦嘛。”这话说到玄友心里，他心里一直很佩服心月，不光是在他最困难的时候，毅然大胆决定抛下舒适的生活，扔下父母顶着流言蜚语同他出走，在重重困难中同他风雨同舟，她爱我，真是爱死我了，我不能辜负她，我要赚更多钱，让全村人都羡慕我，羡慕心月，羡慕我的能力和才智，羡慕心月有眼光，当时选我没选错，他自信地对心月说：“心月你看好吧，不出三年，我要咱们的存款再翻一番。”

心月说：“别钱不钱的啦，人要紧，你也别太劳心费神了，搞坏身子骨用多少钱也买不来。”夫人同意了，玄友就大胆地办起歌舞厅，名字仍从他和夫人名字中各取一字名曰“玄月歌舞厅”。鞭炮声中，他刘玄友又要做一个甜甜蜜蜜的聚财梦。

李相生同仝心月聊家常，自然要聊到家庭。她就把玄友介绍一番。李相生夸奖说：“心月还是你有眼力，选了个又能干又靠得住的好男人。他在吗？让我们也聊聊，向人家学习学习。”

心月说：“他在舞厅，昨天可能累了，没回来。”

“那好，咱到舞厅看看，下午还得走，正好有点儿时间同玄友聊聊。”心月就领着相生来到舞厅。门虚掩着，推开门两人走进经理室，心月啊的一声尖叫，站在那里气傻了。床上一个女的，赶忙穿上衣服披头散发地跑了，玄友一睁眼，见有人进来，他细一看，见是心月领个人进来了，心里也吓坏了，赶紧穿上衣服，李相生万万没想到，紧赶慢赶赶了捉奸这个场，走也不是，不走也不是，一时不知如何是好。

第二十四章　玄月婚变　剩女诗恋

玉莲又遇上同武医生一同上夜班，忙完后，她趴在桌上写：

小小竹节孕深情，
点点香墨透犀灵。
今昔已非七夕夜，
遍洒孤意叹零丁。

武医生忙完也坐下回复她：

总说多情空余恨，
只是未遇倾心人。
一夜无眠忆君语，
恍若旧年暗销魂。

玉莲写：

清月冷照西窗，
疏影寂寥神伤。
残烛黯淡，
筝响离殇。
何时何年执君侧，
今夕今日两迷茫。
悄叹，悄叹，
从此无人，识我心漾。

武医生复：

难了昔日春阁梦，
而今抚琴长叹息。
忘情情更绕罗帷，

寄意意满夜幽凄。

大雁南飞何时还，
小径野蒿竞葱郁。
名城花开又一年，
只是倩影无归期。
玉莲写：
烟锁西楼几重深，
旧梦难温，
往事了无痕。
曾经山盟海誓语，
却经沧桑已不存。

绿肥红瘦风犹劲，
花庭暗沉，
落瓣祭残春。
峨眉渐淡心意懒，
玉液琼浆醉里沦。
武医生复：
客在异乡怕黄昏，
梦梦亲人，
醒来阴森森。

离别相嘱句句热，
岁月难改赤子心。

空怨鸿雁怠不勤，
书日三吟，
夜寒暖身魂，
就盼雪飞腊梅放，
重挽旧人共举樽。
玉莲写：

叹，
自怨，
命运骞。
懵懂年华，
浑噩不知半。
休体天公怜念，
勤惰兴衰人皆看。
曼语洪钟金玉言，
阴霾顿做冰散。
誓当锥骨愿，
躬身励年。
舒笑颜，
同甘，
甜。

武医生复：

过，
蹉跎，
多起落。
一生凋零，
无处与人说。
半纸文章难朔，
一壶浊酒浑忘我。
天地何其宽与阔，
心苦却是诸多。
引歌向天所，
谁人解惑。
泪滂沱，
发落，
佛。

玉莲笑着说：“你这是劝我出家啊？”武医生也笑笑说：“逗着玩，逗着玩。

别太认真。好多事放开就好了。背那么多包袱，会把人压死的。”玉莲点头笑笑。一夜对诗，不觉累，也不觉得夜那么长，心情也好了许多。到了换班的时间了，她对这位值班医生有了好感，他不仅在医学上是自己的良师，在写诗弄词上，还是自己最好的诗友。

李相生遇见多年未见的老同学，本想叙叙旧，高兴高兴，没想到遇到刘玄友出轨，帮心月来捉奸。情人跑了，仝心月气傻了，两眼直勾勾地看着刘玄友，两手握着拳头恶狠狠只说了一句话：“你啊你，你不如一只狗。”说完扭头就走了。

偌大的歌舞厅只剩下刘玄友和李相生两人。刘玄友知道自己错了，见心月气成那样，心里十分懊悔，就想让心月狠狠打他骂他。但仝心月，攥着的拳头没打他，气得肚子一鼓一鼓的也没骂他，他想要是打他骂他，他好好认认错，兴许今后心月还能原谅他，但心月不打不骂给气跑了，这是心月对我失望了，这问题可就大了。怎么挽回呢？他心里没了底。李相生也弄得十分尴尬，一时不知该如何处置。但他是个业务员出身，又是营销科长，危机处理能力还是比较强的。他坐在玄友旁边推心置腹地说：“玄友啊，心月可是我们班的班花，是一朵真正的金花啊，你怎么就不知道珍惜啊！”刘玄友唉地叹了一声，说：“怨我，都怨我，我错了，我后悔啊。”玄友就把前后过程给相生说了一遍。

时光似水，一晃又过了几年，歌舞厅和粮店都办得红红火火，刘玄友的存款真像他向夫人说的那样又翻了一番。刘玄友买了车，并主动提出专门为心月父母买套房，用车把岳父母接来住，但心月父母二老因当年那事心里不是滋味，说啥也不来。多亏还有大钢和玄友父母帮忙，心月和玄友两口子的日子过得越来越红火。

天有不测风云，人有旦夕祸福。一天，玄友正满面春风地接待客人，几名穿着制服的人闯进来，问：“这里谁是负责人？”

玄友知道要出事，心里有点儿虚，本来舌头挺好使的他，今天竟然不好使了，他战战兢兢地走到那伙人面前，边递烟边说：“各……各位，请……请坐下说。”

“拿来你的证件，我们看看。”

玄友赶快拿过证件，那伙人瞅了瞅，说：“有人举报，你们舞厅有三陪问题，希望你能配合我们调查。从今天起，停业整顿。”说完收了他的证件，将客人和玄友他们赶出歌舞厅，二话没说一张大白纸条封了他的歌舞厅。

刘玄友来了这么多年，一直还算风调雨顺，买卖兴隆，财源滚滚。工商、税务、环卫、质检，各色各样的人，他接触得不少，他送几条烟，或请几桌也就大事化小，小事化了了。这回他用老办法不灵了，他三番五次跑，人家就是不给起封。

一天，刘玄友闷闷不乐地坐在办公室的沙发上抽着烟，嘭嘭嘭，几声轻轻的敲门声打乱了他的沉思，他不耐烦地说：“进来吧。”头也不抬仍在那儿抽他的烟。

“老板生气呢，我打扰了。”刘玄友抬头一看，见是个女的，一身时装合身得体，一脸笑容，显得她更加动人。一头染过的金黄头发下，那双水灵灵的大眼睛直勾勾地盯着他，盯得玄友心有点儿发毛。今天是怎么啦，开舞厅这么多年，对三陪女心里总是觉得她们不正经，不顺眼，对她们既离不开又反感，这种矛盾的心理驱使他很少留意她们。今天来的这位他觉着面熟，一时又想不起她姓甚名谁，找他来干什么，是讨工钱，是辞行，还是……这女的笑嘻嘻打断他的思绪嗲声嗲气地说：“老板别愁了，你的难题我帮你解决了。”

刘玄友不解地说：“解决了，解决什么啦？”

“明天他们过来起封，不误明晚开业。”

“是真的，快说你是怎么解决的？”

“我和那处长是多年的舞伴和朋友，昨天找他说说，他答应给解决，说罚你五千块，快和我一起去办个手续。”

“好好好，这次你帮了我大忙，我得好好谢谢你。”二人说着走出办公室，开上车去办手续。不一会儿真的办妥了。

“老板记得我叫啥不？”

“你……你……看我这记性。”

“不是记性不好，是看不起我们，对你说吧，我姓郝，赤耳那个郝，名叫蕴花。”

“郝蕴花，想起来了，你在这儿干了好几年了，舞厅一开办你就在这儿，是不？”

“我算是你的老员工了，老板有难，我哪能袖手旁观啊。”

“咱今天说好了，你今后哪儿也不要去，当我的经理助理怎么样，跑外的事就交你全权处理。”

“那太感谢老板的信任了，我只得竭尽全力效劳了。”郝蕴花见老板高兴，便提议说：“你憋闷这些天，别憋出病了，咱到古龙山散散心怎么样？”

“好啊，这么多年光顾忙，我还真没去过。”

“老板你休息会儿，我给你开车。”两人换过位置，蕴花开着车，玄友坐在她身边乐滋滋的，这女人这么能干，真有点儿相识太晚啊。古龙山离城三十多里，两人说着话，不一会儿便来到古龙山下。两人下了车，看看天已日照中天，刘玄

友一是想借机感谢感谢蕴花，二来肚子咕咕叫确实也感到饿了，便说：“蕴花，今天我请客，看哪个饭店干净，咱先吃点儿东西再玩。”郝蕴花爽快地说：“恭敬不如从命，老板请客，这可是天大的荣耀啊。好，那就在山前大酒店吧。”两人说着走进酒店，点上菜，玄友主动端起酒杯说：“为感谢郝女士的鼎力相助，干杯。”蕴花谦虚地说：“老板太客气了，小女子不敢当，不敢当。”急忙站起身碰了一杯。蕴花给刘玄友满上酒，就主动站起来说：“感激的话我就不说了，先回敬老板一杯，恭祝您福星高照，财源滚滚，万事如意。”玄友客气几句，便碰杯一饮而尽，就这样一来二往，一瓶酒不一会儿便喝干了。刘玄友红着脸喊：“服务员，再来瓶好酒。”蕴花劝说：“老板差不多了，别再要酒啦。”

“今天难得这样高兴，喝，喝个够。”又喝几杯，玄友舌头有点儿发硬，说话也结巴起来，“蕴花，在事业上你……你是我……我的好助手，在个人关系上，今后你就……就是我……我的好妹子。”

“好，今天我就认下你这个哥哥了。”

“喝……喝酒，不……不喝酒，不……算数。”

“好，好，我陪哥哥喝了这杯。”

“一……一杯不……不行，得三……三杯。”

“咱说好喝了这三杯就不喝了，我就喝了这三杯。”蕴花真的端起喝了三杯。刘玄友拍着手高兴地说：“好……好……妹妹长……长得漂……漂亮，酒……酒量也比我大，真……真是好……好样的。”玄友竖起大拇指。蕴花脸也红了，喝完三杯说：“这哥也认了，酒也喝了，咱去罗敷潭划船去吧。”

“天还……还早呢，再陪……陪哥说……说会儿话。哥还……还没……没问问妹妹的情……情况哩，不知你……爱人在……哪儿上……上班？”

“不说这些，不说这些。”

“看……看不相……相信哥不，说……说，要是他……他敢欺负妹……妹，我这当……当哥的看……看咋收……收拾他。”蕴花眼圈一下红了，泪珠吧嗒吧嗒掉下来。玄友凑到蕴花面前说：“他……他对你不……不好？”

“我本不想提他，哥哥执意要问，我就说了吧，他已经甩了我，到南方去了。”

“他……甩……甩了你，要……人样有……有人样，要……要本……事有……有本事。这个不……不知好……好歹的东……东西，见了他看我……”

“我们已经离婚了，找他也没用了。”说着蕴花用手捂着脸哭起来。刘玄友忙劝说：“妹……妹不……不哭，有哥哩，有啥难……难处给……给哥……哥说。”

“哥，酒咱不再喝了，今天你喝得不少，要不开个房间你先歇会儿？”

“我没……没事。”说着没事还没站起来就往一边倒，蕴花急忙上去扶他，在郝蕴花的搀扶下，刘玄友嘴里嚷着我没醉没醉两腿却像麻花似的趔趔趄趄地靠着蕴花走进房间。几个小时过去了，等刘玄友醒来一看，吓了一身冷汗，一肚子酒全吓没了，心里喃喃地说：“我真不是人，对不起心月，回去我怎么向她交代。”

热辣辣的阳光火烧火燎的，但那山峦上酸枣、桑树却一片葱绿。蜿蜒的盘山小道像一条条绳索挂在一个个山包上。哗哗喧叫的瀑布从峭壁扑身而下，溅起一串串银白色的水花，那手挎箩筐的罗敷石像目视着这潭，含情脉脉地向游人微笑。这笑容温暖着一个个游人的心，温暖着龙山一带百姓的心灵。罗敷她美，她可爱，是因为她有一颗善良的心，有一双勤劳的手，和千百个古龙山人一样，用善良的心感化世界，用勤劳的手编织出幸福的蓝图。罗敷望着这秀美的潭，望着在潭中戏水、划船的游人，呵护着在树荫下、在游船中谈情说爱的青年男女。

刘玄友心脏怦怦跳得厉害。原来他赤身裸体地抱着刚认的妹子郝蕴花睡觉。他急忙抽出双手，蕴花还睡得正香，轻轻的鼾声有节奏地响着。他急忙穿上衣服，还没下床，郝蕴花醒了，她揉揉眼，伸伸胳膊翻了个身，打了一个哈欠才慢慢睁开眼，故作惊讶地喊；“老板，你……你咋这样，你咋这样？叫我怎么见人，怎么见人啊！”说着捂着脸哭起来。这下可把玄友吓坏了，他一边劝蕴花别哭，一边在屋里绕着圈转，烟一根接一根抽，一句话也说不上来。蕴花哭了一会儿，见玄友也没了主意，便穿好衣服洗把脸，亲昵地对玄友说：“反正已经这样了，玄友哥，咱俩谁也别往外说，别人不知道，我们就当没这回事，咱出去玩会儿吧。”刘玄友还能怎么着，只有百依百顺，只要人家不闹，她说咋着就咋着。两人走到罗敷潭上了船，蕴花划着船，玄友痴呆呆地坐在船上抽着烟，哭丧着脸一句话也不说。还是蕴花想得开，她为逗玄友开心，故意把船摇得左右晃动，晃得刘玄友受不了啦，刚要说话，旁边一只船撞过来，蕴花失去重心一头栽进水里。玄友哎呀不好，喊着一纵身跳进水中，抱住蕴花放到船上。幸亏救得及时，只是湿了衣服喝了几口水，两人赶快划上岸坐在山脚下晾晒衣服。

刘玄友回到舞厅办公室，觉着对不起蕴花，就从保险柜里拿出五千块钱给她，蕴花死活不肯要，也只好罢手，舞厅开张了，忙活起来，罗敷潭的事玄友就忘了，一天晚上，舞厅人都走了，已是深夜两点时分，蕴花还没走，她大大方方地走进刘玄友办公室，说：“多少天了也没顾上陪哥说说话，你困不，不困咱说会儿话。”玄友总觉得欠蕴花的，怎敢扫她的兴，忙说：“不困不困，坐下坐下。”蕴花坐在玄友对面沙发上，倒了两杯咖啡，二人边喝边聊起来，越聊越来劲儿，这时蕴花忽然站起来，玄友以为蕴花要走，便说：“再聊会儿吧，这就走哩。”

“不，我看你脸上沾着个东西。”

“是啊，在哪儿？”

“别动，我帮你弄。”玄友真的伸过脸去，蕴花一把抱住他的脖子，嘴在他脸上亲来亲去。刘玄友虽比她大几岁，也不过才四十出头，正是阳刚之气旺盛的时候，怎经得起这样勾引，欲火上来什么也不顾了，连门也没闩就躺到床上抱着亲热。累了便死狗一般睡去，哪想到这么凑巧，李相生到来，捉了个正着。

李相生听了刘玄友讲了前因后果，知道玄友对心月还有感情，就想帮帮他，可怎么帮呢？便给玄友出了个主意，玄友听了点点头，说：“也只能这样了。”

第二十五章　冷情热泪　母子悲声

春天城市的街景真是丰富多彩。美丽的迎春花正在微笑着望着往来的人流，大道两旁的垂柳摆动着长长的枝条向人们招手。道路旁边的小花园，桃花、杏花争先恐后露出娇艳的小脸，向那羞涩的玉兰发出比美的邀请。

春天来了，田野里万物复苏。嫩绿的小草慢慢地从土里探出了头，这样那样不起眼的小花也不甘寂寞，载着一颗颗晶莹的露珠向人们炫耀。小燕子也从南方飞回来，叽叽喳喳地叫着，在房前屋后飞来飞去。仝心月家门前的大树也慢慢地长出了嫩芽，醇酒巷旁小花园也是一片生机，迎来一群群南来北往的游客。

春姑娘乘着清风，带着温暖翩翩而来，她张开双臂舞动着纤细的手，把温暖洒满大地，把百花插上枝头。人们的心也让这春天渲染得兴奋起来，一个个笑容满面，他们走出家门，开始感受这春天的气息，真实记录下对春天的感觉。首先，映入他们眼帘的是一排悄悄露出了嫩芽的樱花，仔细一看，它们像酣睡正浓的小宝宝一样，睡得那么香、那么甜。最引人注目的还是桃花了，那桃花一丛丛、一簇簇，远看像一片美丽的晚霞，近看像一颗颗红星星挂满枝头，摇摇摆摆、可爱万分。桃花顶上还有几只可爱的小蜜蜂和花蝴蝶，它们正在追逐、嬉戏，好不快活！地上那些碧绿得如翡翠一般的小草，喝足了春天的甘露，叶子嫩得仿佛一碰就要出汁似的，映衬得那高挂枝头红红黄黄的花朵更加好看！

春天，真是一个充满芬芳、莺舞蝶飞的世界，谁不高兴呢？

仝心月就不高兴，她对这春天好像一点儿感觉也没有，她心里冷冰冰的一片冰霜，没有一丝春天的气息。自从她发现玄友和郝蕴花的事情后，对刘玄友已经死了心，她暗暗决定，这一辈子再也不理刘玄友，连面也懒得再见他。刚开始，她真放下了，像没事人似的，该干啥干啥，但这几天，她心里突然觉得有点儿乱。白天忙忙活活，也不觉得怎样，晚上一人躺到床上怎么也睡不着。心里想，不再对玄友抱任何希望，但玄友的影子总在脑子里晃荡，越是想撵走他，他越在脑子里晃荡得厉害。晚上睡不好，白天有点儿精神恍惚，只觉得心里闷闷的，压得她喘不过气。料理完手头急事，她就顺着小河的河边游园溜达，河边一片热闹景象，有跳舞的，有下棋的，有打拳的，有钓鱼的……再加上树上的绿叶，身边艳艳的花，她一下心情好了许多。她站在河边，看她水中的倒影，水纹波动，人影晃动，看不清自己的面容。于是她就掏出一个小镜子，想欣赏一下自己，可这一照吓了她一跳。脸黄黄的，两眼呆呆的，几条皱纹刻画在脸上，还自认为自己是金花般美女呢？原来自己真的变成了黄脸婆，她气得一下子把小镜子扔进水里。这时一阵欢庆的乐声把她从沉思中惊醒。她抬起头，循着音乐传来的方向望去，那是一个大酒店，酒店门前贴着红红的大喜字。一溜汽车在乐声和鞭炮声缓缓传来。在伴娘和伴郎的搀扶下，新娘新郎走下车。心月望着婚车，想到自己，想到那个没良心的刘玄友，他曾吹嘘要给我补办隆重的婚礼，但如今连他的人影也不见了，看人家风风光光，多好啊，我傻啊，跟了这个狗东西，窝囊一辈子。新娘新郎下了车转过身，心月仔细一看，吓了她一跳，那新娘不是别人，正是她的情敌郝蕴花，那新郎却是她的侄子仝大钢，她头突然嗡的一下，几乎摔到地上，扶住树，静了静，慢慢地走回了家。她气，她恨，她窝了一肚子火。她恨郝蕴花，你个不要脸的东西，是你抢走了我的男人，害得我们家不是家，夫妻不是夫妻，害得我人不人，鬼不鬼的。如今你又抢走我的侄子，抢走我在这里唯一依赖的亲人，你啊你，你气死我了！刘玄友啊，刘玄友，你快来看看啊，你看不上我这黄脸婆，找个好点儿的也行啊，看你找的这烂货，真是鱼找鱼，虾找虾，瘸子专找一点打，都不是好东西。她气不打一处来，就急匆匆地跑回家，不知她是故意，还是无意，一挥手将一只纸箱子从柜子上掀翻在地，一大堆书信从箱子里倾出来，散落在地上，她知道，这是玄友给她的来信，她原决心不拆不看，来一封就顺手扔到这纸箱中。今天她看到蕴花和大钢办婚礼，不知咋的，她对刘玄友产生了怜悯之心，你刘玄友，抛弃结发之妻，找了这个小妖精，她今天也把你抛弃了，她正在办婚礼，你来看看，你心里是什么滋味？让你也体会体会我的感受，我们都是被人抛弃的人，一对可怜虫。心月转念又一想，玄友同我闹崩了，这不正是他俩走近的好机会吗？她为什么这么快就同大钢结婚呢？这里边肯定有隐情，也可能是这个坏女人使了圈套，为了玄友的财产，套住了玄友，要是这样我可不能上这坏女人的当啊！玄友不辞而别也许有难言之隐。想到这儿，她就捡起地上的信一封封地看。

心月，你好：

我鼓着勇气给你写这封信，希望你能看到。我错了，你恨我，骂我，

都是应该的。我不怨你，也不恨你。我不敢求你原谅我，但有一点儿请你相信，咱过来的感情都是真的。还是相生说得对，咱们分开一段好，都好好想想，冷静下来，才能正确面对。我把舞厅托付给大刚，现在在相生所在的化肥厂上班，就在相生所在的营销科，做他的帮手。我一切都好，请你多保重。

玄友

3月9日晚

话不多，但心月看了想了很多很多。接着她又打开一封。

心月，你好：

上封信不知你收到没有，为什么不给我回信？你恨我就说出来，狠狠地骂我一顿，把心中的气都释放出来，这样你心里，我心里才会好受一些，老憋在心里会生病的。我不敢说同蕴花的事，一说你肯定来气，我同她的事是她帮了我的忙，为感谢她，喝了很多酒，是在醉酒时发生的，既非自愿也非主动，唉，说这些还有什么用，我不想为自己辩解……相生提成厂长了，我当上了营销科长，前几天到咱家这儿办事，夜里，我在门口蹲了半夜，没敢惊动你。我想你，想孩子，想咱这个家。我没了家，没有了你，就像个弃儿，心里没了着落，只想用拼命工作来填补我心中的空虚。只是在人们都下班时，在夜里，一人在苦闷中煎熬，使我身心疲惫，你怎么惩罚我都行，但千万不要不理我。给我回个信好吗？怎么写都行，骂我吧，要是我在你跟前，你就狠狠地打我，打我这把贱骨头，让我永远不要再犯贱。

玄友

10月6日晚

心月捧着这封信读了两遍，她眼圈儿红红的，几个泪珠终于止不住落在信纸上，她想，你这没良心的贱东西，你搂着那个贱货时怎么不这么想？咱们困难时，我为了你背叛了父母，背叛了家庭，你呢，那时你是怎么说的，日子过好了，你就背叛我，背叛这个家庭，你啊你，你还是人吗？

李相生捉奸捉了个大累赘，只好将玄友带回梦城，将刘玄友请到家里，推心置腹地说："谁家都有一本难念的经，对着你我不是夸心月，你知道我们班五朵金花的事吧？因为这事我连团都没入上。那是在引河洗澡时几个人瞎呛呛，要说金花，那人家心月才是一朵真正的金花。论模样，没说的，虽说嘴快点儿，说话尖刻点儿，但人家没坏心眼儿，又贤惠，又聪明，可你……”

“相生，我知道我错了，喝了几杯酒，几盅猫尿就把我灌迷糊了，鬼使神差地干出这伤天害理的事，我后悔啊。”

“光后悔不行，还要真改，只要你真改了，我相信总有一天她会原谅你的。”

“我等，我等，我一定要等到心月原谅我的那一天。”

这一天，心月正在家拿着刘玄友的来信落泪，“咚咚咚”，一阵急促的敲门声把她惊动，仝心月想，这是谁呀，不长眼的东西，一会儿也不让人家安生。她本不想开门，但外边门敲得急，就想可能人家有急事，怕误了事，只好擦擦眼泪，拉开门闩，开门一看，吓了一跳，这敲门的不是别人，正是帮她捉奸的老同学李相生。她只好强装笑脸，说：“快进来，哪阵风把你这大厂长吹来了？”

李相生一听喊他厂长，心里更有信心了，知道这消息肯定是玄友写信告诉她的，就说：“我这是专门给你来赔罪的，我把玄友给你带走，你不恨我啊？”

“他死了才好呢，我这一辈子再也不想见他。你把他带走遂了我的愿，我还得感谢你呢。”相生看看心月接着说：“我这回呀，一是向你谢罪，赔个不是；二是将玄友还给你，是打是骂，如何发落，我可不管了。好了，不说这事了，我坐了一路车还饿着肚子呢，老同学不能不管饭吧？”

“一码是一码，我要不管你饭，你不在老同学面前编派我才怪呢？好，对门就是饭店，咱到那儿去吧。”刘玄友站也不是，坐也不是，他一脸尴尬，低着脑袋，跟着相生和心月来到饭店。李相生边吃边说：“人这一生啊，都不容易，就说我们班这几朵金花吧，谁家没有风风雨雨啊。你看王雪碧，都成了大老板了，在人面前风光无限的，可她经过的风浪比谁都大。她竟然挺过来了，而且现在过得比谁都好，真不容易啊。”

这王雪碧同同班耿金良闹崩，在小脚金莲的撮合下同邂逅相遇的军人结了婚，有了工作，有了家庭，还一连生了三个孩子，可算上幸福之家了吧，但天有不测风云，一场横祸从天而降把她拖入苦难的深渊。在看守所待了几个月，因够不上判刑，又把她交给单位处理，县社以挪用公款、管理混乱等违纪事实，将她开除公职。她回到家，母亲和三个孩子，抱着她腿哭，她也哗哗地掉眼泪。丈夫没了，工作没了，这几个孩子怎么养呢？今后的日子怎么过呢？她心里一点儿底也没有。只抱着孩子听他们倒苦水。

那年小天一才七岁，大妹五岁，二妹三岁，爸爸是个军人，他远在千里，妈妈一天，两天，三天……一连好多天不来看他们。他想妈妈了，舅舅就拉着排子车将三人送到小堤。

一个晴朗的早晨，小天一爬起来，吃过妈妈为他准备的早点，拿着玩具，迎着清晨的阳光蹦跳着就要出门去玩。这时，几个人闯进来，用手铐铐住妈妈的双手，翻箱倒柜搜了个底朝天，拿走他们想要的东西，将妈妈拖向一辆绿色吉普车，妹妹吓得哭叫着，抱着妈妈的腿哭喊：“妈妈、妈妈，他们是坏人，你不能跟他们走……”左邻右舍听到哭喊声急匆匆跑来，不一会儿围住了那几个人。一个高个子从兜里掏出一个纸条说：“快闪开，我们是县专案组的，王雪碧她是贪污犯，请不要妨碍公务。”

人们听说是抓贪污犯，七嘴八舌议论着散去了。专案组掰开小天一的双手，他倒在地上，一包玩具甩出去老远，几张纸片像一盏盏风筝随风飘浮，最后散落在黄泥地上。小天一哭着捡起一个个玩具，擦干眼泪哄着两个妹妹，爸爸是个军人，他远在千里，爷爷奶奶和姥姥也不知他们在遭难，七岁的天一只好撑起这个家。一天，两天，妈妈仍未回来，妈妈从业的供销社门市也被别人接管，那好心的阿姨告诉小天一，妈妈被关了，小天一虽刚从姥姥家来，但路怎么走，他哪知道。那好心的阿姨帮他喂妹妹，哄着不哭了，告诉天一你还是找你姥姥吧，并把他兄妹三人送到运粮河大堤上，嘱咐他就顺着这大堤走，姥姥村边有棵大柳树，看见大柳树就到姥姥家了，并递给他几个黄饼子。

小天一带着妹妹，顺着弯弯曲曲的土堤走啊走，因没吃早饭，走一会儿就啃几口黄饼子，从日出走到日中午，天热了，饼子早吃完了，肚子饿了，口也渴得厉害，肚里也咕咕地叫。小妹妹哭喊着饿，怎么办呢？这时正好看到堤下有个瓜园，小天一嘱咐妹妹不要动，就去找那看瓜人，那看瓜人见他几个孩子可怜，就送他两个打瓜，那打瓜虽没西瓜个大，可也好吃得很，对小天一兄妹来说，好吃不好吃并不重要，最急迫的是解渴和塞饱肚子。天一抱回打瓜，往地上一摔，几个人就用手抓着吃起来。几个人吃了打瓜还不饱，就把那瓜皮一口一口地吃下去，不渴了也不饿了，该走了吧，才要招呼妹妹，见她们都歪着脖子躺到土牛子上睡着了，小天一这大哥哥不想再惊动他们，就挨着他们也躺在土牛子上想眯一会儿。

河边的大堤有一丈多高，为防汛堤上没隔几米就堆放着一四四方方的土堆，人们叫它土牛子。堤两旁栽有柳树，这柳树帮他们遮着太阳，堤上的土牛子就像沙发，他们几个依着土牛子躺着，躺着躺着天一也犯困了，他也迷迷糊糊睡着了。

“大柳树，大柳树，就到姥姥家了。”大妹妹喊着，天一抬头一看，姥姥就在柳树下等着，她上来拉住天一的手含着眼泪说：“你们这是怎么了，你妈怎么没来？”

天一哭着说着事情的经过。姥姥把他们几人带回家，把他们一个个抱到炕上，

把刚煮好的一筐子红薯端上来，那红薯有白的，有紫的……那白的，外白内红，像糖稀一样甜，那紫的，外紫内白，又甜又绵，吃一口噎得慌，甜甜的红薯噎在嗓子里，咽也咽不下，他想叫姥姥拿来水冲冲，还没说出来，小妹妹尖叫着哭起来。大妹妹也揉着眼喊疼。小天一惊醒了，原来是在土牛旁做了个红薯梦。看看妹妹起了一身疙瘩，两只小手不停地抓挠。小天一也觉得浑身痒痒，一掀上衣，几只大蚂蚁正在咬他呢，他顺手拍死蚂蚁，然后哄着妹妹，说："这土牛子上不能待了，咱们走吧，咱走吧。"妹妹掉着泪无奈地跟着哥哥恋恋不舍地离开土牛子，天一带着妹妹，迎着火辣辣的太阳，一步一挪地慢慢向姥姥那村庄走去。

天一含着眼泪讲述着他的红薯梦，王雪碧鼻子一酸，眼泪也在眼眶里打转。那是她不堪回首的往事啊。

第二十六章　长堤黑影　醉眼迷梦

初冬季节，乍暖还寒。绿油油的树叶有的变黄，有的枯萎。凋谢的月季花像秃子似的，干瘪瘪的花托立在落了叶的花枝上，在寒风的吹拂下，摇晃着秃脑袋，向来往的人们不住地招手。饿急了的麻雀扑棱棱地在人们头顶上乱飞，看着人手中拿着的食物发出一阵阵不满的叫声，好像在说，有福同享，有难同当，你们吃得肥头大耳的，为什么就不能均给我们一口啊。要平等要自由，不仅在人群中不断发声，就连麻雀也好像在争这个理儿。

玉莲冒着寒风从医院下班回家，看看妈妈没在家，她一人就坐在椅子上想，自从同那个值班医生交流诗词之后，心中的郁闷发泄了不少，心情也好起来。今天下午正好休息，就穿上了一身新衣裳，到大街上逛商场，逛了半天也没相中想买的东西，看看快十二点了，就想往家走。说也凑巧，在商场门口，她往外走，武医生往里走，碰了个对面。武医生赶忙打招呼，喊："啊，小莲，你也来商场。"

玉莲抬头见是诗友，忙说："今天休息没事，到这儿转转。"

"我也是，没事瞎转。这商场乱哄哄的，要不咱找个地方闲聊会儿？"

一来是诗友相邀，二来是一个单位，低头不见抬头见，驳了人家的面子也不好，就随口答应说："好啊，我请客。"

"我的工资比你高，我又是男士，咋能叫女士掏腰包呢。"说着两人便来到一个小酒馆，找了个雅间坐定。点了几个菜，一瓶白酒，一瓶红酒。

玉莲赶忙说："我不能喝酒，来点儿饮料就行。"

"红酒没事，喝几杯对身体有好处。"

"那就少喝点儿。"玉莲没再反对。

武医生叫武国光，三十多岁，大学医学院毕业，是外科医生，因医术高，在医院小有名气，人们便给送个外号叫武一刀。医术不错，但形象不太好，个子不高，身体较胖，比例有点儿失调。因此，背地里对他不满的人，也有的偷偷叫他

武大郎。这武医生坐定，等上好菜就说：“小莲啊，中国这酒文化深着哩。光酒诗词就有上千首。”

“啊？这酒还有文化。那古人写的酒诗倒看过几首。”

“来，先满上，喝了这杯，我先给你来一首。”

“好，我喝了这杯，你可不能食言。”两人一饮而尽，武医生真的端起架势，扫了一眼玉莲，接着斜歪着脖子，望着天花板说：“这首《客中行》是李白的。”接着吟道：

兰陵美酒郁金香，
玉碗盛来琥珀光。
但使主人能醉客，
不知何处是他乡。

玉莲听了自然要拍手表示表示，连说：“这古人啊，嘴不离酒，酒不离诗，活得也蛮潇洒的。”

“人们不是说吗，人生如梦，醉酒当歌。这酒后才能见真情。”

“不懂，不懂，真情为啥非要喝醉了才……”

“这你就不懂了，你们女孩子不是会化妆吗？其实啊，不光你们女人要化妆，人人都在化妆。就说咱们医院吧，那院长放个屁，也有人说是香的。他真的闻不出来吗？不是，你说是臭的，那院长就不高兴，不高兴的后果，就是在适当的时候给你个小鞋穿，叫你吃不了兜着走。就说你们护士们，笑脸服务，你们要天天笑，人们总有不高兴的时候，可是对着病人还要笑，这笑肯定不是真的，是假笑，这假笑多了，对着领导笑，对着客人笑，对着讨厌的人也要笑，你说说，这假笑，不就像你们女同志化装吗？把真实的面目遮挡起来，拿一副假面目。所以啊，你平常看到的都是化装了的，那不是真的。”

对武医生说的话，玉莲虽觉得有道理，但也觉得有点儿夸张。他是名医，敢发牢骚，发了牢骚也没人敢得罪他，因为离不开他啊。自己是个小护士，医院里的事，最好不表态，但又不愿扫他的兴，便随着他说：“有道理，有道理，说得挺深刻。”

武医生觉得有人赞赏就更来劲儿了，就说：“我再给你吟首杜甫的《饮中八仙歌》：

知章骑马似乘船，眼花落井水中眠。
汝阳三斗始朝天，道逢麴车口流涎，
恨不移封向酒泉。左相日兴费万钱，

饮如长鲸吸百川，衔杯乐圣称避贤。

……

“啊，这么多醉鬼呀，还仙呢？”

“光顾说话了，咱这酒也喝不下去了。要不咱玩点儿游戏？”

“玩啥游戏？”

“对诗。我说上句，那最后一字是你对诗的开头，可说好，对不上可要罚喝酒。”倒上酒后武医生说：“我先说：

“十月乍寒野菊残，”

玉莲对了一句：

残莲败荷三香苑。

“苑……苑……”武医生卡壳了。

玉莲说：“说不上来了，喝酒吧，谁叫你出这馊主意呢。”

“我受罚，受罚。”武医生端起酒杯喝了，接着说：

“金樽清酒赐小莲。

“莲小香浓浓玉盘。”

玉莲接了一句。

“盘盘珍馐馈佳丽。

“丽佳袅袅舞蹁跹。”

“跹……跹……”武医生又接不上来了，就自端酒杯说：“我喝我喝，喝。”

诗一轮酒一轮，你一杯我一杯，两人不一会儿都有了酒。武医生激动地说：“人啊，难啊。你不知道，我苦啊。外边有狼，家里有虎……”

“狼，哪有狼？”

“我这是比方。你说我这人怎么样？”

“人挺好的，医术高，人缘好……”

“好，好什么。遇到难题找到我了，说我医术高，医德好。可遇到好事呢？没有我的份。我现在连个科主任都当不上，欺负人啊。”说着还淌出眼泪，这下玉莲也不知该说什么好了。

“最叫我不能忍受的，是家里那只虎。”

“虎？”

“就是我家里那口子。”

“嫂子她怎么了？”

“她就是一个母老虎，我受不了了，实在受不了了。”

玉莲虽然喝了酒，但还清醒，她知道这是人家的家事，自个是个女孩子，不好多说，就安慰他说："有事多沟通沟通，她会理解你的。"

"理解？她会吗？我刚来医院时，正赶上她娘病重，都说不能治了，是我冒着风险给她娘开了刀，治好了，她全家感激涕零，她追着我，要嫁给我。可结婚以后，她当上科长，升了官，我呢？一不扒门子，二不会拍马屁，到现在还是一个穷医生，她看不上我了，说我人丑没本事，除了开刀还会什么？"

玉莲觉着没啥可说，就说："不说了，不说了，喝酒，喝酒。"

两人又喝了几杯，玉莲觉得头晕，但有这酒壮胆，话也多了起来。"人啊，谁有谁的难处，我……"

"我知道，你那个方柱，他有眼不识金镶玉，你是个好姑娘啊，可我没这个福啊。人活一世，草活一秋。要认准人，美也罢，丑也罢，最主要是要心好，能跟一个好心人在一起省多少心啊。你小莲漂亮、善良、心好，我就喜欢你这样的人。"

一是有点儿醉，二是自从方柱甩了她之后，憋了一肚子气，无处撒。这回武医生一夸她，她还真把他当成知心人，含着眼泪说："武大夫，你这话说得对，找人要找心眼儿好的，美吧丑吧，还是次要的，最主要的，是心善，不坑人。"

"对，对，咱俩的认识完全一致。酒逢知己千杯少，那咱就再碰几杯。"

"好，碰杯。"

两人喝着碰着，不一会儿就都醉了。玉莲想站起来，但站不住了，一歪倒在武医生怀里，武医生抱着玉莲椅子一歪，两人都躺到地上爬不起来了。武医生手里拿着酒杯，酒都洒光了，但他嘴里还嘟嘟囔囔说着："喝，喝。"

"不，不喝了。杨方柱他把我踹了，我……我……出不了这……这……口气啊。"

"莲妹，这……气，哥……哥……给你，你出。他……他……不要你了，哥……哥我要你，气，气……死他。"

"不，不，我怕。你……你家有……有老虎。"

"莲妹，不……不……不怕，那老虎，我……我……踹了她。"

"你……你可得说……说……话算数。没了老虎，我……我……就跟……跟……你。"说着说着两人抱在一起睡着了。

李相生想把班上几朵金花的故事写一写，就找王雪碧采访。雪碧就让儿子天一给他讲。天一含着眼泪讲述着他的红薯梦，王雪碧鼻子一酸，眼泪也在眼眶里打转。那是她不堪回首的往事啊。李相生看到这情形，心里也不是滋味。他一时

不知说什么好了。还是王雪碧先开了言：“相生啊，让他说下去吧，是我这做妈妈的不好，欠他们姊妹的太多了，我对不起他们啊。”

“妈，你是世上最好的妈妈，我们受的苦，不怨你，是那些王八蛋害的。”“谁也不要埋怨了，我们现在不是很好吗？要是没有那场苦难，我不可能成为二十个孩子的妈妈，也不会在商战中拼出这么大的成绩，经历是财富，二十个孩子都这么懂事，这么有成就，有你们的努力，也有社会的培养。政策好，天帮忙，人争气，缺哪样也难啊。咱们别打断天一，让他继续讲吧。”

天一擦干眼泪，继续讲他的红薯梦。吃了两个打瓜，尿了几泡就完了。孩子小，没走多远又饿了，三岁的小妹妹再也不肯走了，天一看看太阳已经偏西了，姥姥家村旁的大柳树还不见踪影。危难之中还是大哥哥有主意，他说：“你们谁也不要动，前边有个村庄，我去要点儿吃的，回来咱们吃了有了劲儿再走。”

两个妹子答应天一，天一就往那堤下的一个村庄跑去。

天上几片白云，像几朵雪莲在蓝天上炫耀，柳树上密密的叶子中，藏匿着一只只知了，它们肆无忌惮地放声鸣叫，一点儿也不体谅这几个可怜的孩子的感受。一块块绿油油的玉米地，在微风的吹拂下，哗哗地鼓着掌，不知他们是给孩子鼓劲儿，让他们坚强战胜困难，还是有意看他们的笑话，几只野兔从豆地里大胆地钻出来，咂着它的三瓣嘴，望着小姐妹看稀罕，似乎在说，你们在这儿干吗？还不回家找妈妈去，世上只有妈妈好啊，你们离开妈，还不如我，就像那地里的野草，我愿意咋吃就咋吃。

夏天的太阳虽已偏西，但仍晒得人难受。况且，肚子里还没食，本来累得筋疲力尽的天一，为了妹妹，一个七岁的孩子面对的是多大的挑战啊。一个还需要大人关照的孩子，不仅没人照顾，他还要照顾两个妹妹，这么重的担子，他既然挑起来，就没想过放下，他同妹妹朝夕相处，兄妹情深，只要自己有一口气也要把妹妹带到姥姥跟前，等见到妈妈，他要给妈妈一个满意的回答。

这长长的土堤一带，过去是个古战场，战争的痕迹虽然看不到了，但那九营十八寨，范营、李营、豆营……霍寨、赵寨、秦寨……一看这村名，别说孩子，就是大人也分不清。小天一不知道这村名，他也从来也没学过这地方的地理，大难临头，他只知道，只要找到姥姥，问题就解决了，姥姥的村叫王寨，可这王寨在哪儿呢？交通发达的今天，妈妈所在的供销社离姥姥家只有十几里，如果坐汽车也就眨眼的工夫，就是骑自行车二十分钟也没多大问题。可那时，他们没车坐，没自行车骑，就靠那两条小腿，还要带着妹妹，一步一步地挪。就算五公里，也五千多米呢，他们的小腿，一步也就只能迈出二十来厘米，这段路他们最少也得

迈二万五千步。成人走二万五千步，每步约六十来厘米，最少也要走十五公里，要是一气走下来不累个半死才怪，要是大人走小天一要走的路，一个半小时咋着也能走到姥姥家，可他们走了一天，还没看到姥姥家的影子。

小天一为给妹妹寻找吃的，走到村里，他的头发被风吹得像团茅草，汗水和尘土在他脸上画上一道道黑印，一群小孩子看到他追着喊，小叫花子，小叫花子。有的捣蛋鬼还用土块投他，都说狗仗人势，那些平时并不咬人的狗狗看见主人发威，也欺负他这个可怜虫，撵着他叫，吓得他满街跑。这狗啊，也是欺软怕硬，你站着用眼瞪它一眼，它也害怕，可你要是怕了，想逃跑，它就要欺负你，追着你叫。

世上还是好人多，一个老太太赶跑这群欺生的孩子，打跑了那只狗狗，把他拉到家，帮他洗了洗脸，把一碗热腾腾的面条端到他面前，小天一流着热泪吃了老奶奶这碗面，老人问他是怎么一人跑出来。他说什么呢？他犯了思量。说妈妈被抓了，不行，妈妈是好人，她不是坏人。但别人听说被抓肯定觉得是个坏人，会说我是坏人的孩子，不能说，什么也不能说。他只说要去找姥姥，那老人听说他要到王寨去找姥姥，觉着这村离王寨不远了，只有三里地，也就没强留他，给了他几块红薯和两个黄窝头，送他出了村。他用小衬衫包起来，像宝贝一样，用双手捧着上气不接下气地向大堤跑去。

他吃饱了，才能上路，早点儿找到姥姥。

太阳快要落山了，西天的一抹彩霞煞是好看，白白的云，红红的霞，蓝蓝的天，绿油油的大地，大自然本来就是一幅无限美丽的画卷，但此时此刻的小天一，他有欣赏的心情吗？他鼓足全身的力气冲上了大堤，他想看到妹妹拿着这红薯和窝头开心地吃嚼的样子，吃饱了高兴地同他一起赶路。他想到他在学校学的那首儿歌，他要唱着儿歌让妹妹高兴地跟着他走。

上了堤，他就大声喊：“哥哥回来了，哥哥拿来红薯和窝头了，妹妹快来吃啊！”

他的喊声惊动了落在柳树上的乌鸦，扑棱棱一个个争先恐后地飞起来，哇哇哇地鸣叫着，表达着它们对小天一的不满，小天一看着这满天鸣叫的乌鸦，感觉到有些不妙，他跑到妹妹等他的地方一看傻了眼，妹妹她们不见了。手中的衬衫一抖，红薯和黄窝头骨碌碌掉在地上，他哇的一声哭了，边哭边喊：“天碧、天翠，你们在哪里？哥哥来了，哥哥给你们送吃的来了。”他叫天一，小妹叫天碧，大妹叫天翠。他喊着妹妹的名字，寻找她们。

傍晚的长堤没有行人，只有堤旁的柳树和天上的乌鸦，柳树在晚风的吹拂下，

摇着头，似乎也在表达对小天一的同情和怜悯，只有那天上可恶的乌鸦，唱着叫人烦心的歌，在小天一的头顶上飞来飞去。小天一的喊声，顺着长堤传得很远很远，传到田野，传到村庄，传到河流，回声伴着哗哗、哗哗的流水声，在夜空中回荡。

小天一眼泪哭干了，嗓子喊哑了，他从大堤跑到堤旁的田野，又从地里跑到一棵棵柳树旁，他找啊找，哪里也寻不到妹妹的影子。

天完全黑了，月亮没有出来，一颗颗星星眨着眼睛，陪着他苦熬这苦难的夜晚，远方突然传来猫头鹰嘎嘎的“笑”声，吓得小天一浑身毛孔一下都紧了起来，他止不住哆嗦了一下，眨眨眼，想到妹妹还没找着，我不能被吓倒，他想到连环画上看过的小英雄雨来，想到那传鸡毛信的小英雄，立时胆子大起来，我找不到妹妹，谁也别想吓倒我。

一个小黑影，在茫茫长堤上跑来跑去，寻找着妹妹的踪迹。

第二十七章　小人挑气　梦婚生忧

天胜被考察后，正在维丽到处打听情况时，上边派人谈话，任命天胜为建筑公司副经理。这回维丽不高兴，她觉得那建筑公司搬砖、和泥、盖房子，无权无势，哪有那组织部长吃香啊。但天胜高兴，他觉得自己是学建筑的，专业对口，更能发挥作用，十分感谢领导知人善任，真是遇见了伯乐。

维丽觉得费了半天劲儿也没达到目的，心里就有气，浑身觉得不舒服。她到医院想让玉莲给她找个好医生好好看看，这时玉莲正在抢救病人，回说腾不出手，过不来。维丽觉得不给面子，有点儿生气，就狠狠地说："真是给脸不要脸。"说完气呼呼地离开医院，这事维丽记在心里，想着怎么让玉莲吃点儿苦头，在她面前认输。终于等到这一天，她得知玉莲和武医生喝醉酒的事，就急匆匆去找武医生老婆母老虎，把玉莲和武医生喝醉酒定终身的事添油加醋地说了一通，母老虎一下火冒三丈，气呼呼地跑出门。

阴沉沉的天气突然放晴，红灿灿的阳光普照大地。桃花、杏花、梨花、竞相开放。那白玉兰更是以艳诱人，以香引客，招来不少行人驻足观看。让人不可解的，还是玉莲她最喜欢的荷花，竟然错季绽放，红的、白的、粉的……在黑绿荷叶的映衬下显得更加鲜艳夺目。更叫她感到稀奇的是，成群的小鸟不知从哪里飞来，飞舞着，鸣叫着。那叫声悦耳动听，令人陶醉。她想到百鸟朝凤，这鸟是朝我来的，这花是朝我开的，难道，我成了凤，我成了花仙，我成了世上最美的人！接着玉莲听到一阵唢呐声、鞭炮声和嘈杂的叫声，这声音越来越近，不一会儿就到了她的门口，啊，那是一顶轿子，是顶花轿，这轿子要干什么呢？她想起来了，今天是她要成亲的大喜日子，是武国光踹了母老虎要娶她成亲。她赶紧梳洗打扮，可嫁妆在哪儿呢？她一时慌了手脚，赶快叫来妈妈，帮她穿衣打扮。

母亲有点儿不高兴，说："莲儿啊，要考虑清楚，武医生他是二婚，这二婚事多，关系不好处，他可不比方柱，青梅竹马……"

妈妈一提方柱她就来气，气呼呼地对妈妈说：“你今后不要再提他，是他先对不起我，我恨死他了，武医生人家有本事，是名医，方柱他比得了吗？”玉莲不高兴地说。

妈妈见女儿生了气，也不吱声了，忙着帮她打扮收拾。外边的唢呐声锣鼓声越来越响了，几个伴娘搀扶着她缓缓步出房门。她看到武国光戴着大红花，在伴郎的陪伴下兴高采烈地立在花轿前。玉莲这时想到妈妈的话，是啊，他是二婚，虽然通过对诗和平时接触，觉得不错，但男人高深莫测，那杨方柱那时不也是海誓山盟吗？结果呢，以组织不同意为借口甩了我，他会体会我的感受吗？不，不行，我得考验考验他。怎么考验呢？她想到苏小妹，苏小妹趁大考之时择才选婿，不图门第，不论贫富，以诗为媒，以文为娉，江南才子秦少游以自己的才华赢得了苏小妹的芳心。洞房花烛夜时，少游因与宾朋饮酒对诗，冷落了小妹，因而小妹误以为少游高中状元，自恃才高不把自己放在眼里，心想：他日若把高官做，轻看小妹女红妆，且收起一副柔肠，看我考倒你新郎！想等少游回洞房时要考考他的才学，扫扫他的威风。二更时分，少游酒酣归来，见洞房紧锁，随问丫鬟：这是为何？丫鬟说道：小姐有话，如要进洞房须先过三关！少游满脸疑云问道：什么三关？丫鬟告诉少游要答三道题，要过三关。玉莲想：何不学学苏小妹也让他过过关。想到这儿，她叫伴娘将自己的想法转告武国光，说要想让玉莲上轿必须过三关。第一关：要做一首叠字诗。老武想，这作诗填词是我的强项，随口吟来；

久慕小郎假乱真，
假乱真时又逢君。
时又逢君花含玉，
花含玉久慕相亲。

玉莲和伴娘嘀咕了几句，伴娘走到武国光身边说：“这一关你过了。这是第二关。”说着递给武国光张纸条，上边写着两行字，一行是和田芙蓉；另一行是飞船上天。让各打一人名。武国光接过纸条，仰头想，这和田，和田，这和田不是产玉吗？这谜语和玉有关，这芙蓉吗？芙蓉不是莲花的别名吗？对，对了，玉莲，就是玉莲。那飞船呢？飞船，这可是高科技，高科技上天，那不是为国争光，为国争光不就是国光吗？就顺手写上玉莲、国光四个字递给伴娘。伴娘拿给玉莲看后转回来说：“这第二关你又过了，给，这是第三关。”这第三关是什么呢？是对联，玉莲出的上联，让他对下联。武国光正在看这对联，他对不上了，不知是气的，还是愁的，那国光脸上冒着汗，那脸色也是青一阵白一阵。玉莲看到他，又生了同情心，想，要不别难为他了。可又想君子一言，驷马难追，话一出再收

回，今后嫁给他，还能管得住他吗？不，不行，必须难难他，才能叫他知道我玉莲的厉害。她正紧蹙蛾眉，思忖着。这时又是一阵急促的唢呐声，声音越来越近，近了一看又是一顶花轿，玉莲想这是怎么回事啊？落了轿，走下那个佩红戴花的人，不是别人，原来是甩她的杨方柱，他也来娶我。她原想难难老武的念头一时被方柱打乱。方柱一条腿跪在地上说："玉莲啊，我错了，我来给你赔罪，我一定改过自新，还是嫁给我吧。"

那老武一看方柱来抢新娘，不干了，上去理论，一拳打过去，说："你个没良心的东西，你把玉莲害得那么苦，今天还有脸找玉莲，看我不打死你。"

方柱任凭打骂，一不还手，二不还口。玉莲心疼了，杀人不过头点地，他既然认错了，就不要责备他了。她叫住老武，说："你们都想娶我，我只能嫁给一人，我嫁给谁那就要比试比试，你们谁的本事大，我就嫁给谁。你们说吧，你们有什么本事叫我佩服。"

方柱站起来，刚要说话，只见有人掀开轿帘，放出一只老虎，那老虎啸叫着扑向方柱，一口将方柱吞进嘴里，咯吱咯吱几口就咽到肚里，接着就扑向玉莲，玉莲吓得直冒冷汗，想跑，但跑不动，不知啥时她被绳子绑起来。那老虎一口咬住她的屁股，疼得她哎呀一声，挣开绳索，睁眼一看，是武医生抱着她，哪里有什么老虎，是武医生老婆用脚在踢她，嘴里还念叨着："老武啊，老武，你光着屁股推磨，转着圈儿丢人。还有这小贱种，我叫你骚，我叫你骚！"边骂边用脚狠劲儿地踢。

玉莲又疼又羞，她的梦被彻底吓醒了，站起来，推开众人，撒丫子就跑，人们看着她狼狈的样子，发出一阵阵冷笑。

笑，李相生也想让玄友和心月笑，为这事他绞尽脑汁。

心月看出来了，李相生讲雪碧、讲石榴红的故事，就是想让她同刘玄友和好。但玄友伤害她在先，要和好也得他先求饶啊。李相生也看出来了，这夫妻没有隔夜仇，要想让心月夫妻和好，就得找好突破口。这突破口，就得有个人低头认错。让对方把气出了，也就没事了。玄友出轨，自然是他的不是，他伤害了心月，就得狠狠训训玄友。他喝了一口酒，就指着刘玄友说："玄友啊，在厂里我是厂长，你是我的下级，在人情世故上，你我和心月咱们都是同学，都不是外人，说话我也不绕弯子了。不是说家和万事兴嘛，要想家和，我们男人得敢担当，能拿得起，放得下。就说你办那事吧，那叫什么事啊！你就是有一万个理由，也不能办对不起心月和孩子的事啊。"

"相生啊，你别说了，我知道我错了，我愿意向心月赔罪，她怎么惩罚我都

行，只要她不再生我的气就行。”

“你走吧，我这辈子不希望再看到你。你忘了咱最困难时你说的话，你连狗都不如，我还能同你这样的人在一起吗？”

“心月啊，这你就不对了，人生在世谁能不犯错误，有了错，改了就行。咱是一班同学，你可得给点儿面子，玄友有错，我给你出气，批评他，打他都行，但得让人家改错，得给人家个机会。”相生劝道。

“狗改不了吃屎，驴改不了拉磨。他刘玄友能改吗？”

“能，我能，我要是再不改，让老天爷天打五雷轰。”说着扑通一声跪在心月面前，攥着拳头举起右手发誓说：“老天爷在上，老同学在场，我要是再不改那毛病，我就当着你们的面，一头碰死这墙上。”心月看着玄友也有点儿感动，但受了这么大的委屈，心里也一时难以解气，嘴上也不愿意说软话，就说：“你说得好听，但谁知道你心里是咋想的？要是过了一段再犯，把我当猴耍，我可不愿意再上你的当。”

“心月啊，你要是还不相信我，我……”说着把手伸进嘴里，咬破中指，血一下流出来，在一片纸上写血书。

“哎呀，玄友，你这是干啥？心月又不是不相信你，看你，看你……”

“真心改了就行，咱们还有孩子，我也不愿意孩子没有爹啊。”心月眼圈红红地说。相生见两人和好了，他的目的也达到了，就说：“算了，算了，过去的事就叫他过去吧。咱还是说说今后怎么办吧。玄友在厂里干得很好。厂里不放他回来，我看心月啊，你也跟玄友过去吧。愿意干你的老本行，厂里生活区很大，也需要有个像样的商场。要是不想干那个了，厂里后勤也正缺人，我负责给你安排个工作。人们不是说嘛，夫妻同心，黄土成金。梦城咱们同学多，朋友多，有事也能相互照应。”“玄友啊，相生为了咱俩费心费力，又跑这么老远，还不谢谢人家？”

“不，不用了，只要你们夫妻和好了，团结了，我就放心了。”“你为我们俩费心费力，我们再不知歹那就说不过去了。好吧，我同玄友再考虑考虑，想好了给你个话。”李相生非常高兴，三人连连举杯，喝了个脸红脖子粗。

第二十八章　再婚再喜　虎狼斗计

相生认真听着雪碧和天一诉说他们的经历，很感动。

雪碧怕文博探听到她的去向，不敢去县城坐汽车，顶风冒雪，坐了一段顺路马车，随后凭两只脚，硬是一步一步地走了一百多里，连夜来到滏城，脚冻得路也走不成了。她扶着墙来到小吃店，喝了两碗玉米粥，吃了三个玉米饼子，坐了半天才缓过劲儿来。她举目无亲，偌大一座城市，高楼林立，车水马龙，但没有一个地方能容纳她。雪碧的钱花完了，店也住不起了，她只好沿街乞讨，一天，她讨饭走着走着，眼一黑，摔倒在地上，什么也不知道了。

她睁开眼，见自己躺在沙发上，一个四十来岁的男子和七个孩子围着自己。“这是哪里？我怎么躺到这儿了？”雪碧想坐起来，但一点儿力气也没有，心怦怦跳得厉害。

这男的姓周，那七个是他的孩子。孩子急忙端来杯水让她喝，又拿来几块饼干让她吃。肚里有了食物，她才靠着枕头坐起来，老周看到雪碧醒了，放心了，就叫孩子们照顾她，自己急忙去上班。雪碧看看这群孩子，大的十五六岁，小的只有三四岁，就问他们：“你妈呢？”

“妈死了。”

“那谁照顾你们呢？”“爸，他下班给我们做饭，晚上给我们洗衣服。”雪碧看到这群可怜的孩子，就想到自己的孩子，不禁几滴热泪滚下来。她擦了擦眼泪，看快到十一点了，试着下了地，就说：“厨房在哪儿？领我去给你们做午饭。”“你休息吧阿姨，我爸一会儿就回来，让他做吧。”雪碧望着这几个懂事的孩子，心里还真有点儿高兴。

老周下班回来，见桌上摆好了饭菜等他吃，就想，三年多了，还是头一次享受到这待遇，心里也觉得美滋滋的。吃过饭，老周从柜子里拿出几件爱人留下的衣服，说：“你要穿得合适，就换上，也好替换着穿。”雪碧试试，正合适，穿

上在镜子前一照，还真好看。但转念一想，是否老周想撵我走啊，是啊，人家救了我一命，我该谢谢人家，等我转了运再来报答。刚要告辞，话还没出口，几个孩子围着老周嚷，别让阿姨走了，她做的饭可好吃了，我们不让阿姨走。老周想了想，眼望着雪碧说：“你要是没什么急事，能不能在我们家多待几天，等养好了再走。我给你工钱。”雪碧想，这是一家好人，老周又工作又顾家，孩子还小，确实需要有个人照顾。再说，自己身无分文，出去再去讨饭？要不就先留在这儿待几天再说。便答应老周待几天。

一天夜里，雪碧突然肚子疼得厉害，老周背起她来到医院，她得了阑尾炎，幸亏得到及时抢救，才闯过这道鬼门关。雪碧对老周更加感激了。

雪碧从孩子口中得知，老周名叫周国庆，是五金公司经理，一米八的个头，虽比自己大点儿，但一表人才，四方脸上，墨黑的眉毛下闪烁着一双大眼睛。她心里有点儿喜欢老周，但个人感情不敢显露，她觉得，老周是领导干部，自己呢，是个有过污点的人，怕影响老周的前途，自己配不上人家，虽有爱慕之意，但一直藏在心里。老周得知雪碧还有三个孩子，就说：“一只羊也是赶着，一群羊也是赶着，把孩子接来吧，他们一起上学也好做伴。”雪碧心里早想孩子了，但不敢说，也不好意思开口。老周说出来了，她心里十分感动。左邻右舍知道了，看着一家和睦相处，两人也般配，就主动上门撮合。两人都有这个意，但都没好意思先开口，听了邻居的劝说就顺势到民政局领了证。雪碧想，自己来了，还带三个孩子，一家十几口，就不想叫老周破费，坚持不办酒席，不声张，搬到一起住就行了。雪碧由保姆升格为夫人，虽没有花轿，没有婚庆，没有亲友祝贺，但他们心里乐开了花，大大笑得合不拢嘴。

孩子大了，老周就想给雪碧找个出路，就让她到门市打工，多挣点儿钱。雪碧干了多年供销，商业是她的本行，她勤快能干，很快被推选为经理。老周将一些平价钢材交给她“平转议”，她一下发了，门市变成公司，业务越来越多，买卖越来越大，她从售货员，到经理、老总，从叫花子到腰缠万贯大老板，从吃穿无着的劳改犯，到一掷千金的大款……这每个变化处处渗透着她的努力和老周的心血。

武国光和玉莲在外边乱搞被院长带回来，这消息传到母老虎耳朵里，她虎性大发，暴跳如雷，发誓要和武国光和玉莲拼命。她顺手从抽屉里拿出一把剪刀，别在腰里，气呼呼地冲出屋门。母老虎母亲看在眼里，就一把把街门锁上，站在院里喊：“你还嫌丢人不够，想去干什么？”

“妈，我求求你，你别管了行不。这些天我听你的，低声下气，忍气吞声，

结果怎么样呢？人家由喝酒调情升级到一个床上睡觉了，这气我还能忍吗？再忍人家就成了正式夫妻，我成了啥呀。我同那个小骚货拼了，有我没她，有她没我。”“你怎么同她拼，是杀了她还是羞辱她？杀了她，你得偿命，就得和她一样，都得死；羞辱她，也就羞辱了你，别人说她不知廉耻，勾引有妇之夫，说你争风吃醋，连自己男人都管不住。你和她半斤八两，你觉得划算吗？”

“那我也不能受这窝囊气，把武医生赶出去，坚决同他离婚。”“人家巴不得你同他离呢，离了正好中了人家的计。”

“不能拼也不能离，那就叫我甘心受这窝囊气，你这当娘的到底是向着谁呀？”

“傻闺女啊，你先消消气，到屋里你听妈把话说完，看妈说得在理不。”是妈妈把门锁上了，出不了门，二是妈妈刚才说得也有道理，母老虎那气也就消了一半，于是就跟着妈妈回到屋里。两人坐定后，母老虎说：“妈呀，你知道你女儿是个火暴脾气，都这样了，你就别折磨我了行不。”

“正因为妈知道你这性子，才得磨磨你，啥事都得讲个理儿，明白了事理，才能处理好事儿。你啊，和你爹一个样，一遇事就知道发脾气，那样要吃亏啊。”

“好，好，女儿说不过你……”这时，外边咚咚咚，有人敲门，母老虎妈妈起身去开门，一看是邻居维丽来了，急忙把她让到屋里，维丽看到母老虎噘着嘴，板着脸，知道她又生气了，就问：“我的大科长，我来得不是时候，你这是给大娘正怄气呢？”

“不，不是。都是那个死鬼气得我。”

维丽明知故问：“就你这本事谁敢气你啊？”

“武大郎，他……我都说不出口。”

“我给你讲个故事，不知你愿不愿意听？就是诸葛亮三气周瑜的故事，你知道是哪三气吗？”母老虎摇头，说：“不知道。”“不知道，我就讲给你听，这三气那第一气，智取南郡；二气，周郎妙计安天下，赔了夫人又折兵；三气，周瑜想取荆州，假说想取汉中，借道荆州，趁刘备等人出来迎接时一举擒获，这是‘借途灭虢’之计，被诸葛亮识破，苦战得出，周瑜向刘备讨还荆州不利，又率兵攻打失败，结果病死了。临死前，他说：‘既生瑜，何生亮！’便被活活气死了。”“你说这和我有什么关系啊？”

“有，有啊，你想想，武国光和玉莲他们是否也在用计啊，他们知道你这火暴脾气，故意气你。喝酒调情这是第一计，让你生气，激化你和老武的矛盾，幸亏有妈识破他们这鬼把戏，没上当。接着他们就上床胡闹，让你无法忍受，主动

同老武打闹离婚，成全他们的好事。若你这时同他打闹，不正中人家下怀吗？”

“如果这次他们不能如愿，还会有第三计吗？”

“我想肯定会有，不过我们不能坐等他们施计，要反击，大科长啊，你想想，他们使第一计时，街坊邻居是怎么说的？都说你不好，你欺负人家老武，人家没法忍受才找别的女人喝酒浇愁。你听了妈的话，好好待他，不吵不闹，结果怎样，人们看法一下变过来了，说你好，骂玉莲不知羞耻。他这第二计，如果你去闹，那你就不占全理了，人家说他们，同时也要看不起你了。听你妈的话，沉住气，看谁笑到最后，他们越气你，刺激你，你越冷静，靠组织去处理，你忍一时的气，可以赢一辈子的笑。”

“维丽，还是你的学问大，还有这么深的理论。我听你的，你说咋办就咋办。”说完两人又说又笑，对老武和玉莲发生的这么大的事不闻不问，稳坐钓鱼船。静待佳音。

武国光被院长带回来，他回想自己这一段和玉莲使这几招，同玉莲喝酒那是扬醋引怒，想借玉莲让母老虎醋意大发，但不幸失败了，老婆没发怒，不逞威，弄得他老武因祸得福，老婆反而对他更好了，同老婆闹离婚的目的没达到。这第二招，演戏激将，原想同玉莲一起出去，玩玩，可这分寸没拿捏好，假戏真做了，但这不是坏事，反正要和玉莲好了，早晚的事。可想起来还是有点儿又喜又悔。喜的是，他断定老婆不会善罢甘休，就她那脾气，又打又骂是小菜，把他从家赶出来，净身出户，这下解了你母老虎的气，可圆了我老武的梦。想到这儿，老武倒像没事儿人似的，该上班上班，下班就找个旅社暂住，连母老虎的面也不见了。以静制动，静等她来闹。老武这时觉得有点儿后悔这事是否闹大了。自己无所谓，医院也咋着不了，总不会不让自己看病吧。就怕玉莲承受不了，她要是崩溃了，有个好歹，我不是白忙活了吗？可怎么安慰她呢？社会上这么多双眼睛看着我们俩，主动找她不好。叫别人捎信，也不妥。对，利用上班时间，找个机会给她说说，让她不要怕，越是困难的时候，离胜利的日子就越近了。但医院想他们前边了，不让他们上一个班了，这下武国光的想法就落了空。

玉莲年轻，她又怕又羞，怕母老虎到她家闹，一闹母亲受不了，社会舆论受不了。一个女孩子，还没结婚，就和野男人乱搞起来了，这名声也不好听啊。如果同他能成，说什么都无所谓，要是成不了，一个不正经的女人谁还肯接纳呢？

老武等了几天，风平浪静，母老虎不吵不闹，这下他却没了底。她葫芦里卖的什么药呢？这不正常啊。老武想，你不是不找我闹，我找你闹，不是老虎屁股摸不得吗？我偏去摸，还要拔拔你那老虎的胡须，逗得你发火。下了班他就晃荡着来到家，母老虎看见他装没看见，该干啥干啥。老武说啥人家也不理睬。来了个不卑不亢，不温不火，不离不弃。他这第三招，前线点火也失灵了。母老虎真的没动静吗？她和老武不吵不闹，但到政府闹，找院长闹，又哭又说，并将玉莲勾引老武的事写成材料递给领导，说靠组织解决。男女关系这事，只要没有民愤，领导一般不愿过问。但老武和玉莲这事一是发生在外地，丢了单位的人，二是家属追得紧，上级就批示让医院妥善处理。院长就找到母老虎商量怎么处理。听取上级领导和家属的意见后，就免去武国光刚提拔的外科副主任职务，玉莲开除公职。这个处分令玉莲始料不及。母老虎打骂、羞辱，社会白眼儿冷嘲热讽，她都做好了思想准备，但丢了工作，打坏饭碗，她没想到，当院长说开除她公职时，她脑子嗡的一下，蒙了。她不知道怎么走回的家。进了屋，她躺在床上发呆。好事不出门，坏事传千里，她母亲听到这个消息，一下就气坏了。她打算等见了女儿狠狠地骂她一顿，但真见了女儿又舍不得了。她见女儿不吃不喝，不言不语，也不好说什么了，她也陪着女儿落泪。

一天，两天，三天……玉莲突然从床上坐起来，哈哈哈，一阵大笑，吓了母亲一跳，母亲赶忙问玉莲："莲儿，你怎么了，你不要吓妈妈。"玉莲披头散发，推开母亲跑出大门，边笑边叫："哭光光，笑光光，光光是个大灰狼，哈哈哈……"她从这条街跑到那条街，从天明跑到天黑。行人都躲得远远的，只有几个顽皮的孩子跟在她的后面，追着喊："疯子，看疯子。"

夜深了，人们听到玉莲的笑声，像听到猫头鹰的笑声一样毛骨悚然，天一黑都把街门关得紧紧的，生怕她闯进来。

第二十九章　聚财出招　冲喜毙命

一个周末，寒风卷着雪花，飘飘洒洒下个不停。榴红和冬喜吃过早饭，李相生和刘向江就风风火火跑过来。说今天咱同学有两个场，咱去哪一场。一场是天胜承包建筑公司改名为天丽房地产开发公司，今天搞公司庆典；一个是玉莲今天要出嫁冲喜。还是女的向女的，榴红就说：“那升官发财庆典就免了吧，咱这老百姓一不想升官，二不想求图财谋利，上那儿掺和啥。这玉莲的婚事可是大事，人家那么可怜，咱同学要是不帮忙，那太不是人了。”四人商量好到场时间，就各自去了。

天胜和维丽吃过早饭商量庆典的事，天胜不愿意大闹，怕影响不好。维丽不从，说：“你在建筑公司时，想影响，谁搭理你。我们这公司开业，这么大的喜庆事，得让亲友同学都知道，过来热闹热闹，这样才有面子。二是搞企业公关很重要，这可是宣传咱公司的好机会，决不能放过。”天胜拗不过她，只好随她便。

大早上宾馆就放着喜庆的音乐，还挂出几款条幅。

维丽想热闹热闹，就给艺术团团长打电话，天胜忙制止她说：“别再张扬了，咱在这里工作这么多年，我们给不少人谋了利，但也得罪了不少人，他们当中说不清那个使坏，给你弄个下不了台，就不好了，还是低调点儿好。”维丽听天胜说得也有道理，但认为天胜胆小，就问他：“谁敢闹就不怕收拾他。”

“不用多了，一个猪头就够麻烦的了。”

“猪头，他还在闹？”

“这次我们企业办证期间，他串联好个人递材料，说我们偷税，但他拿不出具体线索，我们才过了关。”维丽呵呵了两声，没再说什么。

梦城有人要发财，这喜事谁不高兴？但的确有人不喜欢。他就是王耀成。他个子不高，但身体很发达，一个将军肚占了他大半个分量，圆圆的大脑袋留着一个大背头，黑黑的头发，梳得光光的。一副下垂倒八字眉在肥胖的方脸上半包围

他滴溜溜打转的小眼睛，别看眼小，却时时放射着狡黠的目光。别看他人长得不敢恭维，但心眼儿绝对够使，工资奖金每月开销，他都谋算得精准，一分钱也不白花。

抗日期战争时，梦县有个人因排行第三，人们管他叫老三，外号三不准，外号是怎么来的呢？这里边还有个故事，一天，老三被日本人抓住说他通八路，要杀他，他看到明晃晃的刺刀有点儿害怕，想到老娘和孩子，自己死了他们怎么活呢，确实不想死也不能死啊，况且谁愿意就这样被无故害死呢，即使死也得找几个小日本来垫背呀。想到这胆子大了起来，他灵机一动想，小日本最怕啥呢？当然是八路军，那八路军最叫日本鬼子害怕的又是什么呢？就是地雷，反正也是死，临死也要蒙日本鬼子一家伙。想到这儿就高喊，不要杀我，我会看地雷，那翻译急忙报告鬼子头，那头放了他，让他坐在汽车头上看地雷。他虽然逃过一死，但这罪也不好受啊，这车一颠颠下来也会摔死啊。活一会儿算一会儿，车一快，他就喊，这里可能有雷，鬼子急忙又探又挖，几次都不见地雷的影子。鬼子知道上当了，连声说，你的不准，滚滚。这三不准就急忙跳下汽车一溜烟跑得无影无踪。这小子逃了一命却得了个外号：三不准。

王耀成，也有人背后管他叫三不准。说话没谱，办事不牢，行踪诡秘。王耀成，人形象虽然不太理想，但他总觉得自己是了不起的官，在乡里当上了联社主任，他能吹善讲，也有几分才华。在讲师团时还评了个教授，他空话多，办事少，爱吹牛，人缘不太好。十来年只混了个副科，有点儿不满意，一肚子牢骚，看着比自己早到或晚到的都升上去了，自己仍然没有消息。大家也看出来了，宁惹君子不惹小人，对着他夸他几句有才，但背后便骂他是个只会哼哼的猪头。为什么骂他猪头呢？这里还有故事。

王耀成在这最穷最落后的乡当主任。这鬼地方他实在相不中。他常想怎么才能离开这里，只有两条路：一是升，成了一把手，好动窝；二是疏通关系，往好地方挪。怎样疏通呢，靠嘴，谁听你的。要有实力，实力就是钱，就是物，真金白银。这鬼地方，穷不说，连个实体企业也没有，想揩油也没地方揩。一没有钱，二没有物，拿什么去疏通呢。他正在前思后想之际，传来一个他认为是最好的消息，乡书记要调走了，这空缺可是个好机会。自己在这个乡不调走，挪个管钱管物的差事也行，当然能当一把更好。想啊想，他终于想到一个好主意。王耀成找到乡长张清祥，这个乡长是个农大毕业的大学生，是棉花专家，他育的无毒棉远近闻名。他虽为乡长，确没有乡长样，穿着一身旧衣裳，整天钻在庄稼地里，查苗情看虫虫。寒冬腊月，北方十分寒冷。零下七八摄氏度，出口气都变成白茫茫

的雾。这样的大冷天，张清祥正围在火炉旁看书，王耀成推门走进来，张清祥本来就性子慢，又在集中精神看书，没发现他。他就一屁股坐在清祥旁边。张猛抬头见是王主任，连忙起身打招呼。王客气地说："张乡长，打扰了。"

"看，王主任你还客气，坐，我给你泡茶。"

"别忙活了，我是想给你商量个事。"

"什么事，你说，看我能办不。"

"书记要走了，快过年了，他也不好意思到上边走动，怕落闲话。我们也不去，不显得咱乡不懂事。"

"我一直在下边，上边的事我不懂，你是上边下来的，比我们懂得多，你说咋办吧，我听你的。"

"你是农业专家，是全县的名人，成绩没人能比——"

"不、不、不，我不行，我就喜欢这庄稼，喜欢农村。"

"好好，咱不说这个了，快过年了，到县里看看领导的事，看啥时间去好啊？"

"你安排吧，时间你定。"

"你也知道，我也不管钱物，过年看领导不带点儿礼物不好吧，你批点儿钱，买几个猪头下水之类礼物最实惠。"

"好，这事我安排。"

腊月二十三，是小年，家家忙着祭灶，都盼着灶王爷上天言好事，下地降吉祥。王主任同张乡长也想来县城让领导给降点儿吉祥。

天就要黑下来，他们将车开进县委家属楼，张清祥提着一个大包，来县长家，县长爱人忙着招呼客人，张清祥将包放下，沉沉的，足有三四十斤。县长让他们坐下，客气地说："大老远跑来有事吧？"

"不，没事，过年啊，就是来看看领导。"

"礼，来送礼。这不好啊，老张他不懂咱县委的规矩，小王啊，你是从宣传部下去的，你应该懂啊。"王耀成没想到好心全当了驴肝肺，大过年的别说降吉祥，恐怕不降祸灾也是万福了。"是……是……"他想说是张清祥要拉他来，但当面推卸责任又怕怪罪，就想到溜，低声说："县长，不好意思打扰您了，那你休息吧，我们……"王说着拉张清祥走，县长却不慌不忙地说："不急，清祥是咱县的棉花专家，梦县是个穷县，棉花是农民的主要经济来源，你的贡献大啊。"县长和张清祥谈棉花，他王耀成如坐针毡。走也不好，不走也难受。好容易等到节骨眼儿上，他才拉张清祥站起来，县长说："你们知道，这社会风气必须整顿，我收礼影响不好，这东西，你们得带回去。"两人悻悻地提着东西走出来。

天全黑了，远近黄黄的路灯照耀着来来往往的行人，谁也没有理睬他俩。王耀成告别张清祥，低着头走回家，连自己的媳妇也不理，饭也不吃，最憋不住的那张嘴，竟然连句话也没说，就躺到床上眯着眼睛思索着他今天究竟错在哪里。这事县长在党委会上当典型讲了，三干会上，书记县长说到不正之风时，都对事不对人地进行了批评。更可恨的是江维丽，艺术团将这事写成歌，谱了曲，她这一支歌唱红了，但他王耀成却被唱惨了。好事不出门，坏事传千里，小王过年给领导送猪头的事，成了笑柄。于是人们便给小王送了个外号叫猪头主任。这猪头主任，本想送礼讨好领导，求点儿进步，没想到落了一身骚。他恨领导，是他们坏了自己的事，故意整他；他恨江维丽，她助纣为虐，就想，一旦有机会，一定不能饶了他们。

玉莲疯了，她娘也气傻了。左邻右舍都来给她出主意。有人说，玉莲这是因婚姻不顺而得的病，还得从根上治。怎么治呢，就是尽快找个主儿，冲冲喜就好了。她娘赶紧托人给玉莲找个好人家。说着容易，一个疯女人，又出了那种丢人的事，好人家谁肯要她。最后一个五十多岁的老光棍总算同意了这门婚事。到了出门的日子，玉莲娘正在犯愁，相生、向江、冬喜和榴红来了，玉莲娘好高兴。他们走进玉莲屋，玉莲就是那几句，好光光，坏光光，哈哈哈哈……喊她，她也不答应，连老同学也不认识了。榴红鼻子一酸，泪珠从眼眶中哗哗流出来。她心想，多么好的一个姑娘啊，成了这样，多可惜啊。她流着泪，帮玉莲换上新衣服，还给她梳梳头，简单化化妆。相生三个，帮她收拾要带的东西，说着花轿就来了。疯子出嫁，自然看热闹的人就多。玉莲门前被围了个水泄不通。那花轿就是一辆破马车，上面支着块儿花布。玉莲不知道孬好，她娘只想早点儿让闺女冲冲喜，赶快病好，没有心思挑剔。榴红看了心里好不是滋味。想给玉莲抱不平，又想，人家母女还没意见，咱逞啥能呢？憋屈着扶玉莲上了轿。把玉莲送走了，相生他们四个来到冬喜家，唉声叹气，为玉莲鸣不平。可怜这朵金花真的要插到牛粪上了。

老天爷好像也在为玉莲鸣不平，这天寒风大作，冰冷的雪，在半空中就冻成冰粒，打到脸上像针扎样生疼。榴红想，玉莲这回冲冲喜，也许能好，只要那男的待她好，她也许还有幸福。想着想着，她躺在沙发上睡着了。

玉莲真的好了，三天回门，榴红等同学都到场，在酒席上，玉莲拉着丈夫的手，向亲友致谢，一脸笑容，一脸春风。榴红心里非常高兴，正要走近玉莲说点儿什么，玉莲突然一步窜到榴红身边，一把抓住榴红的手，那手冰凉冰凉，这时玉莲又变成老鹰，伸着锋利的爪子扑向她，她吓得哎呀叫了一声，冬喜听到赶快跑过来，喊：“榴红，榴红，你怎么了？”榴红没吭声，揉着眼站起来，看看外

边的雪还在下，风还在刮。榴红两口子躺在床上，再也睡不着。只听到一会儿远，一会儿近，传来玉莲嘶哑的喊声："好光光，坏光光，哈哈哈哈……"第二天，榴红和冬喜一起去上班，见一群人在医院门口围着，她同冬喜挤过去一看，吓了一跳，玉莲死了，她就坐在医院门口，脸上盖了一层雪，是哭是笑谁也看不着。

第三十章　旧情难却　苦甜酿梦

相生、向江和冬喜及榴红四个人，帮着料理完玉莲的后事后，就一起来到冬喜家，简单吃点儿东西，就坐在一起说话。相生叹了一口气，自言自语地说："唉，这人啊，还不如一棵树，一棵树你要放倒它，铁锨刨，用锯拉，费好大劲儿它还不倒，可人呢，看看玉莲，昨天还好好的，说没就没了。"

"别发感慨了，我们还是各自保重吧。"向江低着头，接过话。榴红和冬喜，泪眼汪汪没吭声。"还是说我们吧，榴红，你们五朵金花，玉莲走了，雪碧人家在滏城，维丽也随着天胜把公司搬到滏城走了。心月在滏城也随闺女出国了。榴红啊，这梦城可剩你一朵金花了。"

"过了春节，我们也得走。"冬喜说。

"走，你们两口子往哪儿走？"向江问。

"去滏城，公司不是成立了个房地产开发公司，在滏城开发几个项目，让我们俩去。"

"榴红啊，就你这一朵金花梦城也留不住了，我们这几片绿叶，去扶谁呀？相生要不咱也到滏城混混？"

"你行，能歌善舞，舞厅歌厅也能混碗饭吃。我不行，这厂里我离不开。"相生答道。

雪不下了，但路一结冰非常滑。冬喜和榴红把他俩送出门，两人小心翼翼地往家走。

乌云散去，现出一片蓝天，那阳光、那新鲜的空气，都会给人崭新的感觉，人也会不知不觉高兴起来。这么好的天气他天胜硬是高兴不起来，无精打采地走回家，维丽仍像以前那样，热情洋溢地和他打招呼，倒水，做饭，跑前跑后，忙里忙外。吃过饭后，维丽主动凑到他面前，说："想到在梦城小王和那个张乡长

给领导过年送猪头，我就恶心……”

“咋了，人家比你强，那个张乡长，可是个农业专家，那个小王——”

“谁不知他是个人人都不待见的主。还拿着猪头看领导，这两个真是白长了个猪头。”

“你啊你，就你的头长得好，净想斜主意，歪点子，让我坐蜡。”

“怎么一说话就扯到我身上了，我想啥歪点子了？你说，你说……”维丽真的生气了，红着脸嚷。

“你侄子——”

“不还是买地那事，有完没完？”

“我说的是你侄子那个狐朋狗友，买招待所，说还给你好处费？”

“放屁，是哪个王八羔子胡咧咧，我明天就找他算账去。是他没钱找我侄子借钱，欠债还钱，天经地义，碍我啥事啊。来诬蔑我，看老娘好欺负啊，敢骑我头上拉屎，我不能轻饶他。”

“你要干啥？还想把事弄大，要我的好看？”

“这事跟我都没关系，八竿子也打不着你啊。”

“可那利息，说是给你，这不是问题？”

“给我咋了，他借我侄子的钱，我侄子给他要利息，我中间担保，这有啥错？至于这利息要回来给谁，那是我和我侄子的事，俺娘俩，谁给谁钱别人管得着吗？”

“你啊你，这可不是小数啊，一百万，要是有事，你吃不了可得兜着走啊。我说你不听，我也不管了，你好好想想，这后果——”

“后果，后果，我还没说你呢，你在省里开会，偷偷会你那相好，你怎么就不想后果。”

“你……你……”天胜气得脸涨得通红，索性站起来走进屋里，躺在床上生气。他闭上眼睛，回想着前些天发生的事情。

太阳落山了，一抹晚霞秀出一道美景。天胜在省里开会，吃过晚饭，走出宾馆，边散步边欣赏美景。城市的街头，霓虹闪烁，人头攒动，车水马龙，除却了白天的匆忙、紧张，在夜的笼罩下，妖娆、放纵！散步回来，刚回宾馆，一位中年妇女敲门进来。

“任总，还认识我吗？”天胜上下打量了一眼，立时想起来，他急忙站起来，握着那女人的手说：“雪花，哎呀，这么多年你跑哪儿去了，快坐下，我倒点儿水。”

“别忙了，我自己来。”

“你爱人呢，咋没一起来？”

爱人，这一问刺到她的痛处，她脸一下阴沉起来。眼里滚动的泪珠差点儿掉下来。天胜知道这里一定有她伤心的往事，就赶快转移话题：“雪花啊，你还记得那年暑假咱们去海边那回玩得多开心。”

“咋不记得，咱们在防浪大堤上正赶上涨潮，浪花在头顶上飞，把衣裳都打湿了。退潮后，咱们还在那沙滩上抓螃蟹，还坐游船，那海鸥跟着我们飞。不一会儿我晕船了，还吐了你一身，真不好意思。”

“那时我们年轻，无忧无虑多好啊。寒假，我们到农村演出，演的是——”

“《模范夫妻》，你扮王二壮，我演他媳妇。别人还背后说咱……哎，说这干啥。一晃这么多年了，要不是你同维丽那事，咱们也许还真能走到一起。”

“唉，谁都有谁的不幸啊。要不是我父亲……”说到这里天胜也动了感情。

雪城大学，坐落在海边，冷雪花就是雪城人，她喜欢天胜，还热恋过，但因维丽同天胜未婚先孕，天胜摆不平同维丽的关系，不得不断绝恋爱关系。毕业后，天胜分到梦城县油棉厂做了工人。从此两人便各奔东西，没了音信。一对鸳鸯就此被拆散了。

雪花喝口水，平静一会儿后，就将她这些年的经历向天胜诉说起来。

毕业后，她分到一个县中学当老师，她等了几年，总也打听不到天胜的消息，年龄不饶人，家里逼得紧，这时，县城文化馆有个小画家，闯进她这个爱好文学青年的眼里，这画家是个有妇之夫，刚离了婚，比她大十多岁，父母坚决不同意，一是二婚，二是比她大太多，但她对父母的话听不进去，就背着父母同这个男人结了婚。婚后，原来离婚的妻子只是同这小画家斗气，还有一双儿女，后悔了，就又找其男人要复婚，带着儿女天天来闹，男的也动摇了，竟然答应同前妻复婚，雪花又气又恨，索性一气之下同这个男的离了婚，独自一人来到省城。不过工作还不错，在省电台当记者。

“你在省电台还好吧？”

“反正一个人到哪儿也一样……”

“今后还有什么考虑没有？”

“这辈子就这样了，要是你，还可以考虑，但这是不可能了，别人我谁也不想了。”

天胜听了这句话，心里咯噔一下，没想到这么多年了，她还没忘掉我。两人聊了会儿，天太晚了，雪花告别天胜就回去了。她走后，天胜躺在床上，勾起他的旧梦，一夜再也合不上眼。

晚上合不上眼的还有维丽，她一人坐在沙发上，同天胜赌了一会儿气，前思后想，觉得自己今天做得是有点儿过火。常言道，打人不打脸，骂人不揭短，自己一点也不讲策略，没说几句话就揭丈夫的短，犯了大忌。我这样轻易刺伤他的心，他要是真恼了，我这大半辈子的心血不就白费了嘛。唉，我处心积虑地经营为了啥，我跑前跑后为他忙活为了啥？我想方设法挣钱又是为了啥？不就是为了他的前程，为这个家好，他怎么就不明白呢？不，还是我不好，我爱他，为了他我低三下四求爷爷告奶奶，四处奔波，他从小工人，到公司老总，每上一个台阶我为他操了多少心。尤其是在梦城，要不是我，他能有今天吗？我为他辛辛苦苦这么多年，究竟为了啥？不就是为和他能平平安安过一辈子吗？我为他好，可为什么还要伤他呢？都怪我，这火暴脾气净来坏事。要讲方法，要给他好好说，让他明白我的一片苦心。我已是四十不惑的人，人老珠黄，他现在有权有势，那些不存好心的浪女人有的是，我要是把他推出去，背不住有多少小妖精笑话我呢。笑我傻，笑我连个心爱的男人都守不住，笑我……不，我不能输，任何人别想把他从我手里抢走。我爱他，生时爱，死了也要在阴间爱他。今天是我的错，我一定要让他高兴，让他知道我是个明白事理的人，是个大度心慈的好女人。让他像我爱他那样来爱我。想到这里，维丽走进屋，柔声细语地说："还生我的气啊，今天——"

"打一巴掌揉一揉，又使你的老招啊。"

"看你说的，都大半辈子的老夫老妻了，你还不知道，我是个没心没肺的主，性子急，火烧鸡燎毛，用年轻人话说，就是不讲方法，可心是好的啊。"

"好心坏心得看结果，再好的心拿烙铁往人身上烫能出好效果吗？"

"是，是，你批评得对，哎，我就这么个人，好心用不到好地方，费力不讨好，也真是，净惹人生气，连我自己也讨厌我这毛病。我改，我一定改，别生气了，别跟女人一般见识。"

"你这张嘴啊，叫人真没办法。"

"不生气了？"

"要真生你的气，还不把人气死。"

"刚才，我真的不是有意伤你，你们老同学多年没见面，见个面说会儿话，叙叙旧这有啥啊，都是那班子学嘴的，他们把这话都能传到我耳朵里，那在外边还不定怎么瞎说呢。你身份高了，有人肯定会造谣说闲话，我也是为了维护你的形象，生怕你身上有一丁点儿泥点儿，心是这样想的，可是这嘴……咱可是谁也拆不散的夫妻，在梦城摸爬滚打那么多年，我们都过来了，别说你那黄脸婆同学，就是赛西施，小洋妞我想你也不会动心。我吃的哪门子醋啊……”

一提梦城，天胜就有不少感慨，那年月，要不是她，自己说不清会干出啥傻事呢。是啊，天胜，在学校失恋苦闷，到工厂，抬棉包，推油桶，一个细皮嫩肉的书生，受过这罪吗？再加上别人的白眼儿，混混的欺负，想抗争，但一个人，势单力薄，孤立无援，哪是人家的对手？那时他有点儿灰心丧气了，整天低着个脑袋，打不起一点儿精神，二十多岁的小伙子，活像个小老头儿。那时维丽虽生了孩子，仍然水灵灵的，又活泼又漂亮，她不攀高枝，不贪富贵，愣是跟着我这个窝窝囊囊酸书生，她不怕羞辱，不怕劳累，带着自己在厂里去县里跑关系，让我从工人到老总，一步步走来，哪一步没有维丽的心血啊？想到这儿，天胜觉得自己也有点儿过火。她有缺点可帮她改啊，不要动不动就发脾气，使性子，这样对她也不公平，我不能没有她，她是我的好媳妇，好伴侣，无论在什么情况下也不能抛弃她。

天黑了，一只只麻雀叽叽喳喳地叫着钻进窝里，做着它天天想要的美梦，维丽也倦了，她打了个哈欠，两手抱住天胜的脖子，对着天胜的脸说：“天胜啊，我这命啊，就是贱，一天不见你，心里就慌，干事就不踏实。这人啊，爱上一个人不容易，爱上一个值得爱的人更不容易。我这辈子碰上你，这全是命啊。”

“丽啊，你也知道，我这个人不会夸人，不轻易对着人说人家好，觉得那没意思。在梦城，在我最没出息的时候你拉我一把，这事，我啥时也不能忘。现在，我们不像以前了，成了城里有名的富户，名誉地位高了，但监督咱的也多了，说话办事不谨慎不行啊。在梦城我们穷，没地位，光头百姓，谁怕谁呀。说打就打，说骂就骂，打完骂完，谁过谁的日子。可现在呢，你一句话说错就可能惹来大麻烦，不小心不行啊。”

“是，是，还是你站得高，想得远，文化人就是想得细，想得深，不像我就知道风风火火，说话没把门的。办事大大咧咧，粗手笨脚，净给你捅娄子，惹麻烦。”

“不说这些了，谁叫咱俩是夫妻呢，我们这一家人，过得好不好，不是说吃穿，最宝贵的就是平安，平安是福。”

“是，天胜你说得对，我听你的，我们要让我们家成为最幸福的家。”

“对对对，要让我们的家成为最幸福的家。那咱脱了睡。”“脱了睡。”说着，两人便脱去衣服，钻进驼绒被。

不知是他俩心太急了，还是太粗心了，衣服没放好，连衣服带手机呼呼啦啦掉到地板上，几声响，惊动了保姆，她轻声喊：“江总，是不是猫跑到你屋了？

别叫它弄坏东西。”

“没事，你也睡吧。”维丽听着保姆没动静了，才扭过身子，一把抱住天胜的脖子，嘴唇轻轻地在天胜脸上吻，天胜也不自觉地将手伸进维丽的腰间，从后到前轻轻抚摸着，她身上的每一个部位，他都非常熟悉，哪怕新长了一个痣，在黑天瞎火的被窝，他也能摸出来。哎，不愧一对好夫妻，几句话能激起暴风骤雨，几句话，又能风平浪静，风和日丽。明白的人自然明白，因为他们两人都想做一个甜甜的梦。

第三十一章　小民怨愤　贵人噩梦

冬喜和榴红来到滏城，整天转工地，跑手续，弄得晕头转向。他想到向江，脑子活，嘴好使，听说天胜房地产搞得风生水起，又同维丽关系好，走走她和天胜的门子，不省事多了，于是就想让他帮忙。一个电话，向江就来了。向江就跑去找维丽。维丽很热情，并在饭店为他点了几个菜，几瓶啤酒。他俩边吃边喝，向江觉得维丽没有忘了他，心里热乎乎的，于是便张口说让她帮着跑下冬喜房产手续时，她一脸不高兴，说："向江，你个人有啥困难，我这老同学一定帮忙，公事嘛，我不好掺和，你知道，同行是冤家，天胜是公司老总，我是家属，我不能给他添麻烦。"向江碰了个软钉子，也挑不出啥毛病。虽然有点儿不高兴，也不好说什么，只好同维丽告别，回来给冬喜汇报。冬喜一听就蹿了火，他气呼呼地说："向江你看这个，维丽她变了，只认钱不认人了。"说着，递给向江一张纸向江接过，见是一个传单，冬喜便将这传单的事说了一遍。

招待所被卖，职工王小虎无班可上了，在家闲着正想找点儿活干，周小四笑嘻嘻地走进来。

"游民的日子怎么样，不好过吧？"小四开玩笑地说。

"你啊，扔到茅房的烂石头——也就这块料了，除了贫嘴，还能干点儿啥？"

"干啥，你别说，我还真是找到好活了。"

"好活，什么好活？"

"发广告。"

"啥人配啥衫，啥马配啥鞍。你呀，也就配干这活。"

"你可别小看这活，不脏不累，钞票翻倍。"

"你就会吹，有点儿准谱不行？"

"我发这广告比发别的报酬高多了，一张一毛，我弄得多，正愁没人手呢，你给帮帮忙咋样？不亏待你，发两张一毛五，干不干？当天现场点钱。"

“刚说发一张一毛，我发就成了零点七五毛了，兔子还不吃窝边草呢，你连老朋友也敢坑，谁还会搭理你。”

“你到底干不干？要干，我照顾你，发一张八分，我是批发，你是零售，我也得落点儿啊。”王小虎想，反正在家也没事，跟着他发一天试试也行。大不了，跟他白跑一天。想到这儿，就说：“好好，我明天没事，先帮你一天的忙，钱嘛，你看着办。”

“不，帮忙归帮忙，工钱归工钱，咱先小人后君子，自家人也明算账。一天一结账，发一张八分，但必须得一张发一个人，不能成打送，有人监督，违犯了人家还要罚款。”

“行行，就按你说的，我明天就跟你去发。”

王小虎第二天一早就去找小四，两人用自行车一人驮了一大捆广告，来到商贸中心，他们往存放的自行车框里放，然后站在路边往行人手里一张一张地递。不一会儿，就发了几百张，小虎心里算了算，这一个多小时，就能挣几十元，这买卖虽然名声不好，但实惠啊。不行就跟小四干一段，等有了好活再说。

王小虎和小四正在高高兴兴发广告，几个保安走过来，问：“你们知道你们发的是什么吗？”

王小虎随口答道：“广告啊。”

“你睁开眼看看，这是啥？”

王小虎打开一看傻了眼，这上面写着：

黑心老板任天胜

砸我饭碗真可憎

拆了我们招待所

坑了百名穷职工……

“跟我们走一趟。”

小虎还想说什么，一看小四溜得快，早不见人影了。他一人只好跟着人家走。

保安问：“这上面写的是什么内容知道不？”

王小虎光顾发广告，不关心，也没顾上看内容，所以就老实地说：“不知道。”

保安又问：“这广告是从哪里弄来的？”

因王小虎只是帮小四的忙，当然不知道他从哪儿弄来的了，也只好老实地说：“不知道。”

王小虎是小四的好朋友，他不想咬出小四，出卖朋友，就一个人顶着。

人家生气了，着急地说：“好啊，一问三不知，那好啊，你就好好想想。”

便把王小虎带到一个屋子里，让他考虑问题。这些人便去忙别的去了。

天胜司机是维丽远房亲戚的孩子，他在街上看到王小虎发的这个小广告，觉得是个大事，就急忙找维丽，他同维丽说了几句后，出来正好碰见公司保安队长，说有人发传单造谣生事，并把那张诬蔑公司传单让他们看，说让他们抓住教育他，并追出主谋，收回传单。这几个人碰到小虎，就抓了个正着。

王小虎没吃早饭就去找小四，想挣了钱两人好好撮一顿，没承想，钱没挣着却挣上了官司。他肚子饿，心里急，等了好久也没人理他，只觉得头发昏，眼发黑，浑身没一点儿力气。想喊人，但声音太小，不知是别人听不见，还是故意不理他，他迷迷糊糊地做了一个梦，他和小四赚了好多钱，找了个大饭店，摆了一桌子菜，红烧肉、烤鸭、鱼，香啊，好香，他放开肚皮狠狠吃，只吃得撑得打着饱嗝才走出饭店。回到家把一大把票子交给父亲，父亲高兴地连声夸奖："小虎，你真的有出息了，我的好儿子。"

天就要黑了，人们忙着下班，那几个人才想到王小虎，他们走过来，见王小虎耷拉着脑袋睡着了，上前喊他："别睡了，想好了没有？"

小虎没有应声。他们又说："哎，还挺硬，想顽抗到底啊，你不说话就能顶过去吗？妄想。"无论怎么说，怎么问，小虎都没应一声，有个人开始怀疑，是否他病了，上前一摸，吓了一跳，急忙喊："队长、队长，不好了，王小虎他出问题了。"队长急忙跑来，赶快把他送到医院抢救。王小虎父亲听说小虎让天丽扣了，刚开始不信，到了医院一看儿子人事不省，立刻昏了过去，街坊邻居听到，都十分气愤。有的说："小虎干啥坏事了，他单位被卖，人都失业了，不就发个广告挣碗饭吃吗？就算这是坏事，但干了坏事也罪不当死啊，把孩子往死里整，还有王法吗？这得告他。"

也有人说："人家就发个传单就想弄死人家，这也太残忍了。"

不少人就撺掇王小虎父亲告他，并说："这还有王法没有，老百姓还有法活吗？"不少人帮王小虎父亲，用白布写上反对无良奸商，反对贪赃枉法，还我小虎，还我公道。并连夜写信告状。

夜深了，万籁俱静。轰隆隆一声惊雷响过，哗啦啦一阵倾盆大雨瓢泼似的下起来。维丽被雷雨惊醒，匆忙爬起来，打开灯，穿着睡衣蹑手蹑脚地在屋里转了一圈，见门窗都关着，就轻轻地爬上床，想睡会儿，但雷声和雨声搅得她再无丝毫睡意，她用右手支着脑袋，两眼直勾勾地盯着睡得正香的丈夫，心脏随着他轻轻的鼾声跳动。他那白皙长方脸和那弯弯的黑眉毛勾画出一副讨人喜欢的学生脸，三十多年了，丈夫天胜头上除了多些白发，眼角挂上几条鱼尾纹，看不出他有多

大变化。但这三十年的风风雨雨，她想起来心中如打碎了的五味瓶，酸甜苦辣一下涌来，谁能体会是啥滋味……

啊……啊……丈夫一阵喊叫，吓了维丽一跳，她上去用手抚着丈夫的头，轻声喊：“天胜、天胜，你怎么啦，怎么啦，是否又做了梦？”

天胜睁开眼，瞅了瞅维丽恐怖的脸，哎了一声，又闭上眼。

“你到底怎么啦，喊得怪吓人的，是不是又做了噩梦，快说出来，说出来就解了。”

天胜又睁开眼四目相视了一会儿，叹了口气轻声说：“梦不好，说它干什么，闹得都睡不好，何苦呢？”

“这雷雨搅得我也睡不着，我愿意听，快说呀，说呀。”维丽用手晃着他，撒着娇说。

“好、好，我说，我说。说了你可不要怕。”

“一个梦有啥好怕的。净装腔作势吓唬人。”

“那我可说了。”

“说吧，别卖关子了。”

他望着维丽的脸，低声说：“我梦见被公安抓起来了。”

“什么？公安敢抓你，你是堂堂正正的老总，是有名的企业家，反了他了。”

“看你、看你，我说不说，非逼我说，我还没说完，你就急成这样。”

维丽定定神，轻声自言自语：梦，是梦，对，想起来了，梦都是反着哩，死是活，活是死，抓就是没抓，连忙向他道歉说：“看我这急性子，又犯了，一个梦，着的是哪门子急呀！不急了，不急了，你说吧。”

“好，那我说。一天我走进办公室，两个公安上去揪住我就往外拖。我挣扎着，要求找他们局长，可他们谁也不理我，一下把我扔进一个黑漆漆的小屋里。我又砸门，又捶墙，毫无用处，没有一人搭理我。我累了，只好蹲在墙角里叹气。这时我突然朦朦胧胧地看到你，你扎着两只小辫子，穿着你扮铁梅时那件小红袄，气呼呼地一把拉住我就往外跑，后面有好多人追。我们两人飞起来了。飞呀飞，飞到咱第一次见面的那个红树林。你两手抱住我就哭，边哭边说咱不当那累死累活的企业家了。咱有钱，回到这儿，盖座小楼，开一片菜园，我唱歌，你种菜，过天仙样生活多好啊！我也激动地对你说，好，好，咱就回这儿。”

“你哪儿也招人喜欢，就这点儿叫人不放心……”

“哪啊，哪啊，说来叫我听听。”

维丽故意卖起关子，斗气地说：“我现在不想说，说了怕你这大企业家脸上

挂不住。”

“看看，又想拿我一把了，你啊，都让心眼儿赘住了，一辈子也长不高。”

维丽装出生气的样子，撒着娇说：“我叫你坏，叫你坏。”边说边用手拍打天胜光着的臂膀。

“别闹了，别闹了，明天还得早起。”

“不，不睡。”

“好好，不睡就不睡，想说啥就说吧，我奉陪到底了。”

“你这人啊，优点挺多，就是心眼儿小，胆子小……”

“是啊，那时我胆子不小行吗？一个推油桶的工人。”

“你还记得不？我拉你见县社主任时吓得你……”

“咋不记得？”

“人啊，这一辈子，我啥也不相信，就信机会和运气……”

“别说了维丽，我能混到这个份上，最大的福分是碰到了你，有了你我才有了一个个机会，带来一个个好运……”

“别夸我了，我一个妇道人家有什么能耐，但我算看透了……”

“你也是女中豪杰啊，维丽啊，我不是奉承你，要不是县社主任娘过寿时你带我到他家唱堂会，人家怎么会认识我，并提拔我当上油棉厂副厂长呀，说不定现在还在那儿扛棉包。”

“别捧我了，那是你有本事，有大学文凭，你转了好运，成了抢手的香饽饽了。”说到这儿天胜有点儿倦了，伸出两只胳膊打了个哈欠。

“困了吧，那咱再睡会儿？”维丽温柔地说。

“也好，那就再睡会儿。”

轰隆隆又是一声响雷，天胜一哆嗦，猛地一下坐起来，维丽也惊叫一声：“呀，你怎么啦？”

“没事、没事，你睡吧，我想起来坐会儿。”维丽急忙拿个枕头，让他靠着。随后她也坐起来，说：“这雷雨闹得我也没法睡了，那咱就再说会儿话？”

天胜扭过脸瞅着她的脸说：“我正有个事想问你，听说你为了苦生离婚，给了媳妇 30 万？”

“是啊，不给人家三十万青春损失费那女人不干啊，我也无奈。”

“这事咋不给我说声？”

“家里事我能处理，给你添啥乱。”

“还不添乱，人家会怎么看咱？我说给孩子找个差不多能过日子的就行了，

你非要把那选美选出来的市花弄到家，没过半年又要给人家三十万离婚，你这是干什么？给我带来多大影响啊。”

“影响啥？年轻人离婚的多了，过不成就离，碍别人屁事。”

“可那三十万呢？”

“钱是我挣的，借的，碍你啥事。”

“不碍我事，我也得明白明白。”

“叫你明白了，啥事也得黄了。”

“老实说，是不是你侄子给的钱？”

“是又怎么样？”

“怪不得有领导问我这事，我还说不知道，难道你真的收了他的钱？收多少？”

“收了五百万。”

“五百万？你也太大胆了，难道你不要命了，你不要，我还要，退了退了，天明马上给我退了。”

“退？我凭什么退。钱是我收的，坐牢杀头我顶着，你发你的财，我当我的鬼，咱井水不犯河水，如果还怕碍你什么事，那明天咱就去离婚……”

“你，你……都说的是什么呀，怎么这么糊涂！”

“我糊涂，你明白，好心当成驴肝肺，我还不都是为你爷俩好？”呜呜，维丽伤心地哭起来。

“还为我好，你这不是成心害我？咱那地是以公益用途征的，你私自转为商用，早晚是要出事的。”

“害你了，怎么啦？”说完，维丽继续大声哭喊起来。天胜怕四邻听着，压低声音小声说：“别闹了，这半夜三更的，求你听我一句，把钱退了，过咱的安生日子。”

“退给谁？”

“谁给的退给谁呀，怎么又犯糊涂了？”

“你才糊涂呢，我明白着哩。”

“明白咋还干这傻事？”

“你才傻呢，这五百万说我收了，就收了，说我没收，我就是没收。”

“你这就把我搞糊涂了，到底是咋回事，你说清楚。”

“我侄子搞市场，咱公司二百五十亩准备盖戏校的地，我跑前跑后，上边总算有人同意转给红卯盖建材城，他要给一千万，我只收他五百万，而且还给他打了个借条，借不违法吧。这五百万我又以他的名义存到银行，算是还账，这有借有还还是亲戚，一不违法，二不犯罪，看谁能把我怎么着。”

“可人家说这地价有问题呀，都知道那片四十万一亩，你打着我公司旗号，你用二十万以公益名义就搞到手，这别人能不怀疑吗？”

“周瑜打黄盖——一个愿打一个愿挨，碍别人屁事。”

“要不是我们公司，你能有这么大能耐？”

“你别说这，我还真不买这个账，我只借了公司一点儿光，不是都说要扶持民营经济，我是响应号召，只不过为他们跑跑腿。从公从私我还都能站住脚。”

“我算佩服你了，你这沾光还有理。”

“我墨水没你喝得多，但我智商一点儿也不比你低。”

“那这钱？”

“这钱是咱们后半生的……”

“花这钱晚上不做噩梦……”

“做梦又怎么着？你没见那大大小小的官员，在职时，一堆一堆人围着转，现在呢？有病了，要个车就要不来，一气就病倒了，这就更没人管了，多可怜呀。人可以没权，但不能没钱，有钱才说话硬气。”

“那叫我好好想想。”

“还想什么，我侄儿光地价就挣了七八千万，他呀，才怕咱倒呢，咱倒了退五百万，他得退七八千万，打死他也不会出卖咱。况且这五百万，天知，地知，他知，我知，本不想叫你知道，你心眼儿小，怕你又做噩梦……”天胜叫夫人呛得没话说，嘴噘得老高，悻悻地嘟囔了一句：“但愿这一切都是梦。”

雷，还在响，雨，还在下。雷雨过后，肯定是晴天，天胜和维丽噩梦醒后，也许会有个好心情。

第三十二章　拜庙祈福　小猫施法

天胜被雷雨和梦折腾了一晚上，天快明时两人才入睡。“咚咚咚”，一阵敲门声，吓得他激灵一下坐起来。他急促地喊：“维丽，你听是谁在敲门？”

“啊，敲门？不……不是警察吧！”她还在梦中，没有醒过神。

“说啥哩，怎么会呢，你快起来开门。”他说着打了个哈欠，看看表，喊道：“坏了，坏了，睡过了，都快八点了，可能是司机接我，今天还有急事呢。”说着急忙穿上衣服，匆匆走出门。

春天的滏城格外喜人，风暖，花红，街旁两排行道树遮天蔽日，像一把把大伞立在路边，既漂亮又能乘凉。他无心欣赏这街上的美景，车还未到，漂亮的不锈钢电动门就吱吱唱着歌迎接老总的到来，汽车、电动车、自行车像流水般涌向天丽公司大楼。汽车一停，秘书走上前接过文件包，跟在老总后面，边走边汇报，进了办公楼，那些请示汇报的、送文件材料的，门外站了一堆。天胜点点头，算是向大家打了个招呼，就走进办公室。工作一忙，他才忘了昨夜那个梦，像往常一样，听汇报做指示，并不时接着打来的电话，白皙的脸上一会儿喜一会儿怒，一会儿客气地招呼对方，一会儿着急地批评下属。他丰富的感情和在舞台上的演员一样，随时做着各种表演。一天过得好快啊，天胜送走了一班班客人，太阳就要落山了，他舒了一口气，刚坐下，电话铃就响起来。天胜拿起电话就听电话中传来办公室急促的说话声：“任总啊，明天你就不要出门了，上级来人考察……”

“啊？”还没听完，就不由自主啊了一声，接着问了句，“什么，上边来考察？”

“是，来考察你们公司。”

天胜想到昨夜的梦，不知是累是吓，还是热，汗珠子一下冒了出来。他刚啊了一声，自觉有点儿失态，急忙吸了一口气，镇静下来，接着说：“哦，好吧，我安排一下。”

天胜忙了一天，累，确实累。拖着疲惫的身躯，走进家，他话也没说，耷拉着脸，一屁股坐在沙发上，维丽笑眯眯地走过来，说：“怎么了，连个招呼也不打，又和谁生气了？”

“唉……”他叹了一声，就托着腮帮子眯起眼睛。

“又怎么啦，老总大人？唉声叹气的。”他仍一动不动，也不答声。维丽有点儿着急了，根据她的经验，肯定又遇到难题了，她温柔地坐在他的身边，细声细气地劝道：“又有大事了，本娘与你分忧。别发愁了，愁也愁不出金银元宝来。”

“这回可能要过不去……”天胜有气无力地说。

“啊，这么严重，什么事啊？”

“上边来人了，要到公司考察。”

“考察？那是好事啊，是否又要出经验了？”

“这一考察，你整那破事还不露馅，我……我头痛死了。”

“是为这事啊，那考察组给你说了？”

“没，明天让在家等考察组。”

“没说那就不一定有什么事，不过也要以防万一。”维丽说着也敲起小鼓，有点儿后悔不该太贪心，为这点儿钱误了丈夫和公司的大好前程。她也闭上眼躺在沙发上，陷入沉思。保姆端上热气腾腾的饭菜，一个海米炒白菜，一个西红柿炒鸡蛋，一个小青菜，及一个小酱菜。两碗八宝粥冒着热气。一盘小点心形状也蛮喜人的。他们谁也没有食欲，保姆有点儿纳闷儿，但也不敢吭声，悄悄地躲到房里。天胜和维丽随便吃了几口，就走进卧室斜躺在床上谁也不言语，这可怕的沉静真吓人，整个这个家立时变得阴森可怕。维丽虽然静静地躺在床上，但她的每一个细胞都在激烈地运动，她的心脏怦怦跳，脸上也觉着热辣辣的。她是个不服输的人，她带着天胜从油棉厂工人，到偌大的企业老总，走到这个地步不容易，她从低三下四巴结权贵，到趾高气扬地颐指气使，成了人人羡慕的阔太太，走过何等曲折的道路。其中有苦，有泪，有说不尽的辛酸。但在这摸爬滚打中，也练就一身好功夫，那就是会使心眼儿，要手段，会害人，会不择手段地帮丈夫往上爬，把钱往手里搂。她咬着牙心里暗暗地发誓，不，我不服，我要想尽一切办法，把这噩梦破掉，要让噩梦变成好梦。想到这里，她两眼发光，浑身血液都沸腾起来。她拉着灯，两眼紧盯着天胜，天胜见她这样，吓得也一激灵坐起来，轻声说：“维丽，你怎么了，别这样看着我。”

“天胜，不用怕，我想好了，我们不能坐以待毙，我不想再做噩梦，我要把这害人的噩梦全给你破掉。”

“破？怎么破？”

“不说了，睡，睡。”说着就钻进被窝真的打起轻轻的呼噜睡着了。天胜也不知她葫芦里卖的什么药，还在想明天考察组面前如何应付。心中无事瞌睡多，脑中事多难入眠。他只是翻过来掉过去，弄得床咯吱咯吱发牢骚。

真是，这漫漫长夜好难熬啊。熬啊熬，远远第一声雄鸡长鸣才叫来一线曙光，又等了一会儿，红红的太阳才懒懒露了半个脸，一辆银灰色的轿车飞快地行驶在乡野公路上。尘土随着风飘落在高高的玉米叶子上，几家农户从篱笆墙里探着脑袋，以疑惑的目光送走这大早上的不速之客，这车穿过村子向红山开去，这红山就离村子不远，山上有座吕祖庙，庙因求签者多，香火长年都很旺。车上这位香客不是别人，正是赫赫有名的任老总太太，她怕人多眼杂，有的认出她来，就起早来到吕祖庙，她一路走，一路想，这噩梦我一定要破了它，事在人为嘛，只要心诚，没有过不去的火焰山，佛也会被感动来保佑我们。怎么破呢，先到庙里，抽个签，进个香，拜拜佛，并暗暗许诺，若这次没事，将捐十万给吕祖。她走进大殿，抽了个签，那是个上上签，她缓了一口气高兴地跑回来，风风火火找到她侄子商量如何破梦的大计。

滏城市虽不大，但也是个几十万人的城市。宽畅的马路上，上班时也是熙熙攘攘，车水马龙。高高低低的楼房，刷着一色灰墙，更显得凝重。上班的，打工的，叫卖的，上学的，他们穿着各式各样的服装，急匆匆地在马路上穿行。汽车鸣着喇叭和行人打着招呼，维丽穿过繁华的街道，开进一座挂着“美美美”匾额的装饰城，老板急忙从楼上跑下来，打开车门，陪着她走进办公室：“有啥事打个电话我就去了，还烦你大老远跑过来。”

“不来不行啊，你姑夫他心眼儿小，一晚上没睡好。”

“没事，没事，不就是上边来考察吗？……”

“你也知道？”

“全市谁不知道，姑姑你就放心，我早就安排了。”

“安排什么？”

“我知道你们担心，我清楚这事搁谁也要时时惦记着，但要不出问题，就要注意，近、恨、乱这三类人，近的知道得多，他要是想卖你，那就麻烦了；恨你的，他当然想整你，但他知道得少，虽有威胁不得不防；那捣乱的，他到处找事唯恐天下不乱，这些人，虽想乱，但谁信他们，只要管严点儿，费点儿心问题就不大。有个面粉厂不是叫五得利吗，我也来个得利治理法，准保没事。”

“别不当回事，这可是关键时刻啊，节骨眼儿上，可不能出一点儿漏洞啊。”

"你过来，我给你说说这得利法，只要能把他们的人心买了，他们喜得屁颠屁颠的，我们肯定就安全了。"说着他附到姑姑耳朵边刚说完，维丽脸上就露出了笑模样，轻声说："你这孩子还真长出息了，姑姑没白疼你。"

江老板送走姑姑江维丽，心里正在考虑如何兑现对姑姑的承诺——买人保姑。他一米八的个头，方方正正的脸上，浓重的眉毛显得好有生气，一双炯炯有神的大眼，总是爱死死地盯着一个地方，不管盯上谁，都会毛骨悚然。他心里那复杂的世界让人难以猜透。

他漫步在装饰城，从办公楼到每一个摊位，他都仔细地查看。一号楼二号楼，一直到七号楼，从电器，小五金，又到石材，每个摊位前都站几分钟，他盯着营业员和客户讨价还价，直至达成协议后，才缓步走到另一个摊位。他对每号楼的经营品种了如指掌。对建材和装饰材料的价格行情铭记于心，他虽然只有三十来岁，精干城府勤快老到，已是个成熟的商人。七八号楼，几千个摊位，每天都要转一遍，对感兴趣的，他还坐下来同老板聊一阵，几百亩大的大装饰城，他经营得效益相当可观。他已是这座城市有名的民营企业家。

他叫江红卯，外号江小猫。为什么叫小猫？这里还有不少故事。江红卯祖籍梦城县，说起来，他也是出身于名门，不过这名门，只是地方名门，也就是在本地方很有名。他父亲江老栓，曾在民国时期当过兵，回家后，对干农活不在行，但要养活一家，就操持个特殊的行业，卖油条，梦城这地方管油条叫果子，那果子是用面和油炸的，那个时代，面和油可是国家计划商品，社员一天八大两吃粮指标，那他哪来的粮和油呢？他有他的高招。他家住梦城县小堤镇，这油棉厂就在小堤，三里五乡都是熟人，谁不认识谁呢？那油棉厂厂长在一次卖棉籽时两人拉起近乎。原来那时人没油吃，他巴结厂长只想蹭点油吃，后来才打这卖油条的主意，竟成了他炸油条的一条油路。他隔三岔五地给厂长送一篮子油条，厂长每隔一段给他弄一壶子油，两人都得利，哪个都有积极性。那面呢？他和各村村干部都熟，采取赊账吃油条，那村干部吃了油条用什么还呢？就偷偷从队仓库里弄出小麦给他顶账。这样他有了油和面还愁炸不成油条吗？那油条怎么销呢，他也有自己的销售办法。白天，不敢卖，查得紧，查住了是要按投机倒把处理的，不仅要批斗，弄不好还要坐牢。他就每天夜里十二点人们都睡了，他挎个大篓子，装满油条在十里八乡叫卖。夜深人静，他一声"果子，热乎乎的果子"回响在村头巷尾。普通百姓，没钱的，只是抱怨他惊了觉，骂他一声继续睡，而那赌场的赌徒，开会开大半夜的村干部，正饿得肚子咕咕叫，听到他的喊声，好不高兴。他们你一条，我一条，一个个狼吞虎咽，享受着人间美味。那家里有病人的，或

者生孩子的，也不时光顾他的油条篓子，使他的生意越做越火。因他是昼伏夜出，人们便叫其夜猫子，也有人叫他江老猫。这江老猫一时成了小堤一带的大名人。

这红卯，是老猫的儿子，别人叫他小猫，也没有什么错。

改革开放了，政策放宽了，谁都可以炸油条了，老猫也要失业了。刚开放时，老猫就倒腾起钢铁、木材、水泥之类，这一倒腾就发了大财，发了财，自然有了新的欲望，就找些不三不四的女人瞎混。杂病染身，一病不起，留下这万贯家产一命呜呼啦。红卯接下这产业，江维丽又帮其买下二百多亩地，盖起这装饰城，才成就了他这个年轻的企业家。红卯虽没江老猫那样复杂经历的历练，但他有文化，精明勤快，对装饰城的管理也算井井有条，财源滚滚而来。当姑姑江维丽将公司的公益用地转卖他后，毫不迟疑地就将五百万送给他姑姑。

红卯也是个知恩图报的人，他不想因这五百万坑了姑父，当他听说上边来考察时，早考虑如何才能把这个秘密保好，他想好多方案，最后才决定，花钱为可能伤害姑父的人，买住他们的嘴，每人给他买个梦，让他们做着这个美梦，充当保护姑姑姑父的盾牌。

第三十三章　遗言说水　以钱筑墙

王雪碧爱人突然病倒，他拉着雪碧的手说：“我不行了……”

雪碧急忙打断他说：“咱十个孩子刚刚办完亲事，现在二十个孩子都叫你爹，他们不能没有你，有病咱看病，你一定会好的，不要乱想了。”

“我的病我知道，心里有件事想给你说说。”

“好好，你说、你说，我听着呢。”

“这些年，我结交你算交了好运，你一心一意将孩子带大，真的不容易。人多过得紧巴，吃饭你吃孩子剩下的，穿衣你捡孩子穿剩的缝缝改改再穿。孩子大了，你上了班，常常揣着几个干粮跑客户，由于劳累，你几次昏在路上，从不舍得花钱保养自己，我心疼啊。还有，有的客户人家并没提换货要求，你主动将不合要求的钢筋退回换货，损失不少钱，你一点儿也不心疼。”

“孩子是咱们的孩子，咱不养谁养啊。我是他娘照顾他们是我应尽的义务。那单位的事也是啊，企业一要靠信誉，二要靠服务质量。丢了信誉，就丢了市场。没有服务质量也就没了客户。我都是为了企业啊。”

“这圆梦公司发展这么好，全靠你这股子拼劲儿干出来的。你真是个又贤惠又能干的好女人啊。”

“老周啊，你是情人眼里出西施啊。我不好，特别在小堤供销社那段，家里穷，两个弟弟要结婚，没房没钱。我就利用处理商品做借口报假账，占公家的便宜。因为这事还坐了班房，丢了公职，这段历史我一辈子也忘不了啊。这是我的耻辱，也是我的财富。干什么事都想想这事，要能吃苦，不能贪，遇事先想别人，想想别人的感受，时时警惕自己。”“我也想啊，人这一生活着究竟为了啥？有人为了钱，有人为了名，有人为了情……但这钱啊，这名啊，这情啊，你能带走吗？人死如灯灭，什么也带不走。尤其这钱，它就像水，没有能渴死你，但多了它会淹死你。我走后，你挣这钱不能给孩子们分，你要教会他们怎样挣钱养活自己，让他们不渴死，但更不能淹死。要把这钱用到最需要的地方。去年我去你家

看了看，你村那小学破得不像样子，好多老人生活还有不少困难。我们能帮就帮帮他们。”说着一阵剧烈的咳嗽让他昏了过去。雪碧急忙把老周送进医院。

向江听说雪碧爱人病重，就找到冬喜、榴红，叫来相生和文博一起去看雪碧两口。雪碧两眼哭得红肿，说是肺癌晚期，医院下了病危通知，让回家安排后事。谁还能有什么办法呢？她哽咽着说：“我们俩大半辈子，光顾挣钱，可人都快没了，这钱还有什么用？再多的钱也不如有个好身体，也不如和和美美地过日子。”看到这样，还能说什么呢？大家只得安慰雪碧，要保重身体，说有什么困难叫他们，便离开了。

北方的春天本来就不长，还往往被狂风给七零八落地刮走了。滏城的桃李丁香与海棠什么的，差不多年年被黄风吹得七零八落，落花与黄沙卷在一处，再睁眼时，春天已过去了。

有这样的风在这儿等着，简直可以说没有春天。雪碧想，我同老周结婚总算熬到春天，但春天却这么短。

王雪碧领着二十个孩子来到四青湖，他们顺着山坡往上爬，周国庆就躺在山中，南望绿湖，北靠大山。四面青松翠柏，绿草茵茵。王雪碧亲自摆好祭品，儿女们在墓碑前三拜六叩。鞭炮燃起，噼里啪啦响起来，点着的纸钱也呼呼地冒着火焰。王雪碧再也止不住，放声哭起来。她这悲痛的哭声，在山间回落，在湖中传送。树林中乌鸦被惊动，啊啊地叫着，盘旋在空中，一群群燕子悲鸣着从坟的不远处飞来飞去。

雪碧哭老周，因为老周是她结交的三个男人中她认为最好的男人。第一个是她高中同学耿金良，虽然好了一阵，最后无果而终，算是有情没缘吧。第二个就是那个军人，他们过了八九年，生了三个孩子，最后还是分手了，这算是有缘无情。第三个就是这老周，他对自己百般呵护，他是个有缘有情的好丈夫，但老天爷不长眼，偏偏要让周国庆因病早逝，抛下孩子，有娘无爹，命好苦啊。王雪碧在周国庆坟前对着孩子，哭成了泪人。

孩子好劝歹劝雪碧才止住眼泪，她坐在老周的坟前对孩子说：“你爸临终前有交代，说钱好像水，没有它可以把人渴死，但多了，可以把人淹死。我们挣的这些钱，不能分给你们，圆梦公司下边有分公司，你们一家一个，谁经营得好就过好日子，经营不好，你们自己想办法。根据你父亲的遗愿，要把钱用到最需要钱，也就是最渴的人手里。不知你们同意不同意？”孩子能说什么呢，父亲刚死，尸骨未寒，母亲对他们那么好，含辛茹苦地把他们养大，再有意见也说不出口啊。一个个点头说好。

一辆奥迪轿车鸣着喇叭缓缓开进美美美装饰城，门两边的彩旗迎风招展，来往的人群不时停下来，驻足观看。院子里的音箱放着喜庆音乐。大老板江红卯西装革履，打着红领带，带着全体管理人员站在大门口，车还没停稳，他一步走上前，左手拉开车门，右手放在车门上边，护着车上人的脑袋，恐怕碰着头，等脑袋移出车门后，就搀着那个高个子老头儿下了车，握着那人手说："赵经理好，赵经理好，我代表全场职工欢迎您。"

这赵经理是天丽改制前的经理，他高高的个子，长脸，一双不大的眼睛，在那双长长的眉毛下分外有神。他穿着一身休闲服，一双布便鞋，手提一只黑色文件包，一边同红卯打招呼，一边随着他向办公楼走。

六十岁的他退了下来，成了一位闲人，以往的同事，都在忙，没有时间光顾他，过来的朋友们偶尔打个电话，说几句不冷不热的话，意思是安慰他。但他心里比谁都明白，人老了，没用了，不是当年公司老总了，那时求他，趴门子的，攀附的排着长队。现在呢，门庭冷清清的，他连门也懒得出，因为出来看到的不是冷脸，就是一脸假笑面具脸。在位时得罪的人，当然要给他冷脸；在职求他但没给人家办成事的，当然也没有好脸；就是给人家办过事的，他现在退下来了，不能再给人家办事了，见了他有的也给他个笑脸，但有几个是出于真心，那笑，全是假的，看起来比哭还难看。他整天坐在电视前，等到再见，才去上床睡觉。从忙忙碌碌，到一下子闲起来，有点儿不适应。只觉得这也疼那也疼，真觉得自己得什么大病，可到医院一查什么病也没有。他窝着一肚子火，动不动就发脾气，弄得老伴也怨声载道，想给他吵，也觉得他可怜，看在多年夫妻的情分上，让着他，吵得实在受不了就耗在邻居的麻将桌上，干脆一晌一晌不见他。他想吵也见不着人，只好坐在那里干生气。

红卯打电话并派车接他，他今天很高兴，一脸笑容，健步走进办公楼，那派头比在职时也不差多少。接着前老总、前总会计师等，五六个刚退下来的老家伙全接了来，他们见面寒暄一阵后，依次坐下。茶几摆满水果、饮料、玉溪烟和瓜子、糖。红卯站起来，清了清嗓子，挨个递烟拿糖，客气了一阵后，开始讲话；"今天，天丽总公司委托我把各位老领导请来，是大家看得起我，天丽和我能有今天，是各位老前辈帮忙。常言说，吃水不忘掘井人。企业能有今天，是各位前辈的功劳，今后企业的发展还要靠老前辈帮扶。过去，前辈都忙；现在，前辈时间充裕了，我想请各位多帮帮，聘请各位做天丽和装饰城的顾问。我这里为各位准备了一个办公室，两辆车，这样一是我能向前辈及时汇报情况，二是能随时听取对企业发展的意见。各位前辈有什么好的建议也可以及时提出来，帮我出谋划

策，我这是攀高枝，引智力，我准备拿出部分辛苦费，算是茶水钱吧，还请大家不要见外。除了办公室，这里还准备个健身房，也可以健健身，下下棋，活动活动。”几位听了老板的讲话，立即报以热烈的掌声。之所以鼓掌，有几分还是出于内心。退了后，他请来，是他看得起，并给他们弄办公室，弄活动场所，是对他们的尊敬。

他们这些老人，不缺钱，缺的就是尊重，在位和退下来的落差，就是尊重这两个字。老板还郑重地给他们发了个大红聘书，并每人给一千元辛苦费。散会后老板亲自带着他们看了一下活动室，还在营业厅看了看经营情况，然后在酒楼摆了一桌，酒足饭饱后，用车把他们送回家。

红卯回到家，已是下午三点，他稍休息会儿，就又赶到装饰城，那里还一班子等他，这一伙年轻男男女女，三四十人，他们到了会议室，没有那班安稳，说着笑着，没等到老板来，就抢着吃水果、瓜子，老板进了门，他们像是没事人儿似的，该干啥干啥。红卯说：“今天请大伙来，是我这里缺人手，看有愿意在我这工作的没？工种，一是后勤，二是保安，三是管理人员。一会儿，办公室主任，给每位一张表，看谁愿意干什么，登记一下，工资是底薪加奖金，每月不少于一千五百元。”大家听了非常高兴，都说愿意在这儿干，并专门把王小虎周小四两个留下，给他俩安排得又轻松待遇又高的工作。

老板为什么对这班人这么上心呢，因为这是最挠头的一班人，他们因招待所拆了失了业，上访告状，找了不少麻烦。他们恨天丽，是天丽公司转卖了招待所，端了他们的饭碗。

说来话长，那还是前几年，招待所经营不善，连年亏损，天丽头卜准备廾发。而江红卯的小哥们儿找到他，想买下这招待所，但钱不够，想通过他给维丽点儿好处，让她运作运作降点儿钱，既然是哥们儿哪能不帮呢，红卯通过姑姑疏通做工作，三十多亩地，还有上万平方米的建筑，三千万就转卖给他。但他那朋友一下拿不出三千万，红卯借给他一千万，但讲明，亲是亲财是财，这一千万是百分之十的利，一年还三百万，五年还清，从利息中拿一百万给维丽做中间费用。老板高兴，江维丽高兴，他那小哥们儿也高兴，但有人确不高兴，招待所卖了，他们几十口子的吃饭家伙没了，他们能不恨吗？王小虎、周小四他们到处反映，到处告状，但迟迟没人解决。红卯解决这班人确实给天丽解了个大包袱。

江维丽在天胜的身旁，连声称赞红卯能干，是个干大事的材料。红卯这个得利法还真起作用，用钱筑起一堵墙，经过几天考察都是说好的，没人说别的，真的叫红卯破了这个噩梦，做成了维丽夫妇的美梦。

第三十四章　酒间说套　坊间传言

大胜和维丽睡得踏实了，做着甜甜的梦，高兴极了。但江红卯今天有点儿不高兴，他鞍前马后为姑姑打点，一件一件安排得妥妥帖帖，让姑父安全站稳，破除了吓人的噩梦，花点儿钱倒不在乎，但太累人啊，这些天，他没睡过一个安稳觉，黑天白日想啊想，恐怕有一点儿疏忽，坏了姑姑和姑父的大事。

这回好了，红卯想，大事办成了，我也该好好歇歇了，怎么歇呢，他慢慢爬起身，洗漱打扮一番，站在镜子前面，他伸了伸懒腰，打了个哈欠，高高兴兴地走出门，爬上他那辆心爱的保时捷跑车，向梦湖方向开去。

梦湖风景区，是市里最大的休闲旅游区，这里不仅风景秀丽，还有好多酒店、洗浴按摩场所。红卯无心欣赏风景，那清澈的湖水，婀娜多姿的杨柳，娇艳媚人的花草，红红绿绿的游船，还有那形形色色诱人的旅游产品，他瞄也不瞄一眼，将车直接开到梦湖度假村。他要消遣，要休闲，要消除这些天的疲劳，丢掉这些天在生意上、家庭上给他的烦恼，要轻轻松松地享受舒适的生活。

红卯脱下衣服，在沐浴池中泡了一会儿，就直接走进按摩间。他安静地躺在按摩床上，一个按摩女缓缓走进来。这女人高高的个子，白净的瓜子脸上镶嵌着一双杏子眼，小嘴上抹着重重的口红。她走近红卯的身边，奶声奶气地说："先生，你需要什么服务？"

"这些天有些累，我想放松放松，听说你们这里按摩不错，慕名而来啊！"

"好吧，我这就给你按摩。"红卯只觉得一双神奇的小手在脚上、身上按来按去，浑身麻麻的，闭着眼晕晕乎乎，就在他将要昏昏欲睡之时，那女的给他说："老板，你不要点儿特殊服务？"老板一惊立即清醒，赶忙回答："老板？你咋知道我是老板？"

"经理吩咐了，你是咱市里有名的装饰城老板，要好好照顾。""嗬，你们经理也真是个经营好手啊，那特殊服务就不要了吧，我们是正经人，那事还是——"

“正经人……嘿嘿嘿。”

“你笑啥？”

“哪个猫儿不吃腥啊。老板这回还当正经人吗？来吧，还要个特殊服务吧？”

“那——那……“红卯因犹豫一时口吃，正要答话，突然手机响起来。他拿起手机，说：“喂，你好，哪位？”

“你是江总吗？我是秦友维。”

“哦，秦总，我的好哥哥，欢迎、欢迎，我就在梦湖，你快过来，我请客，早想你了。”

雅间里红卯要几个点心，两杯咖啡，两人对面坐着，红卯说：“先尝尝这咖啡，看味道如何？”

“好、好。好水，好酒，好风光，你这日子过得真的比梦还美。”

“梦，说起来可也真可笑。我小时，你猜我做过啥梦？”

“啥梦，一个梦还那么神秘。”

“说给你，你也得笑死。”

“嘿，你这梦还真有那么可笑。看来，我还得认真听听。”

“那还是我五岁那年，家里没粮了断了炊，我爹就抱着我坐在炕头上，我睡着了，做梦当了皇帝，太监端来一大筐子热腾腾红皮甘绵紫留根红薯，我吃啊吃，直吃得肚子胀得鼓鼓的，打着嗝，心想，还是当皇帝好，红薯能敞开肚皮随便吃。”两人说完哈哈大笑。“梦，那时的梦也就是能吃上饱饭。可今天，你我的梦可不是这啊！你当了大老板，有了钱，实现了你的梦。”秦友维感慨地说。

“你也有梦啊，比我有出息，你那公司不也挺发财的。”哈哈哈，两人说得很投机，不时开心大笑。笑后红卯接着说：“你工作忙，来一趟也不容易，服务员拿酒来，咱今天，来个一醉方休。”说着两人对饮起来。

喝到两人有了酒时，友维打着嗝说：“刚，刚才听了你的红薯梦，我想起来黄粱梦，秀才卢生，他怀才不遇，碰到吕洞宾，那时吕成了仙，但卢生不知，吕递给卢生个枕头，他枕上枕头就睡着了。梦里他当王侯，妻妾成群，享尽荣华富贵，后又遭人陷害住进大狱险些杀头。当梦醒时吕洞宾做的小米饭还没熟。卢生殿门前那对联写得好啊，睡到二三更时功名利禄皆为幻境，想到一百年后不管幼长皆为古人。好，好，这人生就是一场梦啊。人要看得开啊。”

“但现实生活着的人，看透了又怎样？谁不想过好日子，想过好日子有什么错，外国还说，不想当元帅的士兵不是好士兵呢。

“我就说你，你从工商所下海在商界待了十多年了，家底也铺得差不多了吧？”

“唉，我正愁呢，咱摊子小，底子薄，竞争不过人家大地产商啊。这不找你想想法呢。”

“事在人为，你也应该为自己造个好梦。”

“造，哈哈哈，真新鲜，我想造就能造，那谁都造，这商场谁还拼死拼活玩命啊？”

“你别不信，你没听说那王耀成，连他还提着猪头找领导呢。”

“还提他呢，都成了笑话了，啥便宜没落着，落了个猪头雅号。我钱少拍不下地，没项目，我这摊子都快守不住了。”

“就你那几个钱，同天丽那些大企业争，你是挺难的啊。”

“所以我也想开了，走到哪儿算哪儿，谁叫咱命不好呢。”

“不，不对，你不能服输，你那公司虽然小点儿，但底子还行，弄几个好项目，准能发。我认准你是个好人，不光我，我父亲，我全家都是这个看法。我父亲活着时，常对我说，老秦是个好人，将来我们有一天能过上好日子，一定得报答人家。”

“江老板，你喝多了，说这……”

“你听我说，我没醉，你还记得你在工商所时，我爹是个偷卖果子的，那时候，那可是投机倒把，是犯法的。你睁一只眼闭一只眼，放他一条活路，他一辈子都没忘记。”

“我……”

“滴水之恩当涌泉相报啊。”

“不说这，不说这……”

“所以，我得帮你，帮你造梦。”

“帮我，怎么帮？”

“用钱帮啊。”

“钱，我可没有，用你的钱，你那钱挣得也不容易，我不能用。”

“用我的钱，为你造钱，用这造的钱为你铺路，打点，明白了吗？”

“不明白，看我这脑袋也快成了小王的猪脑袋了。”

“简单说吧，”江老板说着又端起一杯酒，两人碰了，一饮而尽，喷着酒气说，“简单说，就是弄工程。”

“弄工程？我还是不明白。”

“这样说吧，我是干什么的，是装饰建材，盖楼装修，修路架桥，什么活我

都能找到人帮你干，就是我同你干活。”

“同我干活，还要为我造梦。”是喝高了，还是他真的不懂，也没人考究。但两人酒桌上的交易确实也挺新鲜。

大热天，虽然开着空调，但两瓶酒的热量弄得两人大汗淋漓。桌上的酒菜虽不算太高档，但在市里也算上了档次的。洗浴中心外就是梦湖，湖水随着徐徐热风掀起一排排细浪，波浪中一只只彩船，载着一对对情人的欢笑，惊得那一只只野鸭，扑棱棱鸣叫着扇起翅膀飞向更远的水面。湖边的莲花，笑嘻嘻地迎来成群的儿童，大人拉着宝贵儿子和女儿，赏花戏水。那高大的杨树林中，一群老人，拉着胡琴，敲打着乐器，有板有眼地唱着河南豫剧《朝阳沟》，还有的坐在石板上摆起棋盘，在楚河汉界征战起来。鲜花丛中，一个个造型，各领风骚。还有那不怕累的年轻人跳着舞，老年人比画着太极拳……显示出太平盛世一派欢乐景象。

酒桌上，那也是一场场战争。有的是商战，有的是情战，不管哪种战争都不会那么轻松。红卯和秦友维打的是什么仗呢，是维护他们利益的保卫战还是进攻战。是进攻，是向一个好梦进攻。红卯把嘴凑到秦友维耳朵边轻声说：“你我同天丽合作，天丽有地，你给他施工，我给他装修，咱们来个桃园三结义怎么样？”

“啊，明白了，就是同天丽合作，共同打拼，那天丽任老总同意吗？”

“只要你同意，这事就交给我办。我想法给你跑。别光说了，喝酒。”

“喝。”

秦友维哼着小曲走进屋，老伴正好来看他，他认为自己总算交了一次好运，空手套白狼，这个成语知道，但怎么套他从来没有实践过。

进了门，老伴问他：“还饿不，我给你做点儿。”

“不用了，在江老板那儿吃了。”

“江老板？哪个江老板啊？”

“你还记得梦城那个蓝花瓶不？大名叫江维丽，剧团那个主角？”

“那妖精不是交了好运，成了富翁的阔太太了吗？她啥时又成了老板？”

“不是她，是她侄子，小猫。人家现在腰缠万贯，成了全市最大的装饰城的老板。”

“那个野猫啊，爱偷腥惹事的癞皮狗。哎，这年头真是看不准，鸡啊，狗啊也能成了精。”

“别在这儿说了，先让我进门啊。”说着两人进了屋。

秦友维对爱人说：“老猫用几条果子，就能套住大洋马，我这一回也要套住蓝花瓶……”

“你套她做啥？”

“过去她家穷，我在工商所帮她老猫哥多少忙，任天胜发了，见了我打官腔，她江维丽现在是天丽公司的副总兼财务总监，管着财务和经营也在我面前要滑头，我想让他们公司帮忙。她以为我啥也不知道，她干那点儿破事，早就满城风雨了。”

“她干啥事了？”

“她，本事可大了，人们都编成顺口溜了。”

“顺口溜？我听听，净编啥。”

“我说，

江维丽啊长得俏，
黑心手辣耍圈套。
偷工减料坑业主，
倒卖土地把钱捞……

“看她弄得挺花哨呢。”

“这女人还真有心计。那你呢，说套人家，我看啊，说不准叫人家套住你。”

“套我？她还嫩点儿。我这回是空手套白狼。套住了，我们净得利；套不住万一出事了，我一拨拉屁股走人，让他鸟不着我的毛。”

“看你能的，我不信你能能过江维丽一家子。”

“我和你说吧，这回，我同江红卯给天丽做工程，让她侄子在前线，同她打交道。他公司有地，有项目，我只管盖房，他给我多少钱我干多少活。活干成了，我捡了便宜，也救活了咱家公司。要是出事，我就脱身。空手套个我日夜求的好梦，这不是大好事吗？不说了，不说了，睡、睡。”说着两人真的去做那发财的好梦去了。

第三十五章　旧情扬醋　空手套狼

岁月如水，春夏秋冬不知不觉就是一个轮回。

城市春天比农村来得还早，街旁的梧桐刚伸出一片片嫩绿的小芽，公园里已是万紫千红了。那桃花粉红的脸蛋炫耀着它的娇艳，一片片红红的杏花残瓣不服气地躺在地上，无可奈何地叹着气，哭诉着它曾经的美丽。那黄黄的迎春花，硬挺着和桃花叫板，提醒人们春天来了，春天来了。春天，是美丽的季节，同时也是百花争艳、千木竞春的季节。那树上的群鸟，你歌我唱，你舞我跳，还生怕这里不热闹，也掺和进来各献绝技。

春眠不觉晓，天胜睁开眼啊的一声，喊："不好了，今天又睡过了，省里来记者采访我呢。"

"啊，省里记者？"

"省电台、电视台记者。对了，我忘记告诉你了，我那个同学冷雪花也来了，她说抽空想到咱家看看。"

"看看，看啥看，是看你又不是看我。"

"如果你不想叫她来，我想法儿不让她来就是了。"

"不不，来来，我江维丽是那个小心眼儿的人吗？不仅要来，我还要亲自为她站灶炒菜，我爱人的客人来，我哪能不搞好服务呢？"

"好，你准备一下，来时我再打电话。"说完就急匆匆地走了。

天胜走了，江维丽心里顿时起了狂风大浪。她没心思吃饭，扒拉几口，就一个人跑到公园，在公园里坐在一条木凳子上，紧锁着双眉。她望着花，望着鸟，沉思细想。我就像那片杏花，在树上开着时，多漂亮啊。但花败了，落下了，只能任凭那仍在树上娇艳的桃花显摆讥笑。快五十的人了，人老珠黄，还能拴住天胜的心吗？冷雪花，你不也是落地的杏花残瓣吗？你这时来，不是在和我争吗？争他的人你争不走，我就怕他的心，他分心了，我可怎么办。不，不可能，天胜不是那种人，冷雪花你有点儿不知天高地厚。你不就是大学和他搞过对象吗？可是，他最需要帮助时你在哪里？论人才，我不敢说比你强，但要论感情，我和天胜打拼几十年，他离不开我，况且还有个儿子和两个丫头，你行吗！论关系，我们俩没说的，虽然也有磕磕碰碰，但一个绳子上拴着的蚂蚱，谁能跑了啊。怪不得人都说，头发长，见识短呢，真是妇人之见，天胜一个女同学出现，我就想这么多，就吃这么多的醋，真是不自信。怕什么啊，瘦死的骆驼比马大，我和天胜，没有危机，也不会出现危机。我倒要见识见识这个冷雪花，我倒要让天胜看看我江维丽，落地残红仍娇艳。

想到这儿，她高高兴兴地回到家，把屋里屋外好好整理一番，卧室客厅让保姆按着她的想法重新布置，地面保姆擦了三遍，她还不满意。维丽同保姆一起上街采购时鲜蔬菜，做好一切迎接客人的准备。

傍晚，雪花真的来了，她紧跟在天胜的后面，笑嘻嘻地跟维丽打着招呼。她虽然也是五十开外的人了，但风韵犹存，艳丽不减。她那白皙的瓜子脸上长了俊俏的两个小酒窝。那双叫人猜不透的杏子眼里射出一道道犀利的目光。她那乖巧的小嘴甜蜜蜜的，那奶声奶气的每句话都能把人融化掉。维丽心里有点儿发虚，赶忙催保姆上菜。菜上好了，天胜坐在中间，雪花和维丽坐两边。江维丽作为东道主首先做了个欢迎词：“雪花姐，你是天胜的同学，是他的贵宾，也是我们全家的贵宾。雪花远道而来，我们这城市小，没什么好吃的，我就做几道家乡菜，也算是我和天胜对你的欢迎。”

“嫂子，看你客气的，倒叫我不好意思了。我和天胜是同学，多年没见，这回有公务，就想特地来看看你。”

“哎哟，我有啥看的，一个黄脸婆。”

“天胜说了，你不仅是他的好夫人，还是他的贤内助。”

“别听他瞎说，不给他找麻烦就烧高香了，不说了，不说了，先尝尝这菜，倒酒。”

天胜打开酒，说：“你是大记者，见识广，什么茅台五粮液你不稀罕，今天，就拿这家乡酒才有韵味。”

“这是贡粮酒，曾是给皇上的进贡酒。”

“平时我不大喝酒，今天，你们两位这么热情，我也只能客随主便了。”

“那好，咱先举杯，为雪花光临寒舍干杯。”

“干。”三人说着一饮而尽。

“雪花头一次到咱家，咱先尝尝维丽的手艺。”

“土包子，上档次的咱不行，都是家乡菜，尝尝，尝尝。”

雪花尝了尝，连声说：“好好好，想不到嫂子还有这一手。”

“你可别夸她，夸几句她就找不到南天门了。”

“天胜啊，你可不能大男子主义啊，今天我们俩对你一个，女子占绝对多数。你沾不了光。”

“男不跟女斗，但男女得平等，你们也不能仗着人多欺负人。”说完三人哈哈大笑。

“天胜你还记得那年暑假咱们都没回家，同学聚在一起以茶代酒斗诗玩？”

“咋不记得，一晃几十年，咱都老了……”

“先别发感慨了，咱这次可来个真刀真枪，再来次斗诗，谁输了喝酒。维丽，你是东道主那就从你这儿开始。”

“不不，我不行，‘湿啊’干啊的我不行，炒菜服务我在行，你们斗，我当裁判。”

“这一轮你当裁判，下一轮，你上。”

“好，开始，先以菊花为题，你先说，天胜。”

“好，我说，别圃移来贵比金，”

“一丛浅淡一丛深。”

“萧疏篱畔科头坐，”

“清冷香中抱膝吟。”

“我去更无君傲世，”

“看来唯有我知音。”

“一从陶令平章后，”

“相对……”

“对什么，对不上来了，喝酒。”

“好好，我喝，我喝。”斗着诗喝着酒，瓶子马上要干了。三个人也都有酒了。常言道：酒后吐真言。借酒仗着胆说话也毫无顾忌了。

“小粪堆，小粪堆，这些年都是你害得我啊。”

冷雪花小名叫小芬，同学同她开玩笑起外号小粪堆。

“啥，大骆驼，我害你？你说这话可没良心。”

天胜因有点儿探肩，同学起外号骆驼。

“还说不是，那时你要不是和我辩论权威，我能……”

“要怪还怪你那犟脾气报纸传单都宣传大树权威，你非要抬杠说不能树，一

树绝对权威人就不能说话了，是压制言论自由。有人告到工宣队那，你就——”

“不说这个了，咱喝酒。”

“你也是因祸得福啊。”

“还得福，得什么福？”

“得了个大美女啊。”

“你说她？”天胜指着维丽，说：“她不如你，她哪有……有……你……你美啊。”

天胜说者无意，但维丽听了很不舒服，在客人面前又不好发作，忍着一肚子气，轻声说：“天胜，你喝多了。”

“不多，不……多，我说实话，你……就是不如她，她有文采，有气质，又会体贴人，你……”

“天胜，你真的喝多了，维丽多好啊，你不能伤她的心。”

“别管他，叫他说。”

“我说，我说。”嘴里嘟囔着趴到桌子上睡着了。两个女人叫不醒他，只好架着他躺到床上。

夜深了，忽然起了一阵风，接着雷鸣电闪，噼里啪啦下起雨来，天有不测风云，晴得好好的怎么就变天下起雨来了呢。两个女人，躺在一张床上，但各有各的心事。雪花曾和天胜好过一场，这回只是想见个面，叙叙旧，并没有过多奢望，看着维丽那张难看的脸，心里能理解。但天胜他还没忘，他还想我们那美好的过去，但那都过去了啊，我们不可能再聚在一起了。我能给维丽说什么呢，解释，能解释清吗？因为我的到来，让这平静的家庭掀起波浪，我算什么人呢，别人会怎么看我呢？不，不能再干这傻事了，死了心吧，我今生今世，不能再给天胜找麻烦了。我走，我必须得走。看看天胜和维丽都睡着了，她和保姆打了个招呼，轻轻地打开门，风还在刮，雨还在下，她拿起把雨伞，悄悄地走了，在漆黑一团的夜晚，去寻找她应该走的路。

叽叽喳喳的麻雀，从屋檐下扑棱棱一翅子飞到大树上，打闹着迎接新的一天。东方的太阳懒洋洋地从被窝里爬出来，揉搓着惺忪的眼睛，透过细纱般的白云，泛起弱弱的红光。远远军营里吹响了嘹亮的军号，伴着寺庙里的晨钟回响在城市的上空。马路上，一辆两辆三辆……黑的红的银白色的小汽车，鸣着喇叭，呼喊打着哈欠的路人。家长们成群结队用三轮车、电动车、自行车，驮着娇宝宝急匆匆地往学校赶。打工的，送货的，买早点的……还有晨练的，他们都在珍惜这清晨的时光，实践着他们今天的梦想。

天胜终于醒了，他揉了揉眼，慢慢地坐起身来。见维丽正在梳头，闹钟响起，正是天胜定的七点。他边穿衣服，边问维丽：“客人呢，她还没起？”

“别多情了，人家走了。”

“啥时走的？”

“昨天晚上。”

“你怎么能让人家半夜走呢，万一——”

“万一什么，她要走的，我又没赶她。”

“你这是怎么啦，吃了枪药了，句句话都能噎死人。”

“噎人，才知道啊！那咋不想你说的啥话。”

“我说啥了，不就问问客人走没走吗，神经病。”

“我神经病，我不好，那我走，还不伺候你了。那你就把你那个客人叫来伺候你吧。”

“你……你……”

维丽没等天胜把话说完就提起个包真的走了。

维丽是个爱使性子的女人，昨天晚上眼看着自己的男人同他老情人喝酒斗诗，旧情复燃，早就吃了一大坛子醋，气得肚子鼓鼓的。但她毕竟是大老板的夫人，在客人面前她强忍着。但今天早上，天胜一睁眼就问她，她实在受不了，就狠狠地呛天胜，气头上说要走，想吓吓天胜，让他说句劝阻的话，或者站起来拦拦她，她也好顺坡下驴。但没想到，既没劝阻，也不来拦她，弄得维丽不好收场，只得假戏真做，提着包，开上车在市里转圈。她真不想走，不走也不好收场，就这样迷迷糊糊地来到红卯的装饰城。

红卯见姑姑风风火火来了，觉得有点突然，但也不好问，就说：“姑，秦友维找我，说孩子结婚时外出了，没赶上。现在补送个礼。”

“送多少？”

“十万。”

“十万？他咋舍得出这么多血，是否又有啥难事找我办吧？”

“没，没有，他只说咱们公司不是拍了几块地嘛，他们公司愿意同我们合作开发……”

“看看看，让我猜出了吧，他是无事不登三宝殿，不过你让他出这么多钱……”

“他愿意孝敬你。”

“嘿，他没地，没项目，想吃白食也会空手套白狼了。好吧，他毕竟是对我家有恩，我和你姑夫说说看能否考虑。”她对红卯说完就急匆匆地走了。

第三十六章　以诗生事　借酒敲钟

维丽从红卯装饰城出来，就来到梦城，梦城是她的老家，回老家，是串亲访友的好机会，但她作了难。一是没了近亲，二是怕乡亲问，要是问我怎么回答呢？同天胜生气了，这样说怕人家笑话，编瞎话，心里难受。左也不是右也不是，没办法就不由自主地来到她哥哥的坟前。她一屁股坐在地上，扶着哥哥的墓碑落泪。她心里念叨着，哥呀，要是你在多好啊，你还能帮帮我，说说我的心里话。哥哥呀，你妹妹我苦啊，日子虽然比你在时好过了，钱有了，地位也有了，但心里的苦无处说啊。任天胜他变了，我老了，我这个人见人爱的金花，变成了黄脸婆，他不爱我了，他心里有了别的女人了。我该怎么办呢？离，我不想离，还有孩子，不离我受不了啊。江维丽边抽泣，边数落，发泄一阵之后，心里舒坦多了。她想起哥哥经常劝她的那些话。妹妹啊，你性子直，心眼儿好，结婚后千万要记住，不能像在家时动不动就使性子，要给男人留面子。我看得出来，天胜是个好孩子，他有文化，将来一定会有大出息，你要珍惜啊。是啊，哥哥说得对，我这毛病怎么就改不了呢。我今天做得是有点儿过分，我真傻，我这样不正是帮那女人的忙吗？天胜即使对那女人没想法，我这样做，也会把他推到那女人一边。想到这儿，江维丽站起来，拍拍身上的土，驾车急匆匆地赶回滏城。她见天胜下班，就凑上前去，说："天不早了，快吃饭吧。我给你做的你最爱吃的清蒸鱼。"

天胜倒觉得奇怪了，她生着气走的，这回来倒变得如此温柔可爱，这是怎么了？女人啊，也成了六月天，小孩脸，说变就变，真叫人猜不透。吃过饭，维丽泡了两杯茶，偎依在天胜的身边，天胜不明就里，坐在沙发上，一言不发，只顾细细品茶。维丽想了想，就先开了口，说："今天是我哥去世五周年，我心情不好，早上对你发脾气，你别在意啊。"天胜知道维丽认输了，他也不想再纠缠，就顺着说："都大半辈子夫妻了，一个锅里抡勺子，磕磕碰碰的事过去就过去了，还提它干啥。"

“我到我哥坟上，想起我哥的嘱咐，让我不要耍小性子，这毛病我怎么就改不了呢。越想我心里越觉着对不住你，也对不起我哥，原想在老家待一天，怕你还生气，就赶快回来和你说说。”

“昨天雪花看你喝多了，我也没拦住，她晚上回宾馆我心里也挺不是滋味。”

“她早上就回省里了，还给我留了个纸条，说要我好好待你，说你是个好女人。”

“啊，她走了，我还想着再去宾馆看看她呢。坏了，这回看不成了。”维丽嘴上是这样说，但心里早想让她走呢。雪花的出现是维丽的一块心病，闹不行，但也不能放手不管，也得多给天胜打预防针。想到这儿，她对天胜说：“我们做女人的难啊，真难。”天胜没明白她说啥，只是应付说：“是啊，是啊，是难。”

作难的女人还真不少，雪碧也是一个。她死了丈夫，心情一直不好。圆梦公司，好多事要打理，十个孩子虽然都成了家，但各家都有好多事不得不问。还有这些年挣的钱，孩子明着都说，让母亲按着爸的遗嘱该怎么处理，就怎么处理，我们没意见。但他们心里是怎么想的呢？孩子不敢说，可那进门的媳妇，闺女女婿呢？人不是说富不过三代，那是警告人们不要忘记创业的艰辛，不能当败家子。要是有老周在多好啊，我只管跑业务，他在家抓管理，可现连业务和管理都落我一个人头上，愁死人了。我还把同学叫来，叫他们帮我想想办法。说着拿起电话叫通榴红。

“喂，你是榴红吗？你忙吗？”

“王姐啊，别提了，正愁呢。公司贷款没批下来，工地上等着用，冬喜正挠头呢。姐，你说，有什么需要我们办的，再忙也得听姐的，先办姐的事。”

“其实也没什么事，老周的事，同学都帮了不少忙，想同学们了，今天晚上想让你们来我们家聚聚。”

“不，不行啊，我正要给你打电话，刚才听向江说心月接孙子时让车撞了。他通知同学一起去看看。”

“车撞了，厉害吗？”

“可能不轻吧，听说救护车拉到医院了。”

“咱们一块去看看心月。”

榴红带着几个同学来到医院，见心月闭着眼，躺在那里一动不动。刘玄友跪在床前哭诉着：“心月啊，你醒醒啊，醒醒啊，我是玄友啊，咱在高粱地时说过的，咱们一生一世谁也不能撇开谁，可你怎么就不睁开眼看看我啊。我知道前几年蕴花那事我惹你生气了，是我的不对，我不是人，可我改了啊，你睁开眼看看我。

我就跪在你面前，只要你能睁眼，我愿意当成你的腿，你说到哪儿，我背你到哪儿。你不能吃饭，我喂你，你想吃啥我就喂你啥。这些年我们光顾着挣钱了，哪儿也没去过。你好了，我买辆房车，拉着你到全国去转转，看遍全国最好的风景。心月啊，心月，我不能没有你啊……”刘玄友说着哭着，榴红他们都感动了，眼泪哗哗地从眼眶中掉下来。他们悄悄走近玄友，向江心情沉重地劝他说：“玄友啊，你想开点儿，心月会好的，不是好人一生平安吗？她一定能好，一定会平安。我们一起为她祈祷，祝福她早日醒来。”玄友不好意思地站起来，抹了抹眼泪说：“都怪我不好，我说用车接孩子，她说路上堵车，还没她的电动车快，还没接着孩子，自己就被汽车撞了，一天了还昏迷着，连眼也不睁，我害怕呀，万一……”

“玄友不要说了，心月没事，她一定会好起来，我们还等着同她聚会呢。那撞她的车找到了吗？”

“没，没有，那车撞了人跑了。”

大家正在骂那开车的，两个警察带着一个女人走进来。雪碧几个同学抬头一看，这女人不是别人，却是他们的同学江维丽。玄友一下扑过去说：“你，是你，撞了我的心月，你撞了不救还跑，你还是人吗？你还我心月，还我心月。”

“我不是故意的，真的不是故意的，昨天晚上，我喝了酒同天胜吵了架，就赌气出来，心情不好，天又黑了，我，我听见响了一声，不知道撞了人。你要多少钱，我全给，你们一定要谅解我，谅解我啊。”

“你有钱，但你有良心吗？有道德吗？有情谊吗？你以为钱能买良心吗？能买道德吗？能买人的情谊吗？能买回心月的健康吗？你无良心，无道德，无情谊，这无良无德无情之人……我就不知道该怎么说你。”冬喜红着脸数落维丽。别的同学你一句我一句地说她。维丽也自觉羞愧，扑通一声跪在心月病床前，自己边扇耳光边哭，说：“我不是人，我不是人，我对不起心月，对不起同学……”

任天胜仍像过去一样，天天忙他的业务。天晴了，雪很快融化了，人们为了迎接过年都在忙活。他驱车来到省城，各处拜访。来到老同学办公室时，已是下午四点，一阵寒暄之后，他将两张画放在老同学跟前，说：“老同学见面，没带什么礼物，你是艺术行家，这两张画留个纪念。”那同学轻轻打开，连声说；“好画好画，还是大家的，这要是真迹那可值钱了，礼太重，我可不敢收啊。”

“我缺乏艺术细胞，画我不懂，你是内行，放你这儿欣赏才能体现它的价值。”

“那就先放我这儿，有空我请专家给鉴定鉴定。老同学工作不错，我这儿你放心，你就是不来，有什么难事我也会帮忙。”

“那还用说，谁叫咱是老同学呢。”两人会意地哈哈大笑。

“你这儿忙，我不打搅了。”

“这就走，不行不行，就要下班了，今天我请客。看哪位同学在，聚一下热闹热闹。”说着就拨起电话，邀请同学。

“看这，叫你破费，不好意思。”两人说完走出大院，来到未名大酒店。一进门冷雪花在大堂等他们。她一边打招呼，一边引领两位，走进雅间，并热情地说：“你们谁都比我强，但今天谁也不用你们管，是我请客，算我对天胜家宴的答谢。”那同学就打着哈哈，说：“这回我又省了，那好，你请也好，答谢也好，我算是吃定蹭饭了。”哈哈哈，三人大笑起来。入席，推杯换盏，你喝我碰也都有了酒意。那同学半开玩笑地说：“听说，你们在学校还有那么一段，月老不够意思啊，也太可惜了。”

“都过去那么多年了，不提它了。”天胜接过话茬儿。雪花只觉得脸热辣辣的，一时也不知说点儿啥好。那同学看出她不好意思，就立即转换话题，说：“不说这，咱说点儿乐呵的，天胜这老总将买卖做得风生水起，雪花啊，你是搞舆论的，这喇叭可得给企业家多吹着点儿啊。”

“你是有实权的，只要你能倾斜点儿就行。”雪花反击一句。

“厉害，厉害，不愧是新闻精英，说话都是带着刃的。”

“大人不记小人过，小女子得罪了，再敬你一杯，算是我的谢罪酒。”

“不敢，不敢，你何罪之有，不如咱三个同起，来个桃园三结义。”

“好好，那就三结义，同起。”天胜说着也举起酒杯立起来，同他俩碰杯，三人一饮而尽。雪花喝完酒，吃了几口菜，凑近天胜说：“有件事，不知该说不该说？”

“什么事啊还神神秘秘的，说，又没外人，需要我回避不？”

“你想哪儿去了，我是说，天胜买卖大了，树大招风，那造谣生事的也一定会有，自己也得提防着点儿。”

“有道理，雪花说得有道理，眼红的，嫉妒的，他能安静吗？是，应该注意点儿。”

“雪花，你是否听到了啥？”天胜知道她一定听到或看到什么才会这么说，心里敲起小鼓。

“没，也没什么，我就是滏城传来一首歪诗，看着好像有点儿来头。”

“诗，拿来看看。”雪花掏出来放到天胜面前。那诗共有八句：

月生抱个烂花瓶，
买地卖地胡倒腾。

哄弄百姓建学校，
盖的却是装饰城。

一个闺女许两主，
一房售给两家争。
谁管黑心开发商，
穷苦业主盼包公。

看了这首诗，酒桌上空气立时沉闷起来。还是那同学脑子活，举杯说：“别光顾欣赏诗了，咱喝酒。”天胜和雪花也觉出这气氛不太对，就也一起举起酒杯，说：“喝喝。”一场高高兴兴的同学聚会，让那首诗闹得天胜怎么也高兴不起来。他告别两位同学连夜赶回家。

“你看看这个。”天胜回家，一脸阴沉，啥也没说就递给她这个，维丽因撞人从拘留所刚出来，心情也不好，没好气地说：“我以为啥宝贝呢，就这个。”她虽觉着有点儿不大对头，但仍故作镇静，接过扫了两眼，心里一动，但马上冷静下来，说：“我当啥宝贝呢，就这几句歪诗啊，你还不知道吧，那背后骂你的比这个难听多了。听见蝲蛄叫就不种地了，听见猫头鹰叫就不睡觉了。他们造谣的目的，就是吓唬你，破坏你的声誉，叫你不能安心工作，杂音，这就是杂音。”

“上面说的那事……”

“啥事，不就是说装饰城吗，那原来征地时是说盖戏校，但那戏校嫌这儿离市里远，不愿意搬，经领导同意才建的装饰城。一房卖两主，那也是有情况的。”维丽的几句话，倒叫天胜轻松了许多，心想没事就好，没事就好。

“这破玩意儿从哪儿弄的？”

“是雪花看到的。”维丽听后想，冷雪花，又是她，这个女人手段可够狠的，表面上让我，是想让我放松警惕，背地里又搞这个，想到这儿就想发作狠狠骂她一通，转念一想，不能，要魔高一尺，道高一丈，才能制服这个女人。不，光制她还不行，万一天胜真的甩了我，我怎么办呢？要多点儿心眼，要想法多抓点儿钱，为自己铺条后路。

第三十七章　偷偷摸底　悄悄探风

天胜和维丽两人说着话，就躺下了。天胜在床上，想起雪花，立时精神起来。他总觉得对不起雪花，她心里装着自己，自己却无以报答，老是欠着人家的，心里有种负罪感。刚才还打哈欠，躺下了，倒睁着大眼睛，没一点儿睡意。江维丽知道他有心事，也不便问，就说："怎么躺下又精神了，不行再给你讲讲故事催催眠。"

"你说也真怪，不睡时老犯困，这躺下了，倒不困了。""嘿，那是你事多，静不下心。"

两人说着说着，天胜却打起呼噜。维丽不好意思再惊动他，就也闭上眼睛，不一会儿就入睡了。

"丁零零"，电话铃声响起来。维丽一骨碌爬起来，骂道："哪个该死的，半夜打电话，还叫人休息不？"

天胜也从睡梦中惊醒，对维丽说："可能有重要事，你先接。"

"喂，是任总家吗，我是值班的小王，让任总接个电话。"

"是小王，让你接，说有重要事。"

天胜披着衣服，接过电话，说："喂，我是任天胜，小王什么事啊，你说。"

"光耀煤矿发生透水事故，市里要调用我们的设备去救井下埋的矿工。"

"好吧，救人要紧，你按市里的要求办吧。有啥事再联系我。"

维丽听了，吓了一身汗，心慌地问："什么，光耀煤矿出事了？"

"透水了，井下还有几十人。"

维丽听说光耀煤矿透水，吓了一身冷汗，这矿连着她的心，连着她的命。她不敢给天胜说真情，怕天胜恼她，不说确实没理由去煤矿，便不再吭声，默默地坐在沙发上。在这墨黑的夜晚，她的心已经坐上飞驰的列车，穿行在崎岖的山间道路上。一只只野鸟，被闪亮的灯光和嘟嘟响的车声惊起，扑棱棱从树梢上、从

鸟窝里飞起，一声声哀鸣回响在茫茫的夜空。

光耀煤矿处处都是一派严肃的气氛，市里区里的头头脑脑都聚集在这里，调兵遣将，指挥抢救。几台大马力的抽水机日夜不停，抢险队员上上下下不停作业。齐心协力，排除万难，经过几昼夜的奋战，十五个人都救出来了，市委书记和市长才松了一口气。经过专业人员调查核实，造成透水事故的原因有三条：一是越界开采；二是安全管理不到位；三是证照不全，管理混乱。如何处理光耀煤矿，还需要认真调查，根据事实进行处理，市里就先来个停产整顿等待处理，并将善后工作安排安排，就返回市里。

维丽人没有去，但心早去了煤矿。她的心血、她的私人家底，她几年从公司偷偷挪用的钱，都放在光耀煤矿，煤矿出了事，这钱会不会打了水漂？她坐立不安，哪还有睡意？天胜上班走了，她心里还是不踏实，想去到矿上看看，一时又不知道怎么和天胜说。

榴红自从雪碧爱人去世后，心里一直放不下，怕她一人想不开，就前去看她，雪碧看到榴红，高兴地忙让座倒茶，非常热情。榴红看雪碧没有生气的样子，就放心了。说了几句闲话，雪碧就说了一个心愿：“榴红啊，老周死后，我该干点儿啥？”“你那么一大摊子，还不够你忙啊？”

“十个孩子都大了，也成了家，这二十个孩子都叫我妈，我该放手了，事业的事，我都交给他们了。我就想干一件事，了却我和老周的心愿。”

“什么事啊，看我帮上忙不？”

“我就是想同你商量，你看，咱上学时多苦啊，现在咱有钱了，我想办个金花希望小学，在小堤，我工作过的地方，也是我倒霉的地方，办个金花敬老院。在梦城中学我们母校，拿出三十万，办个金花勤学奋斗奖学金，就叫金花勤奋奖。”

“好啊，好啊，我和冬喜这些年也有些积蓄，我也拿出点儿钱一块办。”

“五朵金花一个走了，只剩咱几个，这事我想同维丽商量，不知她同意不，如果她同意，和天胜说说，要能得到他公司的支持，那就更好了。”

“好好，那咱这就找她去。”

二人说着就去找维丽。维丽在家，一筹莫展，就想偷偷一个人到煤矿看看，正要出门，榴红和雪碧来了。心里不高兴，但毕竟是老同学，也要面子上过得去啊。维丽就让她俩坐下，拿水果倒茶，装出热情的样子。当她俩说她们的金花宏图时，维丽心不在焉，说：“好好，你们办吧，我没意见。”榴红她俩见维丽既不说出钱，也不说参加，心里有点儿不高兴，话不投机半句多，聊了一会儿就走了。

维丽巴不得她们早走，送走她们，就急忙打个出租车，匆匆往光耀煤矿去了。

煤矿老板也在愁，他想，这停产，停到啥时候，没人说，等待处理，怎么处理也不知道。每天出的煤，可都是成捆的票子啊，现在煤不出了，钱也不来了，可那借钱的利息，每天都得付，人员的工资还得开，受伤人员的治疗都得花钱，钱钱钱，光花钱，不进钱那还了得。再说，这市里要是来个关闭煤矿处理，那就更可怕了，我辛苦挣的这些钱还不得都赔进去。弄不好还得背一屁股债，这可如何是好啊！老板躺在沙发上正一筹莫展，江维丽走进来，老板赶紧站起来，客气地迎进来，又冲茶又倒水，说："江大姐，你来这煤矿受苦了，条件不好，也顾不上照顾你，请多担待。"江维丽不慌不忙地坐下，喝了口茶水，缓缓地说："这煤矿出了这么大的事，你可得好好总结总结，接受教训啊。管企业可不能马马虎虎，大大咧咧，要多操心，还要学习专业知识。要舍得花钱聘请专业技术人员，提高管理水平。"

"是是，大姐说得对，我一定好好总结这次事故的教训。那需要办的证，一出事故怕办不下来，还得请您多帮忙。至于你投的那些钱，连本带息，只要煤矿能生产，一分也不会少你的。"

"给我耍心眼儿是不？只要生产，那要是不生产了……"

"不不，不是这个意思，就是煤矿关了，我砸锅卖铁，也不会少给您一分钱。"

"见外了，我同你合作也不是一天两天，我敢拿钱放在你这儿，那是相信你，你有了困难，我不出手帮谁帮。那证嘛，我想法，其他事，你得多操心。"维丽怕的也是煤矿关闭，要是煤矿关闭了，她这钱可不是小数啊。那老板关闭煤矿他拿啥给我呢。就是有钱，他也会在坏人的挑拨下用不法手段坑了我。到那时，老板成了穷光蛋，他啥也不怕，我要是追得紧了，让外人知道我有投资，必然要追问这钱从哪里来的，那不坏了大事。要是天胜知道我偷偷转移资金投资煤矿，他会怎样想，会不会同我闹。看来，没钱的有没钱的苦恼，有钱的也有有钱的苦恼。她告别了老板，正在往外走，一个短粗的黑影一闪不见了，她心里有点儿发毛，她正要喊，那黑影已经没了。喊了弄得满城风雨也不好，看来那黑影也无意伤害自己，可那是什么人呢？为什么要鬼鬼祟祟地在这里出现呢？盯梢，是有人盯我的梢。不会吧，我和谁有这么大的仇呢，值得他费这么大劲儿。不会吧，也许是保卫部门的人，他们担心我的安全在暗暗执行任务。别疑神疑鬼的了，不过也不能太大意，想到这儿就转身又回到老板办公室，说："老板啊，我在这里也没事了，你安排个人送我回去吧。"

"好好，我马上安排车送你走。你先在这儿休息会儿。"一会儿车来了，维丽就急急忙忙回到市里。

王耀成听说光耀煤矿出了事故，正在郁闷。他起初不大关心，不是搞宣传的人了，对新闻也没了兴趣。后又听说，区市领导都去了，连天丽公司老板的老婆也去了，感到有点儿奇怪，明星们都想成新闻焦点，他王耀成也懂得新闻宣传的重要。过去也曾上过镜头，现在成了猪头闲人，没人再关注他了，心里还真有点儿不舒服。他见江维丽去煤矿，心中的气一下涌上来。他送猪头的事，全县大会不点名批评后，文化馆为配合反腐倡廉就谱了一首歌，江维丽多次在大小场合演唱。她这首歌唱红了她自己，却唱臭了我王耀成。他这口恶气一直没有机会出，他决心这辈子一定要出这口气，不然一辈子也合不上眼。这回他推断出，她肯定和煤矿有利害关系，也可能和这次事故有关系。我在网上下那么大的劲儿，也没见有什么动静，这回我要是弄出点儿新闻，说不定还有出头之日。想到这儿，他打算到煤矿去一趟，我虽在家闲居，出这么大的事故，我也该关心关心啊。到了煤矿，他想去见老板，但听见老板正和维丽说话，虽没听太清楚，但合作不是一天两天了，投了……是对老板的信任等话引起王耀成的兴趣，难道，她们家在这里有个人投资？要是这样那事就大了。他想再听听，弄个明白，这时维丽说要走，王耀成赶快闪到旁边树林里，偷偷地往远处溜。没想到被维丽瞅着个黑影。

维丽回到家，天胜还没睡，她坐在他身边，聊光耀煤矿的事，她温柔地说："还好，没伤着人，真吓人啊。"

"咱这儿是煤炭大市，小煤矿上百家，不好好整顿不行啊。上边有意把那些无证的或管理不好的小煤矿关闭一批，这样可能事故要少些。"

"关，你别犯傻了，你不是市府的人，站着说话不腰疼。谁在任上敢关煤矿，一关那 GDP 下来了，税收就下降了，这可是考察班子的硬指标。"

"唉，难啊。"

耀成是本地人，因那猪头丑闻闹得他无心工作，五十岁就推说有病搞个病退赋闲在家。那煤矿老板是他姐夫，对光耀煤矿的事了如指掌。这煤矿老板，不是个善茬儿，是有名的三硬老板。哪三硬呢？一是关系硬，二是手腕硬，三是鸡鸡硬。

这关系硬，要说清楚还得费不少口舌。老板名叫蔺石板，为什么叫石板呢，这也是当地的民间习惯，小孩生下来，叫什么名字，要撞姓，啥叫撞姓呢？刚生下的小孩为了好养活，就抱着他出门碰见什么就叫什么。碰见狗就叫狗狗，碰见猫就叫猫猫。

因此这一带的人叫什么的都有，有叫石碑的，叫坷垃的，还有的叫砖头、瓦块的，他这名字敢情是出门碰见石板，那当然就叫石板了。他的姓，这蔺，是赵国名相蔺相如的蔺，一个回车巷，将相和强赵故事代代流传。他自称蔺相如后代，能说会道还当过几年大队长，这智商、这口才还真有蔺相如的基因。但他也有不光彩的历史。当大队长时因调戏妇女和贪污粮食住了监狱。虽然只住了一年，就这也足能使他脸面丢尽，出狱后，他再也没脸回村，就投靠江老猫，他看门，帮办，直做到副总。老猫倒卖钢铁发了，他也挣了不少银子。后来老猫死了，他不愿在小猫手下当差，就自己开了个煤矿。小猫觉得石板在父亲手下有功，又留不住他，就同姑姑江维丽说了，姑就拿钱投到他的煤矿上，放在矿上帮他解决资金的困难。小猫是江维丽的侄子，江维丽是房产公司老板的夫人，还有股份，这关系还不铁。所谓手腕，他开矿以来用阴阳两手挤走了周围十几家矿点，独霸这一方也实在不易。说他鸡鸡硬，那也是形势逼的，因那段不光彩历史，他不愿回家见老婆，但这男人的问题也要解决啊。开始找小姐，这虽可解决一时之需，但不是长策，况且还有什么艾滋病性病什么的，也不安全。他在市里买了房找个二奶。他是煤矿的老板，毕竟在矿上待得时间长，就又在矿上包了个三奶。他走到哪儿，就吃哪里奶，既方便又各守本分，互不侵犯。那大老婆虽是结发之妻，王耀成的姐姐，但也是老实纯厚之人，也挺理解蔺石板，想他时就到煤矿上过一夜，解了渴就知趣地离开。虽然家庭和睦，但外人也断不了闲言碎语，说他鸡鸡硬，是调侃，是不满，是黑他，恐怕这几种都有。

王耀成见维丽上车走了，蔺老板刚进了屋，他大摇大摆地走进办公室。老板急忙打招呼，说："这么晚了你怎么来了？快坐下喝茶。"

"听说你这儿出了点儿事，不放心，白天没时间，晚上来看看。"

"那谢谢了，没啥大事了，人都救出来了，经济上受点儿损失。"

"有啥困难说，我虽然不能解决，但可以帮你反映，帮你解决。"

"这份心我领了。弄几个菜，咱喝两杯。"

"不麻烦了，你这……"

"没事了，咱坐坐，正好这几天也烦，说说话，也好解闷。"

"那就客随主便了。"

说着办事员端上几个菜，提了一瓶酒进来。二人边说边聊起来。蔺老板和他喝酒想解闷，而王耀成喝酒想从他口中找点儿有用的东西，这蔺老板走江湖是老手，对付王耀成绰绰有余。喝了一瓶酒，王耀成有点儿支持不住了，但蔺老板一点儿风也没给他透。王耀成只好悻悻而回。

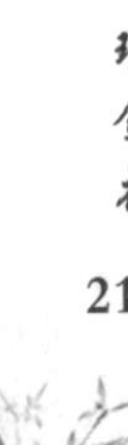

第三十八章　生日噩梦　羞说善捐

江维丽回到家，那个黑影一直在她心里挥之不去，又黑又壮，这形象让她一下就想到王耀成，她接着就否定，不可能，他和矿上没有关系，半夜三更到矿上干那事的可能性不大。她想把这事告诉天胜，让他帮助分析分析，但又想，还是不说的好，他听了还不定想到哪儿去了呢。弄不好又扯出些麻烦来。江维丽是经过大世面的人，能屈能伸，该忍时，只有忍得住才能干大事。她硬是忍着这块心病，强装笑脸，应付天胜。天胜下班回来她热汤热水服侍，温言细语关照。躺到床上睡不着时，她又耐心地给他讲故事解闷。

江维丽正讲着故事，“咚咚咚”，一阵敲门声，她不满地说：“谁呀，这么晚了，还敲门。”

天胜说：“你去看看。看是否有什么急事。”

维丽站起来，走近门问：“哪位啊？”

外边答道：“妈，是我。”“啊，苦生啊，怎么这么晚了才来呀，快进来吧。”

说着苦生便随着母亲进了屋。

苦生是天胜和维丽的儿子，为什么起苦生这名字呢？这里面还有故事。别的孩子生下来哭，很正常，但这小子特别，生下来，就哭个没完，白天哭，晚上哭，叫人心烦火燎的，后来起名时便叫他哭生，也有人叫他苦生，上学时便起大名任苦生。苦生来到父母面前问声爸爸好，就坐在爸爸旁边。

维丽问：“这么晚来有事啊？”

苦生说：“也没大事。有个小事想和您二老请示一下，我想辞职。”

“你在财政局干得好好的为啥要辞职？是你的主意吗？”

“是，也不是。”

“那就是你媳妇的主意了。”

“不错，是她的主意，不过我同意了。”

“不行，你辞职能干什么？”

“到三兴啊。”

“到三兴那个开发公司，你懂啥？你是会盖房还是会和泥？”

“既不盖房又不和泥，是当副总。妈你忘了，我可是建筑工程学院毕业生，是建筑人才。”

“你在财政局审查建筑项目不也能发挥你的才能吗？”

天胜听着他们娘俩说，一声不吭，但心里明镜似的，这是三兴老总的高棋。他先把妹妹嫁给苦生，再将苦生拉过去，他是看重苦生的本事吗？是看重他们的爹妈。他爸妈是大公司的老板，有钱，有路子。开发商房子不愁卖，但就愁弄不到地，弄不到好地盘。要想弄到地，一要靠钱，二要靠关系。同天丽搭上关系，强强联合，谁敢小看。什么事都好办。

“你到那儿为的啥呀？”

“为的钱，我在财政局挣那几个钱，还不够买件好衣服，不够给媳妇买件好首饰。人家可是答应我过去年薪五十万啊。现在是什么年代了，是金钱时代。有钱的是大爷，没钱的是孙子；欠账的是大爷，要账的是孙子；服务的是大爷，被服务的是孙子。就说那猪肉吧，买肉看看那上边有没有蓝印，现在可好，给个红包，那蓝印随便盖。没红包嘛，对不起，肉不合格。那有钱的不让老婆生，让二奶生，那明星大腕，不在国内生到外国生……”

“别扯那些乱七八糟的了，你这事问你爸，别问我了。”

“孩子不小了，他的事让他们做主吧。”天胜知道，他也说服不了苦生，就顺水推说了这么一句。

维丽不满地瞪了他一眼，说：“今天太晚了，要休息了，明天我同你爸商量商量再说。”

苦生走后，维丽不满地说：“这是关键时刻，你咋还当老好人？”

“不是我当老好人。现在市税收财政预算一大块都靠房地产，我们又和三兴是亲家，市里离不开，也惹不起房地产商，咱家也是搞这个啊。苦生前边那媳妇，你用三十万打发了，这回你想多少钱打发，几十万人家看都不看，你还想咋着？”

“那也不能辞职，最多停薪留职，给孩子留条后路。”

“那就先试试。好好，你看着办吧，我困了。”

夜深了，一家家闩好门，啪一声拉灭灯，去寻找自己的好梦。幸福的家庭在享受着一样的幸福，不幸的家庭，谁来关照他们的不幸？

“丁零零”，电话铃响，江维丽拿起话筒，说：“喂，您好，请问您找谁？”

“是任总家吗，我是赵三宝。”

“啊，赵老板，有事吗？”

“没，没事，不是听说你今天生日嘛，上午有会不能去亲自为你祝寿了，打电话问个好。”

“谢谢了。也借这机会问你夫人好。”

“好吧，我就不打扰了。再见。”

“再见。”

天胜正要出门，听见赵老板打来的电话，又转回身，说：“我不是和你说生日在家同孩子一起高兴高兴就行，不要声张。”

“除了孩子和红卯我谁也没说啊。”

“那赵三宝咋知道的？这人不讲信用，公司不同意进他的建筑材料，你少和这人打交道。”

“你问我，我问谁去，鬼才知道咋回事呢？”

“除了孩子和亲属，那寿礼谁的也不能收。”

“不用你说，我会处理的。上你的班走吧，中午早点回来，孩子都等你呢。”

苦生领着他那漂亮的媳妇拎着个大蛋糕来了，两人进门就嚷：“妈妈，我的好妈妈，祝您老人家生日快乐。”

“进来，快进来，让妈好好看看我的好儿子、好媳妇。”

“妈，你那政治局会议开得怎样？”

“又给妈瞎白话呢，给你爸说了，到三兴可以，但只能停薪留职，不准辞职。要给自己留条后路。”

苦生媳妇高兴地说：“苦生，妈多明白，还不谢谢妈。”

苦生就上前做鬼脸合手一拜，说：“谢谢母亲大人。”

“你个臭小子，就会装神弄鬼，快三十了，还没个正经。苦生啊我问你个事，我生日你和别人说了没有？”

“没有啊，我对妈发誓，谁也没给他说。”

“那怎么刚才赵三宝打电话来祝寿？”

“哦，我想起来了，昨天找局长请假，他也找局长办事，局长问啥事，我说我妈明天生日。”

“看看，是你说的吧，不用审，你就交代了。你爸爸还怪我呢。”

“我妈是谁呀，出门像个花木兰，在家……”

“净贫嘴，一边待着去。”

“咚咚咚”，又是几声敲门声，这回进来的是大老板红卯。他腋下夹着个黑色皮包，进门就说：“祝姑姑生日快乐。”

苦生打趣地说：“卯哥你可是大老板，妈生日我们凑热闹蹭吃喝，你也来蹭？”

“臭小子就会欺负你哥，拿你哥开涮。”转身对维丽说：“姑，你到屋里一下，我和你说个事。”

“啊，还得拉个背场，有啥秘密不能公开。”苦生开玩笑说。“你就贫嘴吧，回头再给你算账。”红卯说。

红卯将维丽拉进屋里，就打开包，原来包里是包好的一个个红包，说：“这根链子是我孝敬姑姑的，这个是三兴的，这个是赵三宝的，这个是……”一大堆红包，包包都有内容。有的是黄货，有的是钞票。维丽问红卯：“他们怎么知道我今天生日？是你通知的？”

“不用通知，他们一个个比猴儿还精，一个人知道，全城都知道了。”

“哄我吧，我还不知你那几个鬼点子，为讨姑姑高兴，准是你弄的。”

“姑姑你冤枉死我了，我就在前天酒场上，三兴老板说后天请我，我说后天没空，是我姑生日，我得到场。就说这一句。”

“还一句，这不等于公开发布了。咱不说，人家送礼是人家的真心，没法拒绝。你这一公开发布，那不成了请人家送礼吗？显得咱好像多喜欢他们那点儿东西。”

“是是是，我脑子简单没想那么多，姑批评得对，今后我说话一定注意。”

中午过了十二点，天胜才姗姗来迟，放下公文包说：“啊，都来了，我来晚了，今天是维丽五十大寿，咱得好好庆祝庆祝啊。”

桌上菜都摆好了，还点了蜡烛。苦生和媳妇两人同他先后到场的姐姐姐夫拍着手唱起生日歌。维丽高兴地吹灭蜡烛。正要祝酒，大新来了，二新也来了，他们提着包，那是祝寿礼物。大家忙着给他们让座。他们都客气地说：“今天是二姨生日，我们哥俩来晚了，红卯兄弟你说吧，是打还是罚。然后，再向二姨谢罪。”

“不晚不晚，今天没有外人，我说在酒店办吧，人家大老板不让，在家也没什么好菜，大家吃。苦生快打开酒，满上。”

苦生满好酒，一场热热闹闹的生日宴开始了。

酒足饭饱之后，江维丽送走亲眷，又打发天胜上班之后，她一人关好门，查看那一个个红包。将金银玉器锁进保险箱，将现钞点了点捆起来放进另一个保险箱。她从寿礼的多少掂量着送礼者的忠诚度，她今天非常高兴，完全按天胜的意思在家办生日宴，不声张，不铺张，又收了这么多寿礼，真是一举多得。

她靠在床头上，眯着眼思前想后，不知不觉竟睡着了。

是啊，她今天忙里忙外，迎来送往，又喝了几杯酒，自然有点儿乏，就是年轻人也得累坏，别说她是年过半百的人了。

江维丽太高兴了，天胜同意同她带着孩子去旅游。她挽着天胜，跟随着苦生，从英国到美国，转了一大圈儿，异国风情太美了，她一路滔滔不绝地畅谈着感受。但天胜始终一言不发，儿子儿媳也不和她多说话，这是怎么了？怎么都这样对我。她正在生气，空姐开始广播，说："因飞机故障，各位有什么遗嘱请写在纸上，交给空姐。"苦生和他媳妇抱在一起哭起来。天胜紧锁眉头一言不发。怎么办呢？怎么办呢？她摇着天胜的肩膀喊。天胜慢慢地说："我们一家人是完了，但临死我们要做件善事，将所有家产捐给贫困儿童。"江维丽有点儿不舍，但马上要死了，要这些东西还有什么用呢？不捐也是别人拿去，还不如落个好名声。想到这儿也在遗嘱上签了字。她用抖动的手将遗嘱交给空姐后，就闭上双眼，两手紧紧地抱着天胜，等着那一刻的到来。等啊等，过了一段时间空姐又开始广播，说故障排除，飞机正常飞向目的地。一家人又由忧转喜，高高兴兴地下了飞机，走到家一看，房门上贴着一张封条，上边写着，此处已捐给红十字会，拍卖所得全部用于救助贫困儿童。江维丽急了，她想找人说理，找谁呢？人家拿出她写的遗嘱对她耍官腔。这时冷雪花来了，她拉着天胜说："她江维丽完了，她除了那张黄脸皮还有什么。咱们走吧。"说着拉起天胜飞走了。苦生也拉着媳妇飘啊飘地飘走了。只剩她江维丽一个，房无房，钱无钱，连个亲人也没有，她拍着两只大腿哭起来，高声喊着："我的天胜，我的钱。"

这时天胜下班回来，打开门听到维丽在喊，就喊维丽："维丽、维丽，你的钱怎么了？"

江维丽被天胜的喊声惊醒了，她揉揉眼不好意思地说："做了个梦，我说梦话了。"

"我进门就听见你喊了，是累的吧，又做了噩梦。"

她不好意思地笑笑，忙着让保姆端上饭菜，用晚餐。

第三十九章　真标假投　探师惹烦

苦生高兴极了，他像是从笼子中逃出来的小鸟，拉着娜娜的手大步流星地走向三兴房地产开发公司。这三兴是怎么来的呢？里边还有不少文章。

三兴老总潘三兴，也有不少故事。顾名思义，这三兴，必定是排行老三，他有两个哥哥一个妹妹，这妹就是苦生的媳妇潘娜娜。他两个哥哥一个叫大兴，在加拿大一家公司做事，已经熬成了副总。一个叫二兴，是大学教授，只他三兴从小就调皮捣蛋，不好好上学，上了个职中，就到建筑工地当了个小工。别看他学习不行，但身强力壮，有一身力气。搬砖和泥他愣是不嫌脏，不怕累，很快就熬成工长，后来还当上第三建筑公司的经理助理。一天，大兴到上海办事，顺便回家探探亲，也巧，正赶上三兴和公司的头头闹矛盾，窝在家里生气。老爸本来就对老三有成见，他是中学教师出身，对不好好学习的孩子当然看不上，总觉得老三当个泥瓦匠丢了他的面子。老大一回来，他拿老三和老大一比，就更来气了，当着老大的面没鼻子没脸地骂起老三："就会在家耍牛脾气，有本事小时好好学习啊，像你大哥一样还能受这窝囊气。"

这老三最怕人家揭他不好好学习这个短，一听老爸又在大哥面前数落他就急了眼，红着脸与老爸争辩说："我不好，我不好，你们当初为啥还要生我。"

老爸气得满脸通红，正要发作，老太太一看老头儿真的生了气，就对老大说："大兴，你把老三这头犟牛弄出去，别叫他在家气人。"

老大见父母都生了气，就拉着三兴说："走，老三，帮我找个好酒馆，咱哥俩儿喝两盅去，别光在家闷着。"三兴自知同父母斗气也没意思，就随大哥去了酒店。两个人你一盅我一盅，喝得开心聊得也很投机。从外国风土人情到创业经营，最后聊到他的公司。他气愤地说："这新换的经理，是从县里调来的副局长，对建筑一窍不通，我顶了他几句就和我记下仇，处处和我过不去。我真的不想干了。"

“不高兴就不去干，现在不是建筑市场开放了嘛，不行就自己干呗。”

“我也想自己干，可我没资金啊。”

大哥慷慨地说：“资金不是问题，我出钱，你负责技术和管理。我忙，顾不上过问，就全托给你了。”这一场气生出一条光明大道，他真的拉起大旗弄起个三兴房地产开发公司，而且还是个合资的，享受着种种优惠。

苦生夫妇吃了妈妈的生日宴就来到三兴公司，三兴笑眯眯地迎接他们，听了苦生说父母同意他到三兴后，连声说：“好、好，我这儿正缺人手，特别像你这学建筑的人才。我也想了，这是个大公司，你上来就当副总可能有人不服气。怎样树树你的威信，我想这样安排，你分管搞地和拆迁这一块，我知道这是个硬骨头，你能拿下来，别人还有什么好说的。环城东路绿湖旁边那块地，很有前景，听说土地局要拍，你准备准备，从目前市场价那少不了二三百万，那是五十亩，我给你一亿五，除了地价，剩下的是你的活动经费。你和娜娜商量商量。随后给我个话。”

苦生想，这私营企业就是和我们机关不一样，上班就交代任务，要是在机关光安排啦，分工啦就得一两个礼拜。两人出了公司，就想去找他母亲汇报并听听意见。

江维丽下午那个梦，一直挂在心里，雪花，为什么我一不顺她就出现。连个梦她也不放过。她想着天胜，天胜也想着她啊。这时，苦生和他媳妇进来了，打断了她的沉思。苦生娇声娇气地说：“妈，过来，我给你说个事。”

“有啥事啊，还对你爸保密，在这儿说吧。”

“妈，在家你是一把手，我爸在公司是一把手，在公司爸的权力大，在家你可是全拿啊。不先向你汇报，向谁汇报啊。”

“小兔崽子，就你的花花肠子多，好好，我去听你的汇报。”维丽跟苦生夫妇来到旁边的屋，苦生把三兴的话学了一遍。

维丽不冷不热地说：“这三兴，真不愧是当老板的。不过要拿下那块地，也难。”

“妈，这可是我的头一脚，这一脚要是踢不好，我在三兴还怎么混啊？”

“别着急，让我再想想。现在都兴拍卖，你表哥他一人也不好拍板。还要给他留点儿空间。不能逼得太紧。”

“怎么留？”

“只要把拍卖这条路理顺，就好办了。他不是拍卖吗？找好投标的就行了，叫他们只投标并不想要的那家，不就成了。”

“我说呢，还是我妈高，妈，不愧是我的好妈。”

“你表哥那边我再做做工作。他肯定配合你。”几句话说得苦生两口子高兴得屁颠屁颠的。

维丽一家正在谋划有关苦生前途的大事。王雪碧也在谋划，她带着榴红、冬喜、向江和相生来到梦城中学，相生提议，先看看老师，这老师不是别人，正是耿金良他妈。看她，雪碧有点儿不高兴。但寻思一想，都这么多年了，老师虽然当年对不起自己，但她已经八十多岁了，不能再同她计较了。想到这儿，就随着他们几个到耿金良家。雪碧躲在冬喜身后，坐在一个小板凳上。老太太老眼昏花，看到学生来看她非常高兴，聊了几句后，她叹了口气，说：“我教书几十年，学生也有上千人了，就有一个人，就是那个小雪碧，我总也放不下，是我对不起她，也耽误了金良。”

“金良怎么了，他不是好好的吗？”向江说。

“好啥好，他虽然不说，我也觉出，他因雪碧的事还记恨我。当年，我不同意他同雪碧好，硬是拆散他们。后来妇联有个女的同他谈恋爱，这时她听说雪碧出事了，说同金良有不正当关系，那女的不干了，就同他吹了。金良伤了心，到现在，他再也没找对象，说一辈子再也不谈恋爱了，是我伤了他的心啊！”几个学生听了，心里酸酸的，雪碧不知是老人故意说给自己听的，还是没看到自己，也不知说什么好了，只好匆匆告辞。他们来到学校，找校长，那校长正是耿金良，一说在学校设立金花勤奋奖，他拍手称赞，并同意亲自谋划，一定办好。事办得很顺利，金良亲自把几个同学拉到学校小餐厅，为他们炒了几个菜，宴请他们。酒喝得差不多时，榴红说：“公事不说了，友谊也不谈了，我想说点儿私事，雪碧、金良你们就不能把自己今后的打算给我们几个说说？”金良脸一下红了，说：“喝酒，喝酒，没啥好谈的。”雪碧也挺尴尬，想张嘴，又觉得没啥说。向江起来，端起酒杯圆场，说：“喝喜酒当然高兴，但同学团聚酒也高兴啊。”榴红和向江的意思雪碧和金良都明白，但这事还得容他们好好考虑考虑。

秦友维从云南出差，带回几瓶普洱茶，他送给天胜尝尝，正同他们聊天，电话铃响起来。维丽拿起电话，又是小王打来的，天胜接过电话，说有急事需要马上到公司一趟。车和小王在门口等着，江维丽和友维将天胜送到门口，上了车。友维说：“天不早了，我该回去了。”

维丽说：“想起来了，我还有个事给你说。进来吧，停会儿再走。”

秦友维只好跟着她回到客厅。她从冰箱拿出两听可乐，又拿出几盘水果，说：“随便点，边吃边聊吧。”

这待遇升高，肯定是有事，友维根据经验暗自想。但维丽并未说有什么事，而是漫无边际地聊，关心地问友维："来市里几年了？"

"嗯，三年零五天。"

"论天数着呢？夫人不在，日子不太好过吧？"

"有啥好过不好过的，她不在身边，还少了不少唠叨呢。"

"女人嘛，都是这样，是担心，是关心，生怕男人出什么差错，因为男人是他们的靠山，是脊梁骨，那脊梁骨有了毛病还了得。夫妻之间应当相互理解。"

"你说得对，在梦城时，吃穿杂务我从不用操心，刚到这里时还真有点儿不适应。干完工作，还得想家务。说真心话，还真有点儿想她。"

"想，就叫她来吧。"

"不是现在没房嘛，因住得不方便，她在宿舍待了几天也觉得不方便就回去了，所以就想放放。"

"这事好办，苦生不是到三兴了麻，公司给他个二百平方米的房子，反正他也住不着，把夫人整来，就在那儿住。"

"这不好吧？"

"有啥不好的，这事我当家，就这样定了，夫人的工作你是咋考虑的，如果不嫌孬，就到我们公司，就在后勤那儿轻闲，也好照顾你。"

"还是老同学好，我代表夫人谢谢你。"

"先别谢，我还有事找你办呢。"

"你有啥事说吧，你也知道，我是个实在人，只要我能办的，你就放心吧。"

"其实也没啥大不了的事，不是苦生刚到三兴嘛，你们公司那儿是个老城区，旧城改造得多，开发商也多，我想了解了解这方面的情况。"

"这好办，我来得时间短，太详细我说不准，说个大概没问题。你说先说哪方面吧。"

"先聊一下开发商吧。"

"开发商最大的是三兴，这不用介绍了，其他十几家，好的有乐居、安厦……"

"那经营不太好的呢？"

"经营不太好的大多是小的开发商，像我们公司和绿城啦，美居啦。"

"他们的问题在哪儿呢？"

"你这个好助手，贤内助，天胜有了你是福啊。"

"还福呢，工作压得整天板着个脸，哪天不训我就万福了。"

"夫妻嘛，磕磕碰碰是家常便饭，我和她也是，要是一天不抬几句杠，还真

觉得少点儿什么。不说这了，还说那开发商吧。那不太好的开发商主要是资金，贷款不好贷，钱少了土地不好弄，项目开不了工。恶性循环啊。”

“你觉得有什么好方法，解决他们的难题？”

“咋没想呢，但没想出好招啊。”

“我有个法不知行不？”

“有什么好法你说说。”

“我只是随便说说，不一定对，来个狗吃骨头。”

“狗吃骨头，是啥意思，我笨没弄明白。”

“那些不景气的不就像骨头嘛，那强壮的好像狗，让肥的吃掉瘦的，那不都成肥的了吗？”

“哎呀，你真会形容，又生动又形象，那新词叫兼并，不过这涉及各方的利益，谁也不想吃亏，工作难做啊。”

“你可以先试，三兴不是很好吗，你找两家虽然经营不太好，但条件还是有前途的，三兴这方面的工作我想法去做，你呢，负责做那两家的工作，在兼并之前呢，让这两家帮三兴做件事，显示一下诚意。”

“让他们做什么？我去说。”

“也不是啥大事，绿湖旁边那块地，三兴想要，但现在不是兴拍卖嘛，得投标，你让这两家投标和三兴争。”

“那他们哪能争过三兴呢？”

“不是真争，让他陪陪三兴争。”

“这……这……”友维想，这不成了假招标了吗？要是露了馅儿，牵扯到我的头上要犯错误的。他不敢直接答应，犹豫了一下。维丽知道他怕担责任，就直接说：“没你啥事，你牵个线就行，别的让苦生谈。谈成了救了几家企业，也繁荣了经济。”

友维想了想，不做不行，得罪了她就等于得罪了天丽，我还想靠着天丽救公司。但涉太深也不行，弄不好会栽跟头。要拿捏好分寸，做到恰到好处，难啊。

友维送来的是名茶，带回来的是愁帽子。就想，自己也不过是一根没有多少肉的骨头，也说不清哪天叫哪只狗吃了呢。

第四十章　醉酒惹事　短信起妒

维丽送走秦友维，回来看看表，已是晚十一点多钟了，天胜还没回来，一人就躺下睡了，因过度操劳，有点儿乏，天胜啥时回来的她也不知道。第二天一早，睁开眼，天胜还在睡，她就轻手轻脚地到卫生间洗漱，天胜听到响声也醒了，伸了伸懒腰，打了个哈欠，就起来了。维丽见他起来了，就说："昨天忙到啥时候啊，回来我也不知道？"

"一点多。"

"有啥急事啊，忙那么晚？"

"也不是什么大事，就一班子记者今天要来采访光耀煤矿事故的后续处理情况。我们公司无私支援煤矿，抢救有贡献，宣传部也让我参加。"

"这些记者都是吃饱了撑的，没事找事，给地方添了多少麻烦。有的还要钱要物，不给就用曝光来威胁。真不是玩意儿。"

"大多数记者还是好心，想着给帮忙。"

"帮忙，帮什么忙？帮倒忙。除了冷雪花，哪个记者不是来找碴儿的？"天胜瞪了维丽一眼，维丽知道又说漏了嘴，马上转移话题，说："啊，我忘了，保姆今天她妈生日请假了，我赶快给你弄早点。"说完转身走了。

天胜刚走，红卯气喘吁吁地跑进来，边喘气边喊："姑，不好了，不好了，蔺，蔺石板他跑了。"

"啊，他跑了？"

"是，他昨晚上偷偷开采，又发生冒顶事故，井下几十人，他扔下不管，就一人逃跑了。一群记者和省市大小官员都去，这回事闹大了。"

"他跑了，那钱……"说着一阵头晕，红卯赶快前去扶住她，安慰说："姑，你是咋着了，赶快去医院。"

"不，不用，歇会儿就好了，你快说说，那钱……"红卯把维丽扶到沙发上，又倒了杯水。维丽靠着躺了会儿，缓过劲儿来。红卯说：“姑不用急，石板他跑不跑，我们都不会有损失。”

“他跑了钱找谁要？这不要了我的命啊。”

“姑你看，这是我同石板签的两个协议。一个是借款，这不上面写着蔺石板借款年息百分之二十，借期五年，到时本息一并还清，如须再借须另签协议。你再看这个，分红协议，蔺石板借款如经甲方乙方同意亦可作为股份按年分红。他石板经营好，我们执行分红，他跑了，那设备跑不了，固定资产跑不了，就是拍卖，他也得还借款啊。我们没事。”

“呵呵，没事就好，我真怕被这小子骗了呢。红卯啊，还是你想得周到。”

“说实话，我还真想叫他跑呢，他这光耀矿不是离我光华矿最近嘛，要是我把他收了，那还能拣个大便宜呢。”

“就你小子鬼，这时候还想发灾难财。不说这事了，咱娘儿俩，没事，你姑父一时半会也回不来。咱聊会儿天吧。”

“姑你说吧，我这会儿也没事，我就愿意听姑说话。”

“就你小子精，会逗姑高兴。”

光耀煤矿事故，抢救工作总算结束了。十死二十多伤的悲剧像一团乌云，压得滏城喘不过气来。市委书记和市长被责令做深刻检查，主管工业副市长受记过处分，煤炭局长被撤职，矿长和副矿长追究刑事责任。光耀煤矿因老板逃跑，无法经营，市里决定让光华煤矿兼并。

煤矿又出大事，连天丽公司的救援设备也被破坏得不成样子，这损失可不是小数目，是自愿支援的，这钱找谁要呢？江维丽却心情舒畅，情绪高涨。她温情脉脉地劝慰丈夫说：“天灾人祸，也别太往心里去，要注意身体。”

“什么天灾，上回透水事故，还没处理，这个黑老板鬼迷心窍，又偷偷夜里加班生产，完全是故意。这回可好。死了十来个人，这可是大事故啊。老板他跑了，我们的设备损失让谁赔啊，对我们公司有多大影响啊！”

“是，这个石头老板，心真像块石头，该狠狠处理让他接受教训。好了，咱不说这不高兴的事了。累了这么多天，你也该放松放松，你躺下，闭上眼，什么也不想了。”天胜也累了，他真的躺下闭上眼，想清静清静。

天胜清静了，但维丽没有清静，她听了友维的回话，心中大喜。她紧蹙双眉，闭眼沉思。

“丁零零”，电话铃响，维丽伸手拿起电话。“啊，是小新啊，是我找你，你来一下，我有点儿事想和你说说。”那边回话说：“好，二姨你等会儿，我马上就到。”这喊二姨的小新是谁呢？就是市土地局干部郑大新。郑大新一米八的个头，粗眉大眼，嘴阔鼻小，黑黑的胡茬儿占了他大半个胖脸。他坐在维丽旁边瓮声瓮气地说：“姨，有啥事你说吧。”

“也没啥事，想问问，绿湖边那块地不是要拍卖嘛，三兴想买。”

“三兴有钱，他想买就买吧，过几天就要招标。”

“我知道招标，不是苦生刚到那儿嘛，让他抓这事，你总得给他点儿面子是不？”

“姨，这事不好办。公开招标，谁报价高拍给谁……”

“官大了是不，来给姨要官腔来了。”

“不，不是姨，你听我说，我弟出事后，我也……”

“怕是不，你弟不是因煤矿出事撤了职，你怕也鸟了毛。不是你小时候了，姨没用了，你走吧。”

“姨，你别生气，我不是这个意思。”

“啥意思啊，不好办，不能办，不就这句话嘛，我离了你就不信办不成这件事。”维丽真的生气了，二新也没了招，走也不是，不走也不是。他想，要是不答应姨的要求，姨的脸没处放，得罪了姨，就等于得罪了姨夫，人家可是大老板，今后我还怎么混。要是答应了，这事可有风险啊。要是捅出去我混了十几年才得到的小科长这顶乌纱帽非刮掉不可。但他又想，我这条命要不是姨，能不能活到今天就很难说。妈生三弟时，得了月间病，一下扔下他们弟兄就走了。姨将小弟抱走，过继给舅。家里剩下我们哥俩和父亲，筷子夹骨头三个光棍，是姨她又洗衣，又缝被，还不时送来好吃的，她虽是姨但比娘还亲啊。是她将我们弟兄俩养大的啊。又是她这个姨，让我们上学，小学、中学、大学，我和二新，都成了才。我们从职员、科员、科长，哪一步没有姨的心血啊？不，不能忘记她，更不能辜负她。想到这儿，大新就轻声对维丽说：“姨，你别生我的气了。没有姨，哪有我们哥俩的今天啊。我们不听姨的听谁的。刚才，我是怕办不好惹姨生气。你说的，我还能不办？”

“学会逗姨了，其实也没啥大不了的事，不是三兴、绿城和美居要投标嘛，投就叫他投吧。我是说，你想想法，别家就不要再让他们混热闹了。”

“那……”

“我知道，你们想挑毛病有的是招。挑个毛病不让他投就是了。”

“行、行，姨你放心，我一定想法办妥当。要是没别的事，我走了。”江维丽送走大新，觉着今天又办成大事，这事不仅对苦生重要，对自己也实惠啊。三

兴答应出一亿五弄到那块地，她要是压到一亿二三，那剩下的就归了苦生，除了公关费，最少也有一大笔的好处费，这可是一笔好买卖啊。她光顾高兴了，天胜啥时来她也没注意。

"这么晚了，怎么还不吃饭？"天胜的话，吓了她一跳。她急忙应付说："困了，打了个盹儿，不承想你就回来了。好，开饭，开饭。"

天胜吃完饭，有点儿困，躺在沙发上，他打着微鼾睡着了。这时，天胜的手机亮了。她顺手拿起一看是一条短信，短信内容她一看吓了一跳。那短信是个叫花的发的。内容是：

胜

我本不想关心F市，但最近组织部抽我去你市搞年度考核，不由自主啊。不想掺和你的家事，但又怕伤着你，有些传闻不可相信，但也不能不听，我苦啊。那丽，你要小心点儿。阅后清除。

花

维丽看到这里，她嘴都气歪了。她想叫醒天胜问个究竟，一想不能轻举妄动。好啊，好啊，你冷雪花真厉害啊，把腿伸到我家来了。这是一场战斗啊。要讲策略，要想办法，怎样才能打胜，让她那个臭不要脸的丢盔弃甲狼狈逃窜，永不敢再沾我这个家。对，要针锋相对，以毒攻毒。就拿起手机回了一条短信。

花

我和丽的事，你就不必过分操心了。F市的事你也不便多管。让我们的过去过去吧。

胜

发完，她将自己发的这段删除掉，并将手机放回原处，索性气呼呼地走出家门。

今天的夜晚，维丽觉得星星无光，月亮无色。闪亮的街灯照得通明，往来的人群吵嚷着，吓得睡在行道路树的小鸟匆匆飞走。南来北往的车辆，鸣叫着喇叭，炫耀着车主人的威风和派头。维丽，她没有这份心思，她不仅没了派头，没了风度，甚至连主意也没了。去哪儿啊？这时连她自己也不知道。她生天胜的气，生雪花的气，真的是气迷糊了，在大街上一人漫无边际地走啊走，走了大半夜，竟然走到秦友维的住处。秦友维处理完公务，一人在宿舍喝闷酒。他一人在外打拼，工作忙时也不觉怎么难受。一旦没事，独自单身苦熬他还真觉得孤单。虽说他也知道，抽刀断水水更流，举杯消愁愁更愁，但有什么办法呢？就在这时，维丽推门进来了。她一屁股坐在友维对面，说："好啊，你小日子过得不错啊，来，我也陪你喝几杯。"

“哟，稀客啊，你怎么这么晚了来到这儿了？”

“不欢迎啊。”

“欢迎，欢迎，我这就给你满上。”

喝了几杯之后维丽说：“友维，我对你怎么样？”

“好啊，没有你就没有我的今天。我们全家都在感谢你啊。”

“不，不对，是我应该感谢你，是你对我家有恩。我哥，他活着时常说，友维是好人，咱不能忘了人家。人啊，不能没良心啊，滴水之恩当涌泉相报啊。”

秦友维不知她今天说些话的意思，但酒喝高了，脑子一下也想不清楚，就随声附和。“恩也吧，愁也吧，这都是缘分，那是咱们两家有缘。”

“对，有缘，人不是说有缘千里来相会吗？咱俩今天能在这儿喝酒也是有这个缘分。”

“那好，咱就喝个有缘酒。”

“友维啊，你说天胜怎么样？”

“好啊，人家是大老板，有权有势，人又好。”

“好个屁，他不如你。”

“维丽，你喝多了，要不咱改天再喝，我送你走。”

“你，你不够朋友，撵我走……”

“说哪儿去了，我咋能撵你呀。”

“那咱喝。”

“好，喝，喝。”

“友维啊，如果有一天，我被天胜撵出来，你……你，敢……敢，收……留我吗？”

“今天我……我……也，喝……喝多了，不是说大话，如果，你用得着我，只……要有……我吃的，就……决不会饿着……你。”“好，好，好，痛……快。我就……要的你这……句话。那喝。”“喝，喝。”两人喝着喝着都醉了，不知怎么上的床，两人抱着睡着了。

秦友维睡了一会儿，一泡尿把他憋醒，他睁开眼一看，才知道自己手抱着个女人，那女人还在睡，并且嘴里还不停地说着梦话：“我恨你，我恨你……”这嚷声，吓得秦友维出了一身冷汗，从醉酒中完全清醒过来。他急忙把手从那女人身上抽回来，爬起来穿好衣服，拉开灯，推推江维丽，维丽骂道：“任天胜，你推我干啥，你找那个妖精去吧。”友维连推带喊，总算把维丽弄醒了。那女人睁开眼，尖叫一声，一肚子酒全吓光了，她推开友维整理好衣服，梳梳头发洗把脸，出了友维的门就急匆匆地往家跑。

夜深了，繁忙的大街清静了许多。下夜班的职工吵吵着涌上大街，互相打着招呼，骑上车像归窠的小鸟，飞也似的跑回家。几辆汽车呼的一声飞过去，带起的尘土落维丽一身，她有点儿怕，天胜要问我，我说啥？他要知道我同友维在一起睡了，给他戴个绿帽子，他会怎样想？这么多年的夫妻，会因为这事散伙了吗？孩子、亲戚会恨我吗？那同事的白眼，左邻右舍的议论，那些原来咬牙切齿恨我的仇人，他们还不看我的笑话。那些我多年积攒的钱怎么办？她边走边想了很多很多。到家门口，她犹豫一会儿，才轻轻打开门进去。还好，天胜睡得正香。保姆也没在，她就蹑手蹑脚地钻进被窝。她想好的几套应付办法都没用上，一闭眼也呼呼睡着了。

天亮了，几缕阳光从窗户射进来。叽叽喳喳的麻雀围着窗子叫。江维丽醒了，她觉着有点儿怪，难道这麻雀也在看我的笑话。她心里惴惴不安，就怕丈夫醒来问她，她挖空心思，想如何应答。天胜醒了，他揉揉眼，伸了伸胳膊，睁开眼看到维丽已穿好衣服，正要穿鞋，就问了声："昨天我听你讲故事睡着了，一睁眼不见你了，等了你一会儿，你没来，我就先睡了。你回来我也不知道。"

"一个老婆子了，还能上哪儿去，一个同事两口子闹别扭，去劝劝，说得时间长点儿就回来晚了。"

"这人也是，好好过日子吧，闹什么别扭。都是吃饱撑的。""谁说不是，理是这个理，但人谁都有糊涂的时候，不是说糊涂难吗，由糊涂变明白更难，明白人少啊。"

"啥时开始研究起心理学了，还有不少感慨。进步了，进步了。"丈夫的夸奖让她有点儿高兴，她看出天胜对她没有丝毫怀疑。她的心渐渐平静下来，赶忙做早点，热情地伺候丈夫吃过饭，过着和往常一样的一天。丈夫走后，她一人躺在沙发上，闭上眼，回想昨天，她想给友维打个电话，报个平安。转念一想，还是不打为好，万一有人窃听，那不坏了事。再说，还是叫友维怕点儿好，他提心吊胆，就会更好使唤。

第四十一章　心亏多疑　茶馆献策

“咚咚咚”，苦生敲门进来，天胜问：“这么晚了来有事啊？”

“保密，来给我妈汇报工作。”

“爸爸也没资格听了？”

“谁叫你在家是二把手呢，妈，咱到屋去，我给你汇报这段工作。”说着拉他妈进了屋。

“妈，这是三兴让给你的辛苦费二百万。三兴还给我另外弄了套新房。原来那房就给友维住吧，将来还要用人家。”说完苦生就告辞父母走了。

江维丽这时情绪来了，她对天胜说：“你还不知道吧，苦生啊，这孩子还真是块好料，到三兴时间不长，就打开局面，那三兴一直表扬他呢，还给他发了奖金。”

“不就是湖边那块地嘛，地段好，争家多，增值空间大，他拿到手给老板挣了一大笔。”

“这年头，钱谁挣也是挣，那三兴挣咱还能沾点儿光。”

“这事你……”

“光你的事我还忙不过来，我哪有工夫管他那些事。”

两人话不投机，没说几句，就发困了。不到十点夫妻俩便睡了。

江维丽从秦友维住处走后，友维说是感冒不舒服，一天没上班。他躺在床上反复想，这事该怎么办呢？我同维丽没想干这种事，更没想同她将来怎么样，只想让这事早点儿消失得无影无踪。只要没人知道，无人议论，无人关注就行了，希望和以前一样能够平静地生活，安安生生地工作。这事维丽不会讲。爱人还在老家，她不知道，一时半会儿也没人给她传消息。最担心是维丽会不会被人撞见，被人怀疑，接着连猜测带编造，弄出一个个花边新闻来。友维想，我还没有明显的仇人。但她不一样，她太贪心，对立面多，盯梢的，看笑话的，盼她出事的，

大有人在。要出事恐怕要在她这儿。他后悔自己不该干这傻事，那晚就不该留她。可这还有什么用呢？事已至此后悔也无用，还是静观其变吧。是福不是祸，是祸躲不过，过一天算一天吧，就是有一天这事捅出来，这责任也不在我啊，是她江维丽跑到我这里赖着不走才出的这事。

秦友维想尽办法为自己开脱，为自己辩解，但心中那个阴影总也挥之不去。唉，要是老婆在身边就好了，她在身边就没有这麻烦事了。接来，赶快接来，省得左一出右一出的，弄得心力交瘁，烦死人了。

繁忙的工作，压下他一大堆烦恼。他就整天忙工作，以忙忘烦，这也是他想出的一个绝招。心情这一段确实一天比一天好。他成了工作狂，黑天白日工作安排得满满的，别管多难的事，到他这儿就能理顺。

现在，秦友维什么也不怕，就怕见维丽，但他越怕越避不开，维丽打电话说，让他到她家去一趟，说有急事。秦友维犯了难，不去不行，去又怕惹麻烦。怎么去，啥时间去，是一人去还带个人去，他反过来掉过去想了大半天没想出个完全的好办法。维丽又打了次电话，他才无奈地硬着头皮去她家，维丽也没怪他，知道他工作忙，只把房钥匙给他，把他爱人调动的事说了说。友维心里非常高兴，这下可算解脱了。有老婆在身边保护，心里就踏实多了。他没听维丽说其他事，就拿了钥匙告别走了。当晚就把老婆接来，让她置办家具收拾房子，并办好调动工作手续。

维丽决定找友维探探风。正好他爱人刚搬来，还没上班，就以看友维爱人的借口来到友维家。

秋天的城市和农村不一样，看不到黄黄的稻谷，闻不见梨果的飘香。忙忙碌碌的人们，总是急匆匆地上班下班，上学放学，逛商场、游乐园。虽一年四季不同，热冷有别，但那工作规律总也不变。友维爱人明天就要上班，她心里还没底，人生地不熟，怎么混，她正暗暗盘算。友维坐在她身边，认认真真地回答她提出的一个个问题。他们两口子正聊得热闹，江维丽敲门进来了。友维爱人急忙迎上前去拉着她的手亲热地说："我的好姐姐你可来了，我正愁呢，同友维商量着去看你，请教你，你就来了，快坐，友维泡壶好茶。"友维一边答应，一边忙泡茶。三人聊了会儿家长里短，互相问候，便逐渐聊到正题。维丽说："秦总啊，我今天来，还真有点儿事求你。"友维爱人马上接过话茬儿说："姐姐，你这就外道了，啥求不求的，我这工作和住房都是你给操心，都是自己人，有事你就说，你说了，如果友维不上心，我还不干呢。"

"有妹子这句话，我感到心里热乎乎的。咱们朋友多年，互相帮助是应该应

分。也不用客气，我来也不是啥大事，不是苦生在三兴嘛，市上搞靓城工程，旧城改造，城中村不是要拆迁吗，他公司想要王家庄那块，你能否帮他点儿忙？”

“这事还用你大老远跑来，打个电话就行了。”

“妹子快言快语，你答应了，友维还没发言呢？人家是老板，人家说了算。”友维知道，维丽不好惹，她说的事不办不行，但事也得看啥事，有没有风险。如果把自己搭进去的事，也得掂量掂量。想到这儿他要了个滑头，说：“大姐的事，就是我友维的事，我不帮忙谁帮，苦生侄子的事也是我秦友维的事，不过，咱不是庙小吗，想帮忙也使不上劲儿啊。”

“也不用你出什么力，投什么资，现在不是实行投标吗，你帮衬帮衬就行。”

“这事我一人说了也不算，回头我开个董事会，商量商量，再给你个回话。”江维丽想，也是，友维说得有理，他不像他爱人心直口快，心里不藏事。还是友维想得全面。想到这儿，她东扯西拉地说了会儿闲话，起身告辞。

送走客人后，友维劝爱人说：“这城市不比农村，人都鬼精鬼精，说话可得多动动脑子。”

“来城市几年就变了，开始教训我来了，我这人就这德行，小磨子砍山石打石实，不会藏着掖着，说半句咽半句，那半句在肚子憋得慌？俺可受不了。”

“受不了也得受，你啊你，不碰南墙不回头。早晚你要吃亏的。”“吃亏也好，上当也好，俺活个光明磊落，心里没病，不做亏心事，不怕鬼敲门。”说者无意，可听者有心，友维想她是否听到他和维丽的事了，刚到就要给我治事。要是这样，那以后就麻烦了。想到这儿他不死心，想探探爱人的实底。他知道爱人是实心人，不会拐弯抹角，就说：“你咋这样说话？谁藏着掖着了，藏啥掖啥了？”

“这事怪了，这世上有拾金的拾银的，还没见有拾骂的，你没藏没掖，接这个话干啥，藏不藏，掖不掖你自己知道，还用问别人。”

“好好好，我藏着，我掖着，那你给我说说我掖啥了？”

“这不是找着抬杠吗，这来了就又买家具又打扫卫生，累得腰酸腿疼，你不仅连句好屁都不放，专门找碴儿抬杠，咱日子没法过了，我明天就回去省得碍人眼，在这儿一天也不待了。”友维探出她对同维丽的事一点儿也不知情，就有点儿后悔，不该这样对她，马上转变态度，给老婆说好话：“我的好夫人啊，别闹了，算我错了还不行，明天还得上班，再说你刚来咱就吵嘴，影响也不好啊。我大小也是个老总，你得给我留点儿面子不是。”她本不打算和友维吵，话赶到这儿也就刹不住车了，见友维服了软，也就没气了，说：“我这炮筒子脾气你不是不知道，算了算了，咱就睡吧，明天睡醒了再吵。”说着笑了起来，秦友维一把把她抱到床上，轻声说："叫你吵，叫你吵，今天晚上饶不了你。"

秦友维一脸愁容，维丽却一脸春风。两人坐在茶馆里，维丽笑嘻嘻地对友维说："你这回干得挺好，帮着三兴投标，拿下王家庄，并负责这里拆迁。你工作不是挺有成绩的吗？怎么突然就玩不转了。"

"拆迁都一个月毫无进展，这工作也太难了。苦生和三兴都催得紧啊。"

"是啊，你难，老鼠钻进风箱里两头受气，我倒有个方法不知中用不？"

"啥法你说说。"

"其实也不是什么新法，就是咱常说的火车跑得快，全靠车头带，你抓住了车头不就带起来了吗？"

"涉及个人利益，村干部光说话不动事啊。"

"不是说重奖之下必有勇夫吗？你奖啊。比如说老百姓一比二，干部带头就给一比二点五，再每人给他十万八万的，我不信这些村干部不动心。"

"维丽，还是你脑筋活，有招，我看这法可以试试。"

"光这一招还不行，对顶着不拆的，拖着不拆的，煽动串联闹事的，都要有招，有了招才能不慌张。"

"对，我同苦生再商量商量。这个还是你想得好，奖也对打开局面有好处。对那些不听话的，该压还得压，一是要有舆论压力，老百姓都喜欢随大流，拆迁是城镇化的需要，是国家的政策，是市委市政府的号召，是为民谋利，让大家都知道这个理，形成声势工作就好做了。二是心理压力，让公司干部压死责任，一人包一户，啥时做好工作啥时上班。再就是不能叫拆迁户安生，让包户干部死盯住不放，没日没夜地缠他，磨得他不耐烦了，就好办了。再一个就是扰乱他，叫他黑天白日提心吊胆。找点儿小混混，干点儿这事不用教。还有就是要抓几个，只要他敢吵闹，就用妨碍公务抓他。吓唬吓唬肯定顶用。"

"这不，你这办法不是出来了，一带二奖三压四磨五扰六抓，挺好的。只要用好了，工作很快就会有起色。不早了，我该回家了，天胜快回来了。"维丽很得意，她借机发了一派高论，被友维当成法宝，她只是借鸡下蛋，眯着眼高高兴兴地走了。

秦友维回到公司立即行动。动员公司员工开赴王家庄。村周围大小街道都贴满红绿标语，挂满条幅，高音喇叭车从东头走到西头，又从西走到东。在大造舆论的同时，秦友维把王家庄两委干部叫到公司里，宣布村干部要带头，只要带头拆迁一律再加零点五，并奖给五万现金。会不长，两委干部都表示要响应号召，带头拆迁。当天两委办公室就拆掉了，一周内十几名村干部都将自己的房拆了。

有的群众胆小的也忙着找房搬家，拆迁的局面真的要打开了。

刘玄友守在心月病床前，一天，两天，一直到半月，心月还是紧闭双眼，一声不吭。这下把玄友吓坏了，她要是成了植物人，我该怎么办啊！护士说，她脑子里有瘀血，得慢慢吸收，也可能好了，也可能永远好不了，成了植物人。不过也有不少病例，在亲人护理下，被唤醒好了的，这都不好说。玄友听说能将心月唤醒，就到处打听，唤醒病人的方法。

他含着眼泪，两眼望着心月，连连地说："心月啊，你醒醒吧，你醒醒吧，我可以不吃饭，不睡觉，但不能不给你说话啊。你说啊，我怎么做你才肯说话，你提什么要求我都答应你，只要你开口，你让我干什么都行。要不我给唱个歌，就唱咱们在黄花台排的那出戏《春满黄花》，我知道，这戏你印象最深，对你伤害也最深。就是这戏，把我们赶出黄花屯，把我们逼到一起，让我们流落荒野，流浪到这城市，把我们逼得无路可走才死命打拼，我们摆地摊，卖早点，开粮店，开舞厅，搞起文化娱乐有限公司……我们总算混出来了，有钱了，有房了，有车了，该享享福了，你却来吓我，不理我了。我给你唱，给你唱……"玄友边擦眼泪边对着心月耳朵边，哭着唱：

蓝蓝的天啊白白的云，
你最懂我们黄花人。
一棵黄花一腔情，
一朵黄花一颗心……

心月、心月，我唱的你听到了吗，在黄花台，是我们两人唱，今天，你也跟我一起唱啊。我们一起唱，再也不怕他们说闲话了，再也不怕他们嚼舌头了，我们挺起腰杆了，我们站起来了，我们是堂堂正正的夫妻，是全村最富有的人。你快快站起来，咱们也要跟雪碧一样，要给咱村盖座希望小学，盖座敬老院，我们灰头土脸地出来，这回要昂着头唱着歌回村，让村里人看看我们究竟是什么人。心月、心月，你听到了吗？刘玄友就这样每天给心月说着话，唱着歌，陪她度过一天又一天。

第四十二章　能人支着　碎嘴点火

王家庄拆迁王耀成也在忙，乡亲围着不给他们支个着也不行啊。他爹妈死时，他发的大话，让乡亲有难事找他，他早忘了，但他哥哥和侄儿以及乡亲没有忘。他们找到王耀成汇报情况，有的说，他家早起一看门上被涂了屎，恶心死人了。有的说，他和拆迁队说补偿给得少不同意拆，孩子下学就被人打了。还有的说，水也不正常了，电也不正常了……说了一大堆问题，请求帮助。他一个闲人有什么办法呢？但不说出个道道也太丢面子啊，今后也无法面对他们。他脑袋瓜子大，又在外地做过多年工作，眉头一皱就有了道道。秦友维啊秦友维，你有你的招，我也得出个破招的法啊。你搞大吵大嚷，我不能来个哑口无言。你让村干部带头，我不能来个拖死不动。你用力压，我就用力弹。你不是搞骚扰吗，我来个集体抗争。你不是要抓吗，我来个抱团取暖。他想到这儿就打着官腔对乡亲们说："啥事不能急，急了会出乱子的，拆迁这是国家城镇化的大政策，是市委市政府的号召。不能硬来，硬来是要吃亏的。但我就纳闷儿了，一比二你们都说不合理，那两委干部都傻了，人家不嫌少，都带头，你们想想过去你们村干部是否都这样积极？"

"我们也觉着怪，过去因补贴费多少，宅基地大小还吵得脸红脖子粗呢。是，这里一定有问题。是不是开发商给了他们好处？"

"对，这很重要，硬顶谁也扛不住，但你们告村干部收红包一告一个准。我还是那句话，不能急。要多动脑子。回去后，他们不是去家做工作，你就装哑巴，一句话也不说，不说话，一不犯罪二不犯法。不说话不签协议书，谁敢拆你的房，他必然要涨价，涨到你满意时，你再说话。来个一哑，二拖，三告，四团。他急，政府急着要政绩，开发商急着挣钱，早开工早得利。你就来个拖，拖得他烦心，顶不住了，他才会给你涨价。三是来个告，向上边告两委说账目不清，有贪污嫌疑。一告村干部害怕了，不敢催你们太急。四是团结，可以买点儿鞭炮，他要是抓人，就点鞭炮，一听鞭炮响，全村人都出来围住他们，看他还敢抓，这就是法不责众。有了这几条，我就不信谁敢欺负咱王家庄。”

这几人一听觉着有道理，连声夸王耀成，说：“还是大领导聪明，有办法。”

这几个人回村后，就找乡亲开会，一看这几个人为大家说话，就拥护他们成了地下村干部，都说服从他们领导。村干部带头刚打开的局面一下又冷清起来。

没有不透风的墙，村干部得知是这伙人请教王耀成得了真经，破坏他们好容易打开的拆迁局面，就向秦总进行了汇报。秦友维就把这个秘密通报给江维丽，维丽骂道：“这个猪头干正事没本事，搞破坏还真有两手。”

王耀成插手王家庄拆迁，是福是祸他也闹不明白，只是想显摆显摆自己的能耐。但这也是头痛的活，黑天白日有人找，他惹大个脑袋一时没了主意。左想也不是，右想也不是，一夜睡不着，第二天起来，头疼恶心。到医院检查，说查不出来，让他到大医院去。媳妇哭哭啼啼，陪他去大医院去看病。医院诊断出来，说王耀成得的是无名热，究竟是怎么引起的也查不出原因，每天发烧，浑身没劲儿，饭也吃不下，觉也睡不好，他一泄气，可真的躺倒了。

友维夫人上了班，在管后勤，虽工作不忙，但接触人挺多，她是直性子，快人快语，话多伤人，也不知怎么就惹了人。有的人就开始议论她。事也凑巧，在下班的路上，两个姐妹说：“你看新来的秦老总夫人咋样？”

“谁敢跟人家比，人家根硬，人家老公是老总，你没听说吧，这秦老总和天丽公司老总的老婆还有一腿呢？”

另一个马上制止她说：“这可不能瞎说，人家要追究下来，可要担责任的。”

“哎，你还不知道啊，背地里都吵疯了，谁也知道，谁也装不知道。这世界上没有不透风的墙。”

“管人家呢，现在都开放了，人家愿意咋着就咋着。只要她不欺负咱就行。”

“开放，那你啥时开放？”

“你才开放，你才开放。”这位不依不饶边说边追着打闹起来，那一位就躲，一闪身撞到秦老总夫人身上，这位马上道歉说：“啊，对不起，对不起啊。”

秦总夫人头没抬连话也没说一句就急匆地走开。

两人大眼瞪小眼，做了个鬼脸，说：“坏了，坏了，咱说的话不知人家听着了没有？”

“听着能怎么样，有本事去管好自己老公。”两人边说边闹，不一会儿到了家门口，互相告别回了家。

秦总夫人听了这议论麦秸火脾气一下燃起来，她恨不得马上找到秦友维问个究竟。她气呼呼往家走，走着走着，迎面正好碰着维丽，她笑容满面地打招呼说：

“妹子下班了，工作还行吧？”

她本想呛她几句，转念一想，捉贼捉赃，捉奸拿双，我有什么证据呢？就凭别人一句议论，要是别人有意给友维和维丽泼脏水呢？他们是否欺生，我刚到单位，想引我上套，他们等我走到眼前才说给我听的，以为我是傻子啊。让我顺着他的竿子爬，想拿我当猴耍，这样既打击了维丽和友维，又挑拨了我们的夫妻关系，使我刚到这单位就臭名远扬。你们想得美，我才不上当呢。想到这儿，火一下全没了，她就热情地说：“挺好，挺好，我和友维说，等你有空还得好好谢谢你，找个好饭店，咱聚聚。”

“都是自己人还客气，有啥事找我，没事也常来一块聊聊。”说着就告别拐弯向自家走去。

送走维丽，她一抬头，见友维正往这边走，她脑子里一闪，这是怎么了，他俩都从这儿过，那两个同事的议论也一下涌上心头，苍蝇不叮无缝的鸡蛋，有事没事不能大意，害人之心不可有，这防人之心也不可无啊。她停下脚步，就对秦友维说：“今天可真巧了，你我维丽都在这里过。”

“啊，下班了，你说啥，维丽也在这过去了，我咋没看见啊？”

她本想看看他的反应，但从他脸上表情没有找出破绽，也就放心地同友维一起回了家。

第四十三章　猫猪斗法　百姓得利

那敬老院、希望小学都需要设计，冬喜又是搞房地产的，王雪碧就到冬喜家。一进门，见冬喜耷拉着脸，以为他同榴红在生气。雪碧就说：“冬喜，别看咱是老同学，你要是敢欺负榴红，我们姐妹可不答应。”榴红见雪碧误会了冬喜，就打圆场，说：“咱姐妹谁敢欺负啊，他是为闲事生气，我正劝他呢。”

“哪家的闲事啊，用不用我们帮忙？”

“土地招标的事，没报上名，生气。”

“咱这老同学江维丽不知道她想干啥，连投标也插手，有实力的不让投，找几个空壳凑数帮她儿子的三兴公司低价揽地，这哪是招标，是假招标，坑国害民。我咽不下这口气，她维丽总有一天会栽倒在这坑里，把任天胜拉到壕里。”雪碧对维丽也有意见，又不好在老同学跟前说维丽，就岔开话题说：“闲事咱不管了，今天来是有正事，是咱班金花的事。”榴红赶快接话说：“咱那金花敬老院的事，这才是正事。我们几个让你找人设计一下图纸。”冬喜静了会儿，气消了些，说：“敬老院和小学的设计包给我了，我负责免费设计。可别像咱老同学江维丽只认钱不认人。”雪碧接过话，说：“有了图纸就看到希望，那就让我们金花越开越鲜艳，越开越漂亮。”说完几个人哈哈大笑起来。但冬喜还是有气，就说：“别提你们那金花了，维丽不也是金花吗？可她，哎，气死我了。我不告她，这气出不来。”

向江劝冬喜说：“不看僧面看佛面，我们同学一场，就别同她一般见识了。”

“正因为我们是同学，才得挽救她，小病不治，大病就晚了，我们不能看着她往坑里跳啊。”

“理是这个理，但也得有个先后啊，建希望小学目前是咱们的大事，其他的先放放，有空了咱一起帮帮她。”

“好、好。”这伙同学鼓掌叫好。

雪碧这几个同学又建希望小学，又建敬老院，心月却看不到，她躺在医院仍然不睁眼，不说话。刘玄友坐在她的病床前想尽一切办法让她说话，但她就是不理不睬。玄友不死心，他搜肠刮肚想招，逗她。他想到心月最害怕的是狗，遭难时，那些吃尸体的野狗吃红眼了，把他俩也当成尸体，险些让他俩丧命，想起心月缩成一团，浑身发抖，玄友又寒心又心疼。他就对心月说："心月，你还记得吗？咱们躲在庄稼地，遇见的那群野狗？你要不记得，我给你学学。"他说完清清嗓子，学起狗叫。

"呜……汪，汪汪。这是那只领头的大狗叫。汪……汪……这是那只撞棺木撞疼时的惨叫。还是那只想咬你的大狗，它是这样叫的，汪，汪汪……"玄友学狗叫时，看着心月的脸，这时，见她嘴角动了一下，他高兴地说："心月，你听见了，是否想说话了，要想就说，我就在你面前听着呢。你愿意听狗叫，我再给你学。"这时，他见心月的嘴不动了，就败兴地说："啊，你不想听了。不想听，我就给你说点儿别的。说说咱卖豆芽。咱刚到城市，赤手空拳，还是你想的，说咱长豆芽卖，我们就买了点儿绿豆，几天终于长了一大筐，我和你背着到街上卖，可谁也不会喊，还是你想的法，闭上眼，就像在黄花台唱戏时那样，唱着喊。终于喊出第一声，这怪腔怪调，我们都觉得可笑，却引来一大群人看热闹，他们边看边买，一下把我们的豆芽全买光了。"这时，心月的眼微微睁了睁，玄友高兴极了，他对着心月的脸说："你看到我了，是想对我说话是吧，想说啥你就说，我听着，我就在你面前听着。我还想给说件你最高兴的事。我从化肥厂回来，咱俩共同策划搞了个玄月文化娱乐有限公司，公司揭牌那天你最高兴，那天你记得不，你还高兴地唱了一段，唱得啥还记得不？"这时心月真的睁开眼，说了声："我饿。"这声音虽小，但玄友听得清清楚楚。他高兴地急忙说："饿了是吧，我马上喂你。"玄友一边喂心月，一边擦眼泪。

江红卯看到秦友维拆迁搞得有声有色，就觉得这也是个发财门路，就找到维丽，说："现在不是搞靓城工程吗？大批旧房都得拆，我想成个拆迁公司，专门搞拆迁，这不给公司减轻负担了吗？"

"嘿，你小子长出息了，会为别人着想了，我倒觉着你想法不错，我给秦友维说说，让他专心搞项目开发，你接他拆迁王家庄。"红卯听了，非常高兴，就找有关城管部门领导一拍板，这公司就开张了。

拆迁最难的是王家庄，友维发愁，三兴也发愁，红卯这一出马，友维正趁机退出。苦生正愁时，红卯找到他，说公司帮他拆迁。苦生虽然高兴，但亲是亲财是财，苦生问："哥，你说吧，咱们怎样算？"

“我们给拆迁户多少你也不用管，你拿一比三给了我们公司。那拆下来的废品也归我们公司所有。”两人都觉得挺划算，一拍即合，拆迁公司同三兴签下第一个协议。红卯在商界摸爬滚打这么多年，管理企业还是有一套的。除公开的一比二赔偿费，他另外给每个拆迁人员五万元承包费，他可以给拆迁户让利，让多让少自己掌握，让得多自己就得得少，这办法调动了拆迁人员的积极性，一时间，各显其能，阴的阳的，黑的白的招都出来了。拆迁进度加快了，拆迁队带着人，敢顶嘴，态度不好的，立即有人找他问话。胆小的，爱护名誉的，虽有一肚子气，也不愿意惹麻烦，先后搬走了，看到有人搬，那些随大流的，也跟着搬了家，城建系统让红卯介绍经验，并在大会上表扬他，红卯成了名人，名利双收。江维丽也合不拢嘴地夸红卯有本事，为公司拆迁工程立了功。

王耀成哥一家和曾找王耀成的那几个地下干部，虽没了群众，但仍然不服气，顶着不搬。他们商量以派王耀成侄子王小虎到医院看他为名，问问他该怎么办。小虎来到医院，王耀成身上有病，心里的病更重，病了这么长时间怎么也不来人看看啊。他生气了，气得肚子鼓鼓的，却无处发泄，他想骂娘，想打人，但浑身没劲，连一点儿力气也没有了，还打什么人。他正在生气之时，听说有人来看他来了，心里立即高兴起来，这一高兴病就感到轻了，叫爱人扶他起来，靠在床头上。小虎提了一大兜东西走进来。问候之后，说：“叔叔，咱村拆了。”王耀成一听王家庄拆迁就来气，就是因为这拆迁弄得我人不人，鬼不鬼的，现在我病成这样了，连个看望的都没有，你们折腾我，我也不能让你们好过。想到这儿随口问：“拆了？谁拆的？”

“江红卯成立了个拆迁公司来村拆的。”

“又是他们江家，他们有权有势，可以整我，但要整王家庄的老百姓没那么容易。还有多少人没拆？”

“就剩我们这几户了。”

“硬气点儿，房子是你们的，你们想叫他拆，就让他拆，要是不想拆，就按我说的办。装聋作哑，一拖再拖，抱团上访。你们的条件啥时满足了，啥时让他拆。要敢当钉子户。”

“他们带着人，谁敢顶就抓谁，不少人都是叫他们吓怕的。”

“那是吓唬你们。不给他吵，也不给他打，只要不签协议书，他没辙。”小虎告别王耀成回到家里又把那几户找来，传达了王耀成的意思。几户真的做起软钉子。不吭不哈也不搬。哄也不管用，吓也不管用，一片废墟上这几座小楼格外显眼。看着这几户顶住了，其他搬走的心里不服气，一边上访告状，一边也在废墟上搭起草庵，拆迁一下卡了壳。红卯急了，要是拆迁前功尽弃，这拆迁费谁给啊，前期投的钱不赔了吗？江维丽也急了，因为红卯说过，王家庄拆迁姑姑是头功，拆完后要给她一大笔公关费，要是拆不了这钱不就打了水漂了吗？苦生倒没急，因有协议书，拆迁那是拆迁公司的事，自己并不急。红卯同维丽一同跑到三兴公司，同三兴商量怎么办。三兴说："这拆迁，关乎群众切身利益，逼急了，他同你拼命，最好和平拆迁，和谐拆迁。"三兴的意见，维丽和红卯都觉得有理，但怎么操作，他们也想不出招。江维丽说："秦友维那段拆迁挺顺利，他有经验，找他想想招。"

二人找到秦总，他正忙项目，听了他们的意见后说："老百姓说得有一定道理，赔偿太低，方法生硬，激化了矛盾。应从缓解矛盾入手做好群众工作。"可让谁去做呢，维丽还是没底，就恳求友维说："你就帮帮红卯吧，你比他有经验。"友维不好推托，就同红卯一起去找王耀成，王耀成是王家庄的，这钉子户又有他哥一家，如果让他做通他哥的工作，带头拆迁，肯定能解决问题。想到这儿就拿起电话，拨通了王耀成。"喂，是耀成吗，我是秦友维，听说你病了住院，问问好点没。明天我想到医院看看你。"秦总来慰问，王耀成没有料到。这一高兴，对拆迁的一肚子怨气跑一半，高兴地回话说："秦总啊，你这么忙还挂念着我，我太感谢了。我没事，很快就会好的。"听说秦总都给王耀成打电话慰问，那些亲朋故旧也不好意思，也带着礼品前去医院探视。王耀成一下由臭狗屎变成了香饽饽。面对如此大的变化，他王耀成不敢相信这是真的，看着那丰盛的慰问品，和一屋子热情的人，他觉得是在做梦，他用手拧拧自己的大腿，有点儿疼，这才认为是真的，泪从眼角溢出来，是喜泪，还是伤心泪，一时无法考究。

秦总对红卯说："明天，咱俩一起到医院做做王耀成的工作。"

"我？我行吗。"

"行，不过你得沉住气，他提什么条件，你也不要拒绝。如果人家提得合理，就答应，不要心疼钱，花点儿钱买平安值得。"

红卯正为拆迁挠头，为公司面临的难题找不出解决办法苦恼。秦总的话他分析也有道理。王家庄拆迁难，难在这几个钉子户，这几个钉子户中最难攻破的是王耀成哥哥一家，王耀成虽然人称猪头，但他也是个聪明人，城镇化这大政策他不会不懂，他还当过基层领导干部，大局他不敢不顾，红卯也知道他有气，工作上不顺，官场上也不如意，他对领导有意见，如果他识大局，也有可能帮我解决王家庄的难题。

红卯带秦友维提着东西找到王耀成，王耀成感到突然。客人来了，就要以礼

相待，他夫妻俩赶快冲茶倒水，气氛还蛮和谐。红卯是商人，商界是战场，多年商战中他练就一身好功夫，在人面前能高能低，能屈能伸，既能当老爷，也能当孙子。这次来是求王耀成办事，见了王耀成他就低声下气地说："市里为加快城镇化搞靓城工程，让我管拆迁，这工作我也没经验，我也不懂建筑，拆迁公司如何搞好王家庄的拆迁工作，想听听你的意见，看老乡有什么要求，你能给他们说上话，想请求你的帮助。"

红卯谦虚了几句，王耀成却当了真，他对拆迁的意见，一下冲上脑门。他居高临下地训斥道："我就知道，你们这样弄不行。光顾自己挣钱，不管百姓死活，早晚要出事。"

红卯对这刺耳的话当然不愿意听，但也忍气吞声，装出一副谦卑的姿态，点头哈腰地连声说："是，是。"

王耀成气出完了，红卯就说："领导批评得对，没经验，我又不懂行，今后你可得多帮着点儿。唉，我正作难呢，不知道那王家庄的拆迁该怎么进行。还请你出马，你在王家庄有威信，你说了谁敢不听？"

红卯这一捧一吹，还真有效，王耀成还真的开了口："那行，我可以帮你做做工作，但你得听我的。"

"行、行，你说咋办咱就咋办还不行啊。"

王耀成虽口上答应红卯，但他心里也有自己的小算盘。为王家庄的拆迁他说了几句大话，却遭了一个个挫折，为此还病了一场，个人的事就不提了，但得给乡亲弄点儿好处，不然自己怎样面对乡邻。王耀成说："工作我可以帮你做，但钱你得多出点儿？"

"出多少你说吧，只要我能办一定办。"红卯正在难处，又有三兴公司领导的话，求人家只得这样。

"剩下这几户，我可以做工作，但赔付要多点儿，最少得一比三。"

"一比三，能不能少点儿，二点五行不？"

"不行，少了我不好做工作。"

红卯是经商的，利益就是他的生命。要是一比三，等于他全给了拆迁户，分分不赚，他能不心疼。

王耀成见他犹豫不决，就说："这样吧，你回去商量商量，行呢，就定，要是不行，就算我没说，可以再商量。因前后搬迁赔付不一样怕出事，我也理解。对外还说一比二，另外那一，算我为他们争取来的，算你红卯秦总给我个脸。"

红卯心里骂道，你这个猪头，没想到我精明半辈子叫你咬了一口。红卯虽然

有一万个不乐意，没办法也得接受，幸亏只剩这几户，要是都按这个比例我还不亏死。红卯告别王耀成，直接找他姑姑，噘着嘴一脸不高兴。维丽看见他这样子，就安慰说：“又怎么了，啥事都挂到脸上，省得人家不知道。”

“倒霉死了，这回叫猪头咬了。”

“知道你不是吃亏的人，得懂得吃小亏占大便宜。你能把拆迁上访这事摆平，和平拆迁和谐拆迁，吃点儿亏也值。”

“还小亏，王耀成这十一户，一平的评估价是三千五，一户按二百平算，就得多出百十万，心疼啊。”

“别心疼了，你说那公关费，我那份给你。”

“姑，我不是这个意思，我不能叫你吃亏啊。你那点儿钱我说好了，该怎么出就怎么出。从我利润中扣百分之二给你这个一分也不能少。”

“都是自己人，有啥多少，我也不值得这钱，给不给都行。”

“姑那就答应那猪头？”

“就按他说的办吧，过了这个坎儿再说。”

“好，那我走了。”说着就走出家门。

王耀成总算高兴一回，这一高兴病就轻了，他出了院回到老家，把他哥和侄子王小虎找来，自吹自擂地说：“这是我找领导特批给你们十一户的，照顾你们几户，对外人可不能说给了你一比三，只能说也是一比二，不然都闹起来，你们这钱也不好办了。”王家庄这几户高兴得连嘴也合不拢了，当然一口答应。等王家庄的人走后，王耀成开心了，病也就轻了大半，胃口顿时大开，他叫老伴弄了几个菜，打开一瓶酒，夫妻两个边饮边说笑。王耀成对老伴说：“他们背地里叫我猪头，处处让我受气，这回他们一大伙子也不如一个猪头，想不到我也有露脸的这一天。”

王耀成侄子就把那十户叫来，把王耀成的话一五一十地传达了一遍。他们当然高兴，一户可是比人家多拿七八万，还能不偷着乐。十一户商量钱打到卡上就搬，决不拖后腿。

心月醒了，玄友高兴了，但她说的第一句话，让玄友傻眼了。“这是哪儿？你是谁？”

“这是医院，我是你的丈夫刘玄友。”

“医院？丈夫？”她不解地摇着头。刘玄友一下又凉了半截。心月她失忆了，以前的事她不记得了。这可怎么办？我要让她恢复记忆，要让她像以前一样快快乐乐地活着。

王小虎送走那几户刚要关门，一个人骑着三轮车拉着个女人来到门前。“你们找谁？”王小虎问。

“王清山大伯是住这儿吗？看拆得都不认的了。”

“是、是，看拆得乱糟糟的，快进来。”扭头喊：“爸，有人找你。”

王老伯走出屋细细端详一会儿，说：“啊，想起来了，你是玄友，那……”

“她是心月啊，你不记得了？”

“记得，记得。那时你们还是小伙子，大姑娘。一晃这都三十年了，我也老了，这是小虎，心月抱你还尿人家一身，把人家刚换的新衣服都尿湿了。”一句话说得小虎不好意思脸红着说：“爸，看你，净揭人家老底。”

王清山记得清清楚楚，那年傍晚，两个衣服不整的男女，找他说要租房，就租他那个七平方的小煤房，邻居劝他不要租，说他们可能不是好人，不是盲流就是逃犯。老汉觉得不像坏人，就硬租给他们，他们向老汉说了情况后，老汉把女儿的衣服找了几套给心月，把自己的衣服给玄友，并给他们主持了简单的婚礼。玄友搀着心月到这里转了一圈，心月好像想起什么，因声音小，玄友只听到好像说婚……玄友高兴极了，他决心要拉着心月走遍他们曾经走过的地方，让心月再看看他们曾走过的道路，想起他们的人生轨迹。就在这一天，红卯真的将钱打到拆迁户卡上，各户核对完，没有错，就连夜搬家，轰隆隆一阵响，十一户的房子和他们的婚房立即被铲成平地。这响声惊动了村上居民，他们个个都感到奇怪，前几天他们这十一户还充大头蒜，顶着不搬，那态度那么坚决。几天工夫，他们像变了人，个个成了拥护拆迁的积极分子了。他们怀疑这里有问题，有人就大着胆子找王耀成哥哥问个究竟。但王耀成哥哥只说：“是耀成做了家里工作，人家耀成当过领导干部，觉悟高，懂国家政策，我们也算是干部家属，得给他挣脸，我认准了，处事就得听耀成的没错。”

这猪头王耀成，名声不好，心也不能说好，但他在王家庄就得了个好名声。不明真相的人也认为王耀成这几年，真的长了不少水平，是个能干的好干部。只有红卯心里清楚，他暗自发誓，啥时这猪头落到我的手里，非修理修理他不可。

第四十四章　良碧结缘　天胜闹宴

相生、向江等受邀到圆梦大酒店参加金良的订婚宴，感到有点儿突然，但又觉得在意料之中。耿金良母亲颤巍巍地走进酒店，她的学生榴红、心月、维丽等急忙去搀扶。今天赴宴的没有别人，都是她的学生，也是金良的同班同学。大家坐定，老太太就站起来，说："金良说不要声张，我说必须把你们请来，因为我有话要说。"学生马上鼓掌，说欢迎老师讲话。她摆了摆手，继续说："我说的第一句话是高兴。你们搞金花勤奋奖，学校让我当评委，我能不高兴？这是件大好事，每年选一百名勤奋好学的学生受奖，激励学生勤奋学习，是利国利民的好事。再就是金良和雪碧订婚，完了他们的心愿也去了我一块心病。我哪能不高兴啊。"大家又鼓掌叫好，并为金良与雪碧干杯。老太太碰了杯，又喝口水，接着说："我说的第二句，就是惭愧。我是你们的老师，应当为人师表。但我只考虑自己，没考虑金良和雪碧的感受。当年硬把他俩拆散，害得他们吃那么多苦，也害了我自己，害得我母子分心，几乎断子绝孙。"同学听到这里，都站起来，说："老师，你别这样说，我们都是你的孩子，我们的孩子都是你的孙子。"雪碧眼圈红红地说："你是我的老师，也将成为我的母亲，我的十个孩子都成了家，现在二十个孩子都叫我妈。他们也会叫金良爸，你就是这二十个孩子的奶奶，他们一定会孝敬你老人家的。"这话老太太听了，高兴地哈哈大笑，说："我这第三句话就是感动。为雪碧说的那句钱和水的话感动。她说，钱就像水。没水，能把你渴死，但多了也会把你淹死。没钱的时代我们都经过，盼有钱是人的愿望，这没什么错。但不择手段地捞钱、贪腐、坑蒙拐骗的这些老虎苍蝇们，一头扎进钱眼儿里，不一个个被钱害了，被水淹死了。雪碧、心月啊，你们真不容易，吃了那么多苦，受了那么大罪，日子总算过好了，有了钱你们想的不是自己如何享受，而是想着把钱用到最需要的地方，把水浇到最干渴的土地，办学生勤奋奖，盖希望小学，办敬老院，比老师强啊。我能不感动？"老师的话，学生都很感动，七嘴八舌说钱和水，痛骂贪腐的歪风。江维丽坐在那里浑身不自在，她认为这是雪碧他们设的局，报私仇，攻击她。她很气愤，但这场合又不能吵，她就推说家里有急事，站起来走了。她走后，大家都说她贪心，变得没人情味，冬喜梗着脖子，喊："维丽这人我算看透她了，总有一天她会得到报应。"榴红赶快拉他坐下，示意他不要说了。冬喜红着脸摇摇头无奈地噘着嘴不吭声了。

秦友维跑拆迁忙项目，已经身疲力竭。他确实觉得累了，想找个清静的地方好好休息休息，或者带着老婆到风景美的地方玩一玩，看看山，戏戏水，实在不行就到自己的家乡，赏赏黄花台的黄花也行。再不行，放上两天假，好好睡上一觉也可以。但他这样的小小需求都无人满足。王家庄拆迁现场会后，上级要来考察组，这世界上没有不透风的墙，王家庄那些没得着高补偿的几百户拆迁户，自认为不公平正酝酿集体告状，这下可吓坏了三兴公司。他们下了死命令，谁的孩子谁抱，王家庄是红卯拆迁公司搞的，是友维帮着抓的，压死责任，保证在考察组在此工作期间，做到零上访，把王家庄这个烂摊子、上访大户交给了友维。

天亮了，灿烂的阳光从窗户照过来，照在友维痴呆的脸上，他坐在床上一动不动。老婆催他吃早点，他也没有吱声。见他这样，有点儿害怕，但她又不敢造次，怕弄出个好歹，就由着友维，她静静地坐在旁边察言观色。秦友维靠着床头眯着双眼，陷入沉思。

他在想，我怎么活得这么累呢？不就是钱和公司吗？为了这个，我争啊斗啊，拼斗了大半辈子，人过四十，天过午，我已经年近五十了，常言说三十而立，四十而不惑，五十而知天命。可我的天命在哪儿呢？如果这样下去，我的身体就要完了，如果没有一个好身体，那还能干什么呢？

他想，自己一生干了不少好事，看着江老猫穷得可怜，就故意睁一只眼闭一只眼，不抓搞投机倒把偷卖油条的江老猫。下学路上狠揍欺负女同学的外号二疤瘌的小混混。在工商所时还被抽去搞老沙河的治理，农民现在还念他的好。

他想，自己也干过不少坏事，上学时，他为了当上小组长，曾用父亲在工商局没收来的花生米收买同学。为了同天丽合作开发，他也曾用钱贿赂江维丽……人的一生啊，活得真难啊，你不是不想做好人，但有时候，你不做坏人，就没法混。

人啊人，啥时能够自己当自己的家，想干啥干啥，想休息就休息，就这点真不如当个农民，自由自在，就像水中的鱼，想往哪里游，就往哪里游，悠然自得。这公司啊，钱啊，就是个紧箍咒，箍得你像机器螺丝一样必须随着整个机器转动。唉，人要想活得自在，这产业，要不要吧，真没多少意思。

秦友维眯了一会儿，想到还要到王家庄，就吃点儿早点，匆匆地来到工地，这时，天丽总公司总经理任天胜又把他叫到办公室，一阵寒暄之后，说："工作不错，工程和拆迁工作都抓得很好，拆迁任务重，担子沉，那个开发项目市场前景好，要想法提前完工，资金，我给财务说说，让他们明天就拨过去，你各方面都要注意，特别生活方面要谨慎。"

秦友维连声说："是、是。"但回家的路上，一琢磨，总觉得他的话中有话，让我提前完工，又不早拨钱，让红卯搞拆迁公司，又拉我掺和进去帮他解难题，还说我在生活方面要谨慎。这是什么意思？要让驴拉磨，又不给草吃，是不是又玩卸磨杀驴？生活方面谨慎，我哪儿不谨慎啦？我不贪不占，连房子还是苫生临时借给的。男女作风问题，除了维丽醉酒那回，别的女人除了老婆我一个也没有碰过。难道是维丽出卖了我？不会吧，出卖了我对她有什么好处。不会，不会，她那么精明，才不会做这赔本的买卖。出卖了我，他第一个先恼她。那还会是什么呢？是不是有小人诬告我，但也看不出迹象啊。是有人打了我的小报告，想安插他的人？这也说不定。有些人滑得很，不能不防啊。

秦友维回到家，草草吃过晚饭，就躺到床上眯着。今天他睡得早，但怎么也睡不着，翻过来掉过去，左思右想想不通，一夜没合眼，只觉得脑袋瓜子有点儿大，太阳穴跳着疼。他想找个人说说，可找谁呢？老婆就躺在旁边，工作的事和她说了没有用，这江维丽的事，哪能给她说，她那麦秸火脾气，不说还好，要是一说那醋坛子上来还不翻了天。不能说，谁也不能说，埋在心里，可这样憋着难受啊。要是憋出病来可怎么办？

老婆也看出友维有心事，几次试着问他，但都被友维遮掩过去了。这些天秦友维心里总觉着烦，说话烦，看见人烦，连自己的老婆也觉得招人烦。老婆想同他亲热亲热，化解他的烦恼，他正烦，一把把老婆推开。老婆见他对自己这么冷淡，就想起他同维丽那些闲话，顺嘴就说："嫌我不好了，我不如老总太太漂亮，有品位，是不是想她了？"

老婆这句话像一颗炸弹，炸得秦友维一下蒙了。老婆难道知道他同维丽的事了，这可怎么办呢？他又悔，又气，又恨，用手指着老婆的脸，气呼呼地说："你……你……叫我说你什么好呢。"

老婆没想到他会发这么大火，但在气头上，岂肯让步，就说："怎么，是我说错了，还是干了让你丢脸的事，给你戴了绿帽子了，发这么大火想干啥？"

秦友维能说什么呢，他一翻身甩给老婆个屁股，噘着嘴独自生气。起床后就对老婆说："公司工作忙，不能在家住了。"收拾好东西就去了工地。白天工作，晚上到办公室躺一会儿，对项目他一天一调度，调度完就去现场，除了开会，就

是工作，他想用紧张的工作，驱赶他心中的烦恼。但这样还不行，晚上还是一夜一夜不能睡，就是眯一小会儿也是噩梦不断。他偷偷到医院问医生，医生说是忧郁症倾向，建议他治疗。他半信半疑，觉得是太累了，心情又不好，心情好了，就没事了，拿的药又怕别人看见，就偷偷地扔了。

王耀成的王家庄拆迁完了，再也没人理他了。他一气之下，病情更加严重。因查不出病因在哪儿，他心里的压力也一天比一天大。他含着眼泪对妻子说：“你跟我一辈子也没享了福，我这一病又花了不少钱，苦了你了。”

“你说这干啥，只要你能好了，砸锅卖铁我也乐意。啥穷啊富啊，活得高兴就是幸福。”

“是、是，要活得高兴。孩子明年就要大学毕业了，你告诉他，不要当官，不要经商，要学点儿真本事，学点儿技术，要有一技之长，在社会上才能吃得开。”

“孩子的事你别再为他操心啦，让他自己选择吧。”

“不，我这一辈子憋在心里的话不说不行啊。我啊，这一生沾了这嘴的光，也吃了这嘴的亏。师范毕业，就当了教师，就靠这张嘴，成了模范教师，年年受表扬。因为嘴好使，成讲师团的时候我成了讲师团的第一个人选。到宣传部我也是靠嘴混上科长，因为爱说，说了不该说的，领导和别人都不待见我，我也是吃亏在这张嘴上啊。”

“耀成啊，什么官啊，名啊，你不要把他放心上，要保重身体，那些官啊名啊都是身外之物，只有身子骨是自己的，我不图你官不官，名不名，我只要你好好活着，我们就是吃糠咽菜也快乐。”

“我知道，我知道。我不说了。”他真闭上了嘴，眯上眼睡着了。他这一睡，就再也没睁开眼，妻子悲痛地哭喊着，周围的人都感动得含着眼泪。

听说王耀成死了，王家庄那十几户都主动前来吊唁。王小虎哭得最伤心，他哭着说：“叔叔啊叔叔，你走了，我们今后还靠谁呀。”

这时，维丽正在高兴，她搞了个融资公司，利息百分之二十，一百万以上二十五，五百万以上三十，一下好多人排着队来交钱，一下子弄了几个亿，资金困难问题一下解决了。她能不高兴吗？她把大新、二新、红卯和苦生及两个闺女都叫来，弄了一桌子好菜，她带头举杯，说：“今天是腊月二十三，是小年，我想告诉你们个好消息，我们公司的资金问题解决了，让我们全家先庆祝庆祝，来碰杯，碰杯。”

红卯与他姑姑碰杯后说：“要是俺姑父也在多好，来个全家乐。”

“不管他，不管他，他事多，来了还不定说个啥呢，扫了我们的兴。”大新比较低调，说："姑姑啊，在家咱们高兴那没说的，但在外边可不能张扬。现在这人心眼儿坏着呢，这融资政策也吃不准，说不清谁捅捅你，就给你找不少麻烦。"

"就你心眼儿小，怕这怕那，怕什么，王耀成不是爱捅吗，可他捅出个啥结果？不是把自己捅死了吗！"江维丽这席话，说得痛快，但大新觉得王耀成刚死，再说人家不太合适，但他也不敢扫维丽的兴，便一个个闭着嘴不言声了。喜庆的气氛一下降了十几度。维丽看看大伙的脸色，觉着是有点儿太不近人情了，便转换口气说："其实王耀成这人心眼儿也不坏，就那嘴有点儿损。好了，好了，不说他了，这大喜庆的日子不要让他给搅了。喝酒，喝酒。"

"嘿，又有什么喜事了，都在这儿高兴，也不通报我一声。"大家正喝得高兴时，天胜进了屋。

红卯面对门口坐着，他第一个看见姑父回来，姑父刚说完，他就站起来，说："为你庆贺啊，姑姑说通过融资资金问题解决了，这……"

任天胜还没等红卯说完，就板着脸责怪维丽，说："你净搞这没用的，那融资公司上边容许吗？要是出了问题那是大事，你呀你，成事不足，败事有余。"天胜这几句话，让这喜庆的场面一扫而光，大新起身说："今年是小年，咱家聚一起高兴高兴，看姨父你，别扫大家的兴啊。来我先敬姨父一杯，祝你小年快乐，大年幸福。"别人也跟着敬天胜，敬维丽。凝重的空气虽然有点儿缓和，但维丽好心没得好报，黄鼠狼没逮着，白落了一身骚，再也高兴不起来。便装着去方便退出宴席，一场喜宴成了败兴宴，一个个告别天胜灰溜溜地回了家。

第四十五章　港湾浪翻　维丽心冷

王耀成的遗体告别仪式在市殡仪馆举行，除了几个亲友，没有多少来宾。但秦友维的出现让大家有点儿吃惊。他送了花圈，并在王耀成灵前三鞠躬，嘴里还轻声说："王兄你走吧，祝你一路走好，唉……"王耀成的亲属和友人都非常感动，他们觉得秦友维和王耀成一不沾亲二不带故，他可以不来吊唁，要找托词有的是，但他来了，说话时眼里还含着泪。也有人说，王耀成虽是王家庄人，但王生前两人都在梦城待过，也算是同事吧，来也是应该的……秦友维吊唁王耀成究竟为了啥，成了人们猜测和议论的话题。

江维丽亲戚子女败着兴走后，她当然不高兴。她噘着嘴说："你是怎么了，专和我过不去，吵我骂我，这是咱夫妻俩的事，我不在乎。今天，你当着孩子们的面给我闹难看，何苦呢。"

"你啊你，还像个小孩子，叫我说你什么好呢。就不能多长个心眼儿……"

"行行行，我说不过你，我高兴也不是，败兴也不是，总之，我就没个好，你干脆休了我算了，好找那个花。"

"又来了，又来了，有啥事说啥事，不要动不动就往人家身上泼脏水。"

"我泼脏水？你别以为我什么也不知道，你们人没在一起，那交往可一直没断啊，这不是藕断丝连。"

"你怎么知道她来短信，是你偷看我的手机，卑鄙。"

"谁卑鄙，要想人不知，除非己莫为。你干了还不让说，人家说了就卑鄙。你还高尚呢，不脸红？"

"发个短信怎么了，原来组织上抽她到咱这儿参加考察组，后来不来了，这有啥？那就对你说吧，他们记者团最近还要来，专题采访靓城工程，我还要接待她，还要同她交流思想。这是工作，你再吃醋也不行，我不会因为个人感情影响到工作。"

“工作、工作，说得好听……”

“好、好，打住，不说这些烂事了，也快过年了……”

两人说话时，又是一阵电话铃声，天胜赶紧接听，说：“啊，是雪花啊，没事，你说吧，维丽她挺好，她就在跟前……”

维丽确实在跟前，但她的心却冷冷的，好像离她和他越来越远。

秦友维从殡仪馆回来，坐在办公室想静一会儿，没想到他眯着了。咚咚的敲门声把他从梦中惊醒，赶快站起来开门。一伙人涌进来，办公室主任追上来，拦也拦不住，赶也赶不走。秦友维让他们坐下，听他们说话。原来这些人是来结原料钱的，快过年了，进的钢材、水泥、沙子、装饰材料……都要结清。秦友维明确答复他们，明天天丽公司转账过来，一次给他们算清。这些人挺知趣，说几句就走了。这时一伙工头围过来，说都超过半月了，工人都闹情绪呢，他们说再不发工资，就不干了。秦友维也答复他们明天一定发工资。这些天来，他为了赶工期，保质量，每天转工地，看图纸，紧张地工作，使他忘记了烦恼，但新的烦恼又不断出现。他晚上睡不好，白天无胃口，常常心慌，烦躁，对不尽心工作的人，还有在工作中出了差错的人，他大声呵斥，骂得他们羞愧脸红。公司的人员都害怕他，没事都离他远远的，没有办法时，在他面前也是唯唯诺诺，看他的脸色行事，只报喜不敢报忧。得过且过，只要能不被骂就行。秦友维面前没人说难题了，也没人提困难了，人人说的都是成绩和喜报，他心里虽然高兴了但也有点儿纳闷儿，这一段工作怎么这么顺利啊。可他出了办公室走到项目工地、拆迁现场，一个个问题呈现他面前。他发怒了，他一个个训，一个个批，批得他口干了，嗓子哑了，身上力气也没有了。他疲倦了，就回到办公室，他闭上眼想，我这是怎么了，怎么就不能冷静冷静呢？今天批这个，明天批那个，哪个人还敢挨近我呢？我不成了孤家寡人了吗？怪了，这公司的员工素质就是差，连句真话也不给我说，他们要是早把问题给我说，可以少出多少乱子啊。这样浪费了时间，浪费了金钱，这都是罪过啊。

家庭是人生的港湾。我这只船是不是该回港歇歇了。还是老婆好，她懂我的心，她知冷知热，最会体贴人。这么多天我没有回家，我该回去看看她了。秦友维想到妻子，想到他们俩在一起的美好过去。他们是中学同学，毕业后，老婆考上地区卫生学校，他就到父亲单位下属工商所当上小职员。时光荏苒，一晃就是几年，她毕业分配到县医院做护士。秦友维在捉拿一个倒卖化肥的投机倒把分子时，被人捅了一刀。他昏过去了，被抬进医院，手术后，她在他身边守了一夜。守友维，一来是护士的义务，救死扶伤是她的天职。二来，友维是抓坏人时受的伤，同坏人斗，那可是英雄行为啊！三呢，友维在学校，还为了她打跑欺负她的小混混，这件事，她一直没有忘记。这是她的恩人啊。知恩图报，是每个有良心的人的美德。她也是想借这个机会报报友维的恩。好人有好报，第二天，在她的精心照料下，秦友维醒了，天刚亮，照料他一天的父母还在休息。友维第一眼看到她坐在他的床头，感动了，同学之情胜过父母啊。他想坐起来说几句感激的话，但疼得不能动。她俯着身对他说："不要动，要安心养病，过几天就会好的。"这几句极平常的话，说者无意，但听者却倍加感动。他只轻声说："谢谢你，谢谢。"友维父母醒了，见友维正同护士说话就没急着过去，但对这位在友维身边守了一夜的护士同学，有了好的印象。他们认为这位护士，工作认真负责，人也长得漂亮。儿子如果能娶个这样的好儿媳妇也是前世修来的福。秦友维伤好了，他同坏人斗争的事迹也受到上级的表扬，在大喇叭里，友维的事迹播了好几天。护士父母听了广播，就问她，说："那小伙子不是住你们医院吗？"

她漫不经心回答说；"嗯，还是我护理的他。"

"好小伙，好小伙，你要是能找个这样的人多好。"护士回过神来，不好意思地说："妈妈，你说的啥呀。"

"男大当婚，女大当嫁，你也老大不小的了，你那婚姻大事也该考虑考虑了。"

友维的父母心中也有自己的小算盘，友维出院后，就催着友维到护士家去谢谢人家。友维也想，是啊，多亏了她没日没夜地照顾自己，看看人家也是应该的，就买了一堆糖果，提着来到护士家。护士父母见友维提着东西来，高兴得合不拢嘴，又让座又倒茶，一阵寒暄之后进入了护士父母的正题。她妈问："友维今年多大了？"友维随口答道："属狗的，今年二十一了。"

"不小了，找对象没有啊？"这下问得友维有点儿不好意思，红着脸说："还小，还小，没考虑呢。"护士在旁边听明白父母的心思，就说："妈，你问人家这事干吗呀，把人家都问羞了。""不问了，不问了，今天，友维不能走，我给你们包饺子，女儿不是和你同学吗，你们正好也坐坐说会话。"说完老两口就躲走了。护士和友维理解她父母的心意，但都不知对方是怎么想的，护士就试探着说："我卫校毕业时间不长，刚参加工作不久，个人的事还没顾上考虑。你呢？"

"我……我，也是吧。"护士哧哧笑着说："也是，也是，也是啥，你也上卫校了。"友维嘿嘿一笑说："我不如你，你是高才生。我打架行，学习不行，要是能考上卫校，就能同你平起平坐了。"护士想，友维还有自卑心理，就说："你现在成了英雄了，没听广播里天天广播你吗？你成香饽饽了。"

"别夸我了，再夸我就不知自个吃几碗干饭了。"

“真的，我父母挺喜欢你的。”

“那你呢？”

“我也喜欢英雄啊。”友维这回心里有了底，就大着胆子说：“我父母和我也是，都挺喜欢你。”真是心有灵犀一点通啊，吃过饺子，两人来到公主湖。小船在碧波中荡漾，鸳鸯一对对在湖中游荡。他们就像那鸳鸯鸟，谈工作，谈理想，筑建他们幸福的殿堂。两人走到一起，虽然有时也抬几句杠，也有这样那样的分歧，但爱情将他们拴在一起，一直生活得非常幸福。秦友维累了，他想老婆了，他像小孩子一样，愿意听听妻子的抚慰，重新享受爱的温暖。想到这儿就拿起文件包，回了家。

秦友维走在路上。边走边想，这么多天没回家，她一定想念我了。我进门她第一句话会说什么呢？友维我想死你了。不会，她虽然直爽，但还是很含蓄的，她可能以怒代爱假装生气的样子，说，这么多天还知道这个家啊。她也许会用骂代爱，常说打是亲骂是爱吗？也许她会给我一遍一遍报告孩子在大学的好消息……她这些天积攒的一肚子话，都会一股脑儿地倒给我。唉，老婆她不容易啊，我父母没看错，她是个好女人，她在家里任劳任怨，为了支持我的工作，家务活从来不让我干，我的衣服、我的袜子，哪怕是一个小小的扣子，也都是她为我精心挑选，每次出门，从着装，到琐事，她都要亲自把我装扮得清清爽爽，别人都羡慕我有一个好老婆，知冷知热，温馨体贴。她还会为我做好多好多好吃的，那香香的曲面，筋道的铺陈饼，还有那三鲜水饺，罐制酥鱼……她还会装出生气的样子，让我哄她，故意靠在我身上，让我抱着吻她……

友维爱人人生地不熟，但到了一个单位，一个锅里抡勺子，用不了多久由脸熟，到知心，也是早晚的事。有几个爱交朋友的女同事，没事也凑在一起，和她拉家常。通过交往，知道这个老总的贵夫人，也是个实在人，并不是那刁蛮的主。对人和气，正派大方，比那些鸡肠小肚、嫉妒挑刺的女人好接触多了。于是她的朋友越来越多了。那两个在大街上议论她爱人秦友维的女同事，也成了她的好朋友。这两个人说是来拿几本稿纸，但纸拿到手仍不走，坐在她跟前，她并没在意。接着两人打开她办公桌上的电脑玩起来。友维爱人是个勤快人，她一边不时回答这两位的问话，一边站在物架旁，整理那零乱的办公用品。这时这玩电脑的女同事说：“你看又一个贪官被揪出来了，他还有二十多个情人。这玩意儿真不是东西。”

“啥，二十多个情人？”友维爱人好奇地问了一句。“你看，你看啊，他贪污七千万，包养二十多个情妇。这人啊，有钱就变坏，有权就滥用，这男人啊，哪个还能叫人相信。”

“没有那么严重吧，多数还是好的。”她也凑上热闹，说了一句。“好的，都是没权没势的，再就是穷光蛋，他想包养，哪个女的让他包啊？况且他包不起啊。”同事说。

“也是，也是。”她附和。

“大姐啊，我看你是个好人，上次在街上我们瞎说你家那事，你不怪我们吧？”

“不怪，不怪，你要不说我早忘记了呢。”

“我们也是听他们瞎说的，说得跟真的一样。”

“他们都瞎说啥呀？能不能给我说说？”

“这不好吧，要是你们两口子闹起来，我们可担不起责任。”“啊，有那么严重吗，我同友维可是经过千难万险走过来的，不信谁能把我们挑散。”

“那好，那好，夫妻俩就忌讳互相猜忌，苍蝇不叮无缝的鸡蛋，就是这个道理。两人一有裂痕，别人就有了钻空子的机会。这些贪官污吏，他们可和普通人不一样，他们来钱太容易了，生活腐朽堕落，贪色啊。”

“怎么这人就变坏了呢？”

“这变也不是一下就变坏了的，一点一点，慢慢变坏的。要不人们为啥要叫防微杜渐呢，从一点一滴防备变坏，才能保证不变坏。”

“防微杜渐，这词好，我是学医的，由小病到大病也有个过程。小病不治，就会变成大病。”

“大姐你是个聪明人，不像我们，有口无心，口无遮拦，做啥事不过脑子，就说上回在街上那事吧，是你丈夫公司里一个人说的，说天丽老总任天胜爱人江维丽，半夜一身酒气从秦老总屋里出来，现在人事关系复杂，也说不清谁黑谁呢，其实我们也不相信这些花边新闻，但他传得快，说得有鼻子有眼儿，真的，我们不是给你闹难看的。你可得原谅我们。”

半夜三更，一身酒气，孤男寡女，贪官污吏二十多个情妇……这一件件在她脑中闪过，友维啊，友维，难道你……她虽然心生疑问，但还是不动声色，说：“人正不怕影子斜，俺那友维啊，他不是那种人。”

“秦总也和你一样是个好人，他工作起来不要命，你可得多关心他，别把身体累坏了，为工作累坏身体不值。”

聊了一会儿，这两位走了，但她这会儿脑子里像开了锅。你是老总的太太了，你有万贯家产，为什么你还要霸占我的友维？不，不会吧，要冷静，不要听风就是雨，要弄清情况，了解事情真相。不然伤了谁也不好。要是这事闹出去，几个家庭都完了。维丽和天胜，我和友维，以后怎么相处啊。防微杜渐，这事也不能大意，要劝说友维，讲明这个事情的严重性，让友维注意，防止发生这种事。真是有这事，也要妥善处理，不要让他发展下去，到了不可收拾的地步。是啊，我应该多关心关心友维，他这么多天没回家，也不知在公司吃好吃不好，身体现在怎么样，还有这段他工作压力太大了，他晚上睡不好觉的毛病好点儿没有，得给他打个电话，让他回来一趟，或者我去一趟，把洗好的衣服送去。可维丽这事，要是真是像人们说的那样，我该怎么办呢？人都有可能变坏，而且会一点点变坏，特别是有了钱，有了权，人的欲望会膨胀。他要是找个小秘也符合常理，可他找这个半老徐娘，是否是维丽主动，要挟友维满足她的要求，她许愿给友维什么作为交换条件，各有所得。人心啊，真的会坏到这个地步吗？难说啊，早知道这样，我还不如就在老家待着，不来这里，眼不见为净，他愿意咋混咋混。可还有孩子啊，今年大学就要毕业了，友维要是有那事，这孩子的脸面往哪儿搁，不行，我还得说说友维，不管他听进去听不进去，做妻子的得尽到责任啊，如果连自己的丈夫都管不好，那做妻子的也是失职啊。她正在胡思乱想，下班时间到了，别人都走了，她还在那儿发愣，还是那两个喊了她一声，她才醒过神来，骑上车回了家。人到了家，却像丢了魂似的，没精打采地坐在那里发呆。咚咚咚几声敲门声，她醒过神来，她打开门，友维高高兴兴地走进来，她正在气头上，就推着友维说："出去，出去，你还有脸回来。"友维以为她在耍小性子，就说："咋了，咋了，这又闹的是哪出啊？"

"我问你，外边都说你和江维丽半夜三更在一起喝酒有这事吗？"

秦友维兴高采烈回家，却被夫人一盆冷水浇得浑身凉凉的，他由生气，到发怒，一步上前指着爱人的鼻子说："你想干啥，你想干啥？我给你说，今天我就给你说，半夜三更我是同江维丽喝酒了，还同她一起睡觉了，我知道你嫌弃我了，你不想要我了，谁也不想要我了，我走，我走不行吗？"接着一行眼泪掉下来，伤心地说："我走了，我也该走了……"扭头哐的一声带上门，大步流星地走了。她一下子蒙了，她也不知该如何是好，傻傻地坐在沙发上，眼泪哗哗地往下流。

第四十六章　冰雪缠斗　报恩祭灵

春节将至，街市上一派繁忙景象。除了商场买衣服买年货，那农贸市场上也是人头攒动，车水马龙。

王家庄的王小虎，刚到市场门口转了一圈就匆匆忙忙跑回家。他气喘吁吁，跑到他爹屋子里，上气不接下气地说：“爹，爹，不……不，不好了……”

“出了啥事啊，看你急得那个样子，喝口水，慢慢说。”

“不好了，不好了，杀了人了。”

“谁杀了人了，别急，坐下说。”

“是老总被人杀了。”

“你说清楚点儿不行啊，是哪个老总啊，谁杀的啊？”

“我在市场上听说的，是秦友维被拆迁钉子户杀了。说得可吓人呢，那个杀人犯，先切断公司的电线，然后到屋里向秦总刺了十几刀，那头也被割下来了，还挂在大院示众。”

“咋能这样？咋能这样？那秦总可是好人啊，你叔叔办丧事那天，有头有脸的人都缩着头不露面，只有人家去吊唁，这杀人犯也不长眼，那么多贪官污吏你不去杀，就这个好人你却去害他，不讲天地良心啊！小虎啊，咱们可不是没良心的人，你叔为咱们家谋了不少好处，秦总又是你叔唯一可敬的人，他死了，咱们可得看看人家，快去买几捆烧纸，给人家烧烧，也是咱爷俩的一片心意。”

小虎刚去买烧纸，一位村邻神秘兮兮走进来，喊：“大叔在家吗？”

“谁呀？”

“我呀，原来你那个东邻家周小四，才搬开这几天就听不出来了？”

“听出来了，听出来了，小四快进屋说话。”

“你没出门还没听说吧，那个秦总叫人杀了。”

“刚听小虎说了，说是让拆迁钉子户杀了，我让小虎买点儿烧纸去看看人家。”

“别去了，千万别去，听说是抢劫犯杀的，说秦总贪污好多拆迁款那贼盯上他，夜里剪断电线到他办公室抢钱他不给，就用刀宰了他，还把他头弄下来挂在大院。”

“不，不会吧，我看他是个好人啊，怎么成了贪污犯了呢？真是知人知面不知心啊！罢了，罢了，他好人也好，坏人也好，也罪不该杀啊，动不动就杀人，造孽啊造孽。”

小虎提着一捆子烧纸低着脑袋走进来，他爹就问：“怎么了，刚才还活蹦乱跳的，这回来就像丢了魂似的，没精打采的。”

“爹，这秦友维，咱不能去看他了。”

“怎么了，是不是听人家说他贪污了，成了坏人了，不敢去了，怕被沾着。”

“不，不是，要是贪污受贿还情有可原，听说他搞的那个小姑娘的男友杀得他。”

“好了好了，别说了，好好一个人，死了也不得安静，还要被人遭贬。不管他是好人坏人，人死了，啥事也了结了，别的事我不知道，你叔死，人家一个大老总能去捧捧场，我就认为人家是个好人，滴水之恩当涌泉相报，为了你叔我们得去看看。”

爷儿俩提着烧纸来到公司门前，警察站着岗，谁也不让进。他们只好远远看了看，悻悻地回了家。

劫杀，情杀，还是自杀，这时破案的人员也在紧张地工作。他们看看围墙，没有发现蹬爬过的痕迹。看来作案人员是在作案前就进入了内部，很可能是下班以前潜伏进去的。他们分析，到底是他杀？是仇杀？情杀？办案人员分析各种可能。会不会是自杀？这也是一个可能，但一个老总怎么会自杀呢？分析和推断不能代替证据，不管哪种情况都得等到有了证据才能下结论。

他们找到他爱人，她已经哭得死去活来。秦总的仇家除了有些拆迁户对赔偿不满意，还找他闹过，但因这事杀人，这也有可能。情杀，秦总生活作风还比较谨慎。除有人反映江维丽有一次从他宿舍半夜出来过，没见有女人同他有不正常来往。那江维丽是任老总的爱人，就是有嫌疑也不至于杀人，情杀排除。

破案人员勘查现场，门反锁着，地上没有外人的足迹，见一个饮水机电线被剪断，并有烧过的痕迹。受害人跪在床旁，一把血淋淋的西瓜刀丢在地上。没有搏斗过的痕迹。初步断定为自杀。

他为什么要自杀呢？他是怎样自杀的呢？

秦友维那天同爱人吵架后，一个人回到办公室，他心烦意乱，打开文件夹，看到一份天丽总公司通知书，上面写着：因资金周转有暂时困难，原定预付资金春节前无法到位，请你公司项目先自垫资金施工，如有困难也可暂时停工，待过春节后再考虑何时复工。具体事宜在明天的项目调度会上沟通。明天，他答应要给职工发工资，这钱不到位，这工资怎么发？明天，进料的供货商要结账，钱不到位，这欠账怎么结？明天，让我垫资，为了同天丽共同开发这个项目，我的钱都砸进去了，这垫资从哪里弄？从银行贷款，一是来不及，二是也不好贷啊！难啊，这明天我怎么过，我还有明天吗？他把爱人和儿子的照片翻出来，用手擦拭，上面还有友维的泪水和口水，他吻过照片上的儿子。长时间的失眠，使他的病情加重，在重重压力下，爱人最后的几句话，让他伤透了心，他在工作上遇到困难，想得到妻子的安慰，但妻子正在气头上，想拿他撒气，他认为自己连家庭这个港湾也待不下去了，就下了死的决心。他首先想触电自杀。但饮水机的电压太低，他剪断后一接触电线断路，全院一片漆黑，他从办公桌抽屉里找出把西瓜刀，跪在床旁，用刀刺自己的脖颈，割断主动脉流血过多而死亡。

因是自杀，没有追悼会，也没举行遗体告别仪式，只是几个亲属送别，秦友维就这样静静地走了，他的灵魂在一团隆隆的焚尸炉火中升腾，到他想要到的地方去了。

专案组这个结论，秦友维的爱人无法接受。她在床上已经哭干了眼泪，眼瞪得大大的，望着天花板。儿子守在母亲跟前一步也不敢离，他失去了父亲，不能再让母亲有个好歹。可他用什么来安慰母亲呢？说什么也没有用，能够说转母亲的只有让父亲重新活过来。这可能吗？他知道，自己是父母的希望，自己身上倾注了父母太多的心血，他们自己不舍得乱花一分钱，但自己的要求，父母花多少都不心疼。父亲盼着自己毕业能有出息，但自己还没毕业父亲就走了，我用什么来报答他呢？母亲疼爱父亲，胜过疼爱自己，父亲死后，母亲会怎么活下去。她的痛苦，她的悲伤，再也无人听她倾诉，我真不知道今后，如何去安慰母亲。这世界啊，为什么这么残酷无情，一个本来好好的家庭说完就完了。老天啊，老天，你要降罪就降到我的身上，父母他们辛苦了大半辈子，还没有过上多少幸福的日子，你就让他们这样痛苦，你不公啊，你不公。

这年纪轻轻的孩子，他也是富二代吧，但父亲这个人称富翁的老板留给他什么了呢？一个自杀人员的儿子，留给他的是耻辱，是包袱，是永远也抹不去的阴影。

呼呼的寒风，吹来了一片乌云，纷纷扬扬的雪花下了一天，厚厚的雪水给大小马路穿上一套冰甲，远近的山冈土丘也是白茫茫一片。一棵棵树木，被积雪压得枝条弯弯的，有的还挂着一条条冰挂。饥肠辘辘的麻雀飞来飞去，叽叽喳喳地

嚷叫着，乞求人们施舍点儿残羹剩饭，它们好像闻到富人家鱼肉的香味，就成群结队地飞到她门前屋后，在窗前门外尖叫打闹。

江维丽听说秦友维自杀了，心里也很郁闷，是惋惜，是同情，她也说不出是个啥滋味，听到这群麻雀叫，心里更烦，她就端了盆脏水开门向麻雀猛力泼去，扑棱一声麻雀飞了，刚走到门前的任天胜却被泼了一身一脸。

他进了门，一边用维丽递过来的毛巾擦拭身上的脏水和雪水，一边不满地责怪道："又发啥神经哩，脏水不往下水道倒，往人身上泼，也不长只眼。"

维丽不好意思地说："这麻雀吵得心烦死了，想赶也赶不走，泼盆水吓吓它，没想到没吓着它，却把你吓了一跳，不好意思啊，快换换衣裳吧。别冻感冒喽。"

"你啊你，都五十岁的人了，办事不能稳着点儿，毛手毛脚的。"

人家天胜说得在理，她也不好反驳，她只好任凭天胜怎么说，也都虚心接受，并未顶一句嘴。天胜看到她这样，知道人家又不是故意的，说了几句也就拉倒了。维丽的心事，天胜并不知道，两人没多搭话，就各干各的去了。

秦友维死了，维丽心里也罩上了阴影。她想不明白，你秦友维从小科员一路顺风下海办公司，有钱有势，又有漂亮的妻子守在身边，孩子马上就要大学毕业，多好的一个家啊，你怎么就狠心舍得走这条路呢？好傻啊你个秦友维。吃饭时，天胜谈到友维，也觉得可惜。夫妻二人聊了一会儿就睡了。

夜深了，不知是月光还是雪光照得屋里明晃晃的。一个黑影从门缝飘进来，维丽心想这是谁呀，这时进来干啥？她偷偷看那人向床边走来，用手摸她的脸，手凉凉的，接着摸她的胸，随后就骑到她的身上，抓住她的头发，伸出尖尖的指甲，向刀子一样向她刺来，她想问他是谁，又怕惊醒睡在身边的丈夫任天胜，想推开那人，又一点儿力气也没有，这人越压越沉，只压得她喘不过气来，身上冒汗，心跳加快，压得她实在受不了啦，她就哀求那人，那人瞪着眼骂她："是你，是你，是你把我害死的，我的爱人怎么过，我的孩子怎么过，今天我是找你算账来的，我死了你也别想活，你给我一起走。"

啊，原来是秦友维，她对友维说："这事也不能怪我啊……"

"我没工夫听你狡辩，你走，你跟我走！"秦友维说着就用两只手掐住她的脖子，维丽害怕了，友维他死了，他变成了鬼，让我跟他走，那不是鬼魂来拉我的吗？想到这儿就向天胜求救，高声喊："鬼、鬼，救救我，救救我啊！"

任天胜睡梦中被维丽的喊声惊醒，连声说："维丽，醒醒、醒醒，你怎么了？"

维丽睁开眼，不好意思地说："做了个梦挺吓人的。"

"什么梦啊，吓得你大呼小叫的。"

“梦见友维了，呸呸，不说了，不说了。”

“这友维一死，他爱人不知怎样？她撑得住吗，你同她还是好姐妹呢，明天该去看看，安慰安慰她。”

“是，我也是这样想，可还没去，这死鬼就心急了，连夜托梦来了。”

“你还迷信啊，信那个没用，日有所思，夜有所梦，白天到处都在谈论他，夜里梦见他也正常。好吧，咱睡吧，天还黑着呢。”说着两人就又睡了。

第二天吃过早饭，江维丽就提了一袋东西，踏着雪来到友维家，她敲门，听听没声音，就又使劲儿敲了敲，秦友维儿子开门走出来，把她让进屋，见他妈躺在床上闭着眼一动不动。维丽上前，坐在她身边，轻声说：“我的好妹妹，好点儿没有？是我来看你来了。”

她没动也没吭。维丽以为她没听见，就又说：“妹妹呀，事已至此，也得想开点，还有孩子，你万一有个好歹，孩子怎么办？

“为了孩子，你得想开点儿。有啥难处还有我和天胜呢。我们是朋友，是姐妹，有啥难处我们一起扛。”

她还是不动也不吭。友维儿子看到妈妈不理维丽，弄得维丽很难堪，就说：“姨啊，我妈现在身体不好，心情也不好，你别生气啊。”

江维丽掏出块面巾擦了擦眼角的泪水说：“孩子啊，你爸出这事，我和天胜心里也很难过，没想到，真没想到他会这样……”

这时友维爱人突然坐起来，眼瞪得大大的，死瞅着江维丽，扯着嗓子大声喊：“你，又是你。你给我滚，你给我滚，我们这个家都是你害的，友维也是你害的，你这个不要脸的骚东西，要不是你，友维他决不会走这一步……”

江维丽让她的这一举动吓傻了，她猛地站起来，结结巴巴地说：“你……你，这是怎么了……”友维儿子急忙把维丽拉出屋，劝慰：“姨，你没吓着吧，我妈病着，你别给她一个样，等她好了再给你道歉。”

江维丽心想，今天好倒霉啊，好心，没有得到好报，热脸来贴冷屁股，没贴着。友维爱人一下跳起来，上去抓住江维丽的头发，边打边骂：“你还我男人，还我男人。”江维丽挣开，站起来就往外跑，边跑边喊：“你疯了，你疯了。”

友维爱人鞋也不穿，跳下床就追。大街上，因雪大，往来人不多，维丽头发被抓乱，路上又是雪又是冰，滑得没法走。但江维丽顾不得这些，拼命跌跌跌撞撞往前跑，友维爱人光着双脚，披头散发，边喊边追：“你害了我男人，你还我男人！还我男人……”

路上行人，见这两人疯疯癫癫，以为是两个疯子打架，都吓得躲得远远的，谁也不敢靠近她们。江维丽一下摔倒了，哭着央求路人，说：“她是疯子，快拦住她，拦住她啊。”现在啊，好人摔倒怕被讹，有人还不敢去扶呢，谁敢去招惹疯子。眼看着友维爱人就要抓住她，江维丽拼命爬起来，气喘吁吁地继续踏着雪和冰往前跑。

巧巧听说姑父出了这事，心里正在难过。她也是茶不思饭不想，坐在沙发上抹泪，红卯安慰她说：“都这样了，难过也没用。你该去做你姑姑的工作，这日子还得过啊。”两人正在说话，忽听街上人吵吵，他俩便走到街上，一看是两个女的披头散发，一个前边跑，一个在后面追，还边追边喊：“还我男人，还我男人……”那后面还过来一个男的，他追上那个叫喊的女人央告着说：“妈妈，咱回去吧，雪大，路滑，天好了咱再出来好吗？”那女人不理会男的，一直跌跌撞撞地边追边喊，嗓子都喊哑了，嘶哑凄惨的喊声在寒冷的天空回响。过往的行人不忍心看这可怜的疯女人，心软的女人都捂着半个脸偷偷擦拭眼角溢出的滴滴泪珠。就是那铁石般心肠的男子也不得不扭过半个脸，不忍心多看一眼这令人心酸的惨状。

维丽一眼瞅见红卯和巧巧两口子走出来，就像抓住了救命稻草，拼命地向他两人扑去，那追过来的疯女人也向她追来，维丽也顾不了红卯两个就猛地一窜，窜进红卯的家，哐啷一声关上大门。那疯女人用力边敲门边喊：“你给我出来，你给我出来，还我男人，还我男人。”红卯和巧巧站在门外，拦也拦不住，劝也劝不住，只好陪她站在雪地里，那喊声像针一样，刺得人们心和肝都是疼的，疼得他们三个在冰雪中浑身打着哆嗦。

第四十七章　光环错戴　自食黄连

友维爱人在红卯门前连吵带闹，不知是累的还是冻的，头一晕栽到红卯怀里。三人正在一筹莫展时，终于找到机会，急忙将她送到医院。

维丽躲了一阵子，听着外边没有动静了，就试着偷偷开个门缝往外看，这时，红卯和巧巧从医院回来，维丽让红卯和巧巧进屋后，生怕友维爱人再杀回来，哐啷一声又关上门，急切地问："你姑她……"巧巧知道维丽害怕，就对她说："我姑她住院了，不用怕了，她来不了啦。"维丽这才放心了，她对红卯说："看好她，别让她再跑出来，伤着人可不是闹着玩的。"说完梳洗梳洗，就对红卯说："你送送我吧，我这心里怦怦的，还在后怕。"红卯只好把她护送回家。

维丽到了家，像丢了魂似的，坐不安，站不稳。她自己问自己，我是怎么了？难道我也神经了，看这闹的，鸡犬不宁。友维啊，友维，你怎么死了也不叫我安生啊！是，是我那天晚上喝醉酒给你找了麻烦，也不能全怪我啊。你为什么不及时把我送回来，或者，不让我喝酒，还能发生这些事吗？你不要再闹了，我给你赔罪还不行，我明天就到寺庙里，给你超度，如果有来生，你转生个好人家，我也就放心了。你爱人疯了，她也和我闹，我可怎么过啊。维丽在屋里一个人正在瞎想，丁零零一阵电话铃响，维丽拿起电话，真是哪壶不开提哪壶，她越是不愿见冷雪花，偏偏又是雪花的电话，不愿意接也得接啊。她故作镇静地问："哪位啊？"

"啊，丽妹啊，我是雪花，你和天胜都好吧？"

"都好，都好，你有什么事啊？"

"不，也没什么事，不是前段说春节后去您那儿采访吗，省里又有点儿变化，我们单位就不去人了。调成纪检检察报去人，你给任总转告一下好吗。"

维丽想，你不来才好呢，省得都闹心。但一转念不对啊，原来不是说专门采访天丽公司在绿美城市建设的经验吗？怎么要让纪检检察报来人呢？是否又有人捅了，还是哪儿透了风？不行，我得想个应对的方法，不怕一万，就怕万一。怎么应付呢？她呆呆地坐在沙发上想主意。要是纪检检察来，真的查起我和天胜，家里是不安全了，要是出事，肯定要搜查，这家里的东西，必须弄出去，可弄哪儿呢？红卯那儿，不行，要是查我，必定要牵扯他，他那儿绝对不安全。老家，可老家哥哥死了，近亲没有了，那邻居哪个能靠得住呢？说不定他们会带头举报呢。还有个可靠的地方，那就是姐姐家，可姐姐死得早，就剩个光棍姐夫在家，可怎么和他说呢？明说肯定不行，一说肯定会把他吓着，现在还没事，弄不好真敢吓出事来。愁死我了，过去穷，生活是苦，但那时心轻松，现在有钱了，怎么活得这么累啊。难啊，真是穷也难，富也难，这不从正道来的钱财叫人更犯难。

春天是一年之中最好的季节，到处绿油油，光灿灿。布谷鸟立在高高的树枝上，连声喝着：布——谷，布——谷……一只只喜鹊则落在对面的树上对唱：喳喳，喳喳……农民好像听懂了鸟的语言，抬头望望它们，像是看鸟，又像向鸟答话，抿着嘴说：是……是……他们开着突突响的拖拉机，在田间耕作，在苗垄撒肥。还有的肩扛着铁锹，将清清的井水引进水畦。一群穿着花花绿绿衣服的妇女，说笑着，打闹着，行进在田间小道上，她们用好奇的目光瞅着旁边柏油马路上，一辆辆红色的、黑色的、灰色的小轿车，噌噌地窜来窜去，一股股尘土和尾气飘过来，弄得他们不得不眯着眼，有的还捂着鼻子，她们愤怒地冲着汽车骂几句。这时，有人突然发现一辆灰色轿车在她们村里停下来，有的猜，准是大新二新又来了，这老头儿有福了，几个孩子都有本事，给老爷子送好东西来了。

江维丽来到姐夫家，提着个包走进家里，姐夫正在家收拾衣服，天热了，他想找件薄点儿的衣裳，生三新时姐姐得了病，江维丽在这里伺候姐姐，直到姐死了，她将三新抱给哥哥，改叫红卯，因此对这里非常熟悉，哪儿放柜，哪儿放床，柜里放什么，啥东西放哪儿，她都知道。

“姐夫忙啥哩？”

“啊，维丽来了，我觉着热了想找件薄点儿的衣服。”

“来吧，我帮你找吧，顺便帮你收拾收拾。”都是老亲戚，这姐夫也不客气，就顺坡下驴，说：“那好，我去街上买点儿东西，做几个菜，午饭就在家吃。”

江维丽帮姐夫整理好了，老头儿也回来了。还是维丽下灶，做好饭，两人吃了后又聊了会儿天，她就开车走了。

维丽走后，老头儿打开柜子，看看一件件叠得整整齐齐的衣服，心里暗暗夸奖一阵。还是有个女人好啊，要是老伴还在多好啊，三个孩子都成事了，她也能享福了。可她的命不好啊，看看人家维丽，穿得好，吃得好，还开着汽车，多排

场啊，街坊邻居谁不羡慕啊。

老人没事了，爱鼓捣，看看别的地方都让维丽收拾得干干净净，就床下有点儿乱，他拿了把笤帚把床下的东西一件一件地拉出来，这时突然发现有个袋子，里面装着一个包，包里面装着沉甸甸的东西，他没有多想，觉着可能是大新或者二新落在家的东西，没敢动就放在柜子里，想等他们来时再叫他们拿走。

老人都闲不住，地是不种了，没什么事又觉着无聊，就专门弄了一片菜地。这小菜园，便是他活动筋骨的好地方，又能吃新鲜蔬菜又能锻炼身体，一举多得，何乐而不为呀。一天，他正在侍弄菜园，嘴里还哼着梆子腔，几个警察领着个小伙子来找他，让他带着到他家去一趟。老汉不明就里，疑虑重重，但警察惹不起啊，他不敢声张，就乖乖地跟警察回了家。那警察问那个小伙了："是这里吗？"

那人说："是。"

警察便对老汉说："你跟我们走一趟吧。"

老汉蒙了，这是怎么回事啊，我也没犯法啊。可人家警察说让去，谁敢说不去，就硬着头皮随警察和那个小伙子一起上了警车。警笛一响，惊动了左邻右舍，也惊动了十里八乡，方圆十几个村子像开了锅，说啥的都有，这老汉这么大岁数又犯了事，住进了警察局。但犯了什么事谁也说不清，也有人猜测，可能是大新或二新出了事牵扯到他。好事不出门，坏事传千里，大新爹让警察抓走的事，成了这村里，乃至十里八乡头号新闻，成了大家茶余饭后的议论中心。

二新火急火燎地找到大新和红卯，已是下午六点多，夕阳西下，晚霞满天，一团团火烧云彩绘了傍晚的最后一道美景。下班的人流，拖着疲惫的身躯，穿梭于车流或人丛。二新带着大新和红卯哥儿仨急匆匆地来到乐乐小吃店，弄个包间，要了几个菜，提了一瓶酒。

三人坐定，大新和红卯不明就里，红卯就问："二哥怎么想起这会儿请客，还找个这破店，是有啥事吧？"

大新也接茬儿说："老二你葫芦里卖的什么药啊，把我们带到这儿要干啥？"

"没事，没事，心里闷了，想你们俩。来，红卯先满上，喝酒。"

哥儿仨都是有头有脸的人，请客也是在那星级名店，这次到这小吃店，二新有二新的打算。酒过三巡之后，二新关住房门，说："最近你们两个往家放东西没有？"

大新说："这段忙，半年多没回家，就说与你嫂子一起回家去看看呢。"

"红卯你呢？"

红卯不知二哥要问什么，也顺嘴说："一直没回去。"

二新心情沉重地说：“咱爹出事了。”

大新急切地问：“出了什么事？”

“是你们往家放的东西惹的事。”

红卯纳闷儿地说：“东西，什么东西？”

大新以为二新开玩笑，就说：“咱爹那点儿破烂东西能惹什么事呢，听二新说笑话吧。”

“不，是真的，如果你两人都没放，这事可还真有点儿麻烦。爹向公安局说不清啊。”

“啊，还这么严重啊，那是什么东西啊？毒品，咱爹他不可能吸毒啊；走私，咱爹也没出过远门啊。那会是啥，二哥你弄得神神秘秘的，说出来不完了，要是有啥事咱哥仨担起来不就完了。”

“是啊，是啊，咱爹一个老人，他能干出什么大事啊，还这么神秘。”大新不耐烦地说。

“是黄金。”

“黄金，咱家还有黄金？小时家里那么穷，没听父亲说过啊。是爷爷留下的吧？那有什么大惊小怪的，爹他愿意怎么处理就怎么处理吧，咱三个也不缺他这钱。”

“这黄金弄到公安局了，父亲他也说不清。”

“什么？在家放着吧，弄到公安局干什么，这不是没事找事吗？唉，咱爹他真的老了，自己的东西要是没地方放，放到哪儿不行，往公安局放啥？人糊涂了也真是……”

“不是咱爹往那儿放的，是人家拿走的。”

“这越说越糊涂了，咱的黄金，让人家拿到公安局，到底怎么回事啊？”

二新喝了口酒，又推开门，看看外边没人，就凑近他俩说：“前天夜里一个小偷到咱家偷东西，偷了一个包，里面装的是黄金，价值几百万呢，那小偷偷了后去销赃，被抓住了，经指认说是从咱家偷的。可咱父亲既说不清丢了多少东西，也说不清东西来源。这不成了大事了，我知道了，才问你们俩这事该怎么办？”

“黄金？咱爹还有黄金？怎么没听他说过啊。”大新奇怪地问。

红卯自知已经过继给江家，财产继承没他的份，他只管吃菜，喝酒，没有吭声。

二新着急地说：“这都火烧眉毛了，红卯你还有心吃，快想个办法啊。”

“能有什么办法啊，大不了充公还能咋着。”

“充公，也得有个说法啊，这东西是谁的，以谁的名义充公？要说是爹的，他说不清东西来源，人家会怀疑他是偷的，抢的。要说是我的那问题更大了，一个小职员哪里来这么多金银财宝，准是贪污受贿，你想捐，人家还不干呢，非查你个底儿朝天不可。要说是大新的，人家也会这样怀疑。所以这金银财宝，成了我们弟兄仨的铁铐和绳套，弄不好，就得把我们套住，勒死。”

红卯漫不经心地说：“有这么严重吗，就你会上纲上线。”

大新皱着眉头想了一会儿，轻声说这金银财宝不是二新的，不是我的，也不是红卯的，爹又说不清楚，那就是也不承认是他的了。那它是从哪儿来的呢，是老天爷下雨下到咱家的？天下掉下个林妹妹，还能掉金银财宝，你要掉，掉少点儿，我们还能享用，但掉这么多，还让小偷偷，这不是故意整治我们吗？”

常言道，说人无外财不富。认为有外财是好事，但飞来之财，却难坏了三弟兄。一瓶酒喝完了，还没想出个万全之策。最后二新说：“这东西，我和大哥谁也不能沾，沾了都是麻烦，只有红卯你能想个法子处置。”

“我？我有什么办法？”

“你是经商的，钱多少没人知道，你说是你的，别人能咋着，他们也说不出什么。”

“你们都脱干净，让我落一身骚，我不贪这个财，也不想惹这个麻烦。”

“你不惹这个麻烦，爹就要麻烦了。为了救爹就算哥求你了。”

“你们两个亲的不救爹，让我这个给人的救，你说得出口。”

“红卯都啥时候了，你还提那老账，娘死得早，不是没办法吗，才把你给了舅舅，要是娘在，再穷他老人家也不舍得把你送人啊。”

“好了好了，我揽这个活还不行，但我想揽能揽得住吗？我说是我的，人家就信，就是信了，人家舍得给？警察都是饿得皮包骨头的，他们见我还想咬我一口呢？让我从他嘴里拿这几百万的东西，谈何容易。再说一遍，我不想贪这个财，也不想昧这个良心。”

大新也看看没有别的好法，就帮二新做工作，说：“老二说得对，红卯啊，这个事只有你能出头，咱谁也不会贪这个财，但得有个了结，不行这样，红卯去了结这个事，但财咱谁也不要，就以红卯的名义，给家乡盖座希望小学，这样县里也高兴，咱也去了一块心病。撇掉一堆麻烦。”

二新拍手叫好，说：“还是大哥，你不愧是大哥。”

红卯也不十分情愿地说：“是屎盆子也好，是尿盆子也好，也只好我端了。但咋端呢？”

二新说：“这好办，你到县局说，你早就计划给县里办点儿好事，村里学校

太破，想盖个希望学校，因没联系好，把钱放在家也没和爹说，没想到让小偷偷了，给警察同志们找了麻烦。这样，爹也没事了，县里也高兴了，你也光荣了。不是三全其美吗？”

“还美呢？要是哪一天，那钱财的主人找来，和我要钱，我还美吗？我就得砸锅卖铁还账。”

二新说：“这个你不用发愁，要真是那样，我和大哥决不会袖手旁观，你老三的事就是咱弟兄仨的事，有福同享，有难同当，这才是亲弟兄。那桃园三结义，不是亲的还能生死与共，我们是亲兄弟，还有什么说的？”

“也不尽然，这世上怪事多着呢，结义的比亲的还好呢，咱村里没听说啊，那东邻家王家，弟兄五个轮着养老娘，到了三十一号，这个说够三十天了，不管饭了，那个说，还不到一号，不该让他管，老娘只得饿一天。”

“唉，这人啊，啥人也有，但有几个像他们那样丢人现眼。红卯，就这样说好了，县局我找个同学明天带你去办这个事。”

“不行，我还得和巧巧说透这个事，不然他说我藏私房钱，和我闹，我可受不了。”

“好吧，让二新听你的回话。”

这事红卯办得漂漂亮亮，他还受到县里表彰，全市大力表彰红卯的先进事迹，红卯还当上了私营企业先进。红卯半夜拾粪捡个元宝，大发了。在一圈圈光环下，他的生意越发光大，财源滚滚，大新和二新见了他还开玩笑说：“这回哥没让你吃亏吧，听哥的没错。”

维丽到红卯家串门，巧巧将这事告诉了她，她脸上一阵白一阵红，想，这几百万来得容易吗？便宜了县里，他红卯也捡了个光环，我他妈亏死了，可这事能对谁说，哑巴吃黄连，有苦不能说，也好，花钱给红卯买了个先进，虽然贵点儿，也算没白丢。

第四十八章　父子倾心　假善真善

锣鼓喧天，红旗招展，学校军乐队奏着欢快的音乐，红卯和县乡领导一起参加的红丽希望小学奠基仪式正式开始，红卯面对乡亲用铁锹铲起第一锹土，与会的领导也跟着红卯把铲起的土扔到基石上。规划图上的漂亮教学楼吸引了全村老少的眼球。大家指指点点都在说红卯的好话。

红卯自己心里清楚，总觉着有愧，又有口难言。那心里的滋味，别人无法体会。他对来参加仪式的县乡领导表示，现在村里还很穷，办开工奠基也要勤俭节约，不大吃大喝，不摆酒宴，县里乡里也认为红卯思想境界高，但红卯知道在酒席上，还不是一片赞扬夸奖之词，面对这样的场面，自己怎么说，说真话不行，说假话没劲，想尽快将假戏演完，早点儿脱身。

开工仪式结束，他来到姑父家，姑父自然高兴，这是自己的亲生儿子啊。他有出息，不仅能自己挣大钱，还富了不忘乡亲，拿出那么多钱盖学校，办学这可是善事义举啊，那可是积德的事啊。

老汉早早炒好菜，摆上好酒，只等红卯回来吃饭。

红卯进门就说："姑父这段身体可好啊？"

老汉听了这话，心里一下凉了半截。他知道自己将红卯送人，这小子还在记恨，故意不叫爹，又一转想，这也不能怨孩子啊。父亲也好，姑父也好，计较这有啥意思，随他便吧，便拿起酒壶给红卯倒酒，红卯赶快站起来，夺过酒壶，说："让我来，让我来。"

酒过三巡后，老汉说："红卯啊，我知道你是个有出息的人，你把钱放家，也不和我说一声，看这事弄得，惊动了那么多人，我真不好意思。"

红卯听了老汉责备的话，心里想，我还不明白是怎么回事呢，蒙到鼓里正憋得难受呢。红卯也想问个明白，这钱到底是从哪里来的，就边喝酒边回答说："我这不是忙吗，心里想看你，但又脱不开身，来得少，心里也觉得不得劲儿。大哥

二哥他们来得多，比我孝顺。”

“还说他们呢，这都大半年了还没见过他们的影儿。还不如你二姨，不，是你二姑，前几天来，给我收拾得干干净净。这家里不能没有女人，要是有你娘多好啊，一家人快快乐乐，唉，你娘没福啊。”说着眼里含着泪花。

红卯见老人动了感情，也有点儿感动，说：“都过去这么多年了，别提她了。让她在那边安安生生过她的吧。”

“我知道，红卯啊，我对不住你，你娘死得早，三个孩子我弄不过来啊，这才……”

红卯打断他，不愿再叫他伤感，说：“别说了，爹，我知道，但这心里总觉得憋屈得慌。”

老汉听见红卯喊声爹，心里十分高兴，满满一杯酒一扬脖子喝了下去，呛得立时咳嗽起来，红卯赶快给他捶背，并端过一杯水让他漱漱口。两人的隔阂逐步解开，老汉高兴，红卯也高兴，爹说二姑刚来过，红卯对这财宝的事也猜出个七八成，自然也高兴。心想，这小学叫红丽希望小学，既有我红卯的红，也有姑姑维丽的丽，你出这钱，也算没有白出。

江维丽放到姐夫家的财物阴错阳差地丢失了，但她不是甘心失败的女人，她反复想，这么多钱放在国内总有一天会出问题，要是能弄到国外，会安全得多，怎么弄到国外呢？外国没有亲友，就是有也不可靠啊！自己或者家人出国才能有机会将钱转移到国外。想到这儿，她就找到儿媳妇娜娜，想先探探她的口风，她敲门，儿媳妇笑嘻嘻地将她迎进屋，甜蜜地说：“妈，你咋来了，也不打个招呼，你看这家乱的。”

“又不是外人，还用做啥准备。我就是不放心，怕你们吃不好，吃饭要准时，不要怕费事，年轻人好对付，早起不愿起，不吃早点就去上班，那样对身体没好处。”

“是、是，我们一定注意，早起给苦生弄点儿早点吃了才叫他上班。”娜娜表面应付着，心里早就厌烦了，这种唠叨，哪个年轻人愿意听呢？

维丽知道，娜娜是应付自己，但她并不生气，对娜娜说：“现在不少年轻人都去外国发展了，你们俩有啥想法？”

这个问题娜娜觉得婆婆提得太突然，她家三哥开着大房产公司，钱不愁，吃穿更不愁，又有富二代苦生陪着，衣食无忧的舒适生活，谁还想着变革？出国，她从没有想过，她突然提这个问题，虽感到事有意外，但娜娜想，婆婆肯定还有什么想法，就这个机会摸摸底也好，便不动声色地说：“要是有机会那当然好，可现在不是没那个机会吗？”

“没有机会可以创造啊。”

“妈，你说得轻巧，怎么创造啊？”

“你大爷不在国外吗？想法让苦生去留学，你去陪读，不就解决了吗？既长了本事，也长了见识。”

娜娜一想也有道理，就答应说：“这倒是个好主意，我回头和我三哥商量商量。”

维丽听娜娜这样说，心里觉得非常高兴，她觉着只要苦生出了国，一切问题就好办了，苦生两个出国后，将钱想法弄到三兴公司，再从三兴公司打到儿子的账户上，这钱不就保险了吗？等孩子留学毕业就叫他留到国外，我也跟着到外国生活，省得在国内整天担惊害怕的，过着人不人鬼不鬼的生活。这钱啊，弄好了是宝，弄不好就是害，事在人为啊，我要让辛辛苦苦弄来的钱真正能为我们的后半生服务。想到这儿，就对儿媳妇说：“你和苦生也好好商量商量，我听你们的回话。”维丽告别娜娜，回家就给苦生打电话。她要双管齐下，怕人家娜娜同意了，这浑小子要不同意，不白费了自己的一番心血。

红卯得了个大便宜，他不仅高兴不起来，还有好多事让他心烦。一拨拨记者让他头痛，请他做报告，参加各种会议让他挠头。他脑子灵活，又在商海扑腾了这么多年，死的说成活的，黑的说成白的，他不难办到。但在广大听众面前，让他谈怎么搞活私营企业，又怎么在成功之后如何带动大家富，怎样做善事，建希望小学……尤其是那些电视台记者，不厌其烦地引导他，让他怎么怎么说效果更好，形象更高大，红卯觉得自己就像个气球，被强力气管吹得胀胀的，马上就破了，破得粉身碎骨。他悔不该听大哥二哥的话，接了这个叫人死都有份的苦差事。

“丁零零”，电话又响，红卯害怕又有记者找他，就示意巧巧让她接电话，越怕事，越来事，巧巧拿起电话问：“喂，你是哪位，你找谁啊？”

“是江红卯家吗？我找江红卯，我是省电台的记者冷雪花……”

巧巧听说是省里的记者，不知该怎么答复，就捂住话筒问红卯，红卯对巧巧说，就说我出差了，不在。巧巧马上学着红卯的话回答说：“对不起记者同志，红卯说他出差了，他不在。”

话筒里立刻传来哈哈的笑声，说：“你这个女同志真逗，你让他接电话。”

巧巧这时知道说了错话，止不住自己也笑起来。

江红卯越怕见记者，记者越偏偏要找他，这冷雪花你在省城待着呗，她不，却死皮百赖地要见他。巧巧的一句错话，把红卯逼到墙角，他不得不答应明天上午在碧水宾馆会面。同省记者座谈，那可不是闹着玩的，一句话说错就可能臭名远扬。晚上，他躺在床上翻来覆去怎么也睡不着。说什么呢？怎么说呢？这事啊，都是钱闹的。要不是姑姑把钱扔到大姑父那儿，能出这事吗？要不是小偷偷那钱，我们三兄弟会为这事费心劳神吗？这钱要不是弄到局子里，我能陷到这泥坑里吗？钱啊钱，都是钱闹的。姑她那么多钱，让钱愁得坐卧不安，成了钱的奴隶，活得累不累？我呢，不也是围着钱转吗？没有钱时，想着挣钱，有了钱还想着再挣更多钱，人啊，欲壑难填啊。红卯想到自己在家乡为希望小学奠基时，那些穷困的孩子，他们看到那图板上的教学楼，那个高兴劲儿，那欢喜的眼神，那甜甜的微笑，那一个个赞许的目光……再想到自己小时的情景，他悟出点儿什么，自己挨饿时，别人给个花生豆，也感激不尽。可自己这些年，有钱了，把过去的自己都忘记了。还有好多人没有钱，或者只有很少的钱，像自己的乡亲一样，因为他们缺钱，孩子上不了学，姑姑那钱盖了小学，让全村人都赞叹不已，但她为什么不主动拿出来呢？当然她有她的难处，她只能做钱的奴隶。可我呢，我还做钱的奴隶吗？不，我这回做回钱的主人。我要拿钱堂堂正正地盖一所养老院，让广大乡亲知道，我红卯不是只认钱、没人情的奸商。想到这儿，他就把巧巧喊醒，巧巧睡得正香，当然不乐意。她嘟囔着说："一边去，一边去，你不好好睡，也不让别人睡。"

"睡睡，就知道睡，我想给你商量个事。"

"有啥事啊？不能明天商量，这半夜三更的，就你会猴烧腚。"

"不是明天省记者要见我吗？"

"就这事啊，见就见吧，有啥了不起。"

"看你说得轻巧的，我说啥啊？"

"心里想啥就说啥，人啊，就怕装，越想把自己装得伟大，越想了不起，人家越看不起你，净赚个活得累。"

"巧巧啊，你这回说了句名言，人不能装，就像那唱戏的，画着脸谱，把自己的真实面孔遮起来，人是看不到他的真面目了，但也没人相信他了，因为都知道他是假的。我这回要做点儿真事。"

"你还有真事？"

"我说的全是真的，我这次回家，见姑夫一人在家很可怜，可我们村里有不少老人都是空巢老人，有的无儿无女，有的孩子去打工，无人照顾，无人做伴，多孤单啊，我就想我出钱建个养老院，让这些老人聚在一起，说说话，打打牌，安度晚年多好啊。"

“你这想法好啊，我支持你。啊，这明天见记者不有好词了。”

“我也不是光为了见记者，我们穷时，大家都穷，谁也救不了谁。现在不一样了，有钱人越来越多，但有了钱光想着自己花天酒地，眼巴巴地看着那些乡亲受穷，无动于衷，我看不下去，这回回家我就想这个事。怎么让乡亲们都富起来，这我做不到，但帮助一些需要帮助的人，我完全可以办到。能办多少办多少，尽力而为吧。我们挣这些钱，说实话，有合法的，也有不太合法的，靠投机取巧弄来的，既然弄来了，花到应当花的地方，这样心也安了。”

“红卯啊，你是个好人，心眼儿好，我嫁你没看走眼。”

“看走眼也不行了。”说着上去一把抱住巧巧，“这回你走不了了。”说着两人抱在一起，啪的一声将被子蹬到床下，两人赤条条在夜色的掩蔽下，在演一部精彩的影片。

第四十九章　出国梦美　夫妻绝情

一声，两声，三声……一只只大公鸡咯咯咯的打鸣声此起彼伏，天就要明了，迎接他们的是曙光，是光灿灿的朝阳。

维丽热烈地期盼着这曙光和阳光。她自从打了出国的主意，日夜苦思冥想，她真不愿在国内待了，因为国内给了她太多的烦恼。那冷雪花三天两头，不是打电话，就是短信，时不时地还跑来干扰她的正常生活。那警车，动不动就鸣笛，吓得她心惊肉跳。钱，钱，钱，都是这钱闹的。我将天丽公司的钱，偷偷弄到煤矿，怕冷雪花勾引得天胜变心，为我自己铺条后路，谁想到这煤矿破产，石板逃跑，那钱要不回来，情急之下，我弄个融资公司，补上了资金缺口，有人说这融资属非法集资。弄到手的还得退，要是一退，我手中的钱就得赔进去，那挪用的大窟窿，就盖不住了。不，不能退，我手中的钱一定要放安全了，怎么才能安全，三十六计走为上计。好啊坏啊，和他们争也争不出个道道来，还是远远地走吧，同这里的人离得远远的，你过你的日子，我过我的日子，今后井水不犯河水，我也不求再发什么财了，也不再为你们当孙子了。担惊受怕，这罪我受够了。连睡觉都做噩梦，这是人过的日子吗？要抓紧再抓紧，夜长梦多，万一有什么变故，那后悔都来不及啊。再说那疯子要是出院了，再来找我的麻烦，可咋办呢？神经兮兮的，说又说不清，道又道不明，这日子啥时是个头啊，我真倒八辈子血霉了。在这里，我一天也不想待。我把钱带走了，公司很可能资金链断裂，也可能破产。剩天胜一人可怎么办？真到那地步，也让天胜到国外找我们，我这钱也足够我们用的。

碧水宾馆，因背靠梦湖，面对卢生庙，更显其神秘色彩。黄粱梦，蝴蝶梦……一个个梦的故事，彰显其梦文化的特色。梦一般的故事，梦一般的建筑，梦一般的氛围，让往来宾客不得不引起梦一般的种种遐想。

红卯穿上巧巧为其精心挑选的服饰，来到碧水宾馆。这碧水宾馆分为若干个院，每个院都以流传的一个梦故事命名。那冷雪花便住在卢生梦院。红卯走进院

内，见她在一首题诗前沉思。

红卯见她全神贯注赏诗，也不好意思惊动她。就站在她身后，只听那雪花口中念念有词，发着感慨，随梦而去的卢生，人们再也没有见到，道是那做梦的卢生，还躺在那里，做着他的黄粱美梦，好一场大梦啊！娶娇妻，纳美妾，生爱子，受恩宠，有建树，留美名，享富贵，凡此种种，谁人不想？哪个不求？好难摆脱的保缠利索，好难放下的娇妻爱子呀！推广开来，自己何尝不是在这欲事旋涡里与波上下，偷以吾躯呢！接着她又念叨那《红楼梦》中的好了歌：

世上都晓神仙好，只有功名忘不了！古今将相今何在，一堆荒冢草没了！

世上都晓神仙好，只有金银忘不了！终朝只恨聚无多，待到多时眼闭了！

…………

冷雪花听到有动静，扭头见红卯站在身后，不好意思地说："你来了，怎么也不打声招呼，让你久等了，不好意思。"

红卯客气地说："没关系，我也是刚到。"

"坐，请坐，我给你倒杯水。"

"不用，不用，我自己来。"

两人坐定后，雪花说："我这次找你来，是看到你的善举事迹后，有好多感想，就想写一本书，这书的名字，暂定为《囚之梦》，为什么叫囚之梦呢？我是这样想的，现在人们都在做梦，这梦，就是梦想，或叫理想，也就是希望，这希望就是清醒的梦。人们最大的梦想是什么呢？主要是财梦，就是发财致富，人人都想发财，为了发财不择手段，那假肉、假药、假鸡蛋，都出来了，甚至连假女人，也能弄出来，让人啼笑皆非后，剩下的是一阵阵心酸。那另一个梦，就是情梦，男女之情世代皆有，但现在呢，真的爱情在哪儿？有了钱，就找二奶三奶，什么一夜情，嫖娼……这是情吗，是人们追求的情吗？显然不是。但一些人，就把这些当成他的情梦，败坏了社会风气，污染了人们的道德观念。除了财梦和情梦，当然还有好多梦，我主要就是想用小说的形式给这两个梦画个框，也就是画个圈，怎样将其圈在里面，让人们知道，什么是真梦，什么是假梦、歪梦、邪梦。情梦也是，让大家知道，什么是真情，我这样想，也不知是否对，因为你做了个很好的发财梦，并梦想成真，而梦成之后，又大做善事，回报社会，我就想听听你的感想和真实思想。"

"我……我……"红卯嗫嚅着说。

维丽听说雪花来了，而且来了就要找红卯。她怀疑这里面有问题，想知道她打的啥主意？江维丽想了一夜也没理出头绪。不是说省纪检检察报来人吗？是不

是来查我，查天胜。她原说不来了，怎么又来凑热闹。我这钱主要是通过红卯弄的，她找红卯，是否想从红卯这儿撕开缺口，我不能不防，红卯年轻，好糊弄，我不放心啊。我必须巩固住红卯这道防线。那记者都狡猾得很，抓裂痕，抓矛盾，各个击破，这是他们惯用的手法。只要没有裂缝，没有矛盾，才能无懈可击。想到这儿，她打定主意，今天得先探探雪花的底，她到底来干什么？她到底是旧情不断想要任天胜，还是来查我整我，最后要了我的命？她想得到天胜，那是明摆着的，可有我她能得逞吗？她必须先置我于死地，没有我了，那天胜才能落到她的手里。好歹毒的女人啊，最毒不过妇人心，一点儿不假啊。你想得美，有我在一天，你就别妄想。我要戳穿你的美梦，让你不能得逞。

第二天她也来到碧水宾馆，见红卯进了卢生院，在外边等了一会儿，不见红卯出来，她也随后跟着走进来。进来后，她见红卯和冷雪花正谈着，就打断说："花姐，我和天胜听说你来都很高兴，我本来想在家给你弄个家宴，可那邻居修水管，水里都是铁渣子，那面里不知咋的，也有小黑点儿……"说到这儿，她看了看红卯说："红卯，你先到别的屋待一会儿，让俺姊妹俩先聊聊，一会儿我叫你。"红卯听了姑姑的话，就去别的房间，歇着。

雪花对维丽的到来，感到突然，但转念一想，我毕竟同天胜是同学，他是同学的爱人，来看看也在情理之中，但这水里铁锈，面里黑粒子，什么意思？我是锈，是黑粒，是第三者。好厉害的女人啊，话里有话，笑里藏刀，真够歹毒的。本来雪花想噎她几句，可一想，同她斗有什么意思？

维丽以为雪花还没反应过来，就又说："他本来想同我一起来，但他上午有会，就让我代他向你问个好，中午你别到别处去，我们三个聊聊？"

"不，不了，中午有约了，谢谢你和天胜的好意。"

维丽得意地离开房间，来到红卯在的屋，问红卯："她可不是个简单的女人，要提防着她，别傻乎乎地，随口乱说。"

"她没说啥啊，她就说，她想写一本书，找我谈谈这些年的体会。"

"啊，她想写书，那你去吧。记者心眼儿多，说话要有把门的，可别捅娄子。"

"我知道了姑，那我去了。"维丽笑眯眯地走出碧水宾馆，昂着头，摆出一副胜利的姿态。

维丽回到家，见保姆不在，以为她去买菜去了，就一人坐在沙发上发呆。这时苦生笑容可掬地走进来。维丽心想，这孩子啊，准是有喜事了，他啥事都挂在脸上。

"不忙了，怎么不声不响地来了。"

“有好消息了，我得赶紧向妈汇报啊。”

“你能有啥好消息，净会逗着你妈玩。”她本想急着听听这消息，但故意摆出个不急不躁的架势。这苦生也是个小孩子脾气，常在他妈面前撒娇淘气，就也装出不耐烦的样子，说：“这么好的消息妈也不愿意听，那好吧，我走了。”

“你个小兔崽子，就会气你老妈，啥时候能长点儿出息。”

“这回出息会有的，面包也会有的，你儿子也要出国留洋了。”

“有回话了，三兴是怎么说的？”

“三兴说大兴来信了，说是他可以找个私立学校，恐怕费用要高点儿，如果愿意他就马上联系。”

“那就联系吧，越快越好。”

“老妈批准了，那我老爸呢？他不会拖后腿吧。”

“这关系到你的前途大事，他敢？”

“这家庭一把手啊，就是一把手，说话也硬气。不像我爸，有事就说给你妈商量商量再说吧，没点儿利索劲儿。”

“去去去，那有这样说自己大人的，快去给三兴回话，说私立也好公立也好，只要学校好就行，专业你自己选，高兴学就行。”

维丽得到苦生留学的消息后，想，孩子的事总算有了个眉目，孩子走时，我去送他们，顺便也好安排办理以后长期居住的问题，到了国外，我也该打扮打扮，虽然五十了，但人靠衣裳马靠鞍，收拾收拾也比她三十多岁差不到哪儿去。她越想越高兴，一只喜鹊正好落在外边一棵大树上，喳喳地叫个不停，喜鹊叫，好事到，这鸟啊也有灵性，这不它也赶来报喜来了。江维丽这一高兴，就憋不住了，她站在中厅边走场边唱，唱起那小铁梅选段：听奶奶，讲革命，英勇悲壮……这声音高亢激昂，婉转动听，左右邻居，有的打开窗户，有的闪开门缝，欣赏这不要钱的精彩唱段，都猜测老板家准是又有喜事了。

友维爱人的病经过医生的精心治疗，总算稳定住了，但这病是因受刺激所致，出院后怎样才能避免这种刺激就成了难题。儿子正在上学，无力照顾母亲。老家父母年迈来不了，那她到哪儿去呢？还是巧巧想出了个办法，天渐渐冷了，红卯在海南有座别墅，闲着也是闲着，索性同姑姑到那儿住一段，散散心，也会好得快点儿。这办法好是好，可红卯有顾虑，这病也不是一时半会儿能好的，要是长期让巧巧陪着，一是家庭离不开，红卯也得有人照顾，那巧巧又不能分成两半，顾了这头顾不了那头。正在为难之时，维丽来了，她听了巧巧的想法非常赞同，说：“让巧巧带着我家保姆去，安排好后，巧巧回来，就让保姆照顾她。”这样

安排，都很高兴。红卯高兴，是巧巧不用长期离开他，家里有人照应了。维丽高兴，她怕保姆时间长了，知道的事多了，万一她背叛了，后院起了火，不就麻烦了。只要保姆在海南待上几个月，跟着苦生出了国，这钱财往外国一弄，她友维爱人愿到哪儿，到哪儿，也不用防着她了。这不是一箭双雕吗？

天胜在省里开会回来，一脸不高兴。那省里同学给他透露点儿消息，说有人反映他对家属管教不严，有借其职权非法集资、一房多卖等问题。这就是说，他和他的公司前程，让江维丽给毁了。辛辛苦苦经营的公司可能要遭遇风浪。天胜刚回来，维丽就兴冲冲地对他说：“我想让苦生出国，留学几年，长长见识，你看这事怎样？”

天胜没好气地说：“你还想怎样折腾？国内折腾够了，还要到外国折腾，你累不累。”

维丽没想到他会发这么大的火，她又不是能受气的人，一腔怨气也一下迸发出来，说：“折腾，折腾，嫌我折腾了，要不是我折腾，你不是还在那儿推油桶扛棉包，现在成老板了，有本事了，嫌我这了，嫌我那了，不就是过河迁桥吗？好啊，好啊，你拆吧，拆吧，你不是反对我出国吗？这国我是出定了，你反对也吧，赞成也吧，我不在乎，出了国离你远远的，我们娘儿俩的事，你愿意问就问，不愿意问，你就别问，省得碍你的眼。”

人常说，打人不打脸，骂人不揭短，天胜靠老婆发迹这短处，别人都知道，怕老婆这名声早有传闻。听到揭他的短，肚子里的气还没出，她又来激，新仇旧恨一齐涌上心头，任天胜站起来，指着她的眉头说：“你走，你走，你今天就给我走，走得远远的，我永远都不想看见你。”

维丽没想到他会说出这么绝情的话，那气也不打一处来，一下蹦起来，对着他喊：“呸，你觉着你是个老板了，了不起了，好、好，分、分，咱今天就分家，你做你的老板，我当我的百姓，你走你的阳关道，我走我的独木桥。老娘不伺候你了。”

两人正吵得不可开交，红卯来了。他知道姑姑不是善茬儿，她不是受屈的人，但这会儿说她，她肯定听不进去，说姑父，人家平常就让着姑三分，人家又是大老板，这脸面可是大事啊，说谁也不好，不说可怎么劝架啊。他忽然心生一计，装着着急的样子高声喊：“姑姑、姑姑，不好了，巧巧出事了，快跟我去看看。”拉住维丽就往外走。维丽看出这可能是红卯使圈套，但这样吵下去也不是办法，怎样收场呢？于是就跟着红卯出来。

天胜气呼呼地坐在沙发上，想那同学说的话，人家是客气，故意说得轻点儿，

那是给我留脸面。肯定考察组已经掌握了公司重大问题的事实。他想到他那夜做的让警察抓着的噩梦，想到她亲口承认红卯买地给她五百万元好处费一事，还有招待所拍卖她老乡买了，别人都反映是低价，那里是否有她的事？她常念叨公司哪个干部该提、该动的事，为什么那么多人找她，她是否收了人家的钱……维丽啊，维丽，你这不是害我吗？想到这儿伤心得落下几滴热泪。

红卯把姑姑骗到家，见巧巧正坐在沙发上嗑瓜子，维丽这时气也下去一些，就装着生气的样子说："红卯啊，你要的什么把戏啊，这不是拿你姑当猴耍啊。"

"为的啥事，发这么大的脾气，也不怕伤着身体。"

"还能有啥事，不就是苦生出国留学那事吗？我还没说几句，他急眼了，你看他那个劲儿像疯狗似的，见谁咬谁。"

"姑啊，不是我说你，我姑父，他是男人，男人都有面子，他又是那么大的老板，你得让着他，多给他点儿面子，你这脾气得改改。"

"那就压人啊，在外边行，在家也以势压人，那还叫你姑活不活。你啥时也学会巴结人了，帮着你姑父一起欺负你姑。""我姑是谁呀，谁敢欺负咱啊，要人才有人才，要钱财有钱财……"

"又要贫嘴的不，你啊，红卯，好了，姑也不生气了，这出国的事刚有点儿眉目，任天胜不知是哪根筋出了毛病，愣是反对。你说咋办吧？这事我愁的，头发都要白了。"

"我姑父那人你还不知道，搁不住三句好话，你只要甜言蜜语地给他一说，他准得赞成。"

"是、是，我这人啊，坏事都坏在这嘴上，他这次从省里回来不高兴，准是又听到什么不高兴的事了，他肚里有火，他给一机枪，我就给他一大炮，这枪来炮往的能谈成事吗，也是，红卯我听你的，等他气消了，我再跟他好好说。"

苦生听说他爸妈吵架了，就赶快叫上娜娜赶回来，见爸一人坐在沙发上生气，就开导说："就俺妈那脾气，你还不知道，麦秸火，见火就着，见水就灭。爸别生气了，我给你带来好吃的了，你看，刚出锅的卤煮鸡，来咱爷俩儿喝两杯。"苦生这一说，天胜不好再生气了，两人便围着茶几坐下喝起小酒来。娜娜来到红卯家，见红卯和巧巧正劝婆婆，她一下也插不上嘴，就站在婆婆旁边。维丽知道当媳妇的作难，说谁呢？说婆婆不行，婆媳本来就是一对矛盾。不说还隔着心，要说那不是火上浇油。说公公，那更加不行，夫妻没有隔夜仇，说轻了不解气，说狠了，人家两口子夜里一学，不把媳妇晒那儿了。维丽知道媳妇劝架有难处，但也有优势，如果留学这事让娜娜给天胜说，他还敢反对吗？想到这儿，维丽就

心生一计，对娜娜说：“你爸啊，嫌我管得多了，你们留学的事他不让我管，那好，这事你和苦生给你爸说吧，我不管了。”看这球踢的，有水平吧，一下把二代推上第一线，既减轻了自己的负担，也锻炼了子女，这还不算一着高棋。

第五十章　最后论辩　校园歌声

红卯和巧巧想让友维爱人到海南换换环境，这样对病有好处。但她说什么都不肯离家去外地，她哽咽着反复就说一句话："友维尸骨未寒，我怎能抛开他只顾自己呢？"出了院，谁也拦不住，她一人回到自己的家。一开始巧巧陪她，观察几天，见她一切恢复正常，巧巧也就放了心，隔三岔五去一趟，送点儿吃的，说说话，有时也陪她到超市或商场逛逛，叫她散散心，怕她再犯病。巧巧的用心她理解，她对巧巧说："巧巧你放心吧，我没事了，你姑父走了那么多天了，我也想开了，生死由天，谁也拦不住。你不要来回跑了，有事我打电话。"

巧巧听姑姑这样说，也就放心了。

友维爱人病好了，但心中的结并没解开，她想不通友维好好的，怎么一下子就自杀了，她暗暗下定决心，要解开这个谜。一个人在家反正没事，她每天就整理友维的遗物，突然，她发现友维的一个日记本，这日记本引起她的注意。她拂去表面的浮土，放在写字台上。打开台灯反复看，认真琢磨。

三月二十日　晴

今天心情不好，钱少摊子小，拍不上地，没项目做心里好难受。找红卯聊天，才开了窍。红卯说我太保守，现在啥事都需要打点，让拿十万元以她孩子结婚随礼方式送给维丽探探路。天丽拿了不少地，同他一起开发，分得一杯羹。自己也觉得愧得慌。维丽将我帮她忙的事，挂在嘴上，但真要让她办点儿事，难啊，没有钱走不动路，她是否有点儿太贪了。

九月七日　多云

今天是周末，我一人没事，心里就想爱人，她一人在家不会也像我吧，好寂寞啊。我上街买了只烤鸡和花生米，一人喝酒，没想到，维丽她半夜三更闯进来，不知她同天胜生气了还是咋的，硬是赖在我这里不走，她还要酒喝，并主动要同我碰杯，最后她喝得大醉，我也醉了。我也不知咋的同她在一个床上都睡着了，其间干了啥我也不知道。这是我一生中对不起爱人的唯一的事。

十二月三十一日　阴天

天冷了，可他天胜对我更冷，他给我压任务，让提前完工，提前难度很大，我愁啊。明天进料的要结账，工人要发工资，说好的今天天丽转钱过来，但他变了，说资金困难，我明天咋办？他又叫我在作风上注意，这不是用那晚维丽醉酒的事，敲打我吗？上边压，下边闹，维丽的事，爱人又不原谅，我没有路走了。人总有一死，早死早了断，在白眼中生，还不如安静着死，死了，一了百了。我走了，就担心孩子和爱人，再见吧，我的儿子，你不要学你的父亲，你父亲对不起你啊。再见吧老婆，我爱你，你对我的抱怨我理解，谁喜欢辜负自己的爱人呢？我走后你不要难过，要带领孩子过好以后的日子。

她看后，鼻子酸酸的，眼泪止不住，一滴滴掉到日记本上。她喃喃自语道：“友维啊，你好苦啊，你怎么不早和我说啊。你说了，我还可以跟你一起分担。你一个人把苦水往肚子里咽，你好傻啊。我不怨你，我不怨你。”

她越看日记，越觉得友维的死有问题。她心里就想，秦友维你死得冤啊。真的，我不怪你，你和维丽那事，不怨你啊，是她害了你。任天胜，你还是个男子汉？不敢管自己的老婆，却对友维下狠手，你不是人啊！是你夫妻俩害死我的友维，我要为友维报仇雪恨。

怎么报仇呢？她也一时想不出好办法。她想到在街上有人给了她一张说天胜炒地、一房卖双户、盖房存在质量问题和非法集资的传单，她反复琢磨，要不就拿这个告他，又转念一想，这无根无据谁信啊。要是上边真的查下来，她江维丽还不说我诬告他们，那时她还不吃了我。这时她想到，友维为同天丽共同开发项目，送她维丽十万元的事。就暗暗想，这回我豁出去了，友维他死了，丢下我一个人，不出了这口气，我怎么向友维交代，我到阴间同友维见面怎么和他说？我不能像友维那样死得那样窝囊，死也要溅她江维丽一身血，就给她来个鱼死网破。对，就拿友维给她那十万元做证据，那是板上钉钉的，我实名举报，他谁来查，我也不怕。再添上这个传单上说的，这十万查实了，传单上的事才有人查，查她个底朝天，也叫她江维丽难受难受。

想到这儿，她俯下身子，一笔一画地将任天胜伙同江维丽索贿十万元，实名举报。信封里加上那张传单。

她知道，这事不是小事，为了掩人耳目，她偷偷坐了五十公里的火车，从另一城市将这举报信投进信箱。

一天，在她正在胡思乱想时候，巧巧来了，并给她带来一碗热腾腾的三鲜馅水饺。并和她说了不少最近发生的事，边吃边说："姑姑你还不知道吧，人家苦生两口子带着江维丽就要出国了。"

"啊，出国？好好的怎么想着出国？"

"谁知道呢，反正人家一家正高兴呢，包好饺子了，红卯又被他们叫去，在家庆祝呢。这不，我一人自己吃得也没意思，就拿来叫你尝尝，顺便同你说会儿话。"

她想，完了，这回又完了，才想到为友维做件事，帮他出出气，人家跑得快，人算不如天算，我这回又失败了。想到这儿就有点儿堵，一下没了胃口，放下剩下的半碗饺子发呆。

巧巧看着姑姑吃着吃着饺子放下不吃了，再看她两眼发直，两目无光。这下吓坏了巧巧，她以为她又犯了病，匆匆忙忙告辞姑姑，跑回江维丽家，巧巧把红卯叫出屋，说："不好了，不好了，我姑姑又犯了病，快，快把她送医院。"

红卯回到屋还没开口说话。维丽就急忙问："又有啥事了，神神秘秘的。"

"家里有点儿急事，我得回去一趟。"红卯不愿扫了他们一家的兴，撒了个谎。

"有啥事也得吃饭啊，有秘密事啊，连你姑也不能说。"

"没啥大事，巧巧说她姑病又犯了，让我赶快去一趟。"红卯瞒不住了，就直说了。

"她又犯病了？"维丽想到她雪中追打她的情形，心中一惊，"那你快快去吧，弄住她不要她出来，不行就赶快送医院。"

红卯走出屋，维丽噘着嘴说："这个女人啊，她不能看着我过一天安生日子。我命苦啊。"

苦生和娜娜看见妈妈生气了，赶紧劝解道："妈妈，今天是咱家最高兴的日子，我们俩得和妈碰一杯，快端酒，干。"

维丽听大兴报来的喜讯，很快可以办护照，出国走了，今天心情特别好，让这疯女人一闹，一点儿心情也没有了，本不想再喝酒了，但孩子端起酒杯，自己不碰会扫了孩子的兴，就懒洋洋举起酒杯，说：“好，碰。”说着一饮而尽。

天胜坐在那里，一言不发，他本来不同意他们出国，听省里同学传的信息后，他预感到点儿什么，也觉得维丽该走了，走吧，她走了，我还能消停点儿。我一个人虽然苦点儿累点儿，可没那么多让人烦恼的事了，想到这儿他也同意苦生出国了。

红卯和巧巧急急忙忙走进友维家，见她正在那儿看电视，提着的心才算落了地。进门后，巧巧说：“姑，看电视呢？”

她回答说：“不看电视看啥，反正笑话看不上了，只能看人家编的故事。”

红卯听这不着头脑的话，觉着是有问题，但举动也没什么异常，这是慢病，好一阵坏一阵，是正常的，幸好这回不是急性发作，没什么危害性，就不想急着将她送到医院了。

江维丽着急啊，她打来电话问红卯：“喂，红卯啊，送医院没有？”

红卯说：“我看暂且不用，她……”

“别大意，要是她跑出来伤着人就麻烦了，不行让苦生帮着你赶快将她送到医院。”

红卯知道维丽因那回被追打吓怕了，催着送医院。巧巧也说不用送医院了，他不好硬把人家送医院。那边姑姑又催得紧，他只好应付说：“好吧，姑姑，我和巧巧商量商量，如果需要时，我再给苦生打电话，这事我和苦生能办好，就不麻烦你再操心费神了。”

苦生和娜娜带维丽，办好护照，拿着机票，拎着大箱小箱走进机场。在大厅几个人走过来，盯着江维丽问：“你是江维丽吗？”维丽见这几人可疑，但已无路可躲，只得低声说：“是，什么事？”

一个人拿出警察证件让她看，说：“有人举报你，请同我们走一趟，协助调查。”江维丽低下头只好上了警车。

年年岁岁春相似，春春故事各不同。雪花坐在公园的长凳上，呼吸着那带着淡淡香味的空气，扬头远望，桃李斗艳，百花竞娇。紫燕啾啾，蝴蝶翩翩。湖面上，一条条彩舟载满情人的欢笑和蜜语，在水中荡漾。

马路上的车笛声打断她的沉思。她想：冤有头，债有主，天胜夫妇的案子已结，但他们的人生还在延续。一个个故事还会发生，我该去看看他们，了解了解大潮过后他们的人生故事。

湖水在春风的吹拂下，一浪接着一浪，人的一生，不也像这湖中的波浪一样吗？有高峰也有低谷。有的人从高峰中跌下来，一头栽进水里，再也爬不上来了，有的人从高峰跌下去，他又攀上另一个高峰，创造出人们想不到的辉煌。

雪花是个执着的人，她想到就要想法去努力做到。她驱车来到第一监狱，江维丽穿着号衣在狱警带领下走过来。她远远看到冷雪花，就向她投来一束敌视的目光。

探视开始，江维丽先开了口，说："你是来看我的笑话，还是来同情我？"

冷雪花摇摇头，说："你想错了，都不是。人经过波折后，对人生会有新的诠释。不知你是如何想的？"

"哈哈，人生，我还有人生吗？我被判了刑，就要在这里过，给我谈人生，笑话。"

"对过去的几十年，你经过这场波折，就没有新的认识？"

"有啊，有啊，这几十年，要说认识，我就两个字——胜败。我胜了，我也败了。"

"这是什么意思？"

"说胜，在钱上我胜了。我曾拥有几个亿，你见过那么多钱吗？和你比我不是胜了。任天胜，你苦苦追求，但你没得到他，我得到了，并同他厮守几十年，这和你比我不是又胜了。足了，足了，我曾有过钱，有过爱，这还不满足吗？"

"那你那败又作何解释？"

"这不你都看到了，我蹲了班房，成了囚犯，还是胜利者的形象吗？钱被没收了，我又成了穷光蛋，失败了，而且败得很惨。原来你比我穷，现在呢？我比你穷，我不是由胜转败了吗？那你就成了胜利者了。爱吗，爱吗，那我对天胜心中的爱，谁也不能夺走。但天胜的人，这回看来要被你夺走了，我打了报告了，马上同他离婚，把他交给你了，你马上就要成为胜利者，我甘心认输，承认我是失败者。好了，好了，但你在享受胜利果实时，不要忘记，你得的成果是捡的我丢下的破烂，是我用过几十年的剩货。好了，别再啰嗦了，你摆你的庆功宴吧，我也该回去思过了。"

"你想错了，对天胜心中的爱，我也和你一样，谁也别想夺去，但我和他那都是过去的事了。既然他选择了你，我就对他彻底放弃了。过去放弃，现在仍然是放弃。我已经习惯了一人的世界，没有可以容纳另一人的空间了。胜利也罢，失败也罢，那都将尘封在我们的人生历史中。新的生活我们还要过。你——"

"新的生活？是，每个人每天都要面对新的一天，我都想好了，天胜他老实，本分，心地善良，他是个好人。我从认识他，就看出来了。所以我帮他，给他铺路，给他搭桥，我甘作梯子，甘当石子。他成功后，我把我的付出，当成高利贷，向他讨要，向社会讨要。他爱我，他又厌恶我，但又不舍抛弃我。他说我，劝我，批评我，我都没听进去。最后还是我害了他，连累了他。我后悔啊！人生没有第二回，如果有，我决不会那样。但说这些还有用吗？我对你有成见，说话不好听，你别往心里去，我真心是想将天胜交给你，我才放心。我听说了，天胜公司因资金链断裂，还不上我非法的集资，公司被查封。他想不通，跳楼了，落了个残疾。你在他的身边，我就放心了。雪花姐，我还能这样叫你吗？你要愿意做我的姐，你就依了我吧，了却我一生最后一个心愿。”江维丽含着两眼热泪哽咽着说。

雪花为难了，她说什么呢？她知道，这时的江维丽是真诚的，雪花不愿意让她难过，但自己的意志也不能违背啊。她只有含含糊糊地说了一句：“今后，天胜的生活，我可以多关照关照。你就放心吧。”

冷雪花目送着江维丽走回监所，才悻悻离开监狱。

车行在颠簸不平的山路上，远远的陶山映入眼帘，弯弯曲曲的运粮河擦山而过，一条条大小船只有来有往，高高的船桅杆上挂着白灰色的帆。她很想听听船工粗犷的号子声，但没有了，取而代之的是机器的隆隆的轰鸣声。这山这水，造就了一幅美丽的图画，孕育了无数聪明勇敢的儿女，是他们创造了数以百计的动人故事，轻描重绘了人生的绚丽色彩。冷雪花联想到天胜，想到友维，想到江维丽……

车突然停住，她下车，沿着崎岖的山路走上那缓缓的山坡。大大小小的酸枣树舞动尖尖的枝条迎接她这个不速之客。走到一座坟茔前，她停了下来。坟前坐着一位中午妇女，那妇女黄黄的瘦脸上，长着一双大而无神的眼睛，她俯在坟墓前清石墓碑上，眼泪顺着墓碑往下流。墓上刻着一行黑色大字：秦友维之墓。那俯在墓碑上的女人就是他的夫人。冷雪花蹲下身子，抚着她的胳膊，说：“妹妹，没想到在这里碰到你，你还好吧？”

她没有动，叹了一口气，滴着眼泪说：“友维走了，过去的我也随他去了，剩下的我只是一架没有灵魂的枯骨。我知道我这样走不出友维的阴影，早晚有一天也随他而去。我一生遇见他，不后悔，后悔的是我对不起他，他对我那么好，可我在他最需要帮助的时候，没有帮助他，把他推到绝路上。我不能饶恕我自己啊。”

这么悲痛的一幕，让雪花能说什么呢？安慰她，开导她？似乎都没有用，她在感情的旋涡中，只有自己才能救自己。雪花还是用探询的口吻说：“你今后的生活打算怎么办？”

“儿子留学走了，他留在了国外，他接我一同出国，在异国他乡度过我这余下的残生。机票定好了，下周就要走，临走前，我来同友维告个别。他太孤独了，我以后不能再守在他的身边了，我再陪他说说话。”

雪花也感动了，她两眼也含着泪花。鼻子酸酸的，再也说不出话来，她不想哭出来，那样人家会更悲痛，只好掩着脸，用手摆摆，算是与她告别。

车顺着山根走下去，那是一片平地，一片绿油油的麦苗十分喜人，黄黄的油菜花，像一块块金色地毯，镶嵌在油绿的麦苗间。雪白的梨花，一团团，一簇簇，迎接她这远方的来客。咚咚响的锣鼓声和噼里啪啦的鞭炮声，传达着人间的喜讯。人们把雪花从村口接下车，拥着她来到现场。红红绿绿的标语，烘托着这喜庆的气氛。雪碧、榴红和心月走过来，握着冷雪花的手说：“你这么忙能够来，我们很高兴。揭幕仪式就要开始，咱先到屋里商量商量怎么搞好。”

“就按你们原来的安排搞就行，我没什么意见。”

小堤金花养老院几个大字分外耀眼，一位位住进院的老人喜笑颜开，村民们也个个面带笑容。

仪式完了，雪花又同她们来到王寨金花希望小学。文博、相生、向江早在这里等他们，相生赶快将刚出版的长篇小说《咱班金花》发给他们和孩子。他们坐在孩子中间，好像一下子也变成了孩子。

他们都站在学生中间，接着，一阵清脆的歌声响起，这歌声穿过蔚蓝的天空，穿过碧绿的田野，回响在乡村，回响在田野，回响在山山河河，回响在人们的心里。